Das Buch

Was ist der erfolgreichen Anlageberaterin Regina Clausen zugestoßen, die während einer Kreuzfahrt vor drei Jahren spurlos verschwand? Diese Frage beschäftigt die New Yorker Psychologin Susan Chandler schon lange, und sie macht sie zum Gegenstand ihrer beliebten Radiosendung. Eine anonyme Anruferin berichtet, daß ihr während einer Kreuzfahrt ein Passagier einen Ring mit der Inschrift ›Du gehörst mir‹ geschenkt habe, und einen ebensolchen Ring hat man im Reisegepäck von Regina Clausen gefunden. Tags darauf wird die Anruferin überfallen und liegt seither im Koma. Dies ist nur der erste einer Serie von Mordanschlägen auf Personen, die offenbar zuviel gesehen haben. Im Gegensatz zur Polizei ist sich Susan sicher, daß die Ereignisse der vergangenen Tage miteinander verkettet sind. Sollte es weitere Frauen geben, die ebenfalls nicht mehr von einer Kreuzfahrt zurückgekehrt sind? Noch ahnt die junge Frau nicht, daß sie mit ihren Nachforschungen einen Serienkiller auf sich aufmerksam macht, der den Strophen des Songs ›Du gehörst mir‹ folgt …

Mary Higgins Clark, die unumstrittene Meisterin des Psychothrillers, legt in diesem Roman einen ›Wettlauf zwischen kaltblütigem Killer und smarter Jägerin‹ (*Stern*) vor.

Die Autorin

Mary Higgins Clark wurde 1928 geboren. Mit ihren bisher 15 Romanen und 3 Erzählbänden ist sie eine der meistgelesenen Schriftstellerinnen der USA und eine der erfolgreichsten Spannungsautorinnen der Welt. Sie lebt in Saddle River, New Jersey.

MARY HIGGINS CLARK

NIMM DICH IN ACHT

Roman

Aus dem Amerikanischen
von Brigitta Merschmann

WILHELM HEYNE VERLAG
MÜNCHEN

HEYNE ALLGEMEINE REIHE
Nr. 01/13011

Die Originalausgabe
YOU BELONG TO ME
erschien 1998 bei Simon & Schuster, New York

Umwelthinweis:
Das Buch wurde auf chlor- und säurefreiem Papier gedruckt

2. Auflage

Taschenbucherstausgabe 12/99

Printed in Germany 1999
Umschlagillustration: The Image Bank/Colour Day Production
Umschlaggestaltung: Nele Schütz Design, München
Satz: Leingärtner, Nabburg
Druck und Bindung: Elsnerdruck, Berlin

ISBN 3-453-16079-7

http://www.heyne.de

Danksagung

Tausend Dank auf immerdar an meinen Verleger Michael V. Korda und seinen Teilhaber Chuck Adams. Sie waren und sind mir jedesmal wunderbare Freunde und großartige Ratgeber, wenn eine Geschichte, die ich erzählen will, Gestalt annimmt.

Dank an Rebecca Head, Carol Bowie und meine Korrektorin Gypsy da Silva, die wieder einmal Nachtschichten mit mir eingelegt haben.

Besonderen Dank schulde ich meiner Agentin und Freundin Lisl Cade, deren Rat und Freundschaft ich sehr schätze. Dank auch an meinen Agenten Eugene Winick, der stets unerschütterlich zu mir hält.

Ein dickes Lob für meine Tochter Carol Higgins Clark, für ihre stets zielsicheren Anregungen im Verlauf meiner Arbeit.

Schließlich ein Dankeschön an ›ihn‹, meinen Mann John Conheeney, und an meine ganze Familie für ihre Ermutigung und ihr Verständnis.

Ich liebe euch.

Für meinen Mann, John Conheeney,
und für unsere Enkel
Elizabeth und David Clark,
Andrew, Courtney und Justin Clark,
Jerry Derenzo,
Robert und Ashley Lanzara,
Lauren, Megan, Kelly und John Conheeney,
David, Courtney und Thomas Tarleton
In Liebe.

Prolog

Er hatte dasselbe Spiel schon einmal gespielt und rechnete dieses Mal mit einer Enttäuschung. Deshalb war er angenehm überrascht, als er feststellte, daß es ihn sogar noch mehr erregte.

Erst gestern hatte er das Schiff im australischen Perth mit der Absicht bestiegen, bis nach Kobe mitzufahren. Doch da er sie auf Anhieb gefunden hatte, erübrigte es sich, die anderen Häfen anzulaufen. Sie saß an einem Tisch am Fenster des holzgetäfelten Speisesaals der *Gabrielle*, der wie alle Räumlichkeiten des Kreuzfahrtschiffs diskrete Eleganz ausstrahlte. Der Luxusliner hatte genau die richtige Größe für sein Vorhaben. Er reiste immer auf kleineren Schiffen und buchte so einen Abschnitt der De-Luxe-Weltumrundung.

Wenn es auch unwahrscheinlich war, daß ihn ein ehemaliger Reisegefährte wiederkennen würde, so war er doch von Natur aus vorsichtig. Überdies war er ein Meister der Verkleidung, ein Talent, das er in seiner Zeit als Amateurschauspieler im Theaterclub des Colleges an sich entdeckt hatte.

Nachdem er Regina Clausen eingehend studiert hatte, entschied er, daß eine Typberatung für sie nützlich sein könnte. Sie gehörte zu den Frauen um die Vierzig, die durchaus attraktiv waren, jedoch nicht wußten, wie man sich anzog und sich ins rechte Licht rückte. Eine Blondine hätte in ihrem offenbar sehr teuren eisblauen Kostüm fantastisch ausgesehen; zu ihrem extrem hellen Teint dagegen paßte es nicht, sie wirkte wie ausgewaschen, farblos. Ihr hellbraunes Haar, sicher ihre natürliche und gar nicht mal unvorteilhafte Haarfarbe, war zu einem steifen Helm frisiert, der sie selbst aus dieser Entfernung – er stand am anderen Ende des großen Saals – alt, sogar unzeitgemäß erscheinen ließ, wie eine Vorstadthausfrau aus den fünfziger Jahren.

Natürlich wußte er, wer sie war. Erst vor ein paar Monaten hatte er die Clausen auf einer Aktionärsversammlung in Aktion erlebt. Außerdem hatte er sie in ihrer Eigenschaft als Börsenanalystin auf CNBC gesehen. Bei derlei Anlässen strahlte sie Selbstsicherheit und Durchsetzungsvermögen aus.

Aus diesem Grund wußte er, welch leichtes Spiel er haben würde, als er sie allein und traurig am Tisch sitzen sah und später ihre schüchterne, beinahe kindliche Freude beobachtete, als einer der Stewards sie zum Tanz aufforderte.

Er hob sein Glas und brachte mit einer kaum merklichen, an sie gewandten Geste einen stummen Trinkspruch aus.

Deine Gebete sind erhört worden, Regina. Von nun an gehörst du mir.

Drei Jahre später

1

Wenn nicht gerade ein Schneesturm oder ein Hurrikan tobte, ging Dr. Susan Chandler zu Fuß von ihrer Wohnung in einem Brownstone-Haus in Greenwich Village zur Arbeit. Ihre gutgehende Privatpraxis war in einem um die Jahrhundertwende erbauten Haus in Soho untergebracht. Außerdem war die klinische Psychologin als Moderatorin des beliebten Talkradios *Fragen Sie Dr. Susan*, das jeden Werktag auf Sendung ging, zu einer gewissen Berühmtheit gelangt.

Es war frisch und windig an diesem frühen Morgen im Oktober, und sie war froh, daß sie sich entschieden hatte, unter ihrer Kostümjacke einen langärmeligen Rollkragenpullover anzuziehen.

Ihr schulterlanges, vom Duschen noch feuchtes dunkelblondes Haar war windzerzaust, und sie bereute, daß sie keinen Schal mitgenommen hatte. Die alte Ermahnung ihrer Großmutter fiel ihr wieder ein: »Geh nie mit nassen Haaren nach draußen, sonst holst du dir den Tod.« Ihr wurde bewußt, daß sie in letzter Zeit ziemlich oft an Gran Susie dachte. Aber ihre Großmutter war ja auch in Greenwich Village aufgewachsen, und manchmal fragte Susan sich, ob ihr Geist nicht noch irgendwo in der Nähe schwebte.

An der Ampel Ecke Mercer und Houston Street blieb sie stehen. Es war erst halb acht, und auf den Straßen herrschte noch nicht viel Betrieb. In einer Stunde würde es hier nur so wimmeln von New Yorkern, die am Montag morgen wieder zur Arbeit antreten mußten.

Gott sei Dank habe ich das Wochenende überstanden, sagte sich Susan erleichtert. Sie hatte den Samstag und fast den ganzen Sonntag in Rye bei ihrer zutiefst niedergeschlagenen Mutter verbracht – kein Wunder, überlegte Susan, am Sonntag hätte sie ihren vierzigsten Hochzeitstag gefeiert. Zu allem Überfluß hatte Susan sich auch noch mit ihrer älteren Schwester Dee angelegt, die aus Kalifornien eingeflogen war.

Am Sonntag nachmittag, bevor sie nach New York zurückfuhr, hatte sie einen Höflichkeitsbesuch bei ihrem Vater im nahegelegenen Bedford Hills absolviert, wo er und Binky, seine zweite Frau, in seinem palastähnlichen Haus eine Cocktailparty gaben. Susan hatte den Verdacht, daß die Wahl des Zeitpunkts der Party Binkys Werk war. »Heute vor vier Jahren waren wir zum ersten Mal verabredet«, hatte sie geschwärmt.

Ich liebe meine Eltern heiß und innig, alle beide, dachte Susan, als sie das Bürogebäude betrat. Aber es gibt Momente, da möchte ich ihnen sagen, daß sie doch bitte schön endlich mal erwachsen werden sollten.

Gewöhnlich traf Susan morgens als erste auf der obersten Etage ein, doch als sie an der Anwaltskanzlei ihrer alten Freundin und Mentorin Nedda Harding vorbeikam, sah sie zu ihrer Überraschung im Empfangsbereich und im Korridor Licht brennen. Nedda selbst mußte die Frühaufsteherin sein.

Resigniert schüttelte sie den Kopf, öffnete die äußere Tür zur Kanzlei, die eigentlich verschlossen sein sollte, und ging an den noch dunklen Büros von Neddas Teilhabern und Angestellten vorbei. In der offenen Tür zu Neddas Büro blieb sie lächelnd stehen. Wie gewohnt war Nedda so konzentriert, daß sie Susan nicht bemerkte.

Nedda war in ihrer gewohnten Arbeitspose erstarrt – mit dem linken Arm auf dem Schreibtisch abgestützt, hielt sie mit der linken Hand ihre Stirn, während ihre rechte Hand über dem dicken Aktenordner verharrte, der geöffnet vor ihr lag, um bei Bedarf weiterzublättern. Das kurzgeschnittene silbergraue Haar war schon jetzt zerrauft, ihre Halbbrille rutschte ihr an der Nase herunter, und ihr kompakter Körper vermittelte den Eindruck, als wolle sie jeden Augenblick aufspringen und fluchtartig den Raum verlassen. Sie war eine der renommiertesten Anwältinnen von New York, doch ihre eher mütterliche Erscheinung ließ auf den ersten Blick kaum vermuten, mit wieviel Geschick und aggressiver Energie sie ihrer Arbeit nachging, was besonders ins Auge fiel, wenn sie vor Gericht einen Zeugen ins Kreuzverhör nahm.

Die beiden Frauen hatten sich vor zehn Jahren an der Universität von New York kennengelernt und Freundschaft geschlossen. Susan, damals zweiundzwanzig, studierte im zweiten Jahr Jura, und Nedda war Gastdozentin. In ihrem dritten Studienjahr hatte Susan ihre Seminare so geplant, daß sie an zwei Tagen in der Woche für Nedda arbeiten konnte.

Mit Ausnahme von Nedda war es für ihre Freunde ein ziemlicher Schock, als Susan nach zwei Jahren ihren Job als Assistentin des Staatsanwalts von Westchester County an den Nagel hängte und wieder zur Uni ging, um ihren Doktor in Psychologie zu machen. »Ich muß es einfach tun.« Mehr sagte sie damals nicht zur Erklärung.

Schließlich spürte Nedda doch, daß Susan in der Tür stand, und hob den Kopf. Ihr flüchtiges Lächeln war herzlich. »Sieh mal an, wer da ist. Wie war dein Wochenende, Susan? Oder soll ich lieber nicht fragen?«

Nedda war sowohl über Binkys Party als auch über den Hochzeitstag von Susans Mutter im Bilde.

»Meinen Erwartungen entsprechend«, erwiderte Susan trocken. »Am Samstag ist Dee bei Mom eingetrudelt, und die beiden haben sich zusammen die Augen ausgeheult. Ich habe Dee gesagt, ihre Depressionen würden es Mutter nur noch schwerer machen, mit ihrer Situation zurechtzukommen, und daraufhin ist sie über mich hergefallen. Sie sagte, wenn ich vor zwei Jahren hätte mitansehen müssen, wie *mein* Ehemann von einer Lawine in den Tod gerissen wird, so wie *sie* Jacks Tod mitansehen mußte, dann würde ich begreifen, was sie durchzumachen habe. Außerdem hat sie angedeutet, daß ich Mom eine viel größere Hilfe wäre, wenn sie sich ab und zu mal an meiner Schulter ausweinen könnte, statt sich immerzu anhören zu müssen, sie solle wieder anfangen zu leben. Als ich sagte, ich hätte schon Arthritis in der Schulter von all den Tränen, ist Dee nur noch wütender geworden. Aber Mom hat wenigstens gelacht.

Und dann die Party bei Dad und Binky«, fuhr sie fort. »Übrigens will Dad jetzt, daß ich ihn ›Charles‹ nenne, und das sagt ja wohl alles zu diesem Thema.« Sie seufzte. »Das war mein Wochenende. Noch eins von dieser Sorte, und ich brauche selbst professionelle Hilfe. Aber ich bin zu billig mit meinen Honoraren, um mir selbst einen Therapeuten leisten zu können, also werde ich mich wohl mit Selbstgesprächen begnügen müssen.«

Nedda betrachtete sie mitfühlend. Sie kannte als einzige von Susans Freunden die ganze Geschichte von Jack und Dee, von Susans Eltern und ihrer schmutzigen Scheidung. »Klingt so, als ob du ein Überlebenstraining brauchen könntest«, sagte sie.

Susan lachte. »Vielleicht fällt dir ja was für mich ein. Setz es auf meine Rechnung, Kumpel, zu den übrigen Schulden, die ich noch bei dir habe, weil du mir den Job beim Radio verschafft hast. Jetzt verziehe ich mich mal lieber. Ich muß noch was für die Sendung vorbereiten. Ach, übrigens – habe ich in letzter Zeit mal danke gesagt?«

Vor einem Jahr hatte Marge Mackin, eine beliebte Radiomoderatorin und enge Freundin von Nedda, Susan zu ihrer Sendung ins Studio eingeladen. Sie sollte als Rechtsexpertin und Psychologin einen aufsehenerregenden Prozeß kommentieren. Der Erfolg ihrer ersten Stippvisite im Radio führte dazu, daß sie regelmäßig an der Sendung teilnahm, und als Marge zum Fernsehen überwechselte, bot man Susan an, sie als Moderatorin der täglichen Talkradioshow zu ersetzen.

»Ach, Unsinn. Du hättest den Job nicht bekommen, wenn du nicht kompetent wärst. Du bist verdammt gut, und das weißt du auch«, sagte Nedda entschlossen. »Wer ist heute dein Gast?«

»In dieser Woche konzentriere ich mich auf die Frage, wie Frauen in ihrer jeweiligen sozialen Umgebung auf ihre Sicherheit achten sollten. Donald Richards, ein auf Kriminologie spezialisierter Psychiater, hat ein Buch mit dem Titel *Verschwundene Frauen* geschrieben. Es handelt von Vermißtenfällen, mit denen er befaßt war. Viele hat er gelöst, aber eine Reihe interessanter Fälle sind noch ungeklärt. Ich habe das Buch gelesen, und es ist gut. Zunächst schildert er das Vorleben jeder einzelnen Frau und die Umstände, unter denen sie verschwunden ist. Dann beleuchtet er die möglichen Gründe, warum eine so intelligente Frau sich mit einem Killer abgegeben haben könnte, und am Schluß versucht er, Schritt für Schritt den möglichen Tathergang zu rekonstruieren. Wir sprechen über das Buch und die interessantesten Fälle, und anschließend überlegen wir, wie unsere Hörerinnen im allgemeinen potentiell gefährliche Situationen vermeiden können.«

»Starkes Thema.«

»Finde ich auch. Ich habe beschlossen, das Verschwinden von Regina Clausen zur Sprache zu bringen. Dieser Fall hat mich immer fasziniert. Erinnerst du dich an sie? Ich habe sie oft auf CNBC gesehen und fand sie großartig. Vor sechs Jahren habe ich mit dem Scheck, den Dad mir zum Geburtstag gegeben hatte, ein von ihr empfohlenes Aktienpaket gekauft. Es hat sich als wahre Goldgrube erwiesen. Deshalb habe ich irgendwie das Gefühl, daß ich ihr etwas schuldig bin.«

Nedda schaute auf. »Regina Clausen verschwand vor etwa drei Jahren, als sie während einer Schiffsreise in Hongkong an Land ging. Ich erinnere mich sehr gut. Der Fall erregte damals großes Aufsehen.«

»Zu der Zeit war ich schon aus der Staatsanwaltschaft ausgeschieden«, sagte Susan. »Aber ich besuchte dort gerade eine Freundin, als Jane Clausen, Reginas Mutter – die damals in Scarsdale lebte – vorbeikam, um den Staatsanwalt um Hilfe zu bitten. Es gab allerdings keinen Hinweis darauf, daß Regina Hongkong wieder verlassen hatte, daher war der Staatsanwalt von Westchester County natürlich nicht zuständig. Die arme Frau zeigte Fotos von Regina und sagte immer wieder, wie sehr ihre Tochter sich auf die Kreuzfahrt gefreut habe. Jedenfalls konnte ich den Fall nie vergessen, und deshalb werde ich heute im Radio darüber sprechen.«

Neddas Gesicht wurde weicher. »Ich kenne Jane Clausen flüchtig. Wir haben im selben Jahr unseren Abschluß am Smith College gemacht. Sie wohnt am Beekman Place. Früher war sie sehr still, deshalb vermute ich, daß Regina privat auch eher scheu war.«

Susan zog die Augenbrauen hoch. »Schade, daß ich nichts von deiner Bekanntschaft mit Mrs. Clausen wußte. Du hättest womöglich ein Gespräch arrangieren können. Nach meinen Informationen wußte Reginas Mutter nichts von einem Mann, mit dem ihre Tochter sich eingelassen haben könnte. Aber wenn sie sich dazu bewegen ließe, mit mir zu reden, wäre es mir eventuell möglich, etwas herauszubekommen, das damals vielleicht unwichtig erschien, uns heute jedoch neue Anhaltspunkte geben könnte.«

Nedda runzelte konzentriert die Stirn. »Vielleicht ist es noch nicht zu spät. Der Anwalt der Clausens heißt Doug Layton. Ich bin ihm ein paarmal begegnet. Um neun rufe ich ihn an. Mal sehen, ob er uns in Verbindung mit ihr bringen kann.«

Um zehn nach neun summte die Gegensprechanlage auf Susans Schreibtisch. Janet, ihre Sekretärin, meldete sich. »Douglas Layton, ein Rechtsanwalt, ist auf Leitung eins.

Machen Sie sich auf was gefaßt, Doc. Besonders glücklich klingt er nicht.«

Jeden Tag wünschte Susan, Janet, sonst eine ausgezeichnete Sekretärin, hielte es nicht für nötig, zu jedem ihrer Anrufer einen Kommentar abzugeben. Nein, dachte Susan, eigentlich ist das Problem, daß sie mit ihrer Einschätzung gewöhnlich ins Schwarze trifft.

Tatsächlich war nicht zu überhören, daß der Anwalt der Clausens alles andere als erbaut war. »Dr. Chandler, wir müssen uns gegen jede Verunglimpfung von Mrs. Clausens Trauer strengstens verwahren«, sagte er schroff. »Regina war ihr einziges Kind. Es wäre schon schlimm genug, hätte man ihre Leiche gefunden. Da dies aber nicht geschehen ist, lebt Mrs. Clausen bis heute in quälender Ungewißheit. Sie fragt sich unaufhörlich, wie es ihrer Tochter ergehen mag, sollte sie noch am Leben sein. Ich hätte gedacht, eine Freundin von Nedda Harding würde diese Form der Sensationsberichterstattung, die den Schmerz anderer Menschen zum Gegenstand vulgärpsychologischer Effekthascherei macht, entschieden ablehnen.«

Susan preßte die Lippen zusammen, um die scharfe Antwort zu unterdrücken, die ihr auf der Zunge lag. Als sie sprach, klang ihre Stimme kalt, jedoch gelassen. »Mr. Layton, Sie haben selbst den Grund genannt, warum der Fall *unbedingt* im Radio erörtert werden sollte. Zweifellos ist es unendlich viel schlimmer für Mrs. Clausen, sich Tag für Tag fragen zu müssen, ob ihre Tochter noch am Leben ist und irgendwo Folterqualen erleidet, als definitiv zu wissen, was aus ihr geworden ist. Wie man hört, konnten weder die Polizei von Hongkong noch die Privatdetektive, die Mrs. Clausen engagiert hat, einen Hinweis auf Reginas Verbleib finden, nachdem sie von Bord gegangen war. Man kann meine Sendung in fünf Bundesstaaten empfangen. Die Chance ist sehr gering, das weiß ich wohl, aber vielleicht hört ja doch jemand zu, der damals auf der

Gabrielle mitfuhr oder sich zur gleichen Zeit in Hongkong aufhielt. Und vielleicht ruft derjenige oder diejenige an, um uns einen Tip zu geben. Womöglich hat jemand Regina gesehen, nachdem sie die *Gabrielle* verlassen hatte. Schließlich war sie regelmäßig auf CNBC zu sehen, und manche Menschen haben ein ausgezeichnetes Personengedächtnis.«

Ohne ihm Gelegenheit zu einer Antwort zu geben, legte Susan auf. Sie beugte sich vor und schaltete das Radio ein. Für die heutige Sendung hatte sie Vorschauen zu ihrem Gast und dem Fall Clausen vorbereitet, die bereits am Freitag gesendet worden waren. Jed Geany, ihr Produzent, hatte versprochen, daß der Sender sie heute morgen noch einmal ausstrahlen würde. Hoffentlich hatte er es nicht vergessen.

Zwanzig Minuten später, als sie gerade die Schulzeugnisse eines siebzehnjährigen Patienten inspizierte, lief die erste Vorschau. Dann halten wir uns mal die Daumen, daß jemand zuhört, der etwas über den Fall weiß, dachte sie.

2

Es war reiner Zufall, daß er am Freitag sein Autoradio auf den Sender der Talkshow eingestellt hatte, sonst hätte er die Vorschau verpaßt. Es herrschte zäher Verkehr, und er hörte nur mit halbem Ohr hin. Doch als der Name Regina Clausen fiel, drehte er die Lautstärke auf und war voll konzentriert.

Nicht, daß es einen Grund zur Besorgnis gab. Das versicherte er sich immer wieder. Schließlich war Regina diejenige gewesen, die sich am schnellsten, am bereitwilligsten von allen seinen Plänen gefügt hatte; sie war rückhaltlos einverstanden gewesen, als er sagte, niemand dürfe etwas von ihrer Romanze auf See merken.

Wie immer hatte er jede erdenkliche Vorsichtsmaßnahme getroffen. Oder doch nicht?

Am Montag morgen, als er die Vorschau erneut im Radio hörte, kamen ihm Zweifel. Beim nächsten Mal würde er ganz besonders vorsichtig sein. Aber das nächste Mal würde ja auch das letzte Mal sein. Bis jetzt waren es vier. Eine fehlte noch. Er würde sie nächste Woche auswählen, und wenn sie erst ihm gehörte, wäre seine Mission erfüllt und er würde endlich Frieden finden.

Selbstverständlich hatte er keinen Fehler gemacht. Niemand würde ihn aufhalten können. Aufgebracht lauschte er der herzlichen, aufmunternden Stimme von Dr. Susan Chandler: »Regina Clausen war eine namhafte Anlageberaterin. Sie war Tochter, Freundin und eine sehr großzügige Sponsorin zahlreicher karitativer Stiftungen. In meiner heutigen Sendung wollen wir über ihr Verschwinden sprechen. Wir möchten das Geheimnis lüften. Vielleicht können Sie uns dabei helfen. Schalten Sie also ein.«

Er schaltete das Radio schnell aus. »Liebe Dr. Susan«, sagte er laut, »laß die Finger von dieser Sache, und zwar sofort. Es ist nicht deine Angelegenheit. Und ich warne dich – wenn du mich zwingst, dich zu meiner Angelegenheit zu machen, sind deine Tage gezählt.«

3

Dr. Donald Richards, der Autor von *Verschwundene Frauen* und damit ihr heutiger Gast, wartete bereits im Studio, als Susan dort ankam. Er war etwa Ende Dreißig, groß und dünn und hatte blaue Augen und dunkelbraunes Haar. Als er aufstand, um sie zu begrüßen, nahm er seine Lesebrille ab. Freundlich lächelnd schüttelte er ihre Hand. »Dr. Chandler, ich muß Sie warnen. Es ist mein erstes Buch. Ich bin ein Neuling im Werbezirkus und deshalb ziemlich nervös. Versprechen Sie, mich zu retten, wenn ich keinen Ton mehr herausbringe?«

Susan lachte. »Dr. Richards, ich heiße Susan, und vergessen Sie das Mikrofon einfach. Tun Sie so, als wären wir Nachbarn, die am Gartenzaun miteinander plaudern.«

Wollte er mich auf den Arm nehmen, oder was? dachte sie eine Viertelstunde später, als Richards ruhig und mit unaufdringlichem Sachverstand die authentischen Fälle in seinem Buch erörterte. Sie nickte zustimmend, als er sagte: »Wenn ein Mensch verschwindet – ich spreche selbstverständlich von Erwachsenen, nicht von Kindern –, stellen sich die Behörden zunächst die Frage, ob er aus eigenem Antrieb verschwunden ist. Wie Sie wissen, Susan, beschließen jährlich erstaunlich viele Menschen aus heiterem Himmel, nicht mehr nach Hause zurückzukehren und ein völlig neues Leben anzufangen. Normalerweise sind Ehekrisen oder finanzielle Probleme der Grund, und ich halte das für ein ziemlich feiges Davonstehlen – aber es kommt vor. Von den jeweiligen konkreten Umständen mal abgesehen, ist der erste Schritt, um einen Vermißten aufzuspüren, die Überprüfung seiner Kreditkarten.«

»Ob sie entweder von ihm oder von einer Person, die sie gestohlen hat, belastet werden«, warf Susan ein.

»Richtig«, sagte Richards. »Liegt ein freiwilliges Verschwinden vor, stellen wir in der Regel fest, daß der Betroffene das, worunter er oder sie litt, schlicht keinen Tag länger ertragen konnte. Diese Art des Verschwindens kommt im Grunde einem Hilferuf gleich. In einigen Fällen ist das Verschwinden natürlich nicht freiwillig; manchmal steckt ein Verbrechen dahinter. Aber das ist nicht immer leicht zu entscheiden. Es ist zum Beispiel sehr schwierig, jemanden des Mordes zu überführen, wenn keine Leiche gefunden wurde. Die Täter, die ohne Verurteilung davonkommen, haben ihre Opfer zumeist so gründlich beseitigt, daß ihr Tod nicht zweifelsfrei festgestellt werden kann. Zum Beispiel …«

Sie diskutierten über mehrere ungeklärte Fälle, die er in seinem Buch behandelt hatte. Die vermißten Frauen waren nie gefunden worden. Dann sagte Susan: »Noch einmal zur Erinnerung für meine Zuhörer – wir sprechen mit Dr. Donald Richards, Kriminologe, Psychiater und Autor des Titels *Verschwundene Frauen*, eine faszinierende, leicht zugängliche Sammlung von Fallgeschichten über Frauen, die alle in den letzten zehn Jahren verschwunden sind. Und nun, Dr. Richards, wüßte ich gern Ihre Meinung zu einem Fall, den Sie nicht in Ihrem Buch behandeln – dem Fall Regina Clausen. Lassen Sie mich unseren Zuhörern zunächst die Umstände des Verschwindens dieser Frau schildern.«

Susan brauchte nicht auf ihre Notizen zurückzugreifen. »Regina Clausen war eine hochangesehene Anlageberaterin bei Lang Taylor Securities. Zum Zeitpunkt ihres Verschwindens war sie dreiundvierzig Jahre alt. Ihren Bekannten zufolge gab sie sich privat stets sehr zurückhaltend. Sie lebte allein und verbrachte ihren Urlaub gewöhnlich zusammen mit ihrer Mutter. Vor drei Jahren erholte sich ihre Mutter gerade von einem Knöchelbruch, daher buchte Regina Clausen auf eigene Faust eine Teilroute der Weltumrundung des Luxusliners *Gabrielle*. Sie ging in Perth an Bord und hatte vor, nach Bali, Hongkong, Taiwan und Japan mitzufahren und in Honolulu das Schiff zu verlassen. Statt dessen ging sie in Hongkong von Bord; sie sagte, sie wolle sich dort ein wenig länger aufhalten und in Japan wieder auf die *Gabrielle* zurückkehren. Da erfahrene Schiffsreisende ihre Route regelmäßig auf diese Weise ändern, erregte ihr Plan keinerlei Aufsehen. Regina ging mit nur einem Koffer und einer Tragetasche von Bord und soll guter Stimmung gewesen sein, sogar einen glücklichen Eindruck gemacht haben. Sie nahm ein Taxi zum Peninsula Hotel, meldete sich dort an, deponierte ihr Gepäck in ihrem Zimmer und verließ das Hotel gleich darauf wieder. Von da an wurde sie nicht mehr gesehen.

Dr. Richards, was würden Sie als erstes unternehmen, wenn Sie zu diesem Fall ermitteln sollten?«

»Ich würde mir die Passagierliste geben lassen, um nachzusehen, ob noch eine andere Person Vorkehrungen traf, in Hongkong zu bleiben«, antwortete Richards sofort. »Außerdem würde ich mich erkundigen, ob sie auf dem Schiff Anrufe oder Faxe erhielt. Das Kommunikationsbüro müßte über entsprechende Aufzeichnungen verfügen. Dann würde ich die übrigen Passagiere befragen, ob ihnen vielleicht aufgefallen ist, daß sie sich an Bord mit jemandem, vor allem mit einem alleinreisenden Mann, angefreundet hatte.«

Richards hielt inne. »Das wäre erst der Anfang.«

»All das hat man getan«, sagte Susan zu ihm. »Die Schiffahrtsgesellschaft, Privatdetektive sowie die Behörden von Hongkong haben gründliche Nachforschungen angestellt. Vor drei Jahren hatten die Briten dort noch das Sagen. Mit Gewißheit ließ sich nur eines feststellen: Regina Clausen verschwand in dem Augenblick, als sie das Hotel verließ.«

»Ich würde sagen, sie wollte sich in Hongkong mit einem der männlichen Passagiere treffen und niemand sollte davon wissen«, erwiderte Richards. »Es könnte sich um eine klassische Romanze auf See gehandelt haben. Ich nehme an, diese Möglichkeit hat man in Betracht gezogen?«

»Ja, aber keiner der anderen Passagiere hat bemerkt, daß sie häufiger mit einer speziellen Person zusammen war.«

»Dann hatte sie sich vielleicht von Anfang an in Hongkong mit jemandem verabredet und wollte ihre Entscheidung, das Schiff zu verlassen und später wieder zuzusteigen, aus nur ihr bekannten Gründen spontan erscheinen lassen«, spekulierte Richards.

Per Kopfhörer empfing Susan das Signal des Produzenten, daß Anrufer warteten. »Nach den nun folgenden

Durchsagen sind unsere Anrufer an der Reihe«, sagte sie.

Sie nahm die Kopfhörer ab. »Durchsagen alias Werbung. Damit wir unsere Rechnungen bezahlen können.«

Richards nickte. »Alles klar. Übrigens war ich außer Landes, als der Fall Clausen die Medien beschäftigte, aber interessant ist er allemal. Nach den wenigen Informationen, die ich habe, würde ich sagen, daß auf jeden Fall ein Mann dahintersteckte. Eine scheue, einsame Frau ist besonders anfällig, wenn sie ihre vertraute Umgebung verläßt, in der ihr Arbeit und Familie Selbstvertrauen und Sicherheit geben.«

Er muß meine Mutter und meine Schwester kennen, dachte Susan und schluckte trocken.

»Aufgepaßt, wir sind gleich wieder auf Sendung. In der nächsten Viertelstunde beantworten wir Hörerfragen«, sagte sie, »und das wär's dann. Ich spreche mit den Leuten, und anschließend fachsimpeln wir beide.«

»Einverstanden.«

Sie setzten ihre Kopfhörer wieder auf, und nach dem Zehn-Sekunden-Countdown begann Susan zu sprechen. »Hier ist wieder Dr. Susan Chandler. Mein heutiger Gast ist Dr. Donald Richards, Kriminologe, Psychiater und Autor von *Verschwundene Frauen*. Vor der Pause haben wir über den Fall der gefragten Börsenmaklerin Regina Clausen geredet, die vor drei Jahren in Hongkong verschwand. Sie nahm an einer Weltumrundung des Luxusliners *Gabrielle* teil. Jetzt also zu den Anrufern.« Sie blickte auf den Monitor. »Die erste Anruferin ist Louise aus Fort Lee. Sie haben das Wort, Louise.«

Die Anrufe waren nach dem üblichen Muster gestrickt: *»Wie können so intelligente Frauen auf einen Killer hereinfallen?«*

»Wie denkt Dr. Richards über die Affäre Jimmy Hoffa?«

»Ist es nicht so, daß man mittels DNA noch Jahre später die Identität eines menschlichen Skeletts feststellen kann?«

Dann blieb nur noch Zeit für einen letzten Werbespot und einen Anruf.

Während der Pause meldete sich der Produzent aus dem Kontrollraum bei Susan. »Ich möchte noch einen letzten Anruf durchstellen. Aber ich warne dich, die Frau hat unsere Anruferidentifikation blockiert. Zuerst wollten wir ihren Anruf nicht entgegennehmen, aber sie sagte, daß sie eventuell etwas über das Verschwinden von Regina Clausen weiß. Also lohnt es sich, sie anzuhören. Sie bittet, wir sollen sie Karen nennen. Es ist aber nicht ihr richtiger Name.«

»Stellt sie durch.« Als das Sendelämpchen blinkte, sprach Susan ins Mikrofon. »Unsere letzte Anruferin heißt Karen. Mein Produzent sagt, daß sie uns vielleicht etwas Wichtiges mitzuteilen hat. Hallo, Karen.«

Die Anruferin sprach heiser und sehr leise, so daß man sie kaum verstehen konnte. »Dr. Susan, vor zwei Jahren habe ich an einer Weltumrundung teilgenommen. Es ging mir damals ziemlich mies, weil ich mich scheiden lassen wollte; die Eifersucht meines Mannes war unerträglich geworden. Auf dem Schiff gab's einen Mann ... Er bemühte sich um mich, aber heimlich und diskret. Wenn wir irgendwo anlegten, mußte ich mich dort an einem vorher festgelegten Ort mit ihm treffen, möglichst weit vom Schiff entfernt, und wir sahen uns zusammen die Stadt an. Danach trennten wir uns wieder und gingen jeder allein zum Schiff zurück. Er sagte, der Grund für die Heimlichtuerei sei, daß er uns den Klatsch ersparen wolle. Er war charmant und aufmerksam, was ich damals dringend brauchte. Dann schlug er vor, ich solle in Athen das Schiff verlassen, um dort mit ihm zusammenzusein. Anschließend würden wir nach Algier fliegen, und in Tanger könnte ich wieder an Bord gehen.«

Susan erinnerte sich an das Gefühl, das sie bei der Staatsanwaltschaft empfunden hatte, wenn eine wichtige Enthüllung eines Zeugen bevorstand. Sie merkte, daß Donald

Richards sich konzentriert vorbeugte, um jedes Wort mitzubekommen. »Taten Sie, was dieser Mann Ihnen vorschlug?« fragte sie.

»Ich hatte es vor, aber genau zu diesem Zeitpunkt rief mein Mann an und bat mich, unserer Ehe noch eine Chance zu geben. Der Mann, mit dem ich mich treffen wollte, war bereits von Bord gegangen. Ich wollte ihn anrufen, um ihm zu sagen, daß ich es mir anders überlegt hatte, aber in dem Hotel, in dem er angeblich absteigen wollte, war er nicht angemeldet. Ich sah ihn nie wieder. Allerdings habe ich ein Foto, auf dem er im Hintergrund zu sehen ist, und er hat mir einen Ring geschenkt, in den ›Du gehörst mir‹ eingraviert ist und den ich ihm natürlich nie zurückgeben konnte.«

Susan wählte ihre Worte sorgfältig. »Karen, was Sie uns da erzählen, könnte sehr wichtig für die Ermittlungen zu Regina Clausens Verschwinden sein. Würden Sie sich mit mir treffen und mir den Ring und das Foto zeigen?«

»Ich … ich kann mich nicht in diese Sache verwickeln lassen. Mein Mann würde einen Wutanfall kriegen, wenn er wüßte, daß ich damals einen anderen kennengelernt habe.«

Sie verschweigt uns etwas, dachte Susan. Ihr Name ist nicht Karen, und sie verstellt ihre Stimme. Und gleich wird sie auflegen.

»Karen, bitte kommen Sie zu mir in die Praxis«, sagte Susan schnell. »Hier ist die Adresse.« Sie rasselte sie herunter, dann fügte sie hinzu: »Regina Clausens Mutter muß wissen, was aus ihrer Tochter geworden ist. Ich verspreche Ihnen, daß ich Ihre Intimsphäre schützen werde.«

»Um drei Uhr bin ich da.« Dann wurde die Verbindung unterbrochen.

4

Carolyn Wells schaltete das Radio aus und trat nervös ans Fenster. Im Metropolitan Museum of Art auf der Straßenseite gegenüber rührte sich nichts. Am Montag war dort Ruhetag.

Seit sie bei *Fragen Sie Dr. Susan* angerufen hatte, quälten sie böse Vorahnungen, die sie nicht abschütteln konnte.

Hätten wir Pamela doch bloß nicht bestürmt, eine Deutung für uns zu machen, dachte sie und erinnerte sich an die beunruhigenden Vorfälle am Abend des vergangenen Freitag. Zum vierzigsten Geburtstag ihrer früheren Mitbewohnerin Pamela hatte sie ein Essen gegeben und auch die beiden anderen Frauen dazu eingeladen, mit denen sie vor langer Zeit ein Apartment in der East Eightieth Street geteilt hatte. Die Gruppe bestand aus Pamela, inzwischen Professorin am College; Lynn, Teilhaberin einer PR-Firma; Vickie, Nachrichtenmoderatorin bei einem Kabelsender, und ihr selbst, Innenarchitektin.

Sie hatten den Abend zum ›Frauenabend‹ erklärt – sprich Ehemänner oder Freunde waren nicht zugelassen – und sich zu viert gemütlich unterhalten. Wie alte Freundinnen eben.

Seit Jahren hatten sie Pamela nicht um eine Deutung – wie sie das nannten – gebeten. Als sie noch jünger und neu in der Stadt waren, hatten sie fast ein Ritual daraus gemacht, sie halb im Scherz um eine Prognose hinsichtlich ihrer Zukunft mit dem neuen Freund oder dem neuen Jobangebot zu bitten. Später hatten sie gelernt, ihre Fähigkeit mit mehr Ernst zu betrachten. Pamela wollte es zwar nicht wahrhaben, doch es war eine Tatsache – sie verfügte über die Gabe des zweiten Gesichts, so daß sich sogar, wenn auch sehr diskret, die Polizei in Entführungs- und Vermißtenfällen an sie wandte. Wenn sie auch nicht immer etwas zu den Ermittlungen beitragen konnte, oft genug ›sah‹ sie mit verblüffender Genauigkeit Einzelheiten, die halfen, das Schicksal vermißter Personen aufzuklären.

Am Freitag nach dem Essen, als sie sich alle bei einem Glas Portwein entspannten, hatte Pamela nachgegeben und sich bereit erklärt, für jede von ihnen eine Deutung zu machen. Wie stets bat sie ihre Freundinnen, einen persönlichen Gegenstand auszuwählen, den sie während der jeweiligen Deutung in der Hand halten konnte.

Ich war als letzte an der Reihe, dachte Carolyn und erinnerte sich an die Gefühle, die in ihr aufgestiegen waren. Irgend etwas in mir hat mich gewarnt, ich solle lieber darauf verzichten. Warum mußte ich auch ausgerechnet diesen blöden Ring auswählen? Ich habe ihn nie getragen, und wertvoll ist er auch nicht. Ich weiß nicht mal, warum ich ihn behalten habe.

In Wahrheit hatte sie den Ring an jenem Abend aus ihrer Schatulle mit Modeschmuck geholt, weil ihr tagsüber Owen Adams nicht aus dem Kopfe gegangen war, der Mann, der ihn ihr geschenkt hatte. Sie wußte, warum sie an ihn gedacht hatte. Sie war ihm vor genau zwei Jahren begegnet.

Als Pamela den Ring in der Hand hielt, fiel ihr die fast unleserliche Gravur an der Innenseite auf. Sie sah sie sich aus der Nähe an.

»›Du gehörst mir‹«, las sie, halb belustigt, halb entsetzt. »Ziemlich kraß für die heutige Zeit, findest du nicht auch, Carolyn? Justin hat das hoffentlich nicht ernst gemeint.«

Carolyn erinnerte sich an das Unbehagen, das sie empfunden hatte. »Justin hat keine Ahnung davon. Als wir uns damals für einige Zeit voneinander trennten, hat mir ein Mann den Ring auf dem Kreuzfahrtschiff verehrt. Ich kannte ihn kaum. Aber ich habe mich oft gefragt, was wohl aus ihm geworden ist. In letzter Zeit muß ich öfter an ihn denken.«

Pamela hatte die Hand um den Ring geschlossen, und augenblicklich ging eine merkliche Veränderung mit ihr vor. Ihr Körper versteifte sich, und ihr Gesicht war plötzlich ernst. »Carolyn, dieser Ring hätte der Anlaß für deinen Tod sein können«, sagte sie. »Er kann es immer noch werden. Wer auch immer ihn dir geschenkt hat, er wollte dir schaden.« Dann, als habe sie sich die Hand verbrannt, ließ sie den Ring auf den Couchtisch fallen.

Genau in diesem Augenblick drehte sich der Schlüssel im Schloß, und sie zuckten alle schuldbewußt zusammen wie Schulmädchen, die man bei einem Streich ertappt hat. In stiller Übereinkunft wechselten sie das Thema. Alle wußten, daß die Trennung für Justin eine Tabuangelegenheit war, und ebenso wußten sie, daß er für Pamelas Deutungen nicht das Geringste übrig hatte.

Carolyn erinnerte sich, wie sie den Ring schnell aufgehoben und in ihre Tasche gesteckt hatte. Dort war er immer noch.

Der Grund für die Trennung vor zwei Jahren war Justins maßlose Eifersucht gewesen, die Carolyn endgültig zuviel geworden war. »Ich kann nicht mit einem Mann zusammenleben, der jedesmal Verdacht schöpft, wenn ich mich ein paar Minuten verspäte«, hatte sie zu ihm gesagt. »Mein Job, meine Karriere ist mir wichtig, und wenn mich irgendein Problem länger im Büro festhält, muß man sich damit abfinden.«

Als er sie auf dem Schiff anrief, hatte er versprochen, sich zu ändern. Und er hat's weiß Gott versucht, dachte Carolyn. Er hat die Therapie gemacht. Aber wenn ich mich in diese Sache mit Dr. Susan verwickeln lasse, wird er denken, daß ich etwas mit Owen Adams hatte, und wir stehen wieder ganz am Anfang.

Spontan fällte sie eine Entscheidung. Sie würde die Verabredung mit Susan Chandler nicht einhalten. Statt dessen würde sie ihr das Foto zukommen lassen, das an Bord des Schiffes während der Cocktailparty des Kapitäns aufgenommen worden war, das Foto, auf dem man im Hintergrund Owen Adams sehen konnte. Ihr eigenes Konterfei würde sie von dem Bild abschneiden und es anschließend zusammen mit dem Ring an Susan Chandler schicken. Eine Notiz mit Owens Namen auf schlichtem weißem Papier, dachte sie, dann kann man den Brief nicht zu mir zurückverfolgen. Kurz und bündig.

Wenn es eine Verbindung zwischen Owen Adams und Regina Clausen gab, dann war es Susan Chandlers Aufgabe, sie herzustellen. Es wäre doch lächerlich, wenn sie, Carolyn, schriebe, eine medial begabte Freundin habe behauptet, der Ring sei ein Symbol für den Tod! Das konnte doch niemand ernst nehmen.

5

»Hier ist wieder Dr. Susan Chandler. Ich bedanke mich bei unserem Gast, Dr. Donald Richards, und bei den Zuhörern, die heute dabei waren.«

Das rote Sendelämpchen erlosch. Susan nahm die Kopfhörer ab. »Tja, das wär's«, sagte sie.

Ihr Produzent Jed Geany kam ins Studio. »Meinst du, die Frau hat die Wahrheit gesagt, Susan?«

»Ja. Ich kann nur hoffen, daß sie es sich nicht anders überlegt und zur verabredeten Zeit erscheint.«

Donald Richards verließ das Studio zusammen mit Susan. Er wartete, während sie einem Taxi winkte. Als sie einstieg, sagte er zögernd: »Ich tippe auf eine Chance von höchstens fünfzig zu fünfzig, daß Karen kommt. Wenn ja, würde ich danach gern mit Ihnen reden. Vielleicht kann ich helfen.«

Susan verstand selbst nicht, warum sie sich plötzlich ärgerte.

»Mal sehen, was passiert«, sagte sie unverbindlich.

»Mit anderen Worten heißt das – ›halten Sie sich da raus‹«, antwortete Richard leise. »Hoffentlich taucht sie auf. Viel Glück.«

6

Jane Clausen, vierundsiebzig Jahre alt, schaltete in ihrer Wohnung am Beekman Place das Radio aus, dann saß sie lange Zeit da und starrte aus dem Fenster auf die rasche Strömung des East River. Mit der ihr eigenen Geste strich sie sich eine Strähne ihrer weichen grauen Haare aus der Stirn. Seit drei Jahren, seit ihre Tochter Regina verschwunden war, kam sie sich innerlich wie erstarrt vor. Sie horchte unablässig, ob sich ein Schlüssel im Schloß drehte oder ob das Telefon läutete… Wenn sie dann abnahm, würde Regina in ihrer rücksichtsvollen Art sicher fragen: »Mutter, bist du gerade sehr beschäftigt?«

Sie wußte, daß Regina tot war. Im Grunde ihres Herzens war sie davon überzeugt. Es war eine primitive, instinktive Gewißheit. Sie hatte es von Anfang an gewußt, von dem Augenblick an, als man sie vom Schiff aus anrief, um ihr mitzuteilen, daß Regina nicht wie geplant wieder an Bord gekommen war.

Heute morgen hatte ihr Rechtsanwalt Douglas Layton angerufen, um sie erbost davon zu unterrichten, daß Dr. Susan Chandler im Radio Reginas Verschwinden thematisieren wollte. »Ich habe versucht, sie davon abzubringen, aber sie blieb dabei, daß es Ihnen nur nützen würde, endlich die Wahrheit zu erfahren, und dann hat sie aufgelegt«, stieß er angespannt hervor.

Inzwischen hatte sie viel nachgedacht. Diese Dr. Susan Chandler irrte sich. Regina – so intelligent, so angesehen in der Finanzwelt – war einer der zurückhaltendsten Menschen gewesen, die man sich denken konnte.

Noch zurückhaltender als ich, dachte Jane Clausen sachlich. Vor zwei Jahren hatte das Fernsehen in einer Sendung über Vermißte einen Beitrag über ihre Tochter bringen wollen. Sie hatte damals ihre Mitarbeit verweigert, aus dem gleichen Gefühl heraus, das sie vorhin bei Dr. Chandlers Sendung überkommen hatte. Es tat ihr weh, daß dieser

Autor, Donald Richards, angedeutet hatte, Regina sei so dumm gewesen, mit einem Mann auf- und davongehen zu wollen, den sie kaum kannte.

Ich kenne meine Tochter, dachte Jane Clausen. Das war nicht ihre Art. Doch selbst wenn ihr ein solcher Fehler unterlaufen wäre, hätte sie es nicht verdient, im Fernsehen oder im Radio bloßgestellt und von aller Welt bemitleidet oder verspottet zu werden. Jane konnte sich lebhaft vorstellen, wie die Regenbogenpresse sich darauf stürzen würde, daß Regina Clausen trotz ihrer Herkunft und ihres beruflichen Erfolgs nicht klug oder erfahren genug gewesen war, um einen Betrüger zu durchschauen.

Nur Douglas Layton, der Anwalt der Investmentfirma, die das Familienvermögen verwaltete, wußte, wie verzweifelt sie nach einer Erklärung für das Verschwinden ihrer Tochter gesucht hatte. Nur er wußte, daß von den besten Privatdetektiven alle Hebel in Bewegung gesetzt worden waren, um ihr Verschwinden aufzuklären, nachdem die Polizei aufgegeben hatte.

Aber ich hatte auch unrecht, dachte Jane Clausen. Ich habe mir eingeredet, Regina wäre durch einen Unfall ums Leben gekommen, um den Verlust erträglicher zu machen. In dem Szenarium, das sie sich zum Trost ausgedacht hatte, war Regina, die immer wieder wegen Herzrhythmusstörungen in Behandlung gewesen war, einem plötzlichen Herzinfarkt erlegen. So wie es ihrem Vater in noch jungen Jahren ergangen war. Irgend jemand – vielleicht ein Taxifahrer – hatte sich aus Angst vor Scherereien ihrer Leiche entledigt. In dieser Fantasievorstellung bekam Regina nicht bewußt mit, was mit ihr geschah, und sie litt auch nicht.

Aber wie war dann dieser Anruf zu erklären, der Anruf von Karen, die von einem Mann berichtete, der sie gedrängt hatte, ihre Kreuzfahrt zu unterbrechen? Sie hatte von einem Ring gesprochen – einem Ring, in den die Worte ›Du gehörst mir‹ eingraviert waren.

Jane Clausen hatte den Spruch sofort wiedererkannt, und es hatte sie zutiefst erschüttert, die ihr vertrauten Worte zu hören. Wäre alles nach Plan verlaufen, dann hätte Regina erst in Honolulu von Bord der *Gabrielle* gehen müssen. Als sie in Hongkong nicht zum Schiff zurückkehrte und auch in Honululu nicht auftauchte, wurden die Kleider und Wertsachen, die noch in ihrer Kabine lagerten, nach Amerika geschickt. Auf Bitten der Behörden hatte Jane die Sachen sorgfältig durchgesehen, um festzustellen, ob etwas fehlte. Der Ring war ihr aufgefallen, weil er so frivol, so ganz und gar wertlos war – ein hübscher kleiner Türkisring von der Sorte, die Touristen als Souvenir kaufen. Sie hatte gedacht, daß Regina den eingravierten Spruch an seiner Innenseite entweder nicht bemerkt oder bewußt ignoriert hatte. Der Türkis war ihr Geburtsstein.

Aber wenn diese Frau, die sich Karen nannte, erst vor zwei Jahren einen ähnlichen Ring zum Geschenk erhalten hatte – hieß das dann nicht, daß der Mann, der für Reginas Tod verantwortlich war, es eventuell noch auf andere Frauen abgesehen hatte? Regina war in Hongkong verschwunden. Karen sagte, sie habe sich ausschiffen sollen, um nach Algier zu fliegen.

Jane Clausen stand auf und wartete, bis die Schmerzen in ihrem Rücken nachließen, dann ging sie langsam vom Arbeitszimmer in den Raum, den sie und ihre Haushälterin vorsichtig als das ›Gästezimmer‹ bezeichneten.

Ein Jahr nach Reginas Verschwinden hatte sie die Wohnung ihrer Tochter aufgegeben und ihr eigenes viel zu großes Haus in Scarsdale verkauft. Sie hatte diese Fünf-Zimmer-Wohnung am Beekman Place erworben und das zweite Schlafzimmer mit Reginas Möbeln eingerichtet, ihre Kleider in Schubladen und Schränke sortiert, ihre Bilder aufgehängt und ihren Krimskrams aufgestellt.

Manchmal, wenn sie allein war, ging Jane mit einer Tasse Tee in das Zimmer, setzte sich auf das kleine Brokatsofa, das Regina auf einer Auktion ersteigert hatte, und überließ sich den Erinnerungen an eine glücklichere Zeit.

Jetzt ging sie zur Kommode hinüber, zog die oberste Schublade auf und entnahm ihr das Lederkästchen, in dem Regina ihren Schmuck aufbewahrt hatte.

Der Türkisring lag in einem mit Samt gefütterten Fach. Sie steckte ihn an ihren Finger.

Kurz entschlossen ging sie zum Telefon und rief Douglas Layton an. »Douglas«, sagte sie leise, »heute um Viertel vor drei werden Sie und ich in der Praxis von Dr. Susan Chandler vorsprechen. Sie haben die Sendung verfolgt?«

»Ja, Mrs. Clausen.«

»Ich muß mit der Anruferin reden.«

»Dann sage ich Dr. Chandler am besten Bescheid, daß wir kommen.«

»Genau das sollen Sie *nicht* tun. Ich habe die Absicht, rechtzeitig dort zu sein, um selbst mit dieser jungen Frau, dieser Karen, zu sprechen.«

Jane Clausen legte den Hörer auf. Seit sie wußte, wie wenig Zeit ihr noch blieb, hatte sie sich mit dem Gedanken zufriedengegeben, daß ihr tiefer Kummer über ihren Verlust bald ein Ende haben würde. Doch jetzt stieg ein neues heißes Verlangen in ihr auf – sie mußte dafür sorgen, daß keiner anderen Mutter der Schmerz zugefügt wurde, den sie selbst in den vergangenen drei Jahren erlitten hatte.

7

Auf dem Heimweg im Taxi ging Susan in Gedanken noch einmal die Termine durch, die sie für den heutigen Tag vereinbart hatte. In knapp einer Stunde, um ein Uhr, sollte sie einen psychologischen Test mit einem Siebtkläßler machen, der Symptome einer leichten Depression zeigte. Sie vermutete, daß es um mehr ging als die üblichen Identitätsprobleme in der Pubertät. Eine Stunde später würde eine fünfundsechzigjährige Frau kommen, die kurz vor der Pensionierung stand und vor lauter Panik schlaflose Nächte verbrachte.

Und um drei Uhr hoffte sie der Frau zu begegnen, die sich Karen nannte. Am Telefon hatte sie allerdings so verängstigt geklungen, daß Susan befürchtete, sie könne ihre Meinung geändert haben. Wovor hat sie solche Angst? fragte sie sich.

Als Susan die Tür zu ihrer Praxis öffnete, empfing Janet sie mit einem anerkennenden Lächeln. »Tolle Sendung, Doktor. Es haben wer weiß wie viele Leute angerufen. Ich bin schon gespannt auf Karen.«

»Ich auch.« In Susans Stimme schwang ein pessimistischer Tonfall mit. »Irgendwelche wichtigen Nachrichten?«

»Ja. Ihre Schwester Dee hat vom Flughafen angerufen. Sie sagte, sie fände es schade, daß sie Ihre Sendung gestern verpaßt hat. Dann wollte sie sich entschuldigen, weil sie Ihnen am Samstag an die Kehle gesprungen ist. Außerdem wollte sie wissen, was Sie von Alexander Wright halten. Sie hat ihn auf der Party kennengelernt, als Sie schon gegangen waren. Sie sagt, er sei unwahrscheinlich attraktiv.« Janet reichte ihr einen Zettel. »Ich habe alles notiert.«

Susan dachte an den Mann, der mitangehört hatte, wie ihr Vater sie bat, ihn in Zukunft Charles zu nennen. Um die Vierzig, etwa einsachtzig groß, dunkelblondes Haar, einnehmendes Lächeln, erinnerte sie sich. Er war zu ihr gekommen, als ihr Vater sich entfernte, um einen neuen Gast zu begrüßen. »Nehmen Sie es sich nicht zu Herzen. Vermutlich war das Binkys Idee«, hatte er sie aufgemuntert. »Holen wir uns Champagner und gehen wir nach draußen.«

Es war einer jener herrlichen Abende im Frühherbst, und sie hatten auf der Terrasse gestanden und träge an ihren Champagnerflöten genippt. Der gepflegte Rasen und die prächtig kultivierten Gartenanlagen boten eine erlesene Kulisse für die mit Türmchen geschmückte Villa, die ihr Vater für Binky erbaut hatte.

Susan hatte Alex Wright gefragt, woher er ihren Vater kenne.

»Bis heute kannte ich ihn nicht«, hatte er erklärt. »Aber mit Binky stehe ich seit Jahren in Verbindung.« Er hatte sie gefragt, was sie beruflich machte, und hob die Augenbrauen, als sie sagte, sie sei klinische Psychologin.

»Ich bin nicht völlig hinter dem Mond«, hatte er schnell erklärt. »Aber wenn ich den Titel ›klinischer Psychologe‹ höre, muß ich spontan an einen sehr ernsthaften älteren Menschen denken, nicht an eine junge, außergewöhnlich attraktive Frau wie Sie. Diese beiden Dinge vertragen sich nicht.«

Sie trug ein dunkelgrünes Kleid aus Wollkrepp und als Accessoire einen apfelgrünen Schal, eines der Ensembles, die sie in jüngster Zeit gekauft hatte, um für die Pflichtbesuche bei ihrem Vater ausgerüstet zu sein.

»Meistens laufe ich Sonntag nachmittags in einem uralten Pullover und Jeans herum«, sagte sie zu ihm. »Können Sie mit diesem Bild besser leben?«

Da Susan sich den Anblick ersparen wollte, wie ihr Vater um Binky herumscharwenzelte, und auch keinen Wert darauf legte, ihrer Schwester zu begegnen, war sie bald darauf gegangen – allerdings nicht bevor eine ihrer Freundinnen ihr zuraunte, Alex Wright sei der Sohn des verstorbenen Alexander Wright, des legendären Philanthropen. »Die Wright Bibliothek. Das Wright Kunstmuseum. Das Wright Center für Darstellende Künste. Richtig dickes Geld!« hatte sie ihr zugeflüstert.

Susan las die Nachricht, die ihre Schwester ihr hinterlassen hatte. Er ist wirklich sehr attraktiv, dachte sie. Hmmm.

Corey Marcus, ihr zwölfjähriger Patient, hatte den Test glänzend bestanden. Doch als sie sich unterhielten, wurde Susan wie so oft daran erinnert, daß es in der Psychologie in erster Linie um Gefühle geht, nicht um Intelligenz. Die Eltern des Jungen hatten sich scheiden lassen, als er zwei Jahre alt war, lebten jedoch auch danach nahe beieinander und blieben Freunde; zehn Jahre lang war er problemlos zwischen den beiden Häusern gependelt. Vor kurzem hatte man seiner Mutter allerdings einen Job in San Francisco angeboten, und plötzlich war das bequeme Arrangement bedroht.

Corey kämpfte mit den Tränen. »Ich weiß, sie will den Job annehmen, und das bedeutet, daß ich meinen Dad nur noch sehr selten sehe.«

Rein verstandesmäßig sah er ein, wie viele neue Möglichkeiten sich seiner Mutter durch den Job eröffneten. Rein gefühlsmäßig wünschte er, sie würde den Job ablehnen und ihn nicht von seinem Vater trennen.

»Was meinst du, was sollte sie deiner Meinung nach tun?« fragte Susan.

Er dachte kurz nach. »Ich denke, Mom sollte den Job annehmen. Es wäre nicht fair, wenn sie ihn ausschlagen müßte.«

Was für ein lieber Kerl, dachte Susan. Jetzt war es ihre Aufgabe, ihm dabei zu helfen, den Veränderungen, die der Umzug für ihn mit sich brachte, etwas Positives abzugewinnen.

Esther Foster, die angehende Pensionärin, die um zwei Uhr kam, sah blaß und verhärmt aus. »Noch zwei Wochen bis zur großen Party, sprich ›verzieh dich, Essy‹.« Sie war den Tränen nahe. »Dieser Job war mein Leben, Dr. Chandler«, sagte sie. »Neulich bin ich zufällig einem Mann begegnet, den ich früher einmal hätte heiraten können. Er ist jetzt sehr erfolgreich, und er und seine Frau sind sehr glücklich miteinander.«

»Wollen Sie damit sagen, daß Sie es bedauern, ihn nicht geheiratet zu haben?« fragte Susan leise.

»O ja!«

Susan blickte ihr fest in die Augen. Im nächsten Augenblick zuckten Esthers Mundwinkel, und sie lächelte schwach. »Damals war er furchtbar langweilig, und so sehr hat er sich nun auch wieder nicht verändert«, gab sie zu. »Aber ich wäre wenigstens nicht allein.«

»Definieren Sie doch mal die Bedeutung des Wortes ›allein‹«, schlug Susan vor.

Als Esther Foster um Viertel vor drei ging, erschien Janet mit einem Behälter Hühnerbrühe und einer Schachtel Cracker.

Kurz darauf teilte Janet ihr mit, daß Regina Clausens Mutter und ihr Anwalt Douglas Layton im Empfangsbereich warteten.

»Sie sollen in den Konferenzraum gehen«, wies Susan sie an. »Ich spreche dort mit ihnen.«

Jane Clausen hatte sich kaum verändert, seit Susan sie im Büro des Staatsanwalts von Westchester County gesehen hatte. Sie war tadellos gekleidet, trug ein schwarzes Kostüm, das ein Vermögen gekostet haben mußte; ihr graues Haar war perfekt frisiert, und sie strahlte eine Zurückhaltung aus, die wie ihr ganzes Benehmen auf eine gute Kinderstube schließen ließ.

Der Anwalt, der heute morgen am Telefon noch so grob mit ihr umgesprungen war, gab sich bedauernd. »Dr. Chandler, ich hoffe, Sie halten uns nicht für aufdringlich. Mrs. Clausen muß Ihnen etwas Wichtiges zeigen, und sie würde sehr gern mit der Frau sprechen, die heute morgen bei Ihnen im Sender angerufen hat.«

Susan unterdrückte ein Lächeln, als sie trotz seiner kräftigen Sonnenbräune eine verräterische Röte in seinem Gesicht bemerkte. Laytons dunkelblondes Haar war von der Sonne gebleicht, und obgleich er einen dezenten dunklen Anzug mit Krawatte trug, gelang es ihm, den Eindruck eines Mannes zu vermitteln, der sich gern und oft im Freien aufhielt.

Ein Segler, entschied Susan aus keinem besonderen Grund.

Sie schaute auf ihre Uhr. Es war zehn Minuten vor drei, höchste Zeit, Nägel mit Köpfen zu machen. Sie beachtete Layton nicht, sondern wandte sich direkt an Regina Clausens Mutter. »Mrs. Clausen, ich bin keineswegs sicher, daß die Frau, die beim Sender angerufen hat, kommt. Und leider befürchte ich, daß sie, wenn sie Sie hier sieht, rückwärts zur Tür hinausgeht. Also muß ich Sie bitten, vorerst in diesem Raum zu bleiben. Ich empfange sie in meinem Sprechzimmer, und sobald ich herausgefunden habe, was sie weiß, frage ich sie, ob sie bereit ist, mit Ihnen zu reden. Aber ich kann nicht zulassen, daß Sie ihre Intimsphäre verletzen, wenn sie auf Anonymität besteht. Das müssen Sie verstehen.«

Jane Clausen öffnete ihre Handtasche und holte einen Türkisring heraus. »Dieser Ring befand sich in der Kabine meiner Tochter auf der *Gabrielle*. Ich habe ihn gefunden, als man mir ihre Sachen geschickt hat. Bitte zeigen Sie ihn Karen. Wenn er ihrem Ring ähnlich ist, *muß* sie einfach mit mir sprechen. Aber betonen Sie bitte, daß ich kein Interesse daran habe, ihre wahre Identität zu erfahren. Ich will nur jede Einzelheit über den Mann wissen, mit dem sie sich damals abgeben hat.«

Sie reichte Susan den Ring.

»Schauen Sie sich die Gravierung an«, sagte Layton.

Susan blickte angestrengt auf die winzigen Buchstaben. Dann ging sie zum Fenster, hielt den Ring ans Licht und drehte ihn, bis sie die Worte entziffern konnte. Erstaunt wandte sie sich zu ihrer Besucherin um, die dastand und wartete. »Bitte nehmen Sie doch Platz, Mrs. Clausen. Meine Sekretärin kann Ihnen Tee oder Kaffee bringen. Und beten Sie, daß Karen auftaucht.«

»Ich fürchte, ich kann nicht bleiben«, sagte Layton hastig. »Mrs. Clausen, es tut mir außerordentlich leid, aber ich konnte meine Verabredung nicht absagen.«

»Ich verstehe, Douglas.« In Jane Clausens Stimme lag ein scharfer Unterton. »Der Wagen wartet unten auf mich. Ich komme schon zurecht.«

Sein Gesicht hellte sich auf. »In diesem Fall darf ich mich verabschieden.« Er nickte Susan zu. »Dr. Chandler.«

Susans Unmut wuchs, als sich die Zeiger der Uhr auf fünf nach drei und dann zehn nach drei vorschoben. Aus Viertel nach drei wurde halb vier, dann Viertel vor vier. Sie ging in den Konferenzraum zurück. Jane Clausens Gesicht war aschfahl. Sie hat körperliche Schmerzen, dachte Susan.

»Ich könnte jetzt den Tee gebrauchen, falls das Angebot noch steht, Dr. Chandler«, sagte Mrs. Clausen. Nur das leichte Zittern ihrer Stimme verriet ihre tiefe Enttäuschung.

8

Um vier Uhr ging Carolyn Wells die Eighty-first Street hinunter zur Post, unter dem Arm einen an Susan Chandler adressierten braunen Umschlag. An die Stelle ihrer Unentschlossenheit und Skepsis war der starke Wunsch getreten, um jeden Preis den Ring und das Bild des Mannes, der sich Owen Adams nannte, loszuwerden. Den Gedanken daran, die Verabredung mit Susan Chandler einzuhalten, hatte sie endgültig aufgegeben, als um halb zwei ihr Mann Justin anrief.

»Liebling, etwas völlig Verrücktes ist passiert«, sagte er in scherzhaftem Ton. »Barbara, die Empfangsdame, hatte heute morgen das Radio an, um sich irgend so eine Ratgebersendung anzuhören, bei der man anrufen kann. Sie heißt *Fragen Sie Dr. Susan* oder so ähnlich. Auf jeden Fall hat sie behauptet, unter anderem habe eine Frau namens Karen angerufen, deren Stimme sich so anhörte wie deine und die erzählte, vor zwei Jahren habe sie auf einer Kreuzfahrt einen Mann kennengelernt. Hast du irgendwelche Geheimnisse vor mir?«

Der scherzhafte Ton verschwand. »Carolyn, ich will eine Antwort. Ist auf dieser Kreuzfahrt irgend etwas geschehen, das ich wissen sollte?«

Carolyn hatte feuchte Handflächen bekommen. Sie hörte den Vorwurf in seiner Stimme, das Mißtrauen, den Unterton, der das erste Anzeichen eines Wutanfalls war. Sie tat seine Frage mit einem Lachen ab und versicherte ihm, daß sie nun wirklich nicht die Zeit habe, tagsüber Radio zu hören. Aber angesichts von Justins nahezu zwanghafter Eifersucht in der Vergangenheit befürchtete sie, daß sie nicht zum letztenmal von dieser Sache gehört hatte. Jetzt wollte sie nur noch diesen Ring und dieses Foto loswerden.

Der Verkehr war ungewöhnlich dicht, selbst für diese Tageszeit. Von vier bis fünf ist die schlechteste Zeit, um ein Taxi zu bekommen, dachte sie, als sie den Andrang auf die vorbeifahrenden Taxis beobachtete, die aber fast alle schon besetzt signalisierten.

Auf der Park Avenue mußte sie trotz der auf Grün umspringenden Ampel am äußeren Rand eines Knäuels ungeduldiger Fußgänger warten, da immer noch Pkws und Lieferwagen um die Ecke gebraust kamen. Die Fußgänger haben Vorfahrt, dachte sie.

In diesem Augenblick bog mit quietschenden Reifen ein Transporter um die Ecke. Instinktiv wollte sie von der Bordsteinkante zurücktreten. Aber sie konnte nicht ausweichen. Jemand stand unmittelbar hinter ihr und versperrte ihr den Weg. Plötzlich spürte sie, wie ihr der Umschlag entrissen wurde, und gleichzeitig versetzte ihr jemand einen Stoß in den Rücken.

Carolyn stolperte. Sie konnte sich noch halb umdrehen und einen Blick in ein ihr bekanntes Gesicht erhaschen. »Nein«, flüsterte sie noch, als sie auch schon das Gleichgewicht verlor und fiel – direkt vor den heranrasenden Transporter.

9

Er hatte draußen vor dem Gebäude gewartet, in dem sich Susan Chandlers Praxis befand. Als die Minuten vergingen und sie immer noch nicht auftauchte, durchlief er die ganze Skala der Gefühle von Erleichterung zu Ärger – Erleichterung darüber, daß sie nicht kommen würde, und Zorn, weil er soviel Zeit verschwendet hatte und sie jetzt ausfindig machen mußte.

Zum Glück hatte er ihren Namen behalten und wußte, wo sie wohnte. Er wählte Carolyn Wells' Nummer und legte auf, als sie sich meldete. Der Instinkt, der ihn all diese Jahre geschützt hatte, warnte ihn, daß immer noch Gefahr von ihr ausging, auch wenn sie den Termin mit Susan Chandler nicht eingehalten hatte.

Er fuhr zum Metropolitan Museum of Art und setzte sich dort zu der kleinen Gruppe aus Studenten und Touristen, die trotz des Ruhetags hier auf den Stufen ausharrten. Von der Treppe aus hatte er das Apartmenthaus gut im Blick.

Um vier Uhr wurde seine Geduld belohnt. Der Türsteher hatte die imposante Eingangstür aufgehalten, und sie war mit einem braunen Umschlag unter dem Arm zum Vorschein gekommen.

Das angenehme Wetter war ein zusätzlicher Vorteil. Auf den Straßen wimmelte es von Passanten. Er konnte dicht hinter ihr gehen und sogar einen Teil der Blockbuchstaben auf dem Umschlag erkennen: DR. SU …

Natürlich hatte er schon vermutet, daß der Umschlag den Ring und das Foto enthielt, von denen sie in der Sendung gesprochen hatte. Ihm war klar, daß er sie stoppen mußte, bevor sie die Post erreichte. Seine Chance kam an der Ecke Park Avenue und Eighty-first, als frustrierte Autofahrer sich der Vorfahrt der Fußgänger nicht beugen wollten.

Carolyn hatte sich halb umgedreht, als er ihr den Stoß gab, und ihre Blicke begegneten sich. Sie hatte ihn als

Owen Adams kennengelernt, einen britischen Geschäftsmann. Für jene Reise hatte er sich einen Schnäuzer und eine rotbraune Perücke zugelegt, und er hatte eine Brille und farbige Kontaktlinsen getragen. Dennoch war er sicher, daß unmittelbar vor ihrem Sturz ein Schimmer des Wiedererkennens in ihren Augen aufflammte.

Mit Befriedigung erinnerte er sich an den Aufschrei der Umstehenden, als ihr Körper unter dem Transporter verschwand. Es war ihm nicht schwergefallen, in der Menge unterzutauchen. Der Umschlag, den sie bei sich gehabt hatte, steckte jetzt unter seiner Jacke.

Obgleich er seine Neugier kaum bezähmen konnte, wartete er, bis er sicher in seinem Büro war und die Türen verschlossen hatte, bevor er den Umschlag aufriß.

Der Ring und das Foto steckten in einer Plastikhülle. Sie hatte keinen Brief, keine Notiz beigelegt. Eingehend betrachtete er das Foto und erinnerte sich, wo es aufgenommen worden war – an Bord des Schiffes, im Grand Salon, auf der Cocktailparty des Kapitäns für die Neuankömmlinge, die sich der Kreuzfahrt in Haifa angeschlossen hatten. Selbstverständlich hatte er sich dem Ritual, sich gemeinsam mit dem Kapitän fotografieren zu lassen, zu entziehen versucht, war aber offensichtlich nicht vorsichtig genug gewesen. Beim Einkreisen seiner Beute hatte er sich zu dicht an Carolyn herangewagt und war im Aufnahmebereich der Kamera gelandet. Er erinnerte sich noch, daß er sofort die Traurigkeit gespürt hatte, die von ihr ausging, ein unbedingtes Muß für seine Pläne. Ihre Aura war so stark gewesen, daß er auf Anhieb gewußt hatte, daß sie die nächste sein würde.

Er studierte das Foto. Obgleich er im Profil abgelichtet war, noch dazu mit dem auffälligen Schnäuzer und rotbraunem Haar, konnte ein geschultes Auge ihn durchaus erkennen.

Seine kerzengerade Haltung und seine Angewohnheit, den Daumen der rechten Hand in die Tasche zu haken, könnten ihn verraten; und auch seine Beinstellung – der rechte Fuß stand einen halben Schritt vor dem linken und trug wegen einer alten Verletzung fast sein ganzes Gewicht – würde jemandem, der danach Ausschau hielt, womöglich auffallen.

Er warf das Bild in den Reißwolf und sah mit grimmiger Befriedigung zu, wie es zu unkenntlichen Schnipseln zerkleinert wurde. Den Ring steckte er an seinen kleinen Finger. Er bewunderte ihn, sah ihn sich aus der Nähe an, dann runzelte er die Stirn und griff nach einem Taschentuch, um ihn zu polieren.

Sehr bald würde eine andere Frau die Ehre haben, diesen Ring zu tragen, sagte er sich.

Er lächelte flüchtig, als er an sein nächstes, sein *letztes* Opfer dachte.

10

Es war halb fünf, als Justin Wells in sein Büro zurückkehrte, um sich wieder an die Arbeit zu machen. Mit einer für ihn charakteristischen Geste fuhr er sich mit der Hand durch sein dunkelbraunes Haar, dann ließ er den Stift fallen, schob seinen Stuhl zurück und stand auf. Wenngleich von kräftiger Statur, bewegte er sich schnell und leichtfüßig, als er sich von dem Tisch mit den Entwürfen entfernte, ein Vorzug, der vor fünfundzwanzig Jahren dafür gesorgt hatte, daß er einer der herausragenden Footballspieler seines Colleges war.

Er konnte nicht arbeiten. Man hatte ihm den Auftrag gegeben, die Renovierung des Foyers eines Wolkenkratzers zu übernehmen, aber er hatte keine Ideen. Heute fiel es ihm schwer, sich überhaupt auf etwas zu konzentrieren.

Der feige Löwe aus dem ›Zauberer von Oz‹. So hätte er sich selbst beschrieben. Ängstlich. Immerzu ängstlich. Jeder neue Auftrag begann mit der quälenden Gewißheit, daß er diesmal Pfusch abliefern würde. Vor fünfundzwanzig Jahren war es ihm vor den Footballspielen genauso ergangen. Inzwischen war er Teilhaber im Architekturbüro Benner, Pierce und Wells, und ihn plagten immer noch die gleichen Selbstzweifel.

Carolyn. Er war überzeugt, daß sie ihn eines Tages endgültig verlassen würde. Sie wird wütend sein, wenn sie jemals herausbekommt, was ich jetzt vorhabe, sagte er sich, während er nervös nach dem Telefon auf seinem Schreibtisch griff. Er hatte die Nummer des Senders. Sie wird es nie erfahren, beruhigte er sich. Ich will ja auch nur um einen Mitschnitt der heutigen Folge von *Fragen Sie Dr. Susan* bitten. Ich werde sagen, daß es die Lieblingssendung meiner Mutter ist, und sie hätte sie heute verpaßt, weil sie einen Termin beim Zahnarzt hatte.

Wenn es tatsächlich stimmte, was ihm Barbara, die Empfangsdame, erzählt hatte, wenn es wirklich Carolyn gewesen war, die während der Sendung angerufen hatte, dann hatte sie von einem Mann erzählt, mit dem sie auf einem Kreuzfahrtschiff eine Verbindung eingegangen war.

Er versetzte sich in die Zeit vor zwei Jahren zurück, als Carolyn nach einer schrecklichen Szene spontan eine Seereise von Bombay nach Portugal gebucht hatte. Damals hatte sie gesagt, bei ihrer Rückkehr werde sie die Scheidung einreichen – sie möge ihn zwar immer noch, könne aber seine Eifersucht und seine ewigen Fragen, wo sie den ganzen Tag gesteckt und wen sie getroffen habe, nicht mehr ertragen.

Ich habe sie angerufen, kurz bevor das Schiff in Athen anlegte, erinnerte sich Justin. Ich sagte ihr, ich sei bereit, eine Therapie zu machen, zu tun, was immer ich könne, wenn sie nur nach Hause zurückkäme und mit mir an der Rettung unserer Ehe arbeiten würde. Und ich habe mir zu Recht Sorgen gemacht, dachte er. Kaum war sie von mir getrennt, hat sie offenbar einen anderen Mann kennengelernt.

Aber vielleicht hatte Barbara, eine begeisterte Hörerin dieser Sendung, sich ja auch geirrt. Vielleicht war Carolyn nicht die Anruferin gewesen. Schließlich war Barbara ihr nur wenige Male begegnet. Andererseits war Carolyns Stimme unverwechselbar – angenehm moduliert, mit der Andeutung eines britischen Akzents, da sie als Kind häufig die Sommerferien in England verbracht hatte.

Er schüttelte den Kopf. »Ich muß Gewißheit haben«, flüsterte er.

Er wählte die Nummer des Radiosenders und wurde erst nach mehreren Minuten, in denen er scheinbar endlose Instruktionen über sich ergehen lassen mußte – »wählen Sie eine Eins für die Programmübersicht; eine Zwei für Informationen, eine Drei für den Index, eine Vier ... eine Fünf ... wenn Sie die Zentrale erreichen wollen, warten Sie bitte« – zum Büro von Jed Geany, dem Produzenten von *Fragen Sie Dr. Susan*, durchgestellt.

Ihm war bewußt, daß er alles andere als aufrichtig klang, als er den dürftigen Vorwand präsentierte, seine Mutter habe die Sendung verpaßt, und er wolle einen Mitschnitt für sie bestellen. Als man ihn fragte, ob er einen Mitschnitt der vollen Sendung wünsche, ließ er um ein Haar alles auffliegen, indem er herausplatzte: »Oh, nur die Höreranrufe«, und um den Schaden wiedergutzumachen, fügte er schnell hinzu: »Ich meine, das ist Mutters Lieblingsteil, aber bitte schicken Sie mir ein Band der kompletten Sendung.«

Zu allem Übel kam auch noch Jed Geany höchstpersönlich ans Telefon, um ihm zu sagen, daß man seiner Bitte nur zu gern nachkäme. Es sei schön, von einer so engagierten Hörerin zu erfahren. Dann fragte er nach Namen und Adresse.

Deprimiert und schuldbewußt gab Justin Wells seinen Namen und seine Büroadresse an.

Er hatte kaum aufgelegt, als das Lenox Hill Hospital bei ihm anrief. Man teilte ihm mit, seine Frau sei bei einem Autounfall schwer verletzt worden.

11

Als Susan um sechs Uhr in Neddas Büros vorbeischaute, wollte ihre Freundin gerade Feierabend machen. »Jeder Tag hat seine eigene Plag«, verkündete sie trocken. »Wie wär's mit einem Glas Wein?«

»Tolle Idee. Ich hole ihn.« Susan ging durch den Korridor zu der winzigen Küche und öffnete den Kühlschrank. Eine Flasche Pinot Grigio war kaltgestellt. Als sie das Etikett prüfte, schoß ihr eine Erinnerung durch den Kopf.

Sie war fünf Jahre alt und zockelte hinter ihren Eltern durch das Spirituosengeschäft. Ihr Vater wählte eine Weinflasche aus dem Regal. »Ist der hier in Ordnung, Schatz?« fragte er und reichte sie ihrer Mutter.

Ihre Mutter hatte einen Blick auf das Etikett geworfen und nachsichtig gelacht. »Charley, allmählich hast du den Dreh raus. Eine ausgezeichnete Wahl.«

Mom hat recht, dachte Susan, die sich an den Gefühlsausbruch ihrer Mutter am Samstag erinnerte. Sie hat Dad alles über feine Lebensart beigebracht, von der Frage, wie man sich anzieht, bis zu dem Problem, welche Gabel man wann benutzt. Sie hat ihm Mut gemacht, aus Grandpas Feinkostladen auszusteigen und seine eigenen Wege zu gehen. Sie hat ihm das Selbstvertrauen gegeben, das er für den Erfolg brauchte, und anschließend hat er ihr ihres genommen.

Seufzend öffnete sie die Flasche, goß Wein in zwei Gläser, schüttete Salzbrezeln auf einen Teller und kehrte zu Nedda zurück. »Zeit für den Cocktail«, verkündete sie.

»Schließ die Augen und stell dir vor, du wärst im Le Cirque.«

Nedda sah sie unverwandt an. »Du bist zwar die Psychologin, aber wenn du die Meinung eines Laien hören willst – du siehst ziemlich erledigt aus.«

Susan nickte. »Das bin ich wohl auch. Die Besuche bei meinen Eltern am Wochenende liegen mir immer noch schwer im Magen, und der Tag heute war auch ziemlich durchwachsen.« Sie setzte Nedda nicht nur über den erbosten Anruf von Douglas Layton ins Bild, sondern auch über die Anruferin, die sich Karen genannt hatte. Dann erzählte sie ihr noch von Jane Clausens Überraschungsbesuch. »Sie hat mir den Ring dagelassen. Sie sagte, ich solle ihn für den Fall behalten, daß ›Karen‹ sich irgendwann doch noch mal blicken läßt. Außerdem habe ich den Eindruck, daß es Jane Clausen nicht gutgeht.«

»Meinst du, es besteht die Chance, daß diese Karen sich noch bei dir meldet?«

Susan schüttelte den Kopf. »Ich weiß es einfach nicht.«

»Ich staune, daß Doug Layton dich heute morgen angerufen hat. Als ich mit ihm gesprochen habe, schien die Sendung ihn völlig kaltzulassen.«

»Tja, dann hat er seine Meinung wohl geändert«, sagte Susan. »Er hat Mrs. Clausen zur Praxis begleitet, blieb aber nicht lange. Er sagte, er habe einen Termin, den er nicht absagen könne.«

»Ich an seiner Stelle hätte den Termin sausenlassen«, sagte Nedda trocken. »Zufällig weiß ich, daß Jane ihn im letzten Jahr zu einem der Treuhänder des Clausen-Trusts ernannt hat. Was mag so wichtig gewesen sein, daß er sie allein ließ? Zumal er wußte, daß Jane eine Frau hätte treffen können, die ihr womöglich den Mann beschreiben könnte, der für das Verschwinden ihrer Tochter verantwortlich ist, ja vielleicht sogar ihr Mörder sein kann?«

12

In Donald Richards' großem Apartment am Central Park West war auch seine Praxis untergebracht. Die Räume, in denen er seine Patienten empfing, betrat man durch einen separaten Eingang im Korridor. In den fünf Zimmern, die er für sich reserviert hatte, herrschte die ausgesprochen maskuline Atmosphäre eines Haushalts, dem schon lange Zeit keine Frau mehr ihren Stempel aufgedrückt hatte. Vor vier Jahren war seine Frau Kathy, ein Topmodel, während eines Shootings in den Catskills ums Leben gekommen.

Er war nicht dort gewesen, als es geschah, und er hätte es sicherlich auch nicht verhindern können, und trotzdem hatte er nie aufgehört, sich die Schuld zu geben. Auf jeden Fall war er bis heute nicht darüber hinweggekommen.

Das Kanu, in dem Kathy posiert hatte, war sechs Meter von dem Boot des Fotografen und seines Assistenten entfernt gekentert. Die schwere antike Robe aus der Zeit der Jahrhundertwende hatte sie in die Tiefe gezogen, ehe ihr jemand zu Hilfe kommen konnte.

Die Taucher hatten ihre Leiche nie gefunden. »Der See ist so tief, daß der Grund sogar im Sommer gefroren ist«, sagte man ihm.

Vor zwei Jahren hatte er die letzten Fotos, die in seinem Schlafzimmer an sie erinnerten, weggepackt. Er hoffte, auf diese Weise einen Schlußstrich ziehen zu können.

Aber natürlich änderte sich dadurch nichts, und schließlich gestand er sich ein, daß er nach wie vor das Gefühl hatte, etwas nicht zu Ende gebracht zu haben. Sowohl er als auch Kathys Eltern hatten den sehnlichen Wunsch, ihre sterblichen Überreste bei ihrer Familie – ihren Großeltern und dem Bruder, den sie nie gekannt hatte – beerdigen zu lassen.

Er träumte oft von ihr. Manchmal sah er sie in dem kalten Wasser liegen, unter einem Felsvorsprung eingeklemmt – Dornröschen in ewigem Schlaf. Manchmal veränderte sich der Traum. Ihr Gesicht zerfloß, und andere Gesichter schoben sich davor. Und sie alle flüsterten: »Es war deine Schuld.«

Der Text auf dem Buchumschlag von *Verschwundene Frauen* ging mit keinem Wort auf Kathy oder auf das ein, was ihr zugestoßen war. Der Kurzbiographie unter seinem Foto war zu entnehmen, daß Dr. Donald Richards schon sein Leben lang in Manhattan wohnte, daß er in Yale studiert, seinen Doktor in klinischer Psychologie in Harvard und seinen Magister in Kriminologie an der Universität von New York gemacht hatte.

Nach der heutigen Sendung von *Fragen Sie Dr. Susan* fuhr er direkt nach Hause. Rena, seine aus Jamaica gebürtige Haushälterin, wartete dort schon mit dem Mittagessen auf ihn. Sie hatte kurz nach Kathys Tod bei ihm angefangen, vermittelt durch ihre Schwester, die den Haushalt seiner Mutter in Tuxedo Park führte und bei ihr wohnte.

Don war überzeugt, daß seine Mutter Rena jedesmal, wenn sie nach Tuxedo Park kam, mit Fragen über sein Privatleben löcherte. Sie hatte ihm unmißverständlich zu verstehen gegeben, daß er ihrer Meinung nach mehr unter Leute gehen sollte.

Während des Mittagessens dachte Don an Karen, die Frau, die während der Übertragung angerufen hatte. Susan Chandler hatte sich offenbar über seinen Vorschlag geärgert, mit ihm weiter über diese ganze Sache zu sprechen. Er lächelte, als er sich daran erinnerte, wie Susans haselnußbraune Augen sich verdunkelt hatten. Ihr Unwille war nicht zu übersehen gewesen.

Susan Chandler war eine interessante und sehr attraktive Frau. Ich rufe sie an und lade sie zum Essen ein, entschied er. Möglich, daß sie in intimer Atmosphäre freier über den Fall redet.

Die ganze Sache faszinierte ihn. Regina Clausen war vor drei Jahren verschwunden. Die Frau, die sich Karen nannte, hatte erzählt, daß sie sich erst vor zwei Jahren auf eine Romanze auf See eingelassen hatte. Bestimmt würde Susan Chandler zu dem zwangsläufigen Schluß kommen, daß der Mann – wenn es denn ein und derselbe war –, der sich den beiden Frauen genähert hatte, weitere Opfer ins Visier nehmen könnte.

Susan sticht da in ein Wespennest, überlegte Donald Richards. Er fragte sich, was zu tun wäre.

13

Im Flugzeug auf dem Rückweg nach Kalifornien trank Dee Chandler Harriman ein Perrier, zog ihre Sandalen aus und lehnte sich in ihrem Sitz zurück. Ihr honigblondes Haar floß über ihre Schultern. Da sie seit langem an bewundernde Blicke gewöhnt war, vermied sie es bewußt, zu dem Mann gegenüber des Gangs hinzusehen, der zweimal versucht hatte, ein Gespräch anzufangen.

Ihr schlichter goldener Trauring und ein schmaler goldener Halsreif waren der einzige Schmuck, den sie trug. Auch ihr Designer-Nadelstreifenkostüm bestach durch seine Einfachheit. Neben ihr in der zweiten Reihe saß niemand, und darüber war sie froh.

Am Freitag nachmittag war sie in New York angekommen. Sie stieg in dem Apartment ab, das ihre Belle Aire Modeagentur im Essex House unterhielt, und traf sich in aller Stille mit zwei jungen Models, die sie unter Vertrag zu nehmen hoffte. Die Gespräche waren vielversprechend verlaufen, der Tag rundum ein Erfolg gewesen.

Nur schade, daß sie über den Samstag, als sie ihre Mutter besucht hatte, nicht das gleiche sagen konnte. Der Anblick ihrer zerquälten Mutter, die immer noch unter der Abtrünnigkeit ihres Vaters litt, hatte sie vor Mitgefühl in Tränen ausbrechen lassen.

Ich hätte nicht so gemein zu Susan sein dürfen, überlegte sie. Sie war die ganze Zeit für Mutter da, sie hat die Hauptlast der Trennung und der Scheidung getragen.

Aber dafür hat sie ja auch eine akademische Ausbildung, dachte Dee. Ich dagegen muß mit meinen siebenunddreißig Jahren froh sein, daß ich ein High-School-Diplom habe. Schon mit siebzehn gab es für mich nur die Arbeit als Model – für andere Dinge hatte ich keine Zeit. Sie hätten darauf bestehen müssen, daß ich aufs College gehe. In meinem Leben habe ich nur zwei weise Entscheidungen getroffen, die Heirat mit Jack und daß ich meine Ersparnisse in die Agentur investiert habe.

Peinlich berührt erinnerte sie sich, wie sie Susan angeschnauzt hatte, sie könne eben nicht verstehen, wie es wäre, seinen Mann zu verlieren.

Schade, daß ich ihr gestern auf Dads Party nicht mehr begegnet bin, dachte Dee, aber ich bin froh, daß ich heute morgen bei ihr angerufen habe. Es war mein Ernst, als ich sagte, daß ich Alex Wright toll finde.

Um Dees Lippen spielte ein Lächeln, als sie an den gutaussehenden Mann mit den warmen, gescheiten Augen dachte – attraktiv, einnehmend, Sinn für Humor, gute Erziehung. Er hatte sich erkundigt, ob es einen Mann in Susans Leben gebe.

Auf seine Bitte hin hatte sie ihm Susans Praxisnummer gegeben. Das konnte sie ihm nicht abschlagen, hatte sich jedoch dagegen entschieden, ihm auch ihre Privatnummer zu sagen.

Dee schüttelte den Kopf, als die Stewardeß anbot, ihr Perrier nachzuschenken. Das Gefühl der Leere, das sie seit dem Besuch bei ihrer Mutter spürte und das sich bei dem Anblick, wie ihr Vater und seine zweite Frau sich zuprosteten, vertieft hatte, drohte sie zu überwältigen.

Es fehlte ihr, verheiratet zu sein. Sie wollte wieder in New York leben. Dort hatte Susan sie mit Jack, einem Werbefotografen, bekannt gemacht. Kurz nach ihrer Hochzeit waren sie nach Los Angeles gezogen.

Fünf gemeinsame Jahre waren ihnen vergönnt gewesen; dann, an einem Wochenende vor zwei Jahren, hatte er unbedingt Ski laufen wollen.

In Dees Augen brannten Tränen. Ich bin es leid, einsam zu sein, dachte sie ärgerlich. Schnell griff sie nach ihrer großen Schultertasche, kramte darin und fand, was sie suchte: eine Broschüre über eine zweiwöchige Kreuzfahrt durch den Panamakanal.

Warum nicht? dachte sie. Seit zwei Jahren habe ich keinen richtigen Urlaub gemacht. Die Angestellte im Reisebüro hatte ihr gesagt, daß auf dem nächsten Kreuzfahrtschiff noch eine schöne Kabine frei wäre. Gestern hatte ihr Vater sie gedrängt, die Gelegenheit zu ergreifen. »Erster Klasse. Ich übernehme die Kosten, Schatz«, hatte er versprochen.

Das Schiff stach in einer Woche von Costa Rica aus in See. Ich bin mit von der Partie, entschied Dee.

14

Es machte Pamela Hastings nichts aus, abends hin und wieder allein zu sein. George, ihr Mann, war auf Geschäftsreise in Kalifornien; ihre Tochter Amanda studierte auf dem College, im ersten Jahr am Wellesley. Amandas Vorlesungen hatten vor knapp einem Monat begonnen, und so sehr sie ihr auch fehlte, Pamela mußte sich eingestehen, daß ihr die wohltuende Stille in der Wohnung, das Schweigen des Telefons und der ungewohnt aufgeräumte Zustand von Amandas Zimmer ein mit Gewissensbissen untermischtes Vergnügen bereiteten.

In der vergangenen Woche war es an der Columbia Universität sehr hektisch zugegangen, da zusätzlich zu ihrem normalen Stundenplan Konferenzen des Lehrpersonals und Studentenversammlungen anfielen. Sie freute sich jede Woche auf den Freitagabend, eine herbeigesehnte und liebgewordene Oase des Friedens. Auch das Treffen der ›Viererbande‹ – so hatten sie sich in den guten alten Zeiten genannt – bei Carolyn hatte ihr Spaß gemacht, ihr jedoch gefühlsmäßig auch einen Kater beschert.

Die Präsenz einer bösen Kraft, die sie gespürt hatte, als sie den Türkisring in der Hand hielt, machte ihr immer noch angst. Seit Freitag abend hatte sie nicht mit Carolyn gesprochen, und als Pamela ihre Wohnung an der Ecke Madison und Sixty-seventh Street aufschloß, nahm sie sich vor, ihre Freundin anzurufen und ihr zu sagen, sie solle sich den Ring vom Hals schaffen.

Sie schaute auf ihre Uhr. Es war zehn vor fünf. Sie ging gleich ins Schlafzimmer, vertauschte ihr konservatives dunkelblaues Kostüm gegen eine bequeme Hose und ein Hemd ihres Mannes, goß sich einen Scotch ein und setzte sich vor den Fernseher, um sich die Nachrichten anzusehen. Es würde ein geruhsamer Abend werden, ganz allein ihr Abend.

Um fünf nach fünf starrte sie am Bildschirm auf den abgesperrten Abschnitt an der Ecke Park Avenue und Eighty-first Street, wo sich der Verkehr staute und eine Schar Schaulustiger einen blutbespritzten Transporter mit eingedrücktem Kühlergrill begaffte.

Fassungslos und ungläubig hörte sie den Kommentator im Off sagen: »So sah es bis vor kurzem an der Ecke Park Avenue und Eighty-first aus, wo heute offenbar wegen des großen Andrangs von Fußgängern die vierzigjährige Carolyn Wells unter einen mit überhöhter Geschwindigkeit fahrenden Transporter geriet.

Sie wurde mit mehreren Kopf- und inneren Verletzungen umgehend ins Lenox Hill Hospital gebracht. Unser Reporter vor Ort sprach mit mehreren Augenzeugen des Unfalls.«

Als Pamela aufsprang, hörte sie noch die bruchstückhaften Kommentare: »die arme Frau ...«; »furchtbar, daß man ungestraft so fahren darf ...«; »gegen den Verkehr in der Innenstadt muß etwas unternommen werden«. Dann rief eine ältere Frau: »Ihr seid ja alle blind. Sie wurde auf die Fahrbahn gestoßen!«

Pamela blickte wieder auf den Bildschirm, als der Reporter mit einem Mikrofon zu der Frau stürzte. »Würden Sie uns bitte Ihren Namen sagen, Ma'am?«

»Hilda Johnson. Ich stand in ihrer Nähe. Sie trug einen Briefumschlag unter dem Arm. Ein Mann hat ihn sich geschnappt. Dann hat er ihr einen Stoß gegeben.«

»Ach, Unsinn, sie ist gestürzt!« rief ein anderer Passant.

Der Sprecher ließ sich wieder vernehmen. »Sie haben gerade die Aussage einer Augenzeugin, Hilda Johnson, gehört, die behauptet, sie habe gesehen, wie ein Mann Carolyn Wells vor den Transporter gestoßen und ihr gleichzeitig einen Briefumschlag entrissen habe, den sie unter dem Arm trug. Obgleich Mrs. Johnsons Schilderung des Hergangs von den Beobachtungen aller anderen Zeugen, die sich am Unfallort befanden, abweicht, verlautet seitens der Polizei, daß sie ihre Aussage prüfen wird. Falls ihre Version standhält, würde das bedeuten, daß es sich nicht um einen tragischen Unfall, sondern möglicherweise um Mord handelt.«

Pamela stürzte hinaus und holte ihren Mantel. Eine Viertelstunde später saß sie neben Justin Wells im Warteraum vor der Intensivstation des Lenox Hill Hospitals.

»Sie wird operiert.« Justins Stimme klang matt und ausdruckslos.

Pamela nahm seine Hand.

Drei Stunden später kam ein Arzt zu ihnen. »Ihre Frau liegt im Koma«, sagte er zu Justin. »Es ist noch zu früh, um sagen zu können, ob sie es schaffen wird. Aber als sie in der Notaufnahme war, hat sie anscheinend nach jemandem gerufen. Es hörte sich an wie ›Win‹. Wer kann das sein?«

Pamela spürte, wie Justin heftig ihre Hand drückte, als er stockend flüsterte: »Ich weiß es nicht, ich weiß es nicht.«

15

Die achtzigjährige Hilda Johnson erzählte den Leuten gern, daß sie ihr ganzes Leben in der East Eightieth Street gewohnt hatte und sich noch an die Zeit erinnern konnte, als die Jacob Ruppert's Brauerei in der Seventy-ninth Street die Luft mit dem durchdringenden Geruch von Hefe und Malz verpestet hatte.

»Unsere Nachbarn hielten es für einen sozialen Aufstieg, als sie Manhattan verlassen und mit der ganzen Familie in die South Bronx übersiedeln konnten«, pflegte sie zu sagen, um dann schallend zu lachen. »Tja, alles verändert sich. Die South Bronx war damals das platte Land, und hier standen überall Mietskasernen. Jetzt gilt dieser Stadtteil hier als schick, und die South Bronx ist eine Katastrophe. So ist das Leben.«

Ihre Freunde und die Leute, denen sie im Park begegnete, hatten die Geschichte schon etliche Male gehört, aber davon ließ sich Hilda nicht abschrecken. Die kleine, knochige alte Dame mit dem sich lichtenden weißen Haar und den scharfen blauen Augen erzählte für ihr Leben gern.

An klaren Tagen ging Hilda zu Fuß zum Central Park und setzte sich dort auf eine sonnenbeschienene Bank. Da sie mit Leidenschaft ihre Mitmenschen beobachtete, war sie bemerkenswert scharfsichtig und gab ohne Scheu zu allem ihren Kommentar ab, was ihrer Meinung nach nicht mit rechten Dingen zuging.

So hatte sie einmal aufs schärfste ein geschwätziges Kindermädchen zurechtgewiesen, dessen Schützling sich vom Spielplatz entfernte. Sie schimpfte regelmäßig Kinder aus, die Bonbonpapier auf den Rasen warfen. Und nicht selten hielt sie einen Polizisten an, um ihn auf einen Mann hinzuweisen, der nichts Gutes im Schilde führen konnte, da er sich am Spielplatz herumtrieb oder ziellos umherschlenderte.

Die Polizisten, deren Geduld arg strapaziert wurde, hörten ihr stets höflich zu, nahmen Hildas Warnungen und Anschuldigungen zur Kenntnis und versprachen, ihre Verdächtigen im Auge zu behalten.

An diesem Montag hatte ihr ihre ausgeprägte Beobachtungsgabe gute Dienste geleistet. Um kurz nach vier, auf dem Heimweg vom Park, als sie im Gewühl der Fußgänger auf das Umschalten der Ampel wartete, stand sie zufällig hinter einer schick angezogenen Frau mit einem braunen Umschlag unter dem Arm. Hilda wurde durch eine plötzliche Bewegung auf einen Mann aufmerksam, der nach dem Umschlag griff und mit der anderen die Frau vor den Transporter stieß. Hilda hatte sie warnen wollen, aber es war schon zu spät gewesen. Wenigstens hatte sie deutlich das Gesicht des Mannes gesehen, bevor er in der Menge verschwand.

In dem wilden Durcheinander, das folgte, wurde Hilda angerempelt und nach hinten abgedrängt, bis ein Polizist, der dienstfrei hatte, das Kommando übernahm und rief: »Polizei! Zurücktreten!«

Beim Anblick der zusammengesunkenen, blutenden Frau auf dem Gehsteig, deren elegantes Kostüm von Reifenspuren beschmutzt war, fühlte sich Hilda einer Ohnmacht nahe. Sie erholte sich jedoch wieder so weit, daß sie mit dem Reporter sprechen konnte. Dann trat sie mit Mühe den Heimweg an. In ihrer Wohnung brühte sie mit zitternden Händen Tee auf und trank ihn Schluck für Schluck.

»Das arme Mädchen«, murmelte sie, als sie den Vorfall in Gedanken noch einmal durchlebte.

Schließlich hatte sie wieder genügend Kraft geschöpft, um beim Polizeirevier anzurufen. Mit dem diensthabenden Sergeanten, der sich meldete, hatte sie in der Vergangenheit schon mehrmals gesprochen, gewöhnlich wenn sie Schnorrer anzeigte, die sich auf der Third Avenue an Fußgänger heranmachten. Er hörte sich ihre Geschichte geduldig an.

»Hilda, wir wissen, was Sie denken, aber Sie irren sich«, sagte er beschwichtigend. »Wir haben mit vielen Leuten gesprochen, die dabei waren, als sich der Unfall ereignete. Das Gedränge, das hinter ihr entstand, als die Ampel auf Grün umsprang, hat dazu geführt, daß Mrs. Wells das Gleichgewicht verlor und stürzte, das ist alles.«

»Ein absichtlicher Stoß in den Rücken hat dazu geführt, daß sie das Gleichgewicht verlor und stürzte«, fuhr Hilda auf. »Er hat sich den braunen Umschlag geschnappt, den sie bei sich trug. Ich bin erschöpft und gehe jetzt ins Bett, aber richten Sie Captain Shea etwas von mir aus. Ich will mit ihm sprechen, sobald er morgen früh ins Revier kommt. Punkt acht Uhr.«

Empört legte sie auf. Es war erst fünf Uhr, aber sie mußte sich hinlegen. Sie hatte ein Engegefühl in der Brust, das nur eine Nitroglyzerintablette und Bettruhe lindern konnten.

Wenig später hatte sie ihr warmes Nachthemd angezogen und unter ihren Kopf das dicke Kissen gelegt, das es ihr erleichterte zu atmen. Die stechenden Kopfschmerzen, die jedesmal nach Einnahme der Pille auftraten, ließen allmählich nach. Auch die Schmerzen in der Brust wurden schwächer.

Hilda seufzte erleichtert. Jetzt erst mal richtig ausschlafen, und morgen würde sie dann zum Polizeirevier gehen, um Captain Shea den Marsch zu blasen und sich über diesen dummen Sergeant zu beschweren. Dann würde sie verlangen, daß man den Polizeizeichner zu ihr schickte, damit sie ihm den Mann beschreiben konnte, der die Frau auf die Fahrbahn gestoßen hatte. Ein widerlicher Kerl, dachte sie, als sie sich an sein Gesicht erinnerte. Von der allerübelsten Sorte – gut angezogen, kultiviert, der Typ Mensch, dem man vertrauen zu können glaubte. Wie es dem armen Mädchen wohl ging? fragte sie sich. Vielleicht brachten sie in den Nachrichten etwas darüber.

Sie griff nach der Fernbedienung und schaltete das Gerät gerade rechtzeitig ein, um sich selbst in der Rolle der Zeugin sehen und hören zu können, die vor der Kamera behauptet hatte, ein Mann habe Carolyn Wells vor den Transporter gestoßen.

Hildas Gefühle waren ausgesprochen gemischt. Einerseits war es natürlich aufregend, eine Berühmtheit zu sein, keine Frage. Doch andererseits ärgerte sie sich auch über den Kommentar des Sprechers, der offenbar andeuten wollte, sie fantasiere. Dieser Schwachkopf von Sergeant hatte sie ja ebenfalls wie ein Kind behandelt. Ihr letzter Gedanke, bevor sie eindöste, war, daß sie morgen früh alle auf Trab bringen wollte. Sie würden schon sehen. Der Schlaf überwältigte sie, als sie gerade ein Ave-Maria für die schwerverletzte Carolyn Wells zu sprechen begann.

16

Nachdem Susan sich von Nedda verabschiedet hatte, ging sie in der Abenddämmerung nach Hause zu ihrer Wohnung in der Downing Street. Die durchdringende Kälte des frühen Morgens, vorübergehend von der Nachmittagssonne vertrieben, war zurückgekehrt.

Sie schob die Hände in die großen Taschen ihres Sakkos und ging schneller. Das Wetter erinnerte sie an eine Stelle aus *Betty und ihre Schwestern*. Eine der Schwestern – sie wußte nicht mehr, ob Beth oder Amy – sagte, der November sei ein ekliger Monat, und Jo stimmte ihr zu und meinte, das sei der Grund, warum sie in diesem Monat zur Welt gekommen wäre.

Wie ich, dachte Susan. Mein Geburtstag ist am 24. November. Das Erntedank-Baby, so wurde ich früher immer genannt. Klar. Und in diesem Jahr werde ich ein dreiunddreißig Jahre altes Baby sein. Das Erntedankfest und Geburtstage haben früher Spaß gemacht, überlegte sie. Wenigstens brauche ich in diesem Jahr nicht von einem Essen zum anderen zu hetzen, wie jemand, der sich von dem einen feindlichen Lager in das andere schleicht. Gott sei Dank fliegen Dad und Binky nach St. Martin.

Aber natürlich sind meine familiären Probleme kleine Fische im Vergleich dazu, wie Jane Clausen lebt, überlegte sie weiter, als sie die Downing Street erreichte und sich nach Westen wandte. Nachdem sie sich damit abgefunden hatten, daß ›Karen‹ nicht mehr kommen würde, war Mrs. Clausen noch etwa zwanzig Minuten in der Praxis geblieben.

Sie hatte darauf bestanden, daß Susan den Türkisring behielt. »Es ist wichtig. Mir könnte etwas passieren, und dann brauchen Sie ihn. Schließlich wäre es möglich, daß die Frau, die Sie angerufen hat, noch einmal Kontakt zu Ihnen aufnehmen will«, hatte sie gesagt.

Sie meint nicht, daß ihr etwas passieren *könnte;* sie meint, ihr *wird* etwas passieren, dachte Susan, als sie das dreistöckige Haus betrat, in dem sie wohnte, und die Treppe zu ihrer Wohnung in der obersten Etage hochstieg. Die Wohnung war geräumig und bestand aus einem großen Wohnzimmer, einer großzügig angelegten Küche, einem überdimensionalen Schlafzimmer und einem kleinen Arbeitszimmer. Sie war hübsch und gemütlich mit den Möbeln eingerichtet, die ihre Mutter ihr überlassen hatte, als sie von dem Haus, das die Familie bewohnt hatte, in eine Eigentumswohnung übergesiedelt war. Susan kam es immer so vor, als heiße die Wohnung sie willkommen – es war fast wie eine Umarmung.

Heute abend erging es ihr nicht anders. Ja, heute ist die Wohnung sogar besonders kuschelig, dachte Susan, während sie den Schalter betätigte, der das Gasfeuer im Kamin entfachte.

Ich gehe nicht mehr raus, entschied sie und zog einen alten Velourskaftan an. Sie würde sich Pasta und einen Salat machen und ein Glas Chianti dazu trinken.

Kurze Zeit später, als sie gerade die Brunnenkresse wusch, läutete das Telefon. »Susan! Wie geht's meinem Mädchen?«

Es war ihr Vater. »Mir geht's gut, Dad«, sagte Susan, dann verzog sie das Gesicht. »Ich meine, mir geht's gut, Charles.«

»Binky und ich fanden es schade, daß du gestern so früh gehen mußtest. Die Party war ein Knaller, oder?«

Susan hob eine Augenbraue. »Ein echter Knaller.«

»Genau.«

O Dad, dachte Susan. Wenn du wüßtest, wie unecht du klingst.

»Susan, du hast großen Eindruck auf Alex Wright gemacht. Er hat immer wieder von dir gesprochen. Ich glaube, Dee hat er auch etwas vorgeschwärmt. Er sagte, Dee habe sich geweigert, ihm deine Privatnummer zu geben.«

»Die Nummer der Praxis steht im Telefonbuch. Wenn er will, kann er mich dort anrufen. Ich fand ihn übrigens auch ganz nett.«

»Er ist viel mehr als das. Die Wrights gehören zu den besten Familien des Landes. Sehr imponierend.«

Dad hat immer noch gewaltigen Respekt vor einflußreichen Leuten, dachte Susan. Wenigstens ist es ihm nicht gelungen, sich einzureden, daß er als Kind reicher Eltern geboren wurde. Ich wünschte nur, er würde anderen gegenüber nicht so auftreten.

»Ich gebe dir jetzt mal Binky. Sie will dir etwas sagen.«

Warum *ich*, lieber Gott? dachte Susan, während er den Hörer weiterreichte.

Das geträllerte »Hallo« ihrer Stiefmutter tat ihr in den Ohren weh.

Ehe sie etwas sagen konnte, stimmte Binky ein Loblied auf Alexander Wright an. »Ich kenne ihn seit Jahren, Darling«, zirpte sie. »War nie verheiratet. Genau der Typ Mann, den Charles und ich uns für dich oder für Dee vorstellen. Du hast ihn ja kennengelernt, also weißt du, wie gut er aussieht. Er sitzt im Vorstand der Wright Stiftung. Die verteilt jedes Jahr einen Haufen Geld. Der großzügigste, wohlmeinendste Mensch, den man sich vorstellen kann. Keiner von diesen Egoisten, die nur an sich selbst denken.«

Das sagst ausgerechnet du? dachte Susan.

»Darling, ich hab' was getan, was du mir hoffentlich nicht übelnimmst. Alex hat gerade angerufen und mich praktisch gezwungen, ihm deine Privatnummer zu geben. Und ich bin ziemlich sicher, daß er dich noch heute abend anrufen wird. Er sagte, er wolle dich nicht in der Praxis stören.« Binky hielt inne, dann fügte sie einschmeichelnd hinzu: »Bitte sag, daß es nicht schlimm ist.«

»Es wäre mir lieber, du würdest meine Privatnummer nicht weitergeben, Binky«, entgegnete Susan steif, lenkte dann jedoch ein. »Aber in diesem Fall ist es wohl in Ordnung. Achte bitte nur in Zukunft darauf.«

Es gelang ihr, Binkys überschwengliche Beteuerungen abzukürzen, aber als sie auflegte, merkte sie, daß ihr der Abend plötzlich verdorben war.

Keine zehn Minuten später rief Alexander Wright an. »Ich habe Binky Ihre Privatnummer abgeluchst. Hoffentlich haben Sie nichts dagegen.«

»Ich weiß«, sagte Susan reserviert. »Charles und Binky haben mich gerade angerufen.«

»Warum sagen Sie nicht ›Dad‹ zu Ihrem Vater, wenn wir miteinander reden? Mich stört es nicht.«

Susan lachte. »Sie sind sehr einfühlsam. Ja, das werde ich tun.«

»Ich habe mir heute Ihre Sendung angehört, und sie hat mir sehr gut gefallen.«

Überrascht stellte Susan fest, daß sie sich freute.

»Bei einem Essen von Futures Industries vor sechs oder sieben Jahren saß ich am selben Tisch wie Regina Clausen. Ich fand, daß sie ein liebenswürdiger Mensch war, eine sehr gescheite Frau.«

Wright zögerte, dann fuhr er entschuldigend fort: »Ich weiß, es ist sehr kurzfristig, aber ich komme gerade von einer Vorstandssitzung im St. Clare's Hospital und habe Hunger. Falls Sie noch nicht gegessen und keine anderen Pläne haben – könnte ich Sie dann eventuell dazu überreden, mit mir auszugehen? Ich weiß, daß Sie in der Downing Street wohnen. Das ›Il Mulino‹ ist nur einen Katzensprung von Ihnen entfernt.«

Susan musterte die Brunnenkresse, die sie gewaschen hatte. Sie war selbst überrascht, als sie sein Angebot annahm, sie in etwa zwanzig Minuten abzuholen.

Im Schlafzimmer, wo sie eine Hose und einen Kaschmirpullover anzog, redete sie sich ein, daß der wahre Grund, warum sie dieser spontanen Verabredung zugestimmt hatte, Neugier war. Sie wollte nur wissen, was Alex Wright sonst noch über Regina Clausen zu sagen hatte.

17

Nach reiflicher Überlegung gestand Douglas Layton sich ein, daß Jane Clausen seine Weigerung, mit ihr in Dr. Susan Chandlers Praxis auszuharren, übel vermerken würde.

Seit vier Jahren arbeitete er als Anwalt und Anlageberater für die Firma, die die Interessen der Clausens vertrat. Er hatte seine Laufbahn als Assistent von Hubert March begonnen, dem Seniorpartner, der die Clausens seit mehr als fünfzig Jahren kannte und beriet. Als March sich dem Pensionsalter näherte, war Layton zu Jane Clausens Hauptansprechpartner geworden, und sie ging offenbar davon aus, daß er die Nachfolge ihres hinfälligen alten Freundes antreten sollte.

Nach so kurzer Zeit in der Firma zu einem der Vorstände des Clausen-Trusts ernannt zu werden, das war, wie Douglas Layton wußte, ein Riesencoup, mit dem allerdings auch wichtige Verpflichtungen verbunden waren.

Aber heute nachmittag hatte ich keine andere Wahl, sagte er sich, als er den Aufzug von Park Avenue Nummer 10 bestieg und dem jungen Paar, das kürzlich ein Apartment in der neunten Etage des Wohnhauses gekauft hatte, verbindlich zulächelte.

Er war noch Mieter, obgleich er sich bei seinem Einkommen leicht eine eigene Wohnung hätte kaufen können. Seinen Freunden hatte er es so erklärt: »Schaut mal, ich bin sechsunddreißig Jahre alt. Irgendwann, ob ihr's glaubt oder nicht, werde ich der richtigen Frau begegnen und eine Familie gründen. Wenn es soweit ist, sehen wir uns zusammen nach einer geeigneten Wohnung um.

Außerdem«, pflegte er hinzuzufügen, »kenne ich den Typ, dem dieses Haus gehört, zwar nicht persönlich, aber er hat auf jeden Fall Geschmack. Wenn ich mir auch jederzeit eine eigene Wohnung kaufen könnte, so eine wie die hier kann ich mir nicht leisten.«

Seine Freunde konnten nicht leugnen, daß er recht hatte. Ohne sich die Kopfschmerzen eines Eigentümers machen zu müssen, bewohnte Layton ein Apartment mit mahagonigetäfelter Bibliothek, einem Wohnzimmer mit atemberaubendem Blick auf New York, zu dem sowohl das Empire State Building als auch der East River gehörte, mit einer hochmodernen Küche, einem großen Schlafzimmer und zwei Bädern mit allem Schnickschnack. Es war mit bequemen, tiefen Sofas und einladenden Clubsesseln möbliert, wies genügend Stauraum auf und demonstrierte mit geschmackvollen Wandbehängen und erlesenen Perserteppichen einen eigenen Stil.

Heute abend jedoch, als er die Tür zu seiner Wohnung hinter sich verriegelte, fragte sich Douglas Layton, wie lange seine Glückssträhne wohl noch anhalten mochte.

Er sah auf die Uhr – Viertel nach fünf. Rasch ging er zum Telefon und rief bei Jane Clausen an. Sie meldete sich nicht, was nicht ungewöhnlich war. Wenn sie nicht zum Essen ausging, machte sie um diese Zeit oft ein Nickerchen und stellte das Telefon ab. Durfte man dem Büroklatsch glauben, hatte sie das Telefon früher auf ein unbenutztes Kissen neben sich gestellt, falls ihre Tochter Regina mitten in der Nacht anrufen sollte.

Er würde es in etwa einer Stunde erneut versuchen. Es gab nämlich noch jemanden, den er seit mindestens einer Woche nicht gesprochen hatte. Seine Gesichtszüge entspannten sich plötzlich, und er griff wieder zum Hörer und wählte.

Vor zehn Jahren war seine Mutter nach Lancaster in Pennsylvania gezogen. Da sie damals schon lange von seinem Vater getrennt lebte, der nie wieder von sich hatte hören lassen, fühlte sie sich im Kreis ihrer zahlreichen Cousinen und Cousins bedeutend wohler.

Sie nahm beim dritten Läuten ab. »Oh, Doug, bin ich froh, daß du mich noch erwischt hast. Ich wollte gerade ausgehen.«

»Zum Krankenhaus? Zum Obdachlosenasyl? Zur Telefonseelsorge?« fragte er liebevoll.

»Falsch geraten, du Schlaumeier. Ich gehe mit Bill ins Kino.«

Bill war ihr langjähriger Freund, ein liebenswürdiger Junggeselle, den Doug zwar sehr sympathisch, aber auch sterbenslangweilig fand.

»Er soll ja nicht frech werden.«

»Doug, du weißt sehr gut, daß er das nie tun würde«, stieß seine Mutter lachend hervor.

»Du hast recht – ich weiß es sehr gut. Der gute alte, berechenbare Bill. Na schön, Mom, ich lasse dich gehen. Ich wollte mich nur mal wieder melden.«

»Doug, ist alles in Ordnung? Du klingst bedrückt.«

Er verwünschte sich im stillen. Schließlich wußte er doch, daß er seine Mutter nicht anrufen sollte, wenn er aufgeregt war. Sie las in ihm wie in einem offenen Buch.

»Mir geht's prima«, sagte er.

»Doug, ich mache mir Sorgen um dich. Und ich bin immer für dich da, wenn du mich brauchst. Das weißt du doch, oder?«

»Ja, ich weiß, Mom. Mir geht's gut. Ich hab' dich lieb.«

Er legte schnell auf, dann ging er zur Bar in der Bibliothek und goß sich einen steifen Scotch ein. Als er ihn hinunterkippte, spürte er, daß sein Herz pochte. Definitiv der falsche Zeitpunkt für eine Panikattacke. Wie kam es, daß er, der sich zumeist so gut beherrschen konnte, immer wieder unter diesen Anfällen litt?

Er kannte den Grund.

Nervös schaltete er den Fernseher ein und sah sich die Abendnachrichten an.

Um sieben Uhr wählte er erneut Jane Clausens Nummer. Dieses Mal erreichte er sie, aber an ihrem reservierten Ton erkannte er, daß er in Ungnade gefallen war.

Um acht Uhr ging er aus.

18

Alexander Wright entdeckte seinen in zweiter Reihe vor dem St. Clare's Hospital an der West Fifty-second Street geparkten Wagen und saß bereits auf dem Rücksitz, bevor sein Chauffeur aussteigen und ihm die Tür aufhalten konnte.

»Eine lange Konferenz, Sir«, sagte Jim Curley, als er den Motor anließ. »Wohin fahren wir jetzt?« Er sprach mit der Vertraulichkeit des langjährigen Angestellten, da er seit dreißig Jahren für die Wrights arbeitete.

»Jim, zu meiner Freude darf ich sagen, daß wir schon vor fünf Minuten eine sehr attraktive Dame in der Downing Street hätten abholen sollen. Wir haben vor, im ›Il Mulino‹ zu essen«, erwiderte Wright.

Downing Street, dachte Curley. Muß eine Neue sein. War noch nie dort. Curley freute sich über die Tatsache, daß sein Arbeitgeber, ein gutaussehender, wohlhabender und alleinstehender Enddreißiger überall gern gesehen war. Trotz seiner großen Achtung vor Alexander Wrights Intimsphäre vergaß er nicht, seinen Freunden gegenüber bei Gelegenheit zu erwähnen, daß der Musicalstar Sandra Cooper ebenso nett wie schön wäre, oder wie witzig Lily Locklin, die Komikerin, sich einmal mit ihm unterhalten hätte.

Doch derlei diskrete Hinweise ließ er nur dann fallen, wenn man schon in den Klatschspalten der Zeitungen lesen konnte, daß diese oder jene Frau beim Essen oder auf einer Party mit dem Freizeitsportler und Philantropen Alex Wright gesehen worden war.

Während der Wagen sich durch den zähen Verkehr auf der Ninth Avenue schlängelte, schaute Curley mehrmals kurz in den Rückspiegel und stellte besorgt fest, daß sein Boß die Augen geschlossen und sich an die Kopfstütze aus weichem Leder gelehnt hatte.

Wer gesagt hat, daß es genauso anstrengend sein kann, Geld zu verteilen, wie es zu verdienen, hatte recht, dachte Curley mitfühlend. Er wußte, daß Mr. Alex als Hauptvorstand der Alexander and Virginia Wright Family Foundation unablässig von Einzelpersonen und Organisationen bestürmt wurde, die ein Stück vom Kuchen abbekommen wollten. Und er war so freundlich zu jedermann. Vermutlich auch viel zu großzügig.

Überhaupt nicht so wie sein Vater, überlegte Curley. Der alte Herr war knallhart gewesen. Alex' Mutter genauso. Sie riß einem für nichts und wieder nichts den Kopf ab. Hatte ständig auf Alex herumgehackt, als er noch ein Kind war. Ein Wunder, daß er sich trotzdem so prächtig entwickelt hatte. Hoffentlich ist diese Lady von der Downing Street nett, dachte er. Alex Wright hatte es verdient, daß man nett zu ihm war. Er arbeitete wirklich hart.

Das ›Il Mulino‹ war wie gewohnt überfüllt. Der Duft guten Essens und die fröhlichen Stimmen der Gäste sorgten für eine stimmungsvolle Atmosphäre. An der Bar drängte sich die Kundschaft, die auf Tische wartete. Der von Gemüse überquellende Erntedankkorb am Eingang zum Speisesaal fügte der schlichten Einrichtung des Restaurants einen ländlich-gemütlichen Akzent hinzu.

Der Geschäftsführer geleitete sie sofort zu einem Tisch. Als sie sich durch den überfüllten Raum schlängelten, wurde Alex Wright immer wieder von Freunden aufgehalten, die ihn begrüßen wollten. Ohne die Weinkarte zu konsultieren, bestellte er eine Flasche Chianti und eine Flasche Chardonnay. Er lachte über Susans konsternierten Blick. »Sie brauchen nicht mehr als ein, zwei Gläser zu trinken, aber ich verspreche Ihnen, Sie werden beide Weine köstlich finden. Ich will ganz ehrlich sein. Ich habe das Mittagessen ausfallen lassen und sterbe fast vor Hunger. Stört es Sie, wenn wir gleich einen Blick in die Speisekarte werfen?«

Susan entschied sich für Lachs und einen Salat. Er wählte Austern, Pasta und Kalbfleisch. »Die Pasta wäre mein Mittagessen gewesen«, erklärte er.

Als der Oberkellner Wein einschenkte, hob Susan die Augenbrauen und schüttelte den Kopf. »Ich kann nicht glauben, daß ich noch vor einer Stunde in meinem uralten Lieblingskaftan gesteckt habe und einen geruhsamen Abend zu Hause verbringen wollte«, sagte sie.

»Sie hätten den Kaftan anlassen können.«

»Nur, wenn ich Eindruck bei Ihnen hätte schinden wollen«, erwiderte sie, was Wright zum Lachen brachte.

Sie musterte ihn kurz, als er einem Bekannten zuwinkte. Er trug einen konservativen dunkelgrauen Anzug mit feinen Nadelstreifen, ein weißes Hemd und eine kleingemusterte grau-rote Krawatte. Ohne Zweifel – er war attraktiv und beeindruckend.

Endlich verstand sie, was sie an ihm verwirrte. Einerseits strahlte Alex Wright die Autorität und die Selbstsicherheit aus, die das Ergebnis von Generationen guter Kinderstube sind, aber da war auch noch etwas anderes, das sie faszinierte. Ich glaube, er ist ein bißchen schüchtern, dachte sie. Ja, das mußte es sein. Und genau das gefiel ihr.

»Ich bin froh, daß ich gestern zu der Cocktailparty gegangen bin«, sagte er leise zu ihr. »Eigentlich wollte ich zu Hause bleiben und das Rätsel in der *Times* lösen, aber ich hatte die Einladung schon angenommen und wollte nicht unhöflich erscheinen.« Er lächelte flüchtig. »Ich möchte, daß Sie wissen, wie dankbar ich Ihnen bin, daß Sie eine so kurzfristige Einladung angenommen haben.«

»Sie sagten, Sie kennen Binky schon sehr lange?«

»Ja, aber nur oberflächlich, wie man eben Leute kennt, die zu den gleichen Partys gehen. Kleine Partys. Die Riesenfeten kann ich nicht ausstehen. Ich hoffe, ich trete Ihnen nicht zu nahe, wenn ich sage, daß sie ziemlich dumm ist.«

»Leider ein sehr überzeugendes Dummchen«, entgegnete Susan bedauernd. »Was halten Sie von dem Disney-Schloß, das mein Vater für sie erbaut hat?«

Sie lachten.

»Aber die Situation ist immer noch ziemlich kränkend und unangenehm für Sie, oder?« fragte er. »Tut mir leid, Sie sind die Psychologin, nicht ich.«

Wenn du nicht antworten willst, stelle eine Gegenfrage, dachte Susan. »Sie haben meinen Vater und meine Schwester kennengelernt«, konterte sie. »Was ist mit Ihnen? Irgendwelche Geschwister?«

Er berichtete, daß er ein Einzelkind wäre, das Produkt einer späten Ehe. »Mein Vater war viel zu sehr davon in Anspruch genommen, Geld zu verdienen, um einer Frau den Hof zu machen, bis er die Vierzig überschritten hatte«, erklärte er. »Anschließend war er zu beschäftigt damit, seinen Reichtum zu vergrößern, um mir oder meiner Mutter viel Beachtung zu schenken. Ich muß allerdings sagen – im Vergleich zu dem menschlichen Elend, von dem ich tagtäglich lese oder im Rahmen der Stiftung höre, kann ich mich sehr glücklich schätzen.«

»Im großen Maßstab betrachtet, haben Sie sicherlich recht«, bestätigte Susan. »Für mich gilt das gleiche.«

Der Name Regina Clausen fiel erst, als sie ihren Espresso tranken. Alex Wright konnte ihr nicht viel mehr sagen als das, was er schon am Telefon erzählt hatte. Bei einem Essen von Futures Industry hatte er am selben Tisch wie Regina gesessen. Er hielt sie für eine stille, gescheite Frau. Die Vorstellung, daß ein Mensch in ihrer Position einfach so verschwinden konnte, wollte ihm nicht in den Kopf.

»Messen Sie dem Anruf, den Sie während der Sendung erhalten haben, irgendwelche Bedeutung bei?« fragte er. »Ich meine diese Frau, die so nervös wirkte.«

Sie hatte bereits beschlossen, mit niemandem über den Ring zu sprechen, den Regina Clausens Mutter ihr gegeben hatte. Dieser Ring mit der Inschrift ›Du gehörst mir‹, die auch ›Karen‹ erwähnt hatte, war das einzige handfeste Indiz für einen Zusammenhang zwischen Reginas Verschwinden und Karens kurzlebiger Romanze auf See. Je weniger Leute davon wußten, desto besser.

»Ich weiß es nicht«, antwortete sie. »Es ist noch zu früh, um das sagen zu können.«

»Wie sind Sie eigentlich beim Radio gelandet?« fragte er.

Sie erzählte ihm, wie Nedda sie der früheren Moderatorin vorgestellt hatte. Außerdem berichtete sie, daß sie während des Jurastudiums für Nedda gearbeitet hatte, ihren Job in der Staatsanwaltschaft von Westchester County dann leid geworden und wieder an die Uni zurückgekehrt war.

Schließlich, beim Brandy, sagte Susan: »Normalerweise bin ich es, die zuhört. Genug von mir. Sogar viel zuviel von mir.«

Wright bat um die Rechnung. »Noch längst nicht«, sagte er entschlossen.

Alles in allem ein sehr netter Abend, entschied Susan, als sie ins Bett schlüpfte.

Sie sah, daß es zehn vor elf war. Seit zwanzig Minuten war sie zu Hause. Als sie sich an der Haustür von Alex verabschieden wollte, hatte er gesagt: »Mein Vater hat mir beigebracht, immer dafür zu sorgen, daß die Dame sicher ins Haus kommt. Dann bin ich auch gleich weg.« Er hatte darauf bestanden, mit ihr nach oben zu gehen und zu warten, bis sie die Wohnungstür aufgeschlossen hatte.

Es geht doch nichts über einen Hauch altmodische Galanterie, dachte Susan, als sie das Licht ausschaltete.

Sie war zwar müde, konnte jedoch nicht aufhören, über die Ereignisse des Tages nachzudenken, immer wieder durchzugehen, was geschehen und was nicht geschehen war. Sie dachte an Donald Richards, den Autor von *Verschwundene Frauen*. Ein interessanter Gast. Er hätte es offenbar gern gesehen, wenn er von ihr zu dem erhofften Treffen mit ›Karen‹ eingeladen worden wäre.

Ein wenig peinlich berührt dachte Susan daran zurück, wie kalt sie ihn hatte abblitzen lassen, als er sagte, er würde gern mit ihr über das sprechen, was Karen vielleicht zu berichten hätte.

Ob sie noch einmal von Karen hören würde? fragte sie sich. Wäre es ratsam, sie in der morgigen Sendung zu bitten, Kontakt mit ihr aufzunehmen, zumindest telefonisch?

Als sie fast eingeschlafen war, schrillte eine Warnglocke in ihrem Unterbewußtsein. Sie starrte in die Dunkelkeit und versuchte herauszufinden, was ihren inneren Alarm ausgelöst hatte. Offenbar war heute etwas geschehen oder sie hatte etwas gehört, auf das sie hätte achten sollen. Aber was?

Als sie merkte, daß sie zu müde war, um sich jetzt noch zu konzentrieren, drehte sie sich um und schloß die Augen. Sie würde morgen darüber nachdenken; dann hatte sie ja jede Menge Zeit.

19

Hilda Johnson schlief fünf Stunden. Als sie um halb elf aufwachte, fühlte sie sich erfrischt und hatte Hunger. Eine Tasse Tee und eine Scheibe Toast würden ihr jetzt guttun, entschied sie, setzte sich auf und griff nach ihrem Morgenmantel. Außerdem wollte sie sehen, ob sie noch einmal in den Elf-Uhr-Nachrichten gezeigt wurde.

Nach den Nachrichten könnte sie wieder ins Bett gehen und einen Rosenkranz für Carolyn Wells beten, die arme Frau, die von dem Transporter überfahren worden war.

Sie wußte, daß Captain Tom Shea morgen um Punkt acht im Revier sein würde. Dort wollte sie ihn bereits erwarten. Während sie den Gürtel ihres Chenille-Morgenmantels verknotete, vergegenwärtigte sich Hilda noch einmal das Gesicht des Mannes, der Mrs. Wells vor den Transporter gestoßen hatte. Jetzt, da der erste Schock vorüber war, konnte sie sich sogar noch deutlicher an ihn erinnern. Sie wußte, daß der Polizeizeichner morgen eine lückenlose Beschreibung des Mannes von ihr erwarten würde.

Vor beinahe siebzig Jahren war sie selbst eine gute Zeichnerin gewesen. Ihre Kunstlehrerin in der Mittelstufe, Miss Dunn, hatte sie sehr gelobt. Sie sagte, Hilda habe echtes Talent, vor allem Gesichter seien ihre Stärke. Aber mit dreizehn Jahren hatte das Arbeitsleben für sie begonnen, und es blieb keine Zeit mehr für solche Dinge.

Nicht, daß sie das Zeichnen komplett aufgegeben hätte. Im Laufe der Jahre hatte sie oft Zeichenblock und Stift in den Park mitgenommen und Tuschezeichnungen angefertigt, die sie später rahmte und ihren Freunden zum Geburtstag schenkte. In letzter Zeit hatte sie das allerdings nicht mehr gemacht. Es waren nur noch wenige Freunde übrig, und außerdem waren ihre Finger so geschwollen von der Arthritis, daß sie nur noch mit Mühe den Stift halten konnte.

Dennoch würde es ihr morgen früh bei der Polizei viel leichter fallen, das Gesicht des Mannes zu beschreiben, wenn sie es jetzt auf Papier bannte, solange es ihr noch frisch im Gedächtnis war.

Hilda ging zu dem Sekretär, der früher ihrer Mutter gehört hatte und den Ehrenplatz in ihrem winzigen Wohnzimmer einnahm. Sie öffnete das Pult unter der Vitrine aus Mahagoni und Glas und zog einen Stuhl heran. In einer Schublade lag eine Schachtel mit Briefpapier, die ihre Freundin Edna ihr letztes Jahr zu Weihnachten geschenkt hatte. Am oberen Rand der großen, gelben Papierbögen waren die Worte ›Ein *Bonmot* von Hilda Johnson‹ aufgedruckt.

Edna hatte ihr erklärt, ein Bonmot sei ein kluger Ausspruch, und sie wisse, daß Hilda sich über die Bögen im DIN-A4-Format freuen würde. »Die sind nicht so wie diese kleinen Kärtchen, auf die du gerade mal zwei Zeilen schreiben kannst.«

Außerdem hatte so ein Blatt die ideale Größe für eine rasche Skizze, die Hilda helfen würde, ihre Erinnerung an den Kerl festzuhalten, der dieser armen Frau den Umschlag gestohlen und ihr dann den Stoß versetzt hatte. Mit steifen, schmerzenden Fingern begann Hilda zu zeichnen. Allmählich nahm ein Gesicht Formen an – nicht im Profil, sondern eher eine Dreiviertelansicht. Ja, genau so war sein Haar frisiert, dachte sie und zeichnete sein wohlgeformtes, eng am Kopf anliegendes Ohr. Seine weit auseinanderstehenden Augen hatten sich verengt, als er Carolyn Wells ansah. Lange Wimpern, energisches Kinn.

Als Hilda den Tintenfüller aus der Hand legte, war sie zufrieden. Nicht übel, dachte sie, gar nicht übel. Sie schaute auf die Uhr; es war fünf vor elf. Sie schaltete den Fernseher ein, dann ging sie in die Küche, um den Kessel aufzusetzen.

Gerade hatte sie das Gas angezündet, als es an der Tür läutete. Wer in Gottes Namen konnte das so spät noch sein? fragte sie sich, als sie in die winzige Diele trat und den Hörer der Gegensprechanlage abnahm.

»Wer ist da?« Sie machte keinen Versuch, ihre Gereiztheit zu verbergen.

»Miss Johnson, es tut mir sehr leid, Sie so spät noch zu stören.« Die Stimme des Mannes klang gedämpft und angenehm. »Ich bin Detective Anders. Wir haben einen Verdächtigen verhaftet. Möglicherweise handelt es sich um den Mann, der nach Ihren Angaben Mrs. Wells auf die Fahrbahn gestoßen hat. Ich möchte Ihnen sein Foto zeigen. Wenn Sie ihn wiedererkennen, können wir ihn festhalten. Andernfalls müssen wir ihn laufenlassen.«

»Ich dachte, niemand hätte mir geglaubt«, fuhr Hilda ihn an.

»Wir wollten nicht durchsickern lassen, daß wir einem Verdächtigen auf der Spur waren. Kann ich kurz raufkommen?«

»Wenn's sein muß.«

Hilda drückte auf den Summer, der die Tür zum Foyer entriegelte. Ein wenig selbstzufrieden ging sie wieder zu ihrem Schreibtisch und betrachtete ihre Zeichnung. Warte nur, bis Detective Anders *das hier* sieht, dachte sie.

Sie hörte, wie der alte Aufzug rumpelnd in ihrer Etage anhielt; dann näherten sich leise Schritte.

Sie wartete, bis Detective Anders an ihrer Wohnungstür läutete, bevor sie öffnete. Muß kalt geworden sein, dachte sie – sein Mantelkragen war hochgeschlagen, und er trug einen Schlapphut, den er tief in die Stirn gezogen hatte. Außerdem hatte er Handschuhe an.

»Es dauert nur eine Minute, Miss Johnson«, sagte er. »Tut mir leid, daß ich Sie störe.«

Hilda schnitt ihm das Wort ab. »Kommen Sie rein«, sagte sie lebhaft. »Ich muß Ihnen auch was zeigen.« Als sie zum Schreibtisch voranging, hörte sie nicht, daß die Tür leise ins Schloß fiel.

»Ich habe den Kerl, den ich gesehen habe, gezeichnet«, sagte sie triumphierend. »Wir können ihn mit Ihrem Foto vergleichen.«

»Sicher.« Doch statt eines Fotos legte ihr Besucher einen Führerschein auf den Tisch.

Hilda holte tief Luft. »Sehen Sie! Es ist dasselbe Gesicht! Das ist der Mann, der die Frau auf die Fahrbahn gestoßen und sich den Umschlag geschnappt hat.«

Zum ersten Mal blickte sie Detective Anders direkt an. Er hatte den Hut abgenommen, und sein Mantelkragen war auch nicht mehr hochgeschlagen.

Hildas Augen weiteten sich vor Entsetzen. Sie öffnete den Mund, brachte jedoch nur ein leises »O nein!« heraus. Als sie zurückweichen wollte, stieß sie gegen den Schreibtisch. Ihr Gesicht wurde aschfahl – sie saß in der Falle.

Flehend hob sie die Hände. Vergeblich versuchte sie sich vor dem Messer zu schützen, das ihr Besucher ihr in die Brust stieß.

Er sprang zurück, um dem Blutstrahl auszuweichen, dann sah er zu, wie ihr Körper erschlaffte und auf den verschossenen Teppich sank. Hildas Augen wurden starr, doch sie konnte noch sagen: »Gott … wird … Sie nicht … ungestraft … davonkommen lassen …«

Als er sich über sie beugte, um seinen Führerschein und

ihre Zeichnung an sich zu nehmen, zuckte ihr Körper heftig, und ihre Hand fiel auf seinen Schuh.

Er schüttelte ihre Hand ab, ging ruhig zur Tür, öffnete sie und warf einen prüfenden Blick in den Gang. Mit wenigen Schritten war er an der Feuertreppe. Unten angekommen, öffnete er die Tür zum Foyer einen Spaltbreit, sah niemanden und stand einen Augenblick später draußen auf der Straße.

Die Erkenntnis, wie knapp er entkommen war, überwältigte ihn. Hätten die Cops der alten Schachtel geglaubt und schon am Nachmittag mit ihr gesprochen, hätte sie ihnen vielleicht die Skizze gezeigt. Sie wäre morgen in allen Zeitungen erschienen.

Als er sich in Bewegung setzte, war sein rechter Fuß bleischwer. Es fühlte sich an, als laste immer noch Hilda Johnsons Hand auf ihm.

Hatte sie ihn mit ihren letzten Worten verflucht? fragte er sich. Sie hatten ihn an den Fehler erinnert, der ihm heute unterlaufen war – einen Fehler, den Susan Chandler mit dem geschulten Verstand einer Staatsanwältin unter Umständen entdecken würde.

Er wußte, daß er es nicht so weit kommen lassen durfte.

20

Susan schlief unruhig, wirre Träume plagten sie. Als sie aufwachte, erinnerte sie sich an bruchstückhafte Szenen, in denen Jane Clausen, Dee, Jack und sie selbst aufgetaucht waren. Einmal hatte Jane Clausen sie angefleht: »Susan, ich will Regina wiederhaben«, während Dee die Hand ausstreckte und sagte: »Susan, ich möchte Jack.«

Wenigstens hattest du ihn einmal, dachte Susan. Sie stieg aus dem Bett und reckte sich, um den vertrauten Druck auf der Brust loszuwerden. Es ärgerte sie zutiefst, daß ein

Traum wie dieser nach all den Jahren eine Flut von Erinnerungen auslösen konnte. Erinnerungen an die Zeit, als sie dreiundzwanzig war, im zweiten Jahr Jura studierte und stundenweise für Nedda arbeitete. Jack war achtundzwanzig, ein Werbefotograf, der sich gerade erst einen Namen machte. Und sie waren verliebt.

Dann der Auftritt von Dee. Die große Schwester. Liebling der Modefotografen. Elegant. Amüsant. Charmant. Drei Männer standen Schlange, um sie zu heiraten, aber sie wollte nur Jack.

Susan ging ins Bad und griff nach der Zahnpastatube. Sie putzte sich energisch die Zähne, als könne sie so den bitteren Nachgeschmack auslöschen, den sie stets im Mund hatte, wenn sie an Dees tränenreiche Rechtfertigung zurückdachte: »Susan, verzeih mir. Aber das zwischen Jack und mir war unvermeidlich … unausweichlich.«

Und Jacks gequälte Pseudo-Entschuldigung: »Susan, es tut mir so leid.«

Und das Verrückte ist, dachte Susan, daß sie tatsächlich wie füreinander geschaffen waren. Sie liebten sich wirklich. Vielleicht sogar zu sehr. Dee haßte die Kälte. Hätte sie ihn nicht so sehr geliebt und ihm jede Freude machen wollen, dann hätte sie sich geweigert, sich noch einmal von Jack auf einen Skihügel zerren zu lassen. Wäre es ihr gelungen, ihn zu Hause festzuhalten, dann wäre er nicht von der Lawine mitgerissen worden. Und vielleicht würde er dann heute noch leben.

Hätte ich Jack geheiratet, dachte Susan, während sie das heiße Wasser aufdrehte, wäre ich jetzt vielleicht auch tot, weil ich ihm auf jeden Fall auf die Skipiste gefolgt wäre.

Ihre Mutter hatte sie verstanden. »Ich weiß, Susan, hättest du dich zu einem Mann hingezogen gefühlt, den Dee mochte, wärst du von der Bildfläche verschwunden. Aber eines mußt du akzeptieren, auch wenn es dir schwerfällt, es zu verstehen – Dee war immer schon eifersüchtig auf dich.«

Ja, ich wäre von der Bildfläche verschwunden, dachte Susan, als sie ihren Morgenmantel auszog und sich unter den dampfenden Wasserstrahl stellte.

Um halb acht war sie angezogen und nahm ihr gewohntes Frühstück aus Saft, Kaffee und einem halben englischen Muffin zu sich. Sie schaltete *Good Day, New York* ein, um die Nachrichten zu hören. Doch schon nach den ersten Bildern läutete das Telefon.

Es war ihre Mutter. »Ich wollte dich kurz sprechen, bevor du in Arbeit versinkst, Schatz.«

Susan freute sich, daß ihre Mutter optimistisch klang, und schaltete den TV-Ton aus. »Hallo, Mom.« Dem Himmel sei Dank, daß sie noch mit Mom angesprochen werden will, dachte sie, und nicht mit Emily.

»Deine Sendung gestern war faszinierend. Ist die Frau, die angerufen hat, in deine Praxis gekommen?«

»Nein, leider nicht.«

»Kein Wunder. Sie wirkte sehr beunruhigt. Aber ich dachte, es interessiert dich vielleicht, daß ich Regina Clausen einmal begegnet bin. Ich war mit deinem Vater auf einer Aktionärsversammlung. Das war in der Ära v. B., also etwa vor vier Jahren.«

V. B. Vor Binky.

»Ich brauche wohl nicht zu sagen, daß Charley-Charles diese Regina Clausen mit den tollen Investitionen beeindrucken wollte, die er getätigt hatte; ein Umstand, an den ich ihn während der Verhandlungen über meinen Unterhalt erinnert habe. Aber da wollte er natürlich nichts mehr davon wissen.«

Susan lachte. »Mom, hab' ein Herz.«

»Entschuldige, Susan, ich wollte keinen Witz über die Scheidung machen«, sagte ihre Mutter.

»Aber du hast es getan. Du tust es immerzu.«

»Da hast du recht«, gab ihre Mutter fröhlich zu. »Aber eigentlich habe ich ja angerufen, um dir von Regina Clausen zu erzählen. Sie war uns gegenüber recht aufgeschlossen – du weißt ja, was für ein Süßholzraspler dein Vater sein kann – und erzählte uns, daß für ihren nächsten längeren Urlaub eine Kreuzfahrt geplant sei. Im Hinblick darauf war sie sehr aufgeregt. Ich sagte, hoffentlich würden die Leute an Bord sie nicht ständig mit Fragen zu Geldangelegenheiten belämmern, und weiß noch, daß sie lachte und entgegnete, sie wolle Spaß haben und sich amüsieren, und über den Dow Jones-Index zu fachsimpeln, gehöre mit Sicherheit nicht dazu. Ihr Vater sei an einem Herzinfarkt gestorben, als er noch keine Fünfzig war, und vor seinem Tod habe er mit großem Bedauern von all den Ferienreisen gesprochen, für die er sich nie die Zeit genommen hatte.«

»All das untermauert die Theorie, daß sie eine Romanze auf See hatte«, sagte Susan. »Auf jeden Fall hört es sich so an, als sei sie dieser Vorstellung nicht abgeneigt gewesen.« Sie dachte an den Türkisring, den ihr Jane Clausen überlassen hatte. »Ja, ich glaube, das war's, eine sorgfältig geheimgehaltene Romanze auf See.«

»Nun ja, was sie sagte, hat deinen Vater offenbar auf Ideen gebracht. Kurz darauf haben wir uns getrennt. Er hat sich unters Messer begeben, ließ sich die Haare färben und zog mit Binky herum. Übrigens hat er Dee zugeredet, eine Kreuzfahrt zu machen. Hat sie dir davon erzählt?«

Susan sah auf die Uhr. Sie wollte ihre Mutter nicht abwimmeln, mußte sich aber allmählich auf den Weg machen. »Nein, ich wußte nicht, daß Dee an eine Kreuzfahrt denkt. Aber ich habe gestern auch ihren Anruf verpaßt«, sagte sie.

Die Stimme ihrer Mutter klang plötzlich beunruhigt. »Ich mache mir Sorgen um Dee, Susan. Sie ist deprimiert und fühlt sich sehr einsam. Von selbst kommt sie nicht wieder auf die Beine. Sie ist nicht so stark wie du.«

»Du bist selbst ziemlich stark, Mom.«

Ihre Mutter lachte. »Nicht stark genug, aber ich arbeite daran. Susan, streng dich nicht so an.«

»Mit anderen Worten, such dir einen netten Mann, heirate, sei glücklich.«

»So was in der Art. Irgendein interessanter Mann in Sicht, von dem du mir noch nicht erzählt hast? Als Dee angerufen hat, erwähnte sie jemanden, den sie auf der Binky-Charley-Party kennengelernt hat und der sehr angetan von dir war. Sie sagte, er sei ungemein attraktiv.«

Susan dachte an Alex Wright. »Er ist nicht übel.«

»Wenn man Dee hört, ist er mehr als ›nicht übel‹.«

»Mach's gut, Mom«, sagte Susan fest. Nachdem sie aufgelegt hatte, stellte sie ihre Kaffeetasse in die Mikrowelle und schaltete den Ton des Fernsehers wieder ein. Ein Reporter sprach über eine ältere Dame, die in ihrer Wohnung an der Upper East Side erstochen worden war. Susan wollte den Fernseher gerade ausschalten, als der Sender noch einmal den Teil der gestrigen Abendnachrichten einspielte, in dem Hilda Johnson, das Mordopfer, behauptete, die Frau, die man auf der Park Avenue überfahren hatte, sei überfallen und gezielt auf die Fahrbahn gestoßen worden.

Susan starrte auf den Bildschirm. Die Staatsanwältin in ihr weigerte sich zu glauben, daß zwischen den Vorfällen kein Zusammenhang bestand, während sich die Psychologin in ihr fragte, welches kranke Hirn *zwei* derart brutale Verbrechen ersinnen könnte.

21

Auch wenn Hilda Johnson ihm manchmal furchtbar auf die Nerven gegangen war, Captain Tom Shea vom 19. Revier hatte sie gemocht. Wie er zu seinen Männern sagte, waren Hildas Hinweise, alles in allem genommen, für gewöhnlich nützlich gewesen. Zum Beispiel hatte sich herausgestellt, daß ein Obdachloser, den sie einmal beschuldigt hatte, um den Spielplatz im Park herumzustreichen, wegen sexueller Handlungen mit Minderjährigen vorbestraft war. Und der Halbwüchsige, über den sie sich beschwert hatte, weil er mit dem Motorrad durch ihr Viertel kurvte, wurde auf frischer Tat bei einem Überfall auf einen älteren Passanten ertappt.

Als Captain Shea jetzt in Hilda Johnsons Wohnung stand, empfand er beim Anblick der in Chenille gehüllten Leiche der alten Frau sowohl Wut als auch Trauer. Die Polizeifotografen hatten ihre Aufnahmen gemacht. Der Leichenbeschauer hatte seine Arbeit getan. Man durfte sie berühren.

Shea kniete sich neben Hilda auf den Fußboden. Ihr Blick war starr, ihr Gesicht in einem Ausdruck der Panik versteinert. Behutsam öffnete er ihre Hände und untersuchte die Schnitte an ihren Handflächen. Sie hatte sich also vor dem tödlichen Stich, der ihr Herz durchbohrt hatte, zu schützen versucht. Er sah genauer hin. An den Fingern ihrer rechten Hand entdeckte er Flecke. Tintenflecke.

Shea stand auf und wandte sich dem Schreibtisch zu. Er registrierte, daß er geöffnet war. Seine Großmutter hatte einen ähnlichen Schreibtisch, und sie ließ den Deckel immer offenstehen, um stolz die kleinen Fächer und Schubladen, den Löscher und das Schreibset zur Schau zu stellen, das nie benutzt wurde.

Er dachte an das vergangene Jahr zurück, als Hilda sich auf der Straße den Knöchel verstaucht und er sie besucht hatte. Damals war der Schreibtisch geschlossen gewesen. Ich wette, er war meistens geschlossen, dachte er.

Im Schreibtisch lag eine Schachtel mit Briefpapier, die offenbar gerade erst geöffnet worden war – die Verpackung aus Zellophan lag noch daneben. Er lächelte, als er den Aufdruck las: ›Ein *Bonmot* von Hilda Johnson.‹ Ein altmodischer Füllfederhalter lag neben dem Tintenfaß, die Sorte Füller, die man zum Zeichnen benutzte. Er nahm ihn in die

Hand und musterte die Flecken, die die Feder an seinen Fingern hinterließ. Dann zählte er die Papierbögen, die noch in der Schachtel enthalten waren. Es waren elf. Er zählte die Umschläge – zwölf.

Hatte Hilda Johnson kurz vor ihrem Tod etwas auf den fehlenden Bogen geschrieben oder gezeichnet? fragte er sich. Aber warum sollte sie das tun? Zu Tony Hubbard, dem Sergeant, der gestern am Telefon gewesen war, hatte sie gesagt, sie wolle gleich ins Bett gehen und morgens zum Revier kommen.

Tom achtete nicht auf die Fotografen, die ihre Ausrüstung zusammenpackten, und auf die Experten für Fingerabdrücke, die Hildas peinlich saubere Wohnung in ein Schlachtfeld verwandelten, und ging ins Schlafzimmer.

Hilda hatte tatsächlich im Bett gelegen – soviel stand fest. Auf dem Kissen war noch der Abdruck ihres Kopfes zu sehen. Es war jetzt acht Uhr. Der Gerichtsmediziner schätzte, daß sie seit acht bis zehn Stunden tot war. Also war Hilda irgendwann zwischen zehn Uhr abends und Mitternacht aus dem Bett gestiegen, hatte ihren Morgenmantel angezogen und war zu ihrem Schreibtisch gegangen, um etwas zu schreiben oder zu zeichnen. Dann hatte sie den Wasserkessel aufgesetzt.

Als Hilda, deren Pünktlichkeit jeder kannte, nicht aufgetaucht war, hatte Captain Shea bei ihr angerufen. Er war beunruhigt, als sie sich nicht meldete, und hatte den Hausmeister gebeten, nach ihr zu sehen. Hätte er das nicht getan, wäre ihre Leiche vielleicht erst nach Tagen entdeckt worden. Sie hatten kein Indiz für einen Einbruch gefunden, das hieß also, daß sie ihren Mörder aller Wahrscheinlichkeit nach selbst hereingelassen hatte. Hatte sie Besuch erwartet? Oder hatte sich eine mißtrauische, schlaue alte Füchsin wie Hilda täuschen lassen? Hatte sie geglaubt, sie könne dem Unbekannten, der vor ihrer Tür stand, trauen?

Der Captain ging ins Wohnzimmer zurück. Aus welchem Grund hatte sie am Schreibtisch gestanden, als sie ermordet wurde? Wenn sie vermutet hätte, daß sie in Gefahr war, hätte sie dann nicht wenigstens versucht, zu fliehen?

Hatte sie ihrem Besucher etwas gezeigt, als sie starb? Etwas, das er nach dem Mord an sich genommen hatte?

Die beiden Detectives, die ihn begleitet hatten, richteten sich auf, als er näher kam. »Ich will, daß jeder in diesem Gebäude vernommen wird«, fuhr Captain Shea sie an. »Ich will wissen, wo sich jeder einzelne gestern abend aufgehalten hat und wann er nach Hause gekommen ist. Mich interessieren besonders die Personen, die zwischen zehn Uhr und Mitternacht gekommen oder gegangen sind. Ich will wissen, ob Hilda Johnson häufig Briefe geschrieben hat. Vielleicht weiß ja jemand was darüber. Im Revier könnt ihr mich erreichen.«

Dort mußte der unglückliche Sergeant Hubbard, der sich über Hildas Beteuerungen, Carolyn Wells sei auf die Fahrbahn gestoßen worden, lustig gemacht hatte, die schlimmste Strafpredigt seines Lebens anhören.

»Sie haben einen möglicherweise sehr wichtigen Anruf ignoriert. Hätten Sie Hilda Johnson mit dem Respekt behandelt, den sie verdiente, und einen von unseren Leuten zu ihr geschickt, dann wäre sie vielleicht noch am Leben. Oder wir hätten wenigstens eine heiße Spur im Fall Carolyn Wells. Sie Vollidiot!«

Er zeigte wütend mit dem Finger auf Hubbard. »Ich will, daß Sie jeden, dessen Personalien am Unfallort aufgenommen wurden, befragen und herausfinden, ob er bemerkt hat, daß Carolyn Wells vor ihrem Sturz einen braunen Umschlag unter dem Arm trug. Kapiert?«

»Ja, Sir.«

»Und ich brauche Ihnen hoffentlich nicht zu sagen, daß Sie den braunen Umschlag nicht ausdrücklich erwähnen sollen. Fragen Sie nur, ob sie etwas unter dem Arm trug, und was es war. Haben Sie das begriffen?«

22

Er schlief unruhig und wachte im Laufe der Nacht mehrmals auf. Jedesmal schaltete er den Fernseher ein, den er auf den lokalen Nachrichtensender New York 1 eingestellt hatte, und jedesmal hörte er das gleiche: Carolyn Wells, die Frau, die an der Ecke Park Avenue und Eighty-first Street überfahren worden war, lag im Koma; ihr Zustand war kritisch.

Wenn sie sich durch irgendeinen unglücklichen Zufall wieder erholte, würde sie allen sagen, daß Owen Adams, ein Mann, der ihr auf einer Kreuzfahrt begegnet war, versuchte hatte, sie zu töten.

Sie konnten Owen Adams nicht zu ihm zurückverfolgen; da war er ganz sicher. Der britische Paß war wie all die anderen Pässe, die er auf seinen speziellen Reisen benutzt hatte, gefälscht. Nein, die wahre Gefahr lag in dem Umstand, daß Carolyn Wells ihn gestern selbst ohne Brille, Schnäuzer und Perücke erkannt hatte. Sollte sie sich wieder erholen, war nicht ausgeschlossen, daß sie sich eines Tages zufällig hier in New York begegnen würden. Und wenn sie ihm von Angesicht zu Angesicht gegenüberstand, würde sie ihn erneut erkennen.

Das durfte nicht passieren. Also durfte sie sich eben nicht erholen.

In den Frühnachrichten am nächsten Morgen wurde Hilda Johnson nicht erwähnt, also hatte man ihre Leiche noch nicht entdeckt. Um neun hieß es, eine ältere Frau sei erstochen in ihrer Wohnung an der Upper East Side aufgefunden worden. Er wartete gespannt auf die nächsten Worte des Moderators.

»Wie wir gestern berichtet haben, hatte das Mordopfer, Hilda Johnson, der Polizei gegenüber erklärt, sie habe gesehen, daß die Frau, die gestern nachmittag an der Ecke Park Avenue und Eighty-first von einem Transporter überfahren wurde, gezielt von einem Mann auf die Fahrbahn gestoßen worden sei.«

Stirnrunzelnd nahm er die Fernbedienung und schaltete den Fernseher aus. Wenn die Polizei nicht extrem unfähig war, würde man der Möglichkeit nachgehen, daß Hilda Johnson nicht das Opfer eines zufälligen Verbrechens war.

Und wenn Hilda Johnsons Tod mit Carolyn Wells' angeblichem Unfall in Zusammenhang gebracht wurde, konnte es sein, daß die Medien verrückt spielten. Vielleicht würde sogar herauskommen, daß Carolyn Wells die Frau war, die bei Susan Chandler angerufen und von einem Ring mit der Inschrift ›Du gehörst mir‹ erzählt hatte.

Jeder würde etwas darüber lesen, würde darüber sprechen, überlegte er. Es war sogar möglich, daß sich der Zwerg, dem der schäbige Souvenirladen, diese Rattenfalle, in Greenwich Village gehörte, an einen bestimmten Mann erinnerte, der mehrere Türkisringe mit einer solchen Inschrift bei ihm gekauft hatte.

In seiner Jugend hatte er die Geschichte von der Frau gehört, die nach eigenem Geständnis Lügenmärchen verbreitete. Als Buße hatte man ihr auferlegt, an einem windigen Tag ein Federkissen aufzuschneiden und alle Federn, die der Wind forttrug, wieder einzusammeln. Als sie klagte, das sei unmöglich, sagte man ihr, ebenso unmöglich sei es, die Menschen wiederzufinden, die sie mit ihren Lügen getäuscht habe.

Damals hatte ihn die Geschichte amüsiert. Ihm schwebte eine bestimmte Frau vor, die er nicht ausstehen konnte und die er vor sich sah, wie sie sich unablässig bückte und hierhin und dorthin lief, um die unerreichbaren Federn einzufangen.

Doch jetzt sah er die Geschichte mit dem Federkissen in einem anderen Licht. Das Szenarium, das er so sorgfältig geplant hatte, wurde allmählich brüchig.

Carolyn Wells. Hilda Johnson. Susan Chandler. Der Zwerg.

Vor Hilda Johnson war er sicher. Aber die anderen drei glichen immer noch diesen Federn im Wind.

23

Es war der Morgen eines jener goldenen Oktobertage, die manchmal auf einen besonders kalten Tag folgen. Die Luft war frisch, und alles schien zu leuchten. Donald Richards beschloß, das schöne Wetter zu nutzen und die Strecke zwischen dem Central Park West und dem WOR-Studio Ecke Forty-first und Broadway zu Fuß zurückzulegen.

Er hatte heute morgen bereits einen Klienten empfangen, den fünfzehn Jahre alten Greg Crane, den man dabei erwischt hatte, wie er ins Nachbarhaus einstieg. Im Polizeiverhör hatte Crane zugegeben, daß er noch drei weitere Häuser in der vornehmen Siedlung in Scarsdale, in der er lebte, ausgeraubt hatte.

Ein Junge also, der alles hat und doch das Eigentum anderer stiehlt oder zerstört, offenbar aus reinem Vergnügen, überlegte Richards, als er zügig am Park entlangging. Er runzelte die Stirn bei dem Gedanken, daß Crane damit in das Profil eines gewissenlosen Kriminellen paßte.

Bei den Eltern liegt der Fehler sicher nicht, dachte er und nickte abwesend einem joggenden Nachbarn zu, der ihm entgegenkam. Zumindest deuteten seine eigenen Beobachtungen und das, was er über sie gehört hatte, darauf hin, daß sie gute, aufmerksame Eltern waren.

Die Sitzung des heutigen Morgens ging ihm nicht aus dem Kopf. Manche Kids, die so früh zu antisozialem Verhalten neigten, konnten zur Vernunft gebracht werden. Andere nicht. Hoffentlich war es für Crane noch nicht zu spät.

Dann schweiften seine Gedanken zu Susan Chandler ab. Sie war Staatsanwältin am Jugendgericht gewesen; es wäre interessant, ihre Meinung über einen Halbwüchsigen vom Schlage Cranes einzuholen. Ja, es wäre interessant, ihre Meinung zu *vielen* Dingen einzuholen, entschied Richards, als er den Columbus Circle umrundete.

Er war zwanzig Minuten zu früh da, und die Empfangsdame sagte ihm, Dr. Chandler sei auf dem Weg ins Studio, er könne im grünen Zimmer warten. Im Korridor begegnete er Jed Geany, dem Produzenten.

Geany grüßte ihn flüchtig und wollte weiterhasten, doch Richard hielt ihn zurück. »Ich habe vergessen, um einen Mitschnitt der gestrigen Sendung für mein Archiv zu bitten«, sagte er. »Ich bezahle auch gern dafür. Oh, und könnten Sie mir auch von der heutigen Sendung eine Kopie ziehen?«

Geany zuckte die Schultern. »Sicher. Ich wollte ohnehin gerade einen Mitschnitt der gestrigen Sendung für einen Mann vorbereiten, der bei uns angerufen hat. Sagt, er brauche sie für seine Mutter. Kommen Sie mit, dann kopiere ich Ihr Band auch gleich.«

Richards folgte ihm in den Technikraum.

»Man hat dem Typ angemerkt, daß ihm die Bitte peinlich war«, fuhr Geany fort, »aber er behauptet, daß seine Mutter Susans Sendung sonst nie verpaßt.« Er hielt den bereits adressierten Umschlag in die Höhe. »Wieso kommt mir der Name nur so bekannt vor? Ich zermartere mir das Hirn, um mich zu erinnern, wo ich ihn schon mal gehört habe.«

Donald Richards entschied, nicht darauf zu antworten, mußte sich jedoch zusammenreißen, um seine Verblüffung nicht zu zeigen. »Sie können beide Bänder gleichzeitig ziehen?«

»Klar.«

Während er zusah, wie sich die Spulen drehten, dachte Donald Richards an den Besuch, den Justin Wells ihm einmal abgestattet hatte. Das übliche Vorgespräch, nach dem Wells nicht wiedergekommen war.

Richards erinnerte sich, daß er Wells angerufen und ihn gedrängt hatte, sich von einem Kollegen behandeln zu lassen. Er brauche dringend Hilfe.

Nachdem er diesen Schritt getan hatte, war er zutiefst erleichtert gewesen. Denn die Wahrheit war, daß es ihm aus sehr privaten Gründen besser bekommen würde, wenn er jeden Kontakt mit Justin Wells mied.

24

Als Susan um zehn Minuten vor zehn ins Studio stürzte, fing sie den mißbilligenden Blick ihres Produzenten auf. »Ich weiß, Jed«, sagte sie hastig, »aber ich hatte einen Notfall. Eine Frau hat angerufen, der echte Probleme zu schaffen machten. Ich konnte nicht einfach auflegen.«

Sie verschwieg, daß es sich bei dieser ›Frau‹ um ihre Schwester Dee gehandelt hatte, die wieder in Kalifornien war und schwer depressiv wirkte. *Ich fühle mich hier so allein,* hatte sie gesagt. *Nächste Woche mache ich eine Kreuzfahrt, Daddy hat sie mir spendiert. Hältst du das nicht auch für eine gute Idee? Wer weiß? Vielleicht lerne ich sogar einen interessanten Mann kennen.*

Dann hatte Dee schließlich gefragt: *Ach, übrigens, hast du schon von Alex Wright gehört?*

An diesem Punkt hatte Susan den wahren Grund für ihren Anruf erkannt und das Gespräch so schnell wie möglich beendet.

»Die Probleme wirst bald du haben, wenn du nicht pünktlich erscheinst, Susan«, sagte Geany sachlich. »Und gib nicht mir die Schuld. Mir gehört der Laden nicht.«

Susan registrierte den mitfühlenden Blick, den Don Richards ihr zuwarf. »Du hättest ja ersatzweise mit Dr. Richards auf Sendung gehen können«, sagte sie. »Ich habe ihm schon gestern gesagt, daß er ein Naturtalent ist.«

Im ersten Teil der heutigen Sendung sprachen sie darüber, wie Frauen sich schützen und potentiell gefährliche Situationen meiden konnten.

»Schauen Sie«, sagte Richards, »die meisten Frauen sind sich im klaren darüber, wieviel sie riskieren, wenn sie ihren Wagen auf einem dunklen, unbewachten Parkplatz abstellen, der dazu noch weit draußen liegt. Aber dieselben Frauen können zu Hause sehr unvorsichtig sein. Wenn man heutzutage die Tür nicht abschließt, einerlei, wie sicher das Viertel angeblich ist, erhöht sich die Gefahr, zum Opfer eines Einbruchs oder noch schlimmerer Verbrechen zu werden.

Die Zeiten haben sich geändert«, fuhr er fort. »Ich weiß noch, daß meine Großmutter niemals ihr Haus absperrte. Und wenn doch, hängte sie ein großes Schild an die Tür, auf dem stand ›Der Schlüssel liegt im Blumenkasten‹. Diese Zeiten sind leider endgültig passé.«

Er hat eine nette Art, dachte Susan, als sie seinen Ausführungen lauschte. Er predigt nicht.

Während der nächsten Werbeunterbrechung sagte sie: »Ich habe es vorhin ernst gemeint. Ich muß mich vorsehen, wenn ich meinen Job behalten will. Sie machen sich wirklich gut im Radio.«

»Und ich habe festgestellt, daß es mir Spaß macht«, gestand er. »Das muß der Schauspieler in mir sein. Obgleich ich zugeben muß, daß ich nur zu gern wieder in meine eigene profane Welt zurückkehre, wenn die Werbetour für dieses Buch beendet ist.«

»So profan ist sie bestimmt auch wieder nicht. Reisen Sie nicht häufiger?«

»Ziemlich häufig. Ich bin international als Gerichtsgutachter tätig.«

»Noch zehn Sekunden, Susan«, warnte der Produzent vom Kontrollraum aus.

Es war Zeit für die Höreranrufe.

Die erste Frage bezog sich auf die gestrige Sendung: »War Karen bei Ihnen in der Praxis, Dr. Susan?«

»Nein, leider nicht«, antwortete Susan, »aber falls sie zuhört, möchte ich sie bitten, Kontakt mit mir aufzunehmen, wenn auch nur telefonisch.«

Mehrere Anrufe galten Donald Richards. Ein Mann hatte ihn als Gutachter vor Gericht gesehen und war beeindruckt: »Doktor, es hörte sich so an, als wüßten Sie tatsächlich, wovon Sie sprechen.«

Richards sah Susan an und hob die Augenbrauen. »Das hoffe ich doch.«

Der nächste Anruf war ein Schock für Susan.

»Dr. Richards, haben Sie das Buch über vermißte Frauen geschrieben, weil Ihre eigene Frau verschwunden ist?«

»Sie brauchen die Frage nicht zu beantworten ...« Susan blickte Richards an und wartete auf ein Zeichen von ihm, daß sie den Anruf unterbrechen sollte.

Statt dessen schüttelte er den Kopf. »Meine Frau ist nicht ›verschwunden‹, zumindest nicht in dem Sinne, wie es Thema dieser Sendung ist. Sie kam bei einem Unfall ums Leben. Vor Zeugen. Obgleich ihre Leiche nie geborgen werden konnte, besteht keinerlei Zusammenhang zwischen ihrem Tod und meinem Buch.«

Seine Stimme klang zwar beherrscht, doch in seinem Gesicht spiegelten sich unverstellt seine Gefühle. Susan spürte, daß er keinen Kommentar zu der Frage oder seiner Antwort wünschte. Spontan dachte sie allerdings, daß es einen Zusammenhang zwischen dem Tod seiner Frau und dem Thema seines Buches geben mußte, ob er es sich nun eingestand oder nicht.

Sie schaute auf den Monitor. »Die nächste Anruferin ist Tiffany aus Yonkers. Sie sind auf Sendung, Tiffany.«

»Dr. Susan, Ihre Show gefällt mir sehr gut«, begann die Anruferin. Sie hatte eine junge, lebhafte Stimme.

»Danke, Tiffany«, sagte Susan energisch. »Was können wir für Sie tun?«

»Na ja, ich hab' gestern Ihre Sendung gehört. Erinnern Sie sich, daß Karen erzählt hat, sie hätte einen Türkisring von einem Mann geschenkt bekommen? Sie sagte, an der Innenseite wäre ›Du gehörst mir‹ eingraviert.«

»Ja, ich erinnere mich«, sagte Susan schnell. »Wissen Sie etwas über diesen Mann?«

Tiffany kicherte. »Dr. Susan, falls Karen jetzt zuhört, will ich ihr nur sagen, ich finde es gut, daß sie den Typ abserviert hat. Er muß ganz schön knauserig gewesen sein. Mein Freund hat mir letztes Jahr spaßeshalber einen ähnlichen Ring gekauft, als wir mal in Greenwich Village waren. Er sah hübsch aus, hat aber ganze zehn Dollar gekostet.«

»Wo genau im Village haben Sie ihn gekauft?« fragte Susan.

»Oh, so genau weiß ich das nicht mehr. In einem dieser mickrigen Andenkenläden, wo man von der Freiheitsstatue aus Plastik bis zum Messingelefanten alles kriegt. Die müssen Sie doch kennen.«

»Tiffany, wenn Ihnen wieder einfällt, wo es war, oder wenn ein anderer unserer Hörer diesen Laden kennt, bitte rufen Sie mich an«, sagte Susan eindringlich. »Oder lassen Sie mich wissen, wo es vielleicht solche Ringe sonst noch gibt.«

»Der kleine Mann, dem der Laden gehört, hat uns erzählt, daß er die Ringe selbst herstellt«, sagte Tiffany. »Wissen Sie, ich hab' mit meinem Freund Schluß gemacht, also können Sie den Ring haben. Ich schicke ihn mit der Post.«

»Werbung«, warnte Jed per Kopfhörer.

»Herzlichen Dank, Tiffany«, sagte Susan hastig, »und jetzt eine Durchsage von unseren Sponsoren.«

Als die Sendung beendet war, stand Donald Richards unvermittelt auf. »Nochmals vielen Dank, Susan, und verzeihen Sie, wenn ich so schnell verschwinde. Ein Klient wartet auf mich.« Er zögerte kurz. »Ich würde gern mal mit Ihnen essen gehen«, sagte er leise. »Sie brauchen mir nicht gleich zu antworten. Ich rufe Sie in der Praxis an.«

Er verschwand. Susan blieb noch einen Moment auf

ihrem Stuhl sitzen, sammelte ihre Notizen ein und dachte über den letzten Anruf nach. War es möglich, daß der Ring, den Jane Clausen unter Reginas Sachen gefunden hatte, in New York gekauft worden war? Wenn ja, war es möglich, daß der Mann, der für ihr Verschwinden verantwortlich war, aus New York stammte?

Immer noch in ihre Gedanken vertieft, stand sie auf und ging in den Kontrollraum. Geany steckte gerade eine Kassette in einen Umschlag. »Richards hat aber schnell das Weite gesucht«, sagte er. »Er hat wohl vergessen, daß er mich gebeten hat, ihm Kopien zu ziehen.« Er zuckte die Schultern. »Dann gebe ich Sie eben zusammen mit diesem Päckchen in die Post.« Er zeigte auf den an Justin Wells adressierten Umschlag. »Dieser Typ hat gestern angerufen, um sich einen Mitschnitt der Sendung schicken zu lassen. Er sagte, seine Mutter hätte sie verpaßt.«

»Wie schmeichelhaft«, bemerkte Susan. »Bis morgen dann.«

Im Taxi auf dem Weg zu ihrer Praxis schlug sie die Zeitung auf. Auf Seite drei der *Post* war ein Foto von Carolyn Wells abgedruckt, einer Innenarchitektin, die gestern bei dem Unfall auf der Park Avenue schwer verletzt worden war. Susan las den Artikel mit großem Interesse. Es war der Fall, den sie heute morgen in den Nachrichten verfolgt hatte – von einer älteren Dame war behauptet worden, sie habe gesehen, wie Carolyn Wells von einem Mann auf die Fahrbahn gestoßen wurde.

Weiter unten in der Spalte las sie: »… ihr Mann, der bekannte Architekt Justin Wells …«

Im nächsten Augenblick war sie dann über ihr Handy mit dem Sender verbunden. Jed Geany wollte gerade essen gehen.

Als das Taxi sie vor dem Bürohaus absetzte, hatte Susan veranlaßt, daß Jed das für Justin Wells bestimmte Päckchen per Kurier an ihre Adresse schickte.

Susan stimmte sich innerlich auf den vor ihr liegenden

Tag ein. Am Nachmittag reihte sich ein Termin an den anderen. Aber danach würde sie mit dem Band zum Lenox Hill Hospital fahren, wo Justin Wells der mitteilsamen Empfangsdame zufolge am Bett seiner Frau wachte.

Vielleicht wird er nicht mir reden wollen, dachte Susan, als sie den Taxifahrer bezahlte, aber eines steht fest – welchen Grund er auch haben mag, einen Mitschnitt der gestrigen Sendung anzufordern, für seine Mutter ist er nicht bestimmt.

25

Jane Clausen war nicht sicher gewesen, ob sie sich kräftig genug fühlen würde, um an der Sitzung der Clausen Stiftung teilzunehmen. Sie hatte eine schwere, schmerzerfüllte Nacht hinter sich und sehnte sich danach, den Tag in aller Ruhe zu Hause zu verbringen.

Nur das quälende Wissen darum, daß ihre Zeit allmählich ablief, gab ihr die nötige Energie, zur gewohnten Zeit, Punkt sieben Uhr, aufzustehen, zu baden, sich anzuziehen und das leichte Frühstück zu sich zu nehmen, das Vera, ihre langjährige Haushälterin, für sie zubereitet hatte.

Als sie ihren Kaffee trank, griff sie nach der *New York Times* und las einen Teil der Titelseite, dann legte sie die Zeitung wieder auf den Tisch. Sie konnte sich einfach nicht auf die Ereignisse konzentrieren, die offenbar den Rest der Welt in Atem hielten. Ihre eigene Welt wurde immer kleiner, um in nicht allzu ferner Zukunft komplett zu verschwinden, und das war ihr bewußt.

Sie dachte an den gestrigen Nachmittag zurück. Ihre Enttäuschung darüber, daß ›Karen‹ den Termin in Dr. Chandlers Praxis nicht eingehalten hatte, wuchs zusehends. Jane wurde bewußt, wie viele Fragen sie an diese

Frau hatte: *Wie hat der Mann, den Sie damals kennenlernten, ausgesehen? Haben Sie die Gefahr gespürt?*

Der Gedanke war ihr irgendwann mitten in der Nacht gekommen. Regina hatte ausgeprägte intuitive Fähigkeiten. Wenn sie sich mit einem Mann angefreundet und für ihn ihre Reiseroute geändert hatte, dann mußte er einen korrekten Eindruck gemacht haben.

›Korrekt‹. Das Wort ließ ihr keine Ruhe, weil es Fragen über Douglas aufwarf.

Douglas Layton, ein Mitglied der verzweigten Layton-Familie, trug einen vornehmen Namen, der für seine gute Herkunft bürgte. Er hatte mit Zuneigung von seinen Cousins und Cousinen in Philadelphia gesprochen, den Kindern ihrer inzwischen verstorbenen Freunde. Jane Clausen hatte die Laytons aus Philadelphia in ihrer Jugend kennengelernt, im Laufe der Jahre jedoch den Kontakt verloren. Trotzdem konnte sie sich noch gut an sie erinnern, und in letzter Zeit hatte Doug mehrmals ihre Namen durcheinandergebracht. Sie fragte sich zwangsläufig, wie nahe er ihnen wirklich stand.

Dougs Ausbildung war erstklassig. Kein Zweifel, er war sehr intelligent. Hubert March, der ihn zu seinem Nachfolger heranzog, hatte vorgeschlagen, ihn zum Treuhänder der Stiftung zu ernennen und in den Vorstand zu wählen.

Was macht mir also so zu schaffen? fragte Jane Clausen sich, während sie zustimmend nickte, als Vera ihr noch Kaffee anbot.

Es lag an seinem Verhalten gestern nachmittag, entschied sie. Es lag daran, daß Douglas Layton zu sehr von anderen Dingen in Anspruch genommen war, um mit ihr in der Praxis Dr. Chandlers auszuharren.

Als er gestern abend angerufen hat, habe ich ihn meine Unzufriedenheit merken lassen, dachte Jane Clausen. Eigentlich sollte die Sache damit erledigt sein, aber so war es nicht.

Sie überlegte, was sich dahinter verbergen mochte. Douglas Layton hatte gewußt, was er aufs Spiel setzte, als er unter diesem erfundenen Vorwand die Praxis von Dr. Chandler verließ.

Denn der Vorwand war ganz offensichtlich erfunden. Sie war überzeugt davon, daß er den angeblichen Termin nur vorgeschützt hatte. Aber *warum*?

Heute morgen auf der Vorstandssitzung sollte über die Vergabe beträchtlicher Spendenmittel entschieden werden. Es ist sehr schwer, auf die Empfehlungen eines Mannes zu vertrauen, an dem man zu zweifeln beginnt, dachte Jane Clausen. Wenn Regina hier wäre, würden wir darüber reden. *Vier Augen sehen mehr als zwei, Mutter. Wir sind doch der Beweis dafür, oder?* hatte Regina immer gesagt. Zusammen könnten wir alle Probleme lösen.

Susan Chandler. Jane dachte daran, welch tiefe Sympathie sie für die junge Psychologin empfand. Sie ist nicht nur klug, sondern auch gut, dachte sie und erinnerte sich an Susans Mitgefühl. Sie wußte, wie enttäuscht ich gestern war, und sie hat gemerkt, daß ich Schmerzen hatte. Es hat so gut getan, die Tasse Tee mit ihr zu trinken. Ich hatte nie viel Verständnis dafür, daß alle Welt zu Therapeuten rennt, aber sie ist mir auf Anhieb wie eine Freundin vorgekommen.

Jane Clausen stand auf. Es war Zeit, zu der Sitzung zu fahren. Vorher wollte sie noch gründlich alle Anträge auf Spendengelder durchsehen. Heute nachmittag rufe ich dann Dr. Chandler an und mache einen Termin mit ihr aus, entschied sie.

Ich weiß, daß Regina es gutheißen würde. Ohne es zu merken, lächelte sie.

26

Ich muß wieder zur See fahren …

Der Rhythmus dieser Worte hämmerte wie Trommelschlag in seinem Kopf. Er sah sich schon auf dem Pier, wie er einem höflichen Mitglied der Mannschaft seine Papiere zeigte, hörte die Begrüßung des Mannes – »*Willkommen an Bord, Sir!*« –, überquerte die Gangway und ließ sich seine Kabine zeigen.

Natürlich gab er sich nur mit der allerbesten Unterbringung zufrieden, erste Klasse, eine Kabine mit abgeteiltem Privatdeck. Eine Luxussuite wäre unpassend – es würde zu sehr auffallen. Er wollte lediglich den Eindruck untadeligen Geschmacks wecken, eines vermögenden Mannes mit der Zurückhaltung, die das Ergebnis von Generationen guter Erziehung ist.

Das fiel ihm natürlich nicht schwer. Nachdem er die ersten Versuche, ihn auszuhorchen, freundlich zurückgewiesen hatte, respektierten die anderen Passagiere in der Regel seine Intimsphäre, bewunderten ihn vielleicht sogar wegen seiner Zurückhaltung und machten interessantere Dinge zum Gegenstand ihrer Neugier.

Wenn er das erst klargestellt hatte, konnte er ungehindert seine Beute auswählen und jagen.

Die erste Seereise dieser Art hatte er vor vier Jahren unternommen. Jetzt war die Pilgerfahrt beinahe vorüber. Nur noch eine Frau. Und es war höchste Zeit, sich auf die Suche nach ihr zu machen. Es gab eine Reihe geeigneter Schiffe, um zu dem Ort zu fahren, an dem diese letzte einsame Lady sterben sollte. Er hatte sich bereits die Identität zurechtgelegt, in die er schlüpfen würde, ein Investor, in Belgien aufgewachsen, der Sohn einer amerikanischen Mutter und eines britischen Vaters, eines Diplomaten. Er hatte sich eine neue graumelierte Perücke besorgt, Teil einer ausgezeichneten Verkleidung, die mit visuellen Mitteln die Konturen seines Gesichts veränderte.

Kaum konnte er es erwarten, die neue Rolle zu leben, die gewisse Frau zu finden und ihr das gleiche Schicksal angedeihen zu lassen wie Regina, deren Leiche von Steinen beschwert in der verkehrsreichen Fahrrinne der Kowloon Bay ruhte; ihre Geschichte mit der Veronicas zu verschmelzen, deren Knochen im Tal der Könige verrotteten; mit Constance, die Carolyn in Algier ersetzt hatte; mit Monica in London; mit all diesen Schwestern im Tode.

Ich muß wieder zur See fahren. Aber zunächst wartete noch eine unerledigte Aufgabe auf ihn, um die er sich kümmern mußte. Heute morgen, als er sich erneut die Sendung von Dr. Susan angehört hatte, war er zu dem Schluß gelangt, daß eine der Federn im Wind auf der Stelle beseitigt werden mußte.

27

Es war fünfzig Jahre her, seit Abdul Parki nach Amerika gekommen war – ein scheuer, magerer sechzehnjähriger Junge aus Neu Delhi. Er hatte sofort im Geschäft seines Onkels angefangen; seine Aufgabe war es, den Boden zu fegen und den Krimskrams aus Messing zu polieren, der die Regale des winzigen Andenkenladens seines Onkels in der MacDougal Street in Greenwich Village füllte. Inzwischen war Abdul Eigentümer des Ladens, aber sonst hatte sich nicht viel verändert. In dem Geschäft schien die Zeit stillzustehen. Sogar das Schild mit der Aufschrift KHYEM GESCHENKSHOP war ein genaues Duplikat des Schilds, das sein Onkel aufgehängt hatte.

Abdul war immer noch mager, und obgleich er seine Scheu zwangsläufig hatte überwinden müssen, hielt ihn seine natürliche Zurückhaltung auf Distanz zu seiner Kundschaft.

Die einzigen Kunden, mit denen er sich unterhielt, waren jene, die das Geschick und die Mühe zu schätzen wußten, die er in die kleine Kollektion von ihm selbst hergestellter preiswerter Ringe und Armbänder investierte. Und obgleich er ihn natürlich nie nach seinen Motiven ausgeforscht hatte, dachte Abdul oft an den Mann, der dreimal im Laden erschienen war, um einen der Türkisringe mit der Gravur ›Du gehörst mir‹ zu kaufen.

Der Gedanke, daß dieser Kunde anscheinend regelmäßig die Freundin wechselte, amüsierte Abdul, der selbst fünfundvierzig Jahre lang mit seiner verstorbenen Frau verheiratet gewesen war. Bei seinem letzten Besuch war dem Mann eine Visitenkarte aus der Brieftasche gefallen. Abdul hatte sie aufgehoben und einen kurzen Blick darauf geworfen, dann entschuldigte er sich für seine Dreistigkeit und gab sie ihm zurück. Angesichts der verstimmten Miene seines Kunden hatte er sich erneut entschuldigt und ihn dabei mit Namen angeredet. Sofort erkannte er, daß ihm ein zweiter Fehler unterlaufen war.

Er will nicht, daß ich weiß, wer er ist, und jetzt kommt er nicht wieder – so hatte Abdul damals bedauernd gedacht. Und angesichts der Tatsache, daß mittlerweile ein Jahr verstrichen war, ohne daß der Mann wieder aufgetaucht war, hatte er wohl richtig vermutet.

So wie sein Onkel vor ihm schloß Abdul den Laden jeden Tag pünktlich um ein Uhr, um zu Mittag zu essen. Am Dienstag hatte er das Schild schon in der Hand – GESCHLOSSEN – BIN UM ZWEI UHR ZURÜCK – und wollte es gerade in die Tür hängen, als plötzlich sein geheimnisvoller Kunde hereinkam und ihn freundlich begrüßte.

Abdul lächelte, was selten geschah. »Sie waren lange nicht mehr hier, Sir. Schön, Sie wiederzusehen.«

»Schön, Sie zu sehen, Abdul. Ich dachte, Sie hätten mich inzwischen längst vergessen.«

»O nein, Sir.« Er sprach den Mann nicht mit Namen an, um ihn nur ja nicht an den Fehler zu erinnern, den er beim letzten Mal gemacht hatte.

»An meinen Namen erinnern Sie sich wohl nicht mehr«, sagte der Kunde freundlich.

Ich muß mich geirrt haben, dachte Abdul. Er hat sich doch nicht über mich geärgert. »Natürlich erinnere ich mich noch, Sir«, sagte er und lieferte ihm lächelnd den Beweis.

»Ah, bestens«, sagte der Kunde herzlich. »Abdul, stellen Sie sich vor, ich brauche wieder einen Ring. Sie wissen schon, welchen ich meine. Hoffentlich haben Sie einen vorrätig.«

»Ich glaube, ich habe drei Stück da, Sir.«

»Vielleicht nehme ich alle drei. Aber ich halte Sie vom Mittagessen ab. Warum hängen wir nicht schon mal das Schild auf und schließen die Tür ab, bevor noch ein anderer Kunde hereinspaziert? Sonst kommen Sie ja nie mehr hier raus, und ich weiß, daß Sie ein Gewohnheitsmensch sind.«

Abdul lächelte wieder, erfreut über die Aufmerksamkeit dieses außerordentlich liebenswürdigen Stammkunden. Bereitwillig reichte er ihm das Schild und sah zu, wie er den Riegel vorschob. Erst jetzt stellte er überrascht fest, daß sein Kunde trotz des milden, sonnigen Wetters Handschuhe trug.

Die handgearbeiteten Artikel bewahrte er in dem Glastresen in der Nähe der Kasse auf. Abdul holte ein kleines Kästchen heraus. »Zwei sind hier, Sir. Der dritte liegt noch hinten, auf meiner Werkbank. Ich hole ihn eben.«

Rasch durchquerte er den durch einen Vorhang abgetrennten Bereich, der in ein kleines Lager führte. Eine Ecke des Raums hatte er in eine Kombination aus Büro und Werkstatt verwandelt. Der dritte Türkisring lag in einer Schachtel. Erst gestern hatte er die Arbeit an der Gravur beendet.

Drei Mädchen auf einmal, dachte er lächelnd. Dieser Mann kommt ganz schön rum.

Abdul drehte sich mit dem Ring in der Hand um und holte erstaunt Luft. Sein Kunde war ihm in den Lagerraum gefolgt.

»Haben Sie den Ring gefunden?«

»Hier ist er, Sir.« Abdul streckte die Hand aus. Er verstand nicht, warum er auf einmal so nervös war und sich in die Enge getrieben fühlte.

Doch dann, als plötzlich das Messer aufblitzte, begriff er. Ich hatte zu Recht Angst, dachte er noch, bevor er einen scharfen Schmerz spürte und in Dunkelheit versank.

28

Um zehn vor drei, als sich gerade ihr Zwei-Uhr-Patient verabschiedet hatte, erhielt Susan Chandler einen Anruf von Jane Clausen. Sie spürte sofort die verborgene Anspannung in Janes ruhiger, distinguierter Stimme, als diese sie um einen Termin bat.

»Ich brauche Ihren professionellen Rat«, erklärte Mrs. Clausen. »Ich muß mit einigen Dingen, die mir zu schaffen machen, ins reine kommen und habe das Gefühl, daß es sehr wohltuend für mich wäre, mit Ihnen darüber zu sprechen.«

Ehe Susan etwas erwidern konnte, fuhr sie fort: »Es ist sehr wichtig. Ich muß so schnell wie möglich mit Ihnen reden, noch heute, wenn es sich einrichten läßt.«

Susan brauchte nicht in ihrem Terminkalender nachzusehen. Um drei und um vier Uhr erwartete sie noch jeweils einen Klienten. Danach hatte sie gleich zum Lenox Hill Hospital fahren wollen. Offenbar mußte das noch warten.

»Ab fünf Uhr bin ich frei, Mrs. Clausen.«

Sobald sie aufgelegt hatte, wählte Susan die Nummer des Krankenhauses, die sie vorher nachgeschlagen hatte.

Als sie schließlich zur Zentrale durchkam, erklärte sie, daß sie den Ehemann einer Frau zu erreichen versuche, die auf der Intensivstation liege.

»Ich stelle Sie zum Wartezimmer der Intensivstation durch«, sagte die Telefonistin.

Eine Frau meldete sich. Susan fragte, ob Justin Wells da sei.

»Wer spricht da?«

Susan verstand, warum die Frau vorsichtig war. Die Medien haben sich bestimmt schon an seine Fersen geheftet, dachte sie. »Dr. Susan Chandler«, sagte sie. »Mr. Wells hat einen Mitschnitt meiner gestrigen Radiosendung angefordert, und ich wollte ihm das Band selbst vorbeibringen, falls er um halb sieben noch im Krankenhaus ist.«

Aus den gedämpften Geräuschen, die sie hörte, schloß sie, daß die Frau die Hand über die Sprechmuschel hielt. Trotzdem konnte sie verstehen, was sie sagte: »Justin, hast du einen Mitschnitt der gestrigen Sendung von Dr. Susan Chandler bestellt?«

Die Antwort konnte sie deutlich hören. »Das ist doch lächerlich, Pamela. Da hat sich jemand einen üblen Scherz erlaubt.«

»Dr. Chandler, ich fürchte, da liegt ein Irrtum vor.«

Ehe die Frau auflegen konnte, sagte Susan schnell: »Dann muß ich mich entschuldigen. Mein Produzent hat mich wohl falsch informiert. Es tut mir sehr leid, daß ich Mr. Wells in einem Augenblick wie diesem gestört habe. Darf ich fragen, wie es Mrs. Wells geht?«

Eine kurze Pause trat ein. »Beten Sie für sie, Dr. Chandler.«

Die Verbindung wurde unterbrochen, und im nächsten Augenblick sagte eine Computerstimme: »Wenn Sie eine Verbindung wünschen, legen Sie bitte auf und versuchen Sie es noch einmal.«

Susan saß lange Zeit da und starrte auf das Telefon. Hatte wirklich irgendein Scherzbold den Mitschnitt bestellt, und wenn ja, zu welchem Zweck? Oder hatte Justin Wells doch angerufen und wollte es nur vor der Frau, die er Pamela nannte, verbergen? Aber – aus welchem Grund?

All diese Fragen mußte Susan erst einmal zurückstellen, denn Janet kündigte bereits ihren Drei-Uhr-Klienten an.

29

Doug Layton stand vor der einen Spaltbreit geöffneten Tür zu dem kleinen Büro, das Jane Clausen in der Suite der Clausen Stiftung im Chrysler Building ihr eigen nannte. Er brauchte sich nicht einmal anzustrengen, um zu verstehen, was sie am Telefon zu Dr. Susan Chandler sagte.

Plötzlich brach ihm der Schweiß aus. Er war ziemlich sicher, daß *er* das Problem war, das sie mit dieser Chandler besprechen wollte.

Ihm war klar, daß er heute morgen vor der Sitzung Mist gebaut hatte. Mrs. Clausen war früh gekommen, und er hatte ihr Kaffee gebracht, um die Wogen zu glätten. Er trank oft vor Vorstandssitzungen Kaffee mit ihr und nutzte die Zeit, um die verschiedenen Anträge auf Spendengelder mit ihr durchzugehen.

Als er heute morgen eingetroffen war, hatte sie ein Blatt mit der Tagesordnung vor sich liegen. Kühl und abweisend blickte sie zu ihm auf. »Ich will keinen Kaffee«, hatte sie zu ihm gesagt. »Gehen Sie nur. Wir sehen uns später im Konferenzraum.«

Nicht mal ein oberflächliches ›Danke, Doug‹.

Eine bestimmte Akte hatte es ihr besonders angetan. Sie hatte in der Sitzung damit angefangen und einen Haufen knallharter Fragen gestellt. Die Akte enthielt Informationen über Gelder, die für ein Zentrum für Waisenkinder in Guatemala vorgesehen waren.

Ich hatte alles unter Kontrolle, dachte Doug wütend, da mußte ich diesen Fehler machen. Um die Diskussion abzukürzen, hatte er sich wie ein Vollidiot benommen. »Dieses Waisenhaus war Regina besonders wichtig, Mrs. Clausen«, hatte er gesagt. »Sie hat es mir einmal selbst erzählt.«

Doug fröstelte, als er sich an den eiskalten Blick erinnerte, den Jane Clausen ihm zugeworfen hatte. Um seinen Schnitzer zu überspielen, fügte er hastig hinzu: »Ich meine, Sie haben sie selbst während einer unserer ersten Sitzungen zitiert, Mrs. Clausen.«

Hubert March, der Vorsitzende, schlief halb, wie gewöhnlich, aber Doug sah die Gesichter der anderen Treuhänder, die ihn prüfend anstarrten, als Jane Clausen in kaltem Ton entgegnete: »O nein, ich habe nichts dergleichen gesagt.«

Und jetzt vereinbarte sie einen Termin mit Dr. Chandler. Als er hörte, daß sie auflegte, klopfte Doug Layton an die Tür und wartete. Es blieb lange Zeit still. Dann, als er noch einmal klopfen wollte, hörte er ein leises Stöhnen und eilte hinein.

Jane Clausen saß mit schmerzverzerrtem Gesicht auf ihrem Stuhl. Sie schaute zu ihm auf, schüttelte den Kopf und streckte den Finger aus. Er wußte, was das bedeutete. Gehen Sie und schließen Sie die Tür hinter sich.

Stumm gehorchte er. Kein Zweifel, ihr Zustand verschlechterte sich. Sie würde bald sterben.

Er ging zum Empfang. »Mrs. Clausen hat Kopfschmerzen«, sagte er zu der Empfangsdame. »Ich denke, Sie sollten alle Anrufer abwimmeln, bis sie sich ein wenig erholt hat.«

Zurück in seinem Büro, ließ er sich an seinem Schreibtisch nieder. Er merkte, daß seine Handflächen feucht waren, holte ein Taschentuch heraus und rieb sie trocken; dann stand er auf und ging zur Herrentoilette.

Dort spritzte er sich kaltes Wasser ins Gesicht, kämmte sich die Haare, richtete seine Krawatte und blickte in den

Spiegel. Er war immer froh gewesen, daß er seine äußere Erscheinung – dunkelblonde Haare, stahlgraue Augen, aristokratische Nase – dem genetischen Code der Laytons zu verdanken hatte. Seine Mutter war immer noch entfernt hübsch zu nennen, doch bei der Erinnerung an seine Großeltern mütterlicherseits mit ihren runden, unscheinbaren Gesichtern grauste es ihn.

Allerdings war er überzeugt, daß er in Jackett, Hose und der braun-blauen Krawatte von Paul Stuart vollauf dem Bild des verläßlichen Beraters entsprach, der die Angelegenheiten der verstorbenen Jane Clausen ganz in ihrem Sinne regeln würde. Kein Zweifel, nach ihrem Tod wäre Hubert March bereit, ihm die Leitung der Stiftung zu übertragen.

Bis jetzt war alles so gut gelaufen. Er durfte nicht zulassen, daß Jane Clausen in den letzten Tagen, die ihr noch beschieden waren, seine schönen Pläne vereitelte.

30

Die fünfundzwanzig Jahre alte Tiffany Smith aus Yonkers konnte immer noch nicht fassen, daß sie zu Dr. Susan Chandler durchgekommen war und live in der Sendung mit ihr gesprochen hatte. Sie war Kellnerin der Abendschicht im ›Grotto‹, einer nahegelegenen Trattoria, und dafür bekannt, daß sie niemals das Gesicht eines Gasts, oder was er bei früheren Gelegenheiten bestellt hatte, vergaß.

Namen waren allerdings unwichtig, deshalb gab sie sich nie die Mühe, sie zu behalten. Es war einfacher, jeden ›Süßer‹ oder ›Herzchen‹ zu nennen.

Seit der Heirat ihrer Mitbewohnerin lebte Tiffany allein in einem kleinen Apartment im zweiten Stock eines Zweifamilienhauses. Gewöhnlich schlief sie bis zehn Uhr morgens und schaltete dann Dr. Susan ein, während sie im Bett ihre erste Tasse Kaffee trank.

Sie sah es so: »Wenn man gerade keinen Freund hat, ist es ein Trost zu wissen, daß unzählige andere Frauen auch Probleme mit ihren Kerlen haben.« Tiffany war schlank und drahtig, hatte blondgefärbte Haare und schmale, scharfe Augen. Ihre zynische Einstellung dem Leben gegenüber gefiel den einen und stieß andere ab.

Als sie gestern gehört hatte, wie die Frau, die sich Karen nannte, mit Dr. Susan über den Türkisring sprach, der ihr von irgendeinem Kerl auf einer Kreuzfahrt verehrt worden war, mußte sie sofort an Matt Bauer denken, der ihr einen ähnlichen Ring geschenkt hatte. Nach dem Ende dieser Beziehung versuchte sie so zu tun, als ob sie den eingravierten Spruch ›Du gehörst mir‹ albern und schmalzig fände, aber das war nicht die Wahrheit.

Sie hatte heute morgen aus einem Impuls heraus angerufen und fast sofort ihre Andeutung bereut, Matt sei knauserig gewesen, nur weil der Ring nicht mehr als zehn Dollar gekostet hatte. Eigentlich war er ganz hübsch, und sie gestand sich ein, daß sie sich nur deshalb über ihn lustig gemacht hatte, weil Matt nichts mehr von ihr wissen wollte.

Im Laufe des Tages mußte Tiffany immer öfter an den Nachmittag im letzten Jahr denken, den sie mit Matt in Greenwich Village verbracht hatte. Um vier Uhr, als sie sich für die Arbeit zurechtmachte, ihr Haar auftoupierte und sich schminkte, stellte sie fest, daß ihr der Name des Ladens, in dem sie den Ring gekauft hatten, partout nicht mehr einfallen wollte.

»Mal überlegen«, sagte sie laut. »Wir sind ins Village gefahren, haben zuerst in einer Sushi-Bar gegessen und waren anschließend in dem blöden Streifen, den Matt so toll fand. Ich hab' so getan, als gefiele er mir auch. Kein einziges englisches Wort, bloß lauter Kauderwelsch. Dann sind wir spazierengegangen und kamen an dem Andenkenladen vorbei, und ich sagte: ›Warum gehen wir nicht kurz rein?‹ Dann wollte Matt mir ein Souvenir kaufen.«

Da hat er sich noch so benommen, als ob er mich wirklich mag, dachte Tiffany. Wir wollten uns zwischen einem Messingaffen und einem Tadsch Mahal in Miniaturformat entscheiden, und der Händler ließ uns soviel Zeit, wie wir wollten. Er stand hinter dem Glastresen an der Kasse, als dieser Klassetyp hereinkam.

Er war ihr sofort aufgefallen, da sie sich gerade von Matt abgewendet hatte, der irgendeinen Gegenstand in der Hand hielt und auf dem Etikett las, warum der Artikel angeblich etwas ganz Besonderes war. Der Mann hatte sie zunächst nicht entdeckt, denn sie standen hinter einem Schirm mit aufgemalten Kamelen und Pyramiden. Was er sagte, konnte sie nicht verstehen, doch der Händler holte daraufhin etwas aus dem Glastresen.

Der Kunde hatte nicht schlecht ausgesehen, fand Tiffany, die sich noch recht gut an den Mann erinnern konnte. Sie vermutete, daß er in den Kreisen verkehrte, die sie nur aus den Klatschspalten kannte. Kein Vergleich mit den Volltrotteln, die sich im ›Grotto‹ den Bauch vollschlagen, dachte sie. Sie erinnerte sich an sein überraschtes Gesicht, als er sich umdrehte und sie dort stehen sah. Als der Mann gegangen war, sagte der Händler: »Dieser Gentleman hat schon mehrere solcher Ringe für seine Damenbekanntschaften gekauft. Vielleicht möchten Sie sich so einen Ring auch mal anschauen?«

Tiffany fand ihn hübsch, und Matt konnte ja an dem in die Kasse eingetippten Betrag sehen, daß er nur zehn Dollar kostete, deshalb sagte sie freiheraus, daß sie gern einen hätte.

Dann hat uns der Händler die Gravur gezeigt, erinnerte sich Tiffany, und Matt wurde rot und meinte, das sei schon in Ordnung, und ich dachte, vielleicht ist das ja ein Zeichen, daß ich diesmal einen Mann gefunden habe, von dem ich länger was habe.

Tiffany zog ihre Augenbrauen nach und griff nach der Wimperntusche. Aber dann haben wir Schluß gemacht, dachte sie bedauernd.

Sehnsüchtig blickte sie auf den Türkisring, den sie in dem kleinen Elfenbeinkästchen aufbewahrte, einem Geschenk ihres Großvaters an ihre Großmutter von ihrer Hochzeitsreise zu den Niagara-Fällen. Sie nahm ihn und hielt ihn in die Höhe, um ihn zu bewundern. Ich werde ihn Dr. Susan doch nicht schicken, dachte sie. Wer weiß? Vielleicht ruft Matt mich irgendwann noch mal an. Vielleicht hat er noch keine feste Freundin.

Aber ich habe Dr. Susan versprochen, ihn zu schicken, rief sie sich in Erinnerung. Also, was soll ich tun? Einen Moment mal! Am meisten hat Dr. Susan doch interessiert, wo sich der Laden befindet. Statt ihr den Ring zu schicken, kann ich ihr vielleicht helfen, indem ich ihr ungefähr beschreibe, wo er lag. Ich weiß noch, daß auf der Straßenseite gegenüber ein Sexshop war – und ich bin mir ziemlich sicher, nur zwei Blocks entfernt gab's eine U-Bahn-Station. Die Frau ist clever. Mit diesen Infos müßte sie ihn doch finden können.

Erleichtert, weil sie eine Entscheidung getroffen hatte, legte Tiffany ihre langen blauen Ohrringe an. Dann setzte sie sich hin und schrieb Dr. Susan einen kurzen Brief, in dem sie nach bestem Wissen die Lage des Andenkenladens rekonstruierte und erklärte, warum sie den Ring doch behalten wollte. Sie unterschrieb mit ›In aufrichtiger Bewunderung, Tiffany‹.

Danach war sie wie gewöhnlich spät dran und hatte keine Zeit mehr, das Schreiben in den Briefkasten zu werfen.

An dieses Versäumnis dachte sie erst später, als sie im ›Grotto‹ vier Teller mit knallheißer Lasagne vor ein Quartett besonders nerviger Gäste auf den Tisch knallte. Hoffentlich verbrennen sie sich den Mund, dachte sie – die benutzen ihre Zungen ja doch nur, um zu meckern.

Beim Gedanken an die nörgelnden Gäste kam ihr eine Idee. Sie würde Dr. Susan morgen anrufen, statt ihr den Brief zu schicken. Falls man sie durchstellte, würde sie sich für die abfälligen Bemerkungen über den Ring entschuldigen und erklären, daß sie all das nur gesagt habe, weil Matt ihr so sehr fehle. Er sei ein so lieber Kerl, ob Dr. Susan nicht einen Tip auf Lager habe, wie sie ihn zurückgewinnen könne? Letztes Jahr hatte er zwar ihre Anrufe nicht erwidert, aber sie war ziemlich sicher, daß er noch keine andere feste Freundin hatte.

Tiffany sah befriedigt zu, wie sich einer der Gäste einen Bissen Lasagne in den Mund schob und unmittelbar darauf nach seinem Wasserglas griff. Auf diese Weise, dachte sie, kriege ich eine kostenlose Beratung, oder vielleicht hört auch Matts Mutter oder eine ihrer Freundinnen zu und erzählt es ihm, und er wird sich geschmeichelt fühlen und mich anrufen.

Was habe ich schon zu verlieren? fragte sie sich, als sie sich einem Tisch mit neuen Gästen zuwandte, Leuten, deren Namen sie nicht kannte, die jedoch, wie sie wußte, ein lausiges Trinkgeld gaben.

31

Alex Wright wohnte in dem vierstöckigen Brownstone-Haus in der East Seventy-eighth Street, das seit seiner Kindheit sein Zuhause war. Es war noch genauso eingerichtet wie früher – das Werk seiner Mutter –, mit dunklen, massiven viktorianischen Tischen, Anrichten und Bücherregalen; tiefen, mit prächtigen Brokatstoffen überzogenen Sofas und Sesseln, antiken Perserteppichen und reizvollen Kunstgegenständen. Besucher zeigten sich immer wieder erstaunt über die traditionelle Schönheit der Villa aus der Zeit der Jahrhundertwende.

Selbst der vierte Stock, der Alex zum größten Teil als persönliche Spielwiese diente, war noch genauso erhalten geblieben. Einige der Einbauschränke von F. A. O. Schwarz waren so einzigartig, daß das *Architectural Digest* einmal ein Feature über sie gebracht hatte.

Alex sagte, daß er das Haus nur aus einem einzigen Grund nicht neu eingerichtet habe: Irgendwann wolle er heiraten, und wenn es soweit war, würde er es seiner Frau überlassen, irgendwelche Änderungen vorzunehmen. Einmal hatte ein Freund ihn daraufhin aufgezogen: »Mal angenommen, sie steht auf supermodernes Design, oder gar auf Retro und Psychedelik?«

Alex hatte gelächelt. »Unmöglich. Sie hätte es nie bis zur Verlobten geschafft.«

Sein Lebensstil war relativ einfach, da er es nie gemocht hatte, wenn viel Personal durchs Haus geschwirrt war; vielleicht auch, weil sowohl seine Mutter als auch sein Vater als schwierige Arbeitgeber galten. Als Kind hatten ihn der ständige Wechsel der Hausangestellten und die beleidigenden Bemerkungen über seine Eltern, die er aufschnappte, belastet. Jetzt beschäftigte er nur noch Jim, den Chauffeur, und Marguerite, die wunderbar tüchtige und willkommen stille Haushälterin. Sie traf jeden Morgen pünktlich um halb neun in dem Haus in der Seventy-eighth Street ein, rechtzeitig, um das Frühstück für Alex vorzubereiten, und an den Tagen, an denen er zu Hause blieb, kochte sie ihm Abendessen, was allerdings nicht mehr als zweimal pro Woche vorkam.

Als alleinstehender attraktiver Mann, an dem darüber hinaus das Wright-Vermögen lockte, hatte Alex immer ganz oben auf der Liste der vornehmen Gesellschaft gestanden. Dennoch lebte er relativ zurückgezogen, denn während er interessanten Dinnerpartys nicht abgeneigt war, verabscheute er jeden Rummel um seine Person und hielt sich den gesellschaftlichen Großereignissen, die manche so aufregend fanden, konsequent fern.

Den Dienstag verbrachte er wie immer zum größten Teil an seinem Schreibtisch in der Zentrale der Stiftung, dann, am späten Nachmittag, spielte er mit Freunden eine Partie Squash im Club. Was er abends machen wollte, wußte er noch nicht, deshalb hatte er Marguerite angewiesen, ein, wie er es nannte, ›Essen für alle Fälle‹ zuzubereiten.

Als er um halb sieben nach Hause kam, sah er daher als erstes im Kühlschrank nach. Dort wartete eine Terrine mit Marguerites exzellenter Hühnersuppe, die er nur noch in die Mikrowelle zu stellen brauchte. Außerdem standen Salat und geschnittenes Hähnchen für ein Sandwich bereit.

Alex nickte beifällig, dann ging er zu dem Tisch mit den Alkoholika in der Bibliothek, wählte eine Flasche Bordeaux aus und goß sich ein Glas ein. Er hatte gerade den ersten Schluck getrunken, als das Telefon läutete.

Da der Anrufbeantworter eingeschaltet war, beschloß er, erst einmal abzuwarten. Er hob die Augenbrauen, als sich Dee Chandler Harriman meldete. Ihre leise, angenehme Stimme klang ein wenig unsicher.

»Alex, ich hoffe, ich störe Sie nicht. Ich habe mir von Dad Ihre Privatnummer geben lassen und wollte Ihnen nur danken, weil sie neulich auf Binkys und Dads Cocktailparty so nett zu mir waren. In letzter Zeit war ich oft sehr niedergeschlagen, und Sie haben mir – das können Sie natürlich nicht wissen – sehr geholfen. Einfach, indem sie nett zu mir waren. Nächste Woche gehe ich auf eine Kreuzfahrt, um meinen Depressionen den Garaus zu machen. Danke jedenfalls. Das wollte ich Ihnen nur sagen. Oh, übrigens – hier ist meine Telefonnummer … 310-555-6347.«

Sie hat anscheinend keine Ahnung, daß ich mit ihrer Schwester aus war, dachte Alex. Dee ist wunderschön, aber Susan ist viel interessanter. Er trank noch einen Schluck Wein und schloß die Augen.

Ja, Susan Chandler war sehr interessant. Sie ging ihm schon den ganzen Tag nicht aus dem Kopf.

32

Jane Clausen rief Susan um kurz vor vier an, um ihr mitzuteilen, daß sie den vereinbarten Termin nicht einhalten könne. »Ich fürchte, ich muß mich hinlegen«, entschuldigte sie sich.

»Sie hören sich nicht sehr gut an, Mrs. Clausen«, sagte Susan. »Sollten Sie nicht lieber zu Ihrem Arzt gehen?«

»Nein. Eine Stunde Schlaf wirkt Wunder. Ich finde es nur schade, daß ich heute nicht mehr mit Ihnen sprechen kann.«

Susan sagte, sie hätte nichts dagegen, wenn sie später kommen wolle. »Ich bleibe noch eine ganze Weile hier. Ich muß Berge von Papierkram abtragen.«

Daher war sie noch in der Praxis, als Jane Clausen um sechs Uhr kam. Ihr aschfahles Gesicht bestärkte Susan in ihrem Verdacht, daß sie ernstlich krank war. Der schönste Trost für sie wäre, dachte Susan, die Wahrheit über Reginas Verschwinden zu erfahren.

»Dr. Chandler …«, begann Mrs. Clausen ein wenig zögernd.

»Bitte nennen Sie mich doch Susan. Dr. Chandler klingt so formal«, sagte Susan lächelnd.

Jane Clausen nickte. »Es ist schwer, alte Gewohnheiten abzulegen. Meine Mutter nannte unsere Nachbarin, ihre engste Freundin, ihr Leben lang Mrs. Crabtree. Ihre Zurückhaltung hat wohl stark auf mich abgefärbt. Auf Regina womöglich auch. In Gesellschaft war sie sehr still.« Sie senkte kurz den Blick, dann schaute sie Susan an. »Sie haben gestern meinen Anwalt kennengelernt. Douglas Layton. Was halten Sie von ihm?«

Die Frage überraschte Susan. Eigentlich sollte ich es sein, die ihr Gegenüber behutsam zum Reden bringt, dachte sie verwundert. »Er wirkte nervös«, sagte sie, nachdem sie sich entschieden hatte, mit ihrer Meinung nicht hinter dem Berg zu halten.

»Und waren Sie überrascht, weil er nicht mit mir warten wollte?«

»Ja.«

»Warum hat es Sie überrascht?«

Susan brauchte nicht lange zu überlegen. »Weil durchaus die Möglichkeit bestand, daß Sie einer Frau begegnen würden, die Licht in das Verschwinden Ihrer Tochter bringen könnte – vielleicht wäre sie sogar in der Lage gewesen, den Mann zu beschreiben, der mit ihrem Verschwinden zu tun hatte. Unter Umständen also etwas für Sie sehr Wichtiges. Ich hätte erwartet, daß er bei Ihnen bleibt, um Sie zu unterstüzen.«

Jane Clausen nickte. »Genau, Susan. Douglas Layton hat mir gegenüber immer behauptet, daß er meine Tochter nicht persönlich gekannt habe. Eine Bemerkung, die er heute morgen machte, läßt mich allerdings vermuten, daß er ihr doch schon begegnet ist.«

»Aus welchem Grund könnte er Sie angelogen haben?« fragte Susan.

»Ich weiß es nicht. Auf jeden Fall habe ich mich heute umgehört. Die Laytons aus Philadelphia sind tatsächlich mit ihm verwandt, aber sie sagen, daß sie sich kaum an ihn erinnern. Er hingegen hat sich lang und breit darüber ausgelassen, auf welch vertrautem Fuß er mit ihnen stehe. Wie sich herausgestellt hat, war sein Vater, Ambrose Layton, ein Taugenichts, der in wenigen Jahren sein Erbe durchbrachte und anschließend von der Bildfläche verschwand.«

Jane Clausen sprach langsam und runzelte konzentriert die Stirn. Sie drückte sich bewußt vorsichtig aus. »Es spricht für Douglas, daß er an der Stanford Universität und später an der juristischen Fakultät der Columbia Universität Stipendien erhielt. Er ist ein hochintelligenter Mann. In seiner ersten Stellung bei Kane und Ross mußte er häufig reisen, und er ist sehr sprachbegabt, was einer der Gründe für seine steile Karriere in der Firma von

Hubert March ist. Er sitzt jetzt im Vorstand unserer Stiftung.«

Sie versucht fair zu sein, dachte Susan, aber sie macht sich nicht nur Sorgen – ich glaube, sie hat Angst.

»Worauf ich hinauswill, Susan, ist, daß Douglas mir gezielt den Eindruck vermittelt hat, er stünde in engem Kontakt mit seinen Cousins und Cousinen in Philadelphia. Wenn ich recht überlege, hat er das erst gesagt, nachdem ich ihm erzählt hatte, ich hätte den Kontakt zu ihnen verloren. Und heute, als ich mit Ihnen telefonierte, hat er gehorcht. Die Tür war angelehnt, und ich konnte sein Spiegelbild im Glas einer Vitrine sehen. Ich war völlig verblüfft. Warum tut er so etwas? Aus welchem Grund könnte er mir hinterherspionieren?«

»Haben Sie ihn gefragt?«

»Nein. Ich hatte einen Schwächeanfall, und mir fehlte die Kraft, ihn zur Rede zu stellen. Ich will ihn auch nicht mißtrauisch machen. Aber ich werde einen speziellen Finanzierungsantrag überprüfen lassen. Es geht um ein Projekt, über das wir in der heutigen Sitzung gesprochen haben, ein Waisenhaus in Guatemala. Doug soll nächste Woche hinfliegen und auf der kommenden Vorstandssitzung einen Bericht vorlegen. Ich habe Zweifel an den Beträgen angemeldet, die uns genannt wurden, und Douglas platzte heraus, Regina habe ihm gesagt, es sei eines ihrer Lieblingsprojekte. Er sagte es, als hätten sie ausführlich darüber gesprochen.«

»Und andererseits hat er abgestritten, sie gekannt zu haben.«

»Ja. Susan, ich mußte Ihnen all das erzählen, weil mir plötzlich ein möglicher Grund eingefallen ist, warum Douglas Layton gestern fluchtartig die Praxis verlassen haben könnte.«

Susan wußte, was Jane Clausen sagen wollte – daß Douglas Layton sich davor gefürchtet hatte, ›Karen‹ von Angesicht zu Angesicht gegenüberzustehen.

Kurz darauf verabschiedete Jane Clausen sich. »Ich denke, mein Arzt wird mir morgen früh empfehlen, zu weiterer Behandlung ins Krankenhaus zu gehen«, sagte sie, bevor sie die Praxis verließ. »Ich wollte vorher mit Ihnen reden. Ich weiß, daß Sie früher mal bei der Staatsanwaltschaft waren. Im Grunde kann ich nicht sagen, ob ich Ihnen von meinem Verdacht erzählt habe, um Ihren Rat als Psychologin einzuholen, oder um eine ehemalige Staatsanwältin zu fragen, wie man es anstellt, ein Ermittlungsverfahren einzuleiten.«

33

Dr. Donald Richards hatte das Studio unmittelbar nach der Sendung verlassen. Zu spät fiel ihm ein, daß Rena bestimmt schon das Mittagessen zubereitet hatte.

Er suchte sich eine Telefonzelle und wählte seine Privatnummer. »Ich hab' vergessen, Ihnen Bescheid zu sagen; ich habe noch etwas Dringendes zu erledigen«, entschuldigte er sich bei Rena.

»Doktor, warum tun Sie mir das immer dann an, wenn ich etwas für Sie koche?«

»Solche Fragen hat mir meine Frau auch immer gestellt. Können Sie es warmstellen oder so? Ich bin in etwa einer Stunde zu Hause.« Er lächelte. Dann, als er merkte, warum es ihm so vor den Augen flimmerte, nahm er seine Lesebrille ab und steckte sie in die Tasche.

Als er eineinhalb Stunden später seine Praxis betrat, wartete Rena mit dem Mittagessen auf ihn. »Ich stelle das Tablett auf Ihren Schreibtisch, Doktor«, sagte sie.

Um zwei Uhr kam eine schwer anorektische dreißig Jahre alte Geschäftsfrau. Es war ihre vierte Sitzung, und Richards hörte zu und machte sich Notizen auf einem Block.

Endlich öffnete die Patientin sich ihm und sprach über die schmerzhafte Erfahrung, als übergewichtiges Kind aufgewachsen zu sein und wie sie sich nie konsequent an eine Diät habe halten können. »Ich habe immer gern gegessen, aber dann sah ich im Spiegel, was ich mir damit antat. Ich fing an, meinen Körper zu hassen, und anschließend haßte ich das Essen, weil es in meinen Augen an allem schuld war.«

»Hassen Sie Nahrungsmittel immer noch?«

»Ich verabscheue sie, aber manchmal denke ich, wie toll es wäre, den Akt des Essens genießen zu können. Ich bin jetzt mit einem Mann zusammen, der mir sehr wichtig ist, und ich weiß, daß ich ihn verlieren werde, wenn ich mich nicht ändere. Er sagt, er sei es leid mitanzusehen, wie ich mein Essen auf dem Teller hin und her schiebe.«

Motivation, dachte Don. Das ist immer der erste große Schritt zur Veränderung. Plötzlich sah er Susan Chandlers Gesicht vor sich.

Um zehn vor drei, nachdem er die Patientin hinausbegleitet hatte, rief er bei Susan Chandler an. Er ging davon aus, daß sie ihre Termine nach dem gleichen Prinzip wie er ansetzte – eine Sitzung à fünfzig Minuten, dann eine Pause à zehn Minuten vor dem nächsten Termin.

Ihre Sekretärin sagte ihm, Susan telefoniere gerade. »Ich warte«, sagte er.

»Leider wartet schon ein anderer Anrufer.«

»Ich lasse es darauf ankommen.«

Um vier vor drei wollte er aufgeben; sein Drei-Uhr-Patient saß bereits im Empfangsbereich. Dann hörte er Susans ein wenig atemlose Stimme. »Dr. Richards?« sagte sie.

»Sie können mich ruhig Don nennen, auch wenn Sie in der Praxis sind.«

Susan lachte. »Tut mir leid. Ich freue mich, daß Sie angerufen haben. Hier ist die Hektik ausgebrochen, und ich wollte Ihnen dafür danken, daß Sie ein so toller Gast waren.«

»Und ich wollte Ihnen für die tolle Gelegenheit zur Selbstdarstellung danken. Es hat meinen Verleger sehr glücklich gemacht, daß ich zwei Tage lang in Ihrer Sendung mein Buch anpreisen durfte.« Er schaute auf seine Uhr. »Mein nächster Patient steht schon auf der Matte, und Ihrer vermutlich auch. Also fasse ich mich kurz. Hätten Sie Lust, heute abend mit mir essen zu gehen?«

»Heute abend geht's nicht. Ich muß Überstunden machen.«

»Morgen abend?«

»Ja, das wäre schön.«

»Sagen wir, gegen sieben, und ich rufe Sie morgen in der Praxis an, um Ihnen zu sagen, wo.«

Eine feste Verabredung, dachte er. Zu spät für einen Rückzieher.

»Ich bin den ganzen Nachmittag hier«, sagte Susan.

Richards notierte sich die Zeit – gegen sieben –, verabschiedete sich rasch und legte den Hörer auf. Obgleich er sich beeilen mußte, dachte er noch kurz über den morgigen Abend nach. Er fragte sich, wieviel er Susan Chandler offenbaren sollte.

34

Dee Chandler Harriman hatte den Zeitpunkt ihres Anrufs bei Alex Wright in der Hoffnung gewählt, ihn zu Hause anzutreffen. Sie hatte um Viertel vor vier vom Büro der Modeagentur aus telefoniert. In New York war es Viertel vor sieben, eine Zeit, zu der sie Alex daheim vermutete. Als er sich nicht meldete, dachte sie, daß er vielleicht zum Essen ausgegangen wäre und im Laufe des Abends versuchen würde, sie zu erreichen.

Von dieser Hoffnung beschwingt, fuhr Dee von der Arbeit direkt zu ihrer Eigentumswohnung in Palos Verdes;

dort bereitete sie sich um sieben Uhr lustlos eine Mahlzeit aus Rühreiern, Toast und Kaffee zu. In den vergangenen zwei Jahren war ich abends kaum zu Hause, dachte sie. Ohne Jack ging es einfach nicht. Ich mußte Menschen um mich haben. Aber heute abend, so stellte sie fest, war sie eher gelangweilt und rastlos als einsam.

Ich bin die Arbeit leid, gestand Dee sich ein. Eigentlich habe ich Lust, wieder nach New York zu ziehen. Aber nicht, um mir dort einen anderen Job zu suchen. »Ich kann nicht mal ein anständiges Rührei zubereiten«, beschwerte sie sich laut, als sie sah, daß die Platte zu heiß war und das Ei braun wurde. Sie erinnerte sich, wie gern Jack sich in der Küche zu schaffen gemacht hatte. Noch etwas, das Susan besser kann als ich, dachte sie. Sie ist eine gute Köchin.

Aber dieses Talent war nicht in jedem Fall erforderlich. Die Frau, die Alex Wright heiratete, würde sich über Rezepte und Einkaufslisten nicht den Kopf zerbrechen müssen, sagte sie sich.

Sie beschloß im Wohnzimmer zu essen und stellte gerade ihr Tablett auf den Couchtisch, als das Telefon läutete. Es war Alex Wright.

Zehn Minuten später, als Dee den Hörer auflegte, lächelte sie. Er hatte angerufen, weil er sich Sorgen machte. Er sagte, ihre Stimme habe so niedergeschlagen geklungen, da habe er gedacht, sie wolle vielleicht reden. Dann erklärte er, daß er den gemeinsamen Abend mit Susan genossen habe und sie am Samstag abend zu einem offiziellen Essen anläßlich der jüngsten Spende der Wright Stiftung an die New York Public Library einladen wolle.

Dee gratulierte sich zu ihrer Geistesgegenwart. Sie hatte ihm gesagt, daß sie auf dem Weg nach Costa Rica, wo sie an Bord des Kreuzfahrtschiffs gehen wollte, Zwischenstation in New York machen und das Wochenende dort verbringen würde. Alex hatte den Wink verstanden und sie ebenfalls zu dem Essen eingeladen.

Schließlich, sagte sich Dee, während sie das Tablett mit dem inzwischen kaltgewordenen Essen auf den Schoß nahm, ist es ja nicht so, als wäre Susan schon seine feste Freundin.

35

Nachdem Jane Clausen am Dienstag abend ihre Praxis verlassen hatte, erledigte Susan bis gegen sieben Papierkram, dann rief sie Jed Geany zu Hause an. »Probleme«, verkündete sie. »Ich habe Justin Wells angerufen, weil ich ihm das Band der gestrigen Sendung bringen wollte, und er streitet entschieden ab, es bestellt zu haben.«

»Warum hätte er dann darauf bestehen sollen, daß es an ihn persönlich geschickt wird?« fragte Geany. »Susan, eins kann ich dir sagen. Wer immer der Typ gewesen sein mag, der angerufen hat, er war nervös. Vielleicht will Wells nicht, daß jemand von seinem Interesse an dem Band weiß. Oder vielleicht hat er einen falschen Grund angegeben, warum er es haben wollte. Ist doch möglich. Vermutlich hat er jetzt Angst, daß wir ihm eine saftige Rechnung schicken. Eigentlich hat er zuerst nur nach dem Teil mit den Höreranrufen gefragt. Ich glaube sogar, daß er nur daran interessiert war.«

»Die Frau, die gestern auf der Park Avenue von einem Transporter überfahren wurde, ist seine Frau«, sagte Susan.

»Siehst du? Er hat jetzt andere Dinge im Kopf, der arme Kerl.«

»Vermutlich hast du recht. Bis morgen dann.« Sie legte auf, saß da und dachte nach. So oder so werde ich mit Justin Wells sprechen, beschloß sie, und jetzt höre ich mir erst mal den Teil der gestrigen Sendung mit den Höreranrufen an.

Sie holte die Kassette aus ihrer Schultertasche, legte sie mit der B-Seite nach oben in den Recorder ein und drückte auf den Schnelldurchlauf. Dann hielt sie das Band an, drückte auf den Play-Knopf und konzentrierte sich.

Alle Anrufe waren das Übliche, bis auf die Frau mit der leisen, angespannten Stimme, die sich ›Karen‹ nannte und von dem Türkisring erzählte.

Das muß der Anruf sein, an dem Justin Wells – oder wer auch immer – interessiert ist, dachte sie. Aber heute war ein langer Tag, und ich komme jetzt nicht mehr dahinter, warum. Sie nahm ihren Mantel und schaltete das Licht aus, schloß die Praxis ab und ging durch den Flur zum Aufzug.

Hier müßte mal eine bessere Beleuchtung her, dachte sie. In Neddas Kanzlei herrschte völlige Dunkelheit, und der lange Korridor war in tiefe Schatten getaucht. Unwillkürlich ging sie schneller.

Der Tag war anstrengend gewesen, und sie war versucht, einem Taxi zu winken, gab der Versuchung jedoch nicht nach und ging zu Fuß nach Hause, wobei sie sich geradezu tugendhaft vorkam. Auf dem Weg dachte sie über Jane Clausens Besuch und ihre Befürchtungen hinsichtlich Douglas Laytons nach. Mrs. Clausen war offensichtlich sehr krank. Ob das ihre Beurteilung Laytons beeinflußte? fragte sich Susan.

Es ist ja durchaus möglich, daß Layton gestern einen Termin hatte, den er nicht mehr absagen konnte, überlegte sie, und vielleicht hat er heute morgen nur gewartet, bis Mrs. Clausen ihr Telefonat beendet hatte, bevor er in ihr Büro ging.

Aber was war mit Mrs. Clausens Verdacht, daß er Regina gekannt und sie in diesem Punkt belogen hatte? Susan fiel plötzlich Chris Ryan ein. Chris, ein pensionierter FBI-Agent, mit dem sie in ihrer Zeit bei der Staatsanwaltschaft von Westchester County zusammengearbeitet hatte, besaß jetzt eine eigene Sicherheitsfirma. Er konnte sich diskret zu Layton umhören. Sie beschloß, sich morgen früh mit Mrs. Clausen in Kontakt zu setzen und es ihr vorzuschlagen.

Um sich abzulenken, sah Susan sich um. Die schmalen Straßen von Greenwich Village faszinierten sie wie eh und je. Sie liebte den Kontrast zwischen den ruhigen Straßen mit Wohnhäusern aus der Zeit der Jahrhundertwende und den verkehrsreichen Hauptarterien, die plötzlich abbogen oder die Richtung wechselten wie Bäche, die sich durch ein Gebirge schlängeln.

Sie merkte, daß sie sich automatisch nach dem Andenkenladen umsah, den eine der heutigen Anruferinnen – Tiffany – beschrieben hatte. Bisher hatte sie kaum an sie gedacht. Tiffany behauptete, sie besitze einen ähnlichen Ring wie ›Karen‹, ihr Freund habe ihn in Greenwich Village gekauft. Hoffentlich schickt sie ihn mir, dachte Susan. Dann könnte ich ihn mit dem Ring vergleichen, den Mrs. Clausen mir gegeben hat. Stellt sich heraus, daß die Ringe identisch und hier irgendwo in der Nähe hergestellt worden sind, wäre dies vielleicht ein erster Schritt zur Aufklärung von Reginas Verschwinden.

Erstaunlich, wie hilfreich ein Spaziergang in der Kälte ist, um wieder einen klaren Kopf zu bekommen, dachte Susan, als sie schließlich vor ihrer Haustür stand. In ihrer Wohnung spulte sie das Ritual ab, das sie sich schon gestern abend ausgedacht hatte. Es war acht Uhr. Sie zog ihren Kaftan an, ging zum Kühlschrank und holte die Zutaten für den Salat heraus, den sie vor Alex Wrights unerwartetem Anruf hatte zubereiten wollen.

Heute ist definitiv ein geruhsamer Abend zu Hause angesagt, entschied sie, als sie eine Packung Spaghetti aus dem Küchenschrank holte. Während das Wasser für die Pasta aufkochte und die Basilikum-Tomatensauce in der Mikrowelle auftaute, schaltete sie ihren Computer ein und rief ihre E-Mail auf.

Es war das übliche Zeug, bis auf ein paar Hörerzuschriften, in denen Dr. Richards gelobt und Susan aufgefordert wurde, ihn bald mal wieder einzuladen. Spontan sah sie nach, ob Richards eine Website hatte.

Ja, er hatte eine. Mit wachsendem Interesse rief Susan die persönlichen Angaben ab: Dr. Donald J. Richards, geboren in Darien, Connecticut; aufgewachsen in Manhattan; Schüler am Collegiate Privatgymnasium; Studium in Yale; Magister und Doktor in klinischer Psychologie in Harvard; Magister in Kriminologie an der Universität von New York. Vater: der verstorbene Dr. Donald R. Richards; Mutter: Elizabeth Wallace Richards, Tuxedo Park, New York. Keine Geschwister. Verheiratet mit Kathryn Carver (ums Leben gekommen).

Es folgte eine lange Liste von Zeitschriftenartikeln, die aus seiner Feder stammten, und von Rezensionen zu seinem Buch *Verschwundene Frauen*. Dann stieß Susan auf eine Information, die sie überraschte. Einer Kurzbiographie war zu entnehmen, daß Dr. Richards sich ein Jahr vor dem College-Abschluß zwölf Monate freigenommen und als Reiseleiter auf einem Kreuzfahrtschiff gearbeitet hatte; unter der Überschrift ›Hobbys‹ stand, daß er häufig kurze Kreuzfahrten buchte. Als sein Lieblingsschiff hatte er die *Gabrielle* angegeben. Übrigens das Schiff, auf dem er seine Frau kennengelernt hatte.

Susan starrte auf den Bildschirm. »Aber das ist ja das Schiff, auf dem Regina Clausen an Bord war, bevor sie verschwand«, sagte sie laut.

36

Pamela saß bis Mitternacht zusammen mit Justin Wells im Warteraum der Intensivstation des Lenox Hill Hospital. Dann kam ein Arzt aus der Intensivstation und drängte sie beide, nach Hause zu gehen. »Der Zustand Ihrer Frau hat sich ein wenig stabilisiert«, sagte er zu Justin, »und könnte jetzt über Wochen unverändert bleiben. Sie tun ihr keinen Gefallen, wenn Sie selbst krank werden.«

»Hat Sie noch mal versucht, zu sprechen?« fragte Justin.

»Nein. Und sie wird es auf absehbare Zeit auch nicht tun. Nicht, solange sie in diesem tiefen Koma liegt.«

Es hört sich fast so an, als habe Justin *Angst* davor, daß sie spricht – was hat das zu bedeuten? fragte sich Pamela. Doch dann dachte sie, daß ihr Verstand vor Müdigkeit verrückt spielte. Sie nahm Justins Hand. »Wir gehen jetzt«, sagte sie sachlich. »Am besten, wir nehmen uns ein Taxi, und ich setze dich zu Hause ab.«

Er nickte und ließ sich wie ein Kind von ihr hinausführen. Auf der kurzen Fahrt zur Ecke Fifth und Eighty-first Street saß er zusammengekauert da, mit gefalteten Händen und hängenden Schultern, als habe ihn alle Kraft verlassen.

»Wir sind da, Justin«, sagte Pamela, als das Taxi hielt.

Er sah sie aus stumpfen Augen an. »All das ist meine Schuld«, sagte er. »Ich habe Carolyn kurz vor dem Unfall angerufen. Ich weiß, daß ich sie aufgeregt habe. Vermutlich hat sie nicht richtig aufgepaßt. Wenn sie stirbt, wird es so sein, als ob ich sie umgebracht hätte.«

Ehe Pamela ihm antworten konnte, war er aus dem Taxi gestiegen. Aber was soll ich ihm auch schon sagen? dachte sie. Wenn Justin ihr am Telefon mit seiner Eifersucht und seinem Mißtrauen zugesetzt hatte, dann war Carolyn wohl tatsächlich aufgebracht und unaufmerksam gewesen.

Aber sie konnte doch nicht die Dummheit begangen haben, ihm den Türkisring zu zeigen und von dem Mann zu erzählen, der ihn ihr geschenkt hatte, oder? Und warum in Gottes Namen hatte er einen Mitschnitt der Sendung *Fragen Sie Dr. Susan* bestellt? Das ergab überhaupt keinen Sinn.

Als das Taxi hinter einem einparkenden Wagen halten mußte, nahm ein neues Szenarium Gestalt in Pamelas Kopf an. War es möglich, daß die alte Dame im Fernsehen recht gehabt und daß jemand Carolyn auf die Fahrbahn gestoßen hatte? Und wenn ja, versuchte Justin dann aus irgendeinem Grund, den Eindruck zu erwecken, daß sie abgelenkt gewesen und versehentlich vor den Transporter gelaufen war?

Dann fiel Pamela etwas ein – etwas, das sie damals kaum beachtet hatte. Vor zwei Jahren, bevor sie die Kreuzfahrt antrat, hatte Carolyn gesagt: »Justins Unsicherheit, was unsere Beziehung betrifft, geht so tief, daß ich manchmal Angst vor ihm habe.«

37

Manchmal machte er nachts lange Spaziergänge. Das brauchte er, wenn sich alles derart zuspitzte, daß es nötig wurde, Spannungen abzubauen. An diesem Nachmittag hatte er leichtes Spiel gehabt. Der alte Mann in dem Andenkenladen war geräuschlos gestorben. In den Spätnachrichten war nichts von seinem Tod erwähnt worden, also hatte es möglicherweise niemanden interessiert, als der Laden nicht wieder öffnete. Niemand hatte nachgesehen, was los war.

Eigentlich hatte er heute abend nur ziellos durch die Straßen der Innenstadt schlendern wollen, deshalb war er sehr überrascht, als er sich in der Nähe der Downing Street wiederfand. Susan Chandler wohnte in der Downing Street. Ob sie zu Hause war? fragte er sich. Er erkannte, daß sein Hiersein, vor allem daß er unbewußt den Weg hierher eingeschlagen hatte, ein Zeichen war, ein Zeichen, daß er ihr nicht erlauben durfte, noch mehr Ärger zu machen. Seit gestern morgen war er gezwungen gewesen, zwei Menschen auszuschalten – Hilda Johnson und Abdul Parki –, die er eigentlich nie hatte töten wollen. Eine dritte Person, Carolyn Wells, würde entweder sterben oder aber eliminiert werden müssen, falls sie sich doch erholte. Auch wenn sie seinen wahren Namen nicht kannte – sobald sie wieder in der Lage war zu sprechen, würde sie zweifellos den Ärzten und der Polizei sagen, daß sie von dem Mann, den sie während einer Kreuzfahrt als Owen Adams kennengelernt hatte, auf die Fahrbahn gestoßen worden war.

Obgleich das Risiko relativ gering war, da man die Identität von Owen Adams auf keinen Fall zu ihm zurückverfolgen konnte, durfte er es nicht so weit kommen lassen. Die eigentliche Gefahr bestand darin, daß Carolyn ihn wiedererkannt hatte, und falls sie sich erholte, konnte man nicht wissen, was passieren würde. Es war durchaus denkbar, daß sie sich auf einer Cocktailparty oder in einem Restaurant begegneten. New York war eine große Stadt, aber Kreise überschnitten sich, Wege kreuzten sich. Alles war möglich.

Solange sie im Koma lag, stellte sie natürlich keine unmittelbare Bedrohung dar. Die Gefahr ging eher von Tiffany aus, dem Mädchen, das heute bei Dr. Susan Chandler in der Sendung angerufen hatte. Als er die Downing Street hinunterging, verwünschte er sich im stillen. Er erinnerte sich daran, wie er letztes Jahr Parkis Laden betreten hatte – in der Annahme, Parki sei allein. Vom Gehsteig aus hatte er das junge Paar hinter dem Schirm nicht sehen können.

Als er die beiden dann entdeckte, wußte er, daß er einen Fehler gemacht hatte. Das Mädchen, eine von diesen aufdringlich hübschen jungen Frauen, hatte ihn gemustert und ihm signalisiert, daß sie ihn attraktiv fand. Das war eigentlich unwichtig, doch war er sich aus diesem Grund sicher, daß sie ihn wiedererkennen würde. Wenn Tiffany, die heute bei *Fragen Sie Dr. Susan* angerufen hatte, und das

Mädchen im Laden ein und dieselbe Person waren, mußte sie zum Schweigen gebracht werden. Morgen würde er einen Weg finden, um von Susan Chandler zu erfahren, ob diese Tiffany den Ring geschickt hatte, und wenn ja, was sie ihr geschrieben hatte.

Eine weitere Feder im Wind, dachte er. Wann würde es zu Ende sein? Eines stand jedenfalls fest. Noch vor nächster Woche mußte Susan Chandler Einhalt geboten werden.

38

Am Mittwoch morgen schwankte Oliver Baker zwischen Nervosität und Entzücken, weil man ihn als Zeuge ins Polizeirevier vorgeladen hatte. Am Montag abend hatte er seine Frau und seine halbwüchsigen Töchter mit der Geschichte gefesselt, wie er selbst, hätte er nur einen Meter näher an der Bordsteinkante gestanden, als erster die Straße überquert hätte und von dem Transporter überfahren worden wäre. Gemeinsam hatten sie sich die Nachrichten um fünf, um sechs und um elf Uhr abends angeschaut, in denen Oliver als einer der Passanten interviewt wurde. »Gott sei mir gnädig, das war mein erster Gedanke, als ich sah, wie der Transporter sie überfuhr«, hatte er zu dem Reporter gesagt. »Ich meine, ich konnte ihr ins Gesicht sehen! Sie lag auf dem Rücken, und in diesem Sekundenbruchteil erkannte sie, daß der Wagen sie überfahren würde.«

Oliver, ein sanftmütiger, hilfsbereiter Mann Mitte Fünfzig, war der Geschäftsführer eines D'Agostino's-Supermarkts, eine Stellung, die ihm durch und durch entsprach. Er kannte die feinere Kundschaft des Geschäfts beim Namen und stellte gern persönliche Fragen wie »Gefällt es Gordon am Privatgymnasium, Mrs. Lawrence?«

Sich selbst im Fernsehen bewundern zu können, war eine der aufregendsten Erfahrungen im Leben Olivers, und daß er jetzt noch gebeten wurde, aufs Revier zu kommen, um den Vorfall eingehender zu erörtern, steigerte die Spannung ins Unermeßliche.

Er saß auf einer Bank im 19. Revier, in der Hand den weichen Tweedhut, den ihm sein Bruder aus Irland mitgebracht hatte. Als er sich verstohlen umblickte, kam ihm der Gedanke, jemand könnte annehmen, er sei selbst in Schwierigkeiten, oder er habe vielleicht einen Verwandten im Gefängnis. Bei dieser Vorstellung zuckten seine Mundwinkel, und er nahm sich vor, Betty und den Mädchen heute abend davon zu erzählen.

»Captain Shea empfängt Sie jetzt, Sir.« Der diensthabende Beamte zeigte auf eine geschlossene Tür hinter seinem Tisch.

Oliver stand hastig auf, brachte den Kragen seines Jacketts in Ordnung und ging schnell, jedoch schüchtern zum Büro des Captains.

Auf Sheas energisches »Herein« drückte er die Klinke herunter und schob die Tür langsam auf, als befürchte er, unwillentlich jemandem weh zu tun, der sich dahinter verbarg. Doch schon kurz darauf, als er dem Captain gegenüber am Schreibtisch saß, hatte Oliver in dem Hochgefühl, seine inzwischen vertraute Geschichte erzählen zu können, alle Unsicherheit vergessen.

»Sie standen nicht unmittelbar hinter Mrs. Wells?« unterbrach Shea.

»Nein, Sir. Ich stand ein wenig links von ihr.«

»War sie Ihnen vor dem Zwischenfall überhaupt aufgefallen?«

»Eigentlich nicht. An der Ecke standen viele Leute. Die Ampel war gerade auf Rot gesprungen, als ich dort ankam, deshalb hatte sich eine ziemlich große Menschenmenge angesammelt, bis es das nächstemal grün wurde.«

Das führt zu nichts, dachte Tom Shea. Oliver Baker war der zehnte Zeuge, den sie befragten, und wie in den meisten Fällen wich seine Schilderung der Ereignisse leicht von den anderen Aussagen ab. Hilda Johnson hatte als einzige definitiv erklärt, Carolyn Wells sei gestoßen worden – und Hilda war tot. Die übrigen Umstehenden waren geteilter Meinung, ob Mrs. Wells etwas bei sich gehabt hatte oder nicht. Zwei waren ziemlich sicher, einen braunen Umschlag bemerkt zu haben; drei wollten sich nicht festlegen; der Rest war überzeugt, daß der besagte Umschlag nicht existiert habe. Nur Hilda hatte steif und fest behauptet, ein Mann habe dem Opfer einen Umschlag entrissen, während er ihm zugleich einen Stoß versetzte.

Oliver brannte darauf, mit seiner Geschichte fortzufahren. »Und ich kann Ihnen sagen, Captain, gestern nacht hatte ich einen schrecklichen Alptraum, weil ich immerzu daran denken mußte, wie diese arme Frau auf der Straße lag.«

Captain Shea lächelte ihn mitfühlend an und ermutigte ihn fortzufahren.

»Ich meine«, fügte Oliver hinzu, »wie ich schon zu Betty gesagt habe …« Er hielt inne. »Betty ist meine Frau. Wie ich schon zu ihr gesagt habe, diese arme Frau wollte vermutlich nur Besorgungen machen, vielleicht wollte sie zur Post gehen, und als sie von zu Hause fortging, hatte sie nicht die geringste Ahnung, daß sie vielleicht nie mehr zurückkommen würde.«

»Wie kommen Sie auf den Gedanken, daß sie zur Post wollte?« fuhr Shea auf.

»Weil sie einen frankierten Umschlag unter dem Arm hatte.«

»Sind Sie *sicher*?«

»Ja, völlig sicher. Ich glaube, er rutschte ihr weg, denn als es Grün wurde, wollte sie sich umdrehen und verlor das Gleichgewicht. Der Mann hinter ihr hatte vor, sie zu stützen, glaube ich, und so hat er zufällig den Briefumschlag zu fassen gekriegt. Die alte Dame hat es völlig falsch verstanden. Ob der Mann den Brief für sie aufgegeben hat? Das hätte ich jedenfalls getan.«

»Haben Sie sich ihn angesehen, diesen Mann, der den Umschlag genommen hat?« fragte Shea.

»Nein. Ich konnte nur Mrs. Wells ansehen.«

»Dieser Mann – hat er danach versucht, ihr zu helfen?«

»Nein, ich glaube nicht. Viele haben sich abgewendet – eine Frau wurde fast ohnmächtig. Zwei Männer sind zu ihr gestürzt, um ihr beizustehen, und die schienen zu wissen, was sie taten. Sie schrien, alle anderen sollten zurückbleiben.«

»Sie haben wirklich keine Ahnung, wie dieser Mann aussah – ich meine den Mann, der den Umschlag nahm, als er womöglich versuchte, Mrs. Wells zu stützen?«

»Nun, er hatte einen Sommermantel an, einen Burberry oder einen, der wie ein Burberry aussah.« Oliver war stolz, daß er ›Burberry‹ statt Regenmantel gesagt hatte.

Als Oliver Baker gegangen war, lehnte Captain Shea sich in seinem Stuhl zurück und verschränkte die Hände vor der Brust. Sein Instinkt sagte ihm immer noch, daß ein Zusammenhang zwischen Hilda Johnsons Behauptung, Carolyn Wells sei auf die Fahrbahn gestoßen worden, und ihrem Tod wenige Stunden später bestand. Aber keiner der anderen Augenzeugen stützte Hildas Version. Und es bestand immerhin die Möglichkeit, daß Hildas Erscheinen im Fernsehen einen Verrückten auf sie aufmerksam gemacht hatte.

In diesem Fall, sagte er sich, hatten sich sowohl Hilda Johnson als auch Carolyn Wells, wie so viele Opfer unglücklicher Zufälle, einfach zum falschen Zeitpunkt am falschen Ort aufgehalten.

39

Am Mittwoch morgen setzte Douglas Layton seine Strategie in die Tat um. Er wußte, daß es ein gutes Stück Arbeit sein würde, Jane Clausen noch vor seiner Abreise zu besänftigen, doch in den schlaflos verbrachten frühen Morgenstunden hatte er einen Plan entworfen.

Wie so oft schon im Laufe der Jahre hatte seine Mutter ihm ins Gewissen geredet – traurig, besorgt, angstvoll hatte sie ihn unter Tränen angefleht, sich keine Scherereien mehr einzuhandeln. »Schau dir nur an, wie dein Dad sein Leben weggeworfen hat, Doug. Sei nicht wie er«, hatte sie gesagt. »Eifere lieber deinen Cousins und Cousinen nach.«

Aber sicher doch, dachte Doug ungeduldig, als er die Decke zurückschlug und aus dem Bett stieg. Er sollte seinen Cousins und Cousinen nacheifern, die Generationen des Reichtums im Rücken hatten und die sich den Kopf nie über Stipendien hatten zerbrechen müssen, weil ihnen praktisch die besten Schulen offenstanden.

Stipendien – er lächelte bei der Erinnerung. Es hatte großes Geschick erfordert, immer am Ball zu bleiben. Zum Glück war er clever genug gewesen, stets gute Zensuren zu haben, auch wenn das gelegentlich hieß, daß er den Sprechzimmern des Lehrpersonals einen Besuch abstatten mußte, um vorab einen Blick auf entscheidende Tests zu werfen.

Er erinnerte sich noch, wie die Mathematiklehrerin am Gymnasium ihn in ihrem Büro überrascht hatte. Er hatte sich gerade noch mal rausreden können, indem er den Spieß umdrehte und fragte, ob etwas nicht in Ordnung wäre. Er behauptete, er habe eine dringende Nachricht erhalten, sogleich zu ihr zu kommen. Am Schluß entschuldigte sich die Lehrerin sogar bei ihm und sagte, man solle doch meinen, Schüler, die dicht vor der Abschlußprüfung ständen, hätten wichtigere Dinge mit ihrer Zeit anzufangen, als alberne Zettel zu verfassen.

O ja, er hatte sich immer rausreden können, wenn es Probleme gab. Doch jetzt stand mehr auf dem Spiel als nur eine Zensur; diesmal ging es um einen enorm hohen Einsatz.

Er wußte, daß Mrs. Clausen immer sehr zeitig frühstückte, und wenn sie keine Sitzung besuchte oder einen Termin beim Arzt hatte, konnte man davon ausgehen, daß sie sich in aller Ruhe mit einer zweiten Tasse Kaffee an den kleinen Tisch am Fenster des Eßzimmers setzen würde. Sie hatte ihm einmal erzählt, daß es ihr einen gewissen Trost gebe, die starke Strömung des East River zu beobachten. »Das Leben wird wie ein Fluß von den Gezeiten gelenkt, Douglas«, hatte sie gesagt. »Wenn ich traurig bin, erinnert mich der Fluß daran, daß ich mein Leben eben nicht immer steuern kann.«

Seine gelegentlichen Anrufe, in denen er bat, auf einen Kaffee vorbeikommen zu dürfen, damit sie einen bestimmten Antrag auf eine Spende noch vor der Vorstandssitzung durchgehen könnten, hatte sie stets wohlwollend aufgenommen. Mit einer Ausnahme hatte er sie immer solide beraten, und sie hatte gelernt, ihm zu vertrauen und sich auf ihn zu verlassen. Nur zu einem Projekt hatte er ihr absichtlich Falschinformationen gegeben, allerdings so vorsichtig, daß sie keinen Grund haben konnte, eine krumme Tour zu vermuten.

Jane Clausen hat keinen Menschen mehr, der ihr nahesteht, sagte er sich, als er duschte und sich anzog. Er wählte mit Bedacht einen konservativen dunkelblauen Anzug. Das war noch ein Punkt – zu der gestrigen Konferenz hatte er Jackett und Hose getragen. Ein dicker Fehler; Mrs. Clausen billigte keine Freizeitkleidung, wie sie es nannte, auf Vorstandssitzungen.

Ich hatte in der letzten Zeit zuviel um die Ohren, sagte Doug sich ärgerlich. Jane Clausen ist eine einsame, kranke Frau; es dürfte nicht allzu schwierig sein, sie zu beruhigen.

Im Taxi auf dem Weg zum Beekman Place probte er sorgfältig die Geschichte, die er ihr auftischen wollte.

Der Pförtner bestand darauf, ihn anzumelden, obschon er sagte, er solle sich nicht bemühen, da er erwartet würde. Als er aus dem Aufzug trat, stand die Haushälterin in der nur einen Spaltbreit geöffneten Wohnungstür. Ein wenig nervös sagte sie ihm, Mrs. Clausen fühle sich nicht wohl, und schlug vor, er solle ihr eine Nachricht hinterlassen.

»Vera, ich muß Mrs. Clausen unbedingt sprechen, nur eine Minute«, sagte Doug mit leiser, aber fester Stimme. »Ich weiß, daß sie gerade frühstückt. Gestern im Büro hatte sie einen Schwächeanfall und war verärgert, als ich sie bat, einen Arzt zu rufen. Sie wissen ja, wie sie ist, wenn sie Schmerzen hat.«

Als er Veras Unsicherheit bemerkte, flüsterte er: »Wir lieben sie doch beide und wollen auf sie aufpassen.« Dann legte er die Hände auf ihre Arme und zwang sie, zur Seite zu treten. Mit wenigen Schritten durchquerte er die Diele und trat durch die offenen Glastüren ins Eßzimmer.

Jane Clausen las in der *Times*. Als sie seine Schritte hörte, blickte sie auf. Doug registrierte zwei unmittelbare Eindrücke: ihre anfängliche Überraschung, ihn zu sehen, wich einem Ausdruck der Furcht. Es steht schlimmer, als ich dachte, schoß es ihm durch den Kopf. Der zweite Eindruck war, daß Jane Clausen offensichtlich kurz vor dem nächsten Krankenhausaufenthalt stand. Ihre Haut war aschfahl.

Er ließ ihr keine Zeit, etwas zu sagen. »Mrs. Clausen, ich habe mir große Sorgen gemacht, daß Sie mich gestern mißverstanden haben«, begann er. »Ich habe mich geirrt, als ich sagte, Regina habe mir selbst erzählt, das Waisenhaus in Guatemala sei eines ihrer Lieblingsprojekte. Und natürlich hatte ich auch unrecht, als ich behauptete, ich hätte es von Ihnen gehört. In Wahrheit hat Mr. March mir von dem Waisenhaus erzählt, als er mich für den Vorstand vorschlagen wollte. Er hat mir berichtet, daß Regina es einmal besucht hat und von der Not der Kinder zutiefst bewegt war.«

Die Geschichte war wasserdicht. March würde zwar nicht bestätigen, es ihm erzählt zu haben, aber er hätte auch Angst, es abzustreiten, weil ihm seine zunehmende Vergeßlichkeit bewußt war.

»Hubert hat es Ihnen erzählt?« sagte Jane Clausen leise. »Er war wie ein Onkel für Regina. Solche Dinge hat sie ihm oft anvertraut.«

Doug wußte, daß er auf dem richtigen Weg war. »Wie Sie ja wissen, fliege ich nächste Woche rüber, damit der Vorstand einen Bericht aus erster Hand über die dort erzielten Fortschritte erhält. Ich weiß, wie angeschlagen Ihre Gesundheit ist, aber hätten Sie nicht Interesse, mich zu begleiten, um sich mit eigenen Augen anzusehen, welch wunderbare Arbeit dort zum Nutzen dieser armen Kinder geleistet wird? Wenn ja, würden sämtliche Zweifel, die Sie vielleicht am Sinn weiterer Spenden hegen mögen, ausgeräumt, da bin ich sicher. Und ich verspreche Ihnen, daß ich nicht von Ihrer Seite weichen werde.«

Layton wußte natürlich, daß nicht der Hauch einer Chance bestand, daß Jane Clausen so weit reisen würde, wartete jedoch gespannt auf ihre Antwort.

Sie schüttelte den Kopf. »Ich wünschte, ich könnte mitfahren.«

Es war, als sähe er Eis beim Schmelzen zu. Sie will mir glauben, dachte Doug und beglückwünschte sich im stillen. Jetzt mußte er nur noch einen Punkt klären. »Ich muß mich noch entschuldigen, weil ich Sie am Montag in Dr. Chandlers Praxis allein gelassen habe«, sagte er. »Ich hatte einen seit langem vereinbarten Termin, aber ich hätte absagen müssen. Das Problem war, ich konnte die Klientin nicht erreichen, und sie kam eigens aus Connecticut, um mich zu treffen.«

»Ich habe Ihnen sehr kurzfristig Bescheid gesagt«, erwiderte Jane Clausen. »Ich fürchte, allmählich wird mir das zur Gewohnheit. Gestern habe ich von einer anderen Person verlangt, daß Sie mich beruflich praktisch auf der Stelle empfängt.«

Susan Chandler. Wieviel hatte sie dieser Frau erzählt? fragte er sich. Hatte sie über ihn gesprochen? Garantiert.

Als er wenig später aufbrach, bestand sie darauf, ihn hinauszubegleiten. An der Tür fragte sie beiläufig: »Sehen Sie Ihre Verwandten häufig?«

Sie testet mich, dachte Doug. »In den letzten Jahren nicht mehr«, sagte er schnell. »Als ich klein war, haben wir regelmäßig mit ihnen verkehrt. Gregg und Corey waren meine Vorbilder. Aber als mein Vater und meine Mutter sich trennten, brach der Kontakt ab. Ich betrachte sie immer noch als meine großen Brüder, obgleich ich leider sagen muß, daß ihre und meine Mutter sich nicht mochten. Ich glaube, Cousine Elizabeth hielt meine Mutter gesellschaftlich für ihrer nicht ebenbürtig.«

»Robert Layton war ein wunderbarer Mann. Aber Elizabeth war wohl immer etwas schwierig, fürchte ich.«

Doug lächelte in sich hinein, als er im Aufzug nach unten fuhr. Der Besuch war ein voller Erfolg gewesen. Jane Clausen hatte ihn in Gnaden wieder aufgenommen, und er war wieder auf dem Weg dazu, Präsident der Clausen Stiftung zu werden. Eines stand fest: Von nun an, vor allem in der Jane Clausen noch verbleibenden Zeit, würde er keine Fehler mehr machen.

Als er das Gebäude verließ, achtete er darauf, ein paar Worte mit dem Pförtner zu wechseln, und dem Türsteher, der ein Taxi für ihn heranwinkte, gab er ein großzügiges Trinkgeld. Derlei kleine Aufmerksamkeiten zahlten sich aus. Es bestand immerhin die Möglichkeit, daß einer oder beide irgendwann Jane Clausen gegenüber bemerken würden, welch angenehmer Mensch Mr. Layton doch sei.

Sobald er im Taxi saß, fiel jedoch alle Leutseligkeit von Doug Layton ab. Worüber hatte die Clausen mit Dr. Chandler geredet? Diese Chandler war nicht nur Psychologin, sie verfügte auch über einen juristisch geschulten Verstand. Er war beunruhigt, denn sie wäre die erste, der es auffallen würde, wenn etwas nicht ganz echt klang.

Er schaute auf seine Uhr. Es war zwanzig nach acht. Er müßte noch vor neun im Büro sein. Damit blieb ihm noch eine Stunde, um einen Teil des Papierkrams zu erledigen, bevor er sich die heutige Sendung von *Fragen Sie Dr. Susan* anhörte.

40

Am Mittwoch morgen wachte Susan um sechs auf, duschte, wusch sich das Haar und fönte es rasch mit geübten Bewegungen. Schmutzigblond, dachte sie, als sie in den Spiegel schaute und ein paar lose Strähnen zurechtzupfte. Na ja, wenigstens habe ich eine Naturwelle, und es ist pflegeleicht.

Sie betrachtete eine Zeitlang ihr Spiegelbild, um sich objektiv einzuschätzen. Zu dicke Augenbrauen. Und wenn schon, sie würden so bleiben. Sie hatte keine Lust, sich die Brauen zu zupfen. Gesunde Haut. Darauf zumindest konnte sie stolz sein. Sogar die kleine Narbe auf ihrer Stirn, das Ergebnis eines Zusammenstosses mit der Kufe von Dees Schlittschuh, als sie vor Jahren beim Eislaufen beide zu Boden gegangen waren, war fast verblaßt. Ihr Mund war, ähnlich wie die Augenbrauen, zu groß; eine gerade Nase – die war in Ordnung –, haselnußbraune Augen wie Mom; ein trotziges Kinn.

Sie dachte daran, was Schwester Beatrice in ihrem vorletzten Jahr an der Sacred Heart Academy zu ihrer Mutter gesagt hatte: »Susan ist dickköpfig, aber bei ihr ist es eine Stärke. Wenn sie auf diese Weise ihr Kinn vorreckt, weiß ich, daß irgend etwas passiert ist, das sie in Ordnung bringen will.«

Im Augenblick gibt es viele Dinge, die in Ordnung gebracht oder zumindest mal unter die Lupe genommen werden müssen, dachte Susan. Eine lange Liste.

Sie nahm sich die Zeit, eine Grapefruit auszupressen, dann brühte sie Kaffee auf. Tasse und Glas nahm sie mit ins Schlafzimmer und zog sich an. Sie wählte Hose und Jacke aus Kamelhaar und einen rotbraunen Kaschmirpullover mit Rollkragen – alles im Sonderangebot erstanden. Der Wetterbericht von gestern abend ließ darauf schließen, daß es heute wieder so ein Übergangstag werden würde, an dem ein Mantel zu dick und ein Kostüm zu dünn war. Dieser Aufzug müßte genau das richtige sein, dachte sie. Außerdem könnte sie so bequem zu dem Abendessen mit Dr. Donald Richards gehen, sollte sie heute aus irgendeinem Grund zu beschäftigt sein, um noch nach Hause fahren und sich umziehen zu können. Ja, ein Abendessen mit Dr. Richards, dessen Lieblingskreuzfahrtschiff die *Gabrielle* war.

Um Zeit zu sparen, entschied sie sich gegen ihren üblichen Spaziergang und nahm ein Taxi zur Praxis, wo sie um Viertel nach sieben ankam. Als sie das Bürohaus betrat, stellte sie überrascht fest, daß die Tür zum Foyer unverschlossen und die Loge des Wachmanns unbesetzt war. Die Sicherheit in diesem Gebäude ist gleich null, dachte sie, während sie im Aufzug nach oben fuhr. Es war vor kurzem verkauft worden, und sie fragte sich, ob die Mängel im Service der Beginn einer Kampagne der neuen Eigentümer war, um die jetzigen Mieter loszuwerden und die Miete anheben zu können. Höchste Zeit, mal das Kleingedruckte im Mietvertrag zu lesen, ging es ihr durch den Kopf, als sie aus dem Aufzug stieg und die oberste Etage völlig dunkel vorfand.

»Das ist doch absurd«, murmelte sie, als sie im Korridor nach dem Lichtschalter tastete.

Doch selbst die aufleuchtenden Lampen richteten nicht viel aus. Kein Wunder, dachte Susan, die bemerkte, daß zwei Glühbirnen fehlten. Wer ist jetzt überhaupt für die Wartung zuständig? fragte sie sich resigniert. Moe, Larry und Curly? Sie nahm sich vor, später mit dem Hausmeister zu sprechen, doch sobald sie ihre Praxis betreten hatte, vergaß sie ihren Ärger. Sie machte sich sogleich an die Arbeit, erledigte in den nächsten sechzig Minuten ihre Korrespondenz und bereitete sich anschließend darauf vor, den Plan umzusetzen, den sie gestern abend entwikkelt hatte.

Sie hatte beschlossen, Justin Wells an seinem Arbeitsplatz aufzusuchen und ihn mit dem Band und mit ihrer Überzeugung zu konfrontieren, daß seine Frau die geheimnisvolle Anruferin war. Und wenn er nicht da war, würde sie seiner Sekretärin oder Empfangsdame den besagten Teil der Sendung vom Montag vorspielen. Die interessanteste Stelle auf dem Band war auf jeden Fall der Anruf von ›Karen‹, als sie von dem Mann auf dem Kreuzfahrtschiff berichtete, der ihr einen Ring geschenkt hatte, einen Ring, identisch mit jenem, den man unter Regina Clausens Sachen gefunden hatte. Falls Wells, wie sie stark vermutete, tatsächlich das Band bestellt hatte, dann könnte die Frau, die sich Karen nannte, seinen Angestellten bekannt sein. Und konnte es reiner Zufall sein, daß Justin Wells' Frau so kurz nach dem Anruf in einen Unfall verwickelt worden war?

Susan überflog ihre restlichen Notizen und markierte die Punkte, die ihr noch Rätsel aufgaben. ›Ältere Dame Zeugin des Unfalls von Carolyn Wells.‹ Hatte Hilda Johnson recht gehabt, als sie erklärte, jemand habe Carolyn einen Stoß versetzt? Und, was ebenso wichtig war, konnte der Mord an Johnson wenige Stunden später ein weiterer Zufall sein? ›Tiffany.‹ Die Frau hatte angerufen, um zu sagen, daß sie einen Türkisring mit der gleichen Inschrift wie Regina und Karen besaß. Ob sie ihn schicken würde?

Ich muß heute in der Sendung über sie sprechen, überlegte Susan. Vielleicht ruft sie dann wenigstens noch mal an, obwohl ich sie eigentlich treffen sollte. Wenn der Ring wirklich mit den anderen identisch ist, muß ich sie dazu bringen, zu mir zu kommen. Sie muß sich unbedingt daran erinnern, wo sie ihn gekauft haben. Oder vielleicht wäre sie bereit, ihren Ex-Freund zu fragen, ob er es noch weiß.

Die nächste Notiz auf ihrer Liste galt Douglas Layton. Jane Clausen hatte gestern wirklich Angst gehabt, als sie von ihm sprach. Und Layton hatte sich tatsächlich verdächtig verhalten, dachte Susan, so, wie er wenige Minuten bevor Karen in der Praxis erscheinen sollte, Hals über Kopf davongestürzt war. Fürchtete er eine Begegnung mit ihr? Und wenn ja, warum?

Der letzte Punkt betraf Donald Richards. War es reiner Zufall, daß sein liebstes Kreuzfahrtschiff die *Gabrielle* war und daß sein Buch von verschwundenen Frauen handelte? Steckte mehr hinter diesem scheinbar so sympathischen Mann, als man auf den ersten Blick vermutete?

Susan stand von ihrem Schreibtisch auf. Bestimmt war Nedda inzwischen in ihrer Kanzlei und hatte Kaffee aufgesetzt. Susan schloß die äußere Tür der Praxis ab, steckte den Schlüssel in ihre Tasche und ging den Korridor hinunter.

Die Tür zu Neddas Kanzlei war erneut unverschlossen. Susan folgte dem einladenden Aroma frisch gekochten Kaffees durch den Empfangsbereich und den Flur zur Küche. Dort stieß sie auf Nedda, deren allseits bekannte Schwäche für Naschwerk offenbar wurde, da sie gerade einen Mandel-Mokka-Kuchen anschnitt, den sie im Backofen aufgewärmt hatte.

Als sie Susans Schritte hörte, drehte sie sich um und lächelte strahlend. »Ich habe Licht bei dir gesehen und wußte, daß du vorbeikommen würdest. Du hast den Instinkt einer Brieftaube, wenn ich bei der Bäckerei war.«

Susan holte eine Tasse aus dem Küchenschrank und ging zur Kaffeemaschine hinüber. »Warum schließt du nicht ab, wenn du allein bist?«

»Ich hatte keine Angst – ich wußte ja, daß du da bist. Wie sieht's an der Familienfront aus?«

»Friedlich, danke. Mom scheint sich von ihrem Jahrestagskummer erholt zu haben. Charles hat angerufen, um mich zu fragen, ob die Party nicht ein echter Knaller gewesen wäre. Übrigens hatte ich als Ergebnis der Party eine recht interessante Verabredung. Mit Binkys Freund Alex Wright. Kultiviert und äußerst präsentabel. Er leitet die Stiftung seiner Familie. Ein sehr netter Kerl.«

Nedda hob die Augenbrauen. »Ach du grüne Neune, wie meine Mutter gesagt hätte. Ich bin beeindruckt. Die Wright Stiftung verteilt jedes Jahr ein Vermögen. Ich bin Alex mehrmals begegnet. Ein wenig zu zurückhaltend vielleicht, und er haßt es offenbar, im Rampenlicht zu stehen, aber soweit ich weiß, ist er der zupackende Typ und gibt sich keineswegs damit zufrieden, Vergünstigungen zu beziehen, nur weil er im Vorstand sitzt. Angeblich überprüft er jeden größeren Antrag auf Spenden selbst. Sein Großvater legte den Grundstein für das Vermögen, sein Vater verwandelte Millionen in Milliarden, und es heißt, daß beide bei ihrem Tod noch ihr Konfirmationsgeld hatten. Wie ich höre, ist Alex zwar Pragmatiker, aber ich nehme an, daß er aus anderem Holz geschnitzt ist als seine Vorfahren. Ist er witzig?«

»Er ist nett, sehr nett«, sagte Susan, erstaunt über die Wärme in ihrer Stimme. Sie schaute auf ihre Uhr. »Na schön, ich verschwinde wieder. Ich muß noch ein paar Anrufe erledigen.« Sie wickelte ein großes Stück von dem Mandel-Mokka-Kuchen in eine Papierserviette und nahm ihre Tasse mit. »Danke für das Care-Paket.«

»Keine Ursache. Komm doch heute abend auf ein Glas Wein vorbei.«

»Nett von dir, aber heute geht's nicht. Ich bin zum Abendessen verabredet. Über *ihn* setze ich dich morgen ins Bild.«

Als Susan in ihre Praxis zurückkam, war Janet da und telefonierte. »Oh, warten Sie einen Moment, da ist sie«, sagte Janet. Sie deckte die Sprechmuschel mit der Hand zu. »Alex Wright. Er sagt, es sei persönlich. Und er klang so enttäuscht, als ich ihm sagte, Sie wären nicht hier. Bestimmt ist er niedlich.«

Kannst du dir's denn nie verkneifen? dachte Susan. »Sagen Sie ihm, ich bin gleich da.« Sie schloß die Tür mit unnötigem Kraftaufwand, deponierte Tasse und Mokkakuchen auf dem Schreibtisch und nahm den Hörer ab. »Hallo, Alex.«

Seine Stimme klang belustigt. »Ihre Sekretärin hat recht. Ich war tatsächlich enttäuscht, aber ich muß sagen, mich hat noch nie jemand als ›niedlich‹ bezeichnet. Ich fühle mich geschmeichelt.«

»Janet hat die ärgerliche Angewohnheit, die Sprechmuschel mit der Hand zuzuhalten und anschließend die Stimme zu heben, um ihre vertraulichen Bemerkungen vom Stapel zu lassen.«

»Ich fühle mich trotzdem geschmeichelt.« Sein Ton veränderte sich. »Ich habe Sie vor einer halben Stunde zu Hause zu erreichen versucht. Ich dachte, es sei eine passende Zeit, da ich davon ausging, daß Sie gegen neun in der Praxis sind.«

»Heute war ich schon um halb acht hier. Ich fange gern früh an. Wer zu spät kommt … und so weiter.«

»Da sind wir uns einig. Ich bin auch Frühaufsteher. Das Privattraining meines Vaters. Er dachte, wer später als sechs Uhr aufsteht, verpaßt die Gelegenheit, einen Haufen Geld zu verdienen.«

Susan fiel das ein, was Nedda ihr gerade über Alex Wrights Vater erzählt hatte. »Teilen Sie seine Meinung?«

»Himmel, nein. Manchmal, wenn ich keinen Termin habe, bleibe ich bewußt länger liegen oder lese die Zeitung im Bett, nur weil ich weiß, wie sehr ihn das geärgert hätte.«

Susan lachte. »Seien Sie vorsichtig. Sie sprechen mit einer Psychologin.«

»O Mann, das hatte ich ganz vergessen. Im Grunde tut mir mein Vater im nachhinein leid. Er hat soviel im Leben verpaßt. Ich wünschte, er hätte gelernt, den Duft der Blumen zu genießen. In vielerlei Hinsicht war er ein großartiger Mensch … Aber ich habe nicht angerufen, um über ihn zu sprechen oder um Ihnen meine Schlafgewohnheiten zu schildern. Ich wollte Ihnen nur sagen, daß ich es am Montagabend mit Ihnen sehr schön fand und daß ich hoffe, Sie sind am Samstag abend frei. Unsere Stiftung hat der New York Public Library eine Spende zugesagt, die für den Kauf seltener Bücher vorgesehen ist, und in der McGraw-Rotunde in der Zentrale an der Fifth Avenue findet ein offizielles Essen statt. Es ist keine Großveranstaltung – nur etwa vierzig Leute. Ursprünglich wollte ich mich entschuldigen lassen, aber das sollte ich lieber nicht tun, und wenn Sie mich begleiten, würde es mir vielleicht sogar Spaß machen.«

Susan hörte zu und fühlte sich geschmeichelt, als Alex Wrights Stimme einen werbenden Klang annahm.

»Das ist sehr nett von Ihnen. Ja, ich bin frei, und ich komme gern mit«, sagte sie aufrichtig.

»Großartig. Ich hole Sie gegen halb sieben ab, wenn es Ihnen paßt.«

»In Ordnung.«

Seine Stimme veränderte sich, wurde plötzlich unsicher. »Ach, übrigens habe ich mit Ihrer Schwester geredet, Susan.«

»Mit Dee?« Susan war überrascht.

»Ja. Ich habe sie auf Binkys Party getroffen, nachdem Sie gegangen waren. Sie hat mich gestern abend zu Hause angerufen und eine Nachricht für mich hinterlassen, und ich habe den Anruf erwidert. Sie wird am Wochenende in New York sein. Ich habe ihr erzählt, daß ich Sie zu dem Essen einladen wollte, und sie gebeten, sich uns anzuschließen. Sie hörte sich ziemlich deprimiert an.«

»Das war sehr aufmerksam von Ihnen«, erwiderte sie. Als sie wenig später auflegte, trank sie den lauwarmen Kaffee und starrte auf den Mokkakuchen, auf den sie plötzlich keinen Appetit mehr hatte. Sie erinnerte sich, wie Dee vor sieben Jahren Jack angerufen und ihm erzählt hatte, wie unglücklich sie mit ihren neuen Publicity-Fotos sei. Dann hatte sie ihn gebeten, sich die Aufnahmen einmal anzusehen und sie zu beraten.

Und das, dachte Susan mit einem Anflug von Bitterkeit, war der Anfang vom Ende für Jack und mich. Ob die Vergangenheit sich wiederholen konnte?

41

Tiffany hatte nicht gut geschlafen. Sie war zu aufgeregt gewesen bei der Aussicht, ihrem Ex-Freund über *Fragen Sie Dr. Susan* eine Nachricht zukommen zu lassen. Um acht Uhr am Mittwoch morgen setzte sie sich schließlich im Bett auf und klopfte die Kissen in ihrem Rücken zurecht.

»Dr. Susan«, sagte sie laut, um den Anruf zu proben, »mein Freund Matt fehlt mir unwahrscheinlich. Deswegen war ich so gemein, als ich gestern von dem Ring erzählt habe. Aber ich hab' darüber nachgedacht, und leider kann ich Ihnen den Ring doch nicht schicken. Eigentlich mag ich ihn nämlich, weil er mich an Matt erinnert.«

Hoffentlich würde Dr. Susan nicht sauer sein, weil sie ihre Meinung geändert hatte.

Tiffany hob ihre linke Hand und blickte wehmütig auf den Türkisring, der an ihrem Ringfinger steckte. Sie seufzte. Wenn man es recht überlegte, hatte ihr der Ring eigentlich kein bißchen Glück gebracht. Matt hatte sich sofort Sorgen gemacht, ob sie nicht zuviel in die Gravur ›Du gehörst mir‹ hineindeuten würde. Das hatte zu dem bösen Streit und ein paar Tage später zu ihrer Trennung geführt.

Ich hab' ihn wirklich oft damit aufgezogen, dachte Tiffany in einem seltenen Anfall von Selbsterkenntnis, aber wir hatten doch auch Spaß miteinander. Vielleicht erinnert er sich daran und will wieder mit mir zusammensein, wenn er hört, wie ich im Radio über ihn spreche.

Sie ging noch einmal durch, was sie zu Dr. Susan sagen wollte. Vielleicht könnte sie Matt noch öfter unterbringen. »Dr. Susan, ich möchte mich für das, was ich gestern gesagt habe, entschuldigen und Ihnen erklären, warum ich Ihnen den Ring doch nicht schicken kann, obwohl ich es versprochen habe. Mein Ex-Freund Matt hat ihn mir als Andenken an den schönen Tag gekauft, den wir zusammen in Manhattan verbracht haben. Wir kamen gerade aus einer tollen Sushi-Bar …«

Tiffany schüttelte sich bei der Erinnerung an den schleimigen Fisch, den er gegessen hatte. Sie hatte darauf bestanden, daß ihrer gekocht wurde.

»Dann haben wir uns einen tollen ausländischen Film angesehen …«

Öde, dachte Tiffany, als sie sich daran erinnerte, wie sie während der endlosen Szenen, in denen die Leute gar nichts taten, stillzusitzen versuchte. Und dann, als schließlich jemand sprach, konnte sie nichts sehen, weil sie vollauf damit beschäftigt war, die albernen Untertitel zu lesen. Blöder Film.

Andererseits hatte Matt im Kino seine Finger mit den ihren verschränkt, mit den Lippen ihr Ohr gestreift und geflüstert: »Ist das nicht einfach toll?«

»Auf jeden Fall, Dr. Susan, mag der Ring zwar nur ein bescheidenes Andenken sein, aber er erinnert mich an all den Spaß, den Matt und ich zusammen hatten. Nicht nur an jenem Tag, sondern auch an all den anderen Tagen.«

Tiffany stieg aus dem Bett und begann widerstrebend mit ihren Liegestützen. In dieser Hinsicht mußte sie auch aktiv werden. Im letzten Jahr hatte sie ein paar Pfund zugelegt; jetzt wollte sie sie unbedingt loswerden, nur für den Fall, daß Matt anrief und sie einlud.

Als sie mit der, wie es ihr vorkam, hundertsten Liegestütze fertig war, hatte Tiffany ihre Ansprache für Dr. Susan im Geiste auf Hochglanz poliert und war sehr zufrieden mit sich. Sie hatte beschlossen, noch etwas hinzuzufügen. Sie wollte sagen, daß sie als Kellnerin im ›Grotto‹ in Yonkers arbeitete. Tony Sepeddi, ihr Boß, würde begeistert sein.

Und wenn Matt erfährt, daß ich den Ring behalten will, weil ich ihn als schönes Andenken an unsere Beziehung betrachte, und wenn er an die nette Zeit denkt, die wir zusammen hatten, dann muß er uns einfach noch eine Chance geben, dachte Tiffany glücklich. Es war so, wie ihre Mutter immer gesagt hatte: »Tiffany, lauf ihnen nach, und sie zeigen dir die kalte Schulter. Aber zeig du ihnen die kalte Schulter, und sie laufen dir nach.«

42

Die Spannung im Architekturbüro Benner, Pierce and Wells an der East Fifty-eighth Street war mit Händen zu greifen, als Susan im holzgetäfelten Eingangsbereich wartete. Eine nervöse junge Empfangsdame, auf deren Namensschild BARBARA GINGRAS stand, unterrichtete Justin Wells zögernd von ihrer Anwesenheit.

Sie war keineswegs überrascht, als die junge Frau zu ihr sagte: »Dr. Susan ... ich meine, Dr. Chandler, Mr. Wells hat nicht mit Ihnen gerechnet und kann Sie deshalb leider nicht empfangen.«

Da das Mädchen ihren Namen offenbar aus dem Radio wiedererkannte, beschloß Susan, das Risiko einzugehen: »Mr. Wells hat meinen Produzenten angerufen und einen Mitschnitt der Ausgabe von *Fragen Sie Dr. Susan* vom Montag bestellt. Ich wollte ihm das Band eigentlich nur persönlich überbringen, Barbara.«

»Also hat er mir doch geglaubt?« Barbara Gingras strahlte. »Ich hab' ihm gesagt, daß Carolyn – das ist seine Frau – Sie am Montag angerufen hat. Ich versuche, Ihre Sendung immer zu verfolgen, und hörte gerade zu, als sie anrief. Ich kenne doch ihre Stimme, Himmel noch mal. Aber Mr. Wells schien sehr verägert, als ich ihm davon erzählte, also hab' ich kein Wort mehr gesagt. Und dann hatte seine Frau diesen furchtbaren Unfall, deshalb war der Ärmste viel zu mitgenommen, um mit mir zu reden.«

»Das kann ich gut verstehen«, erwiderte Susan. Sie hatte das Band fertig vorbereitet, um den Anruf von ›Karen‹ abzuspielen. Sie schaltete den Kassettenrecorder ein und stellte ihn auf den Empfangstresen. »Barbara, könnten Sie sich das bitte noch mal anhören?«

Sie drehte leiser, als die bedrückte Stimme von ›Karen‹ ertönte.

Die Empfangsdame nickte begeistert mit dem Kopf. »Klar, das ist Carolyn Wells«, bestätigte sie. »Und das, was sie sagt, stimmt. Ich habe hier etwa zu der Zeit angefangen, als sie und Mr. Wells sich getrennt hatten. Ich weiß es noch genau, weil er völlig durcheinander war. Nachdem er sich wieder mit ihr versöhnt hatte, war er wie umgewandelt, ein Unterschied wie Tag und Nacht. Ich hab' noch nie einen so glücklichen Menschen gesehen. Er ist eindeutig verrückt nach ihr. Und jetzt, seit dem Unfall, ist er wieder völlig fertig. Ich habe gehört, wie er zu einem seiner Partner sagte, laut ihrem Arzt werde ihr Zustand wohl eine

Zeitlang unverändert bleiben, und sie wollten nicht, daß er auch noch krank wird.«

Die äußere Tür ging auf, und zwei Männer kamen herein. Sie blickten Susan neugierig an, als sie den Empfangsbereich durchquerten. Barbara Gingras wirkte plötzlich ausgesprochen nervös. »Dr. Susan, wir hören jetzt besser auf. Das sind meine anderen beiden Chefs, und ich will keine Scherereien. Und wenn Mr. Wells rauskommt und uns erwischt, ist er vielleicht sauer auf mich.«

»Ich verstehe.« Susan steckte den Kassettenrecorder ein. Ihr Verdacht war bestätigt worden; jetzt mußte sie sich überlegen, was sie als nächstes unternehmen sollte. »Nur noch eins, Barbara. Die Wells' haben eine Freundin names Pamela. Sind Sie ihr mal begegnet?«

Barbara runzelte konzentriert die Stirn, dann hellte sich ihr Gesicht auf. »Oh, Sie meinen Dr. Pamela Hastings. Sie lehrt an der Columbia Universität. Sie und Mrs. Wells sind dicke Freundinnen. Ich weiß, daß sie oft mit Mr. Wells im Krankenhaus ist.«

Damit hatte Susan alles erfahren, was sie wissen wollte. »Danke, Barbara.«

»Ihre Sendung gefällt mir wirklich gut, Dr. Susan.«

Susan lächelte. »Das ist sehr nett von Ihnen.« Sie winkte und öffnete die Tür zum Korridor. Dort holte sie sofort ihr Handy heraus und rief die Auskunft an. »Columbia Universität, die Zentrale, bitte«, sagte sie.

43

Um Punkt neun Uhr am Mittwoch morgen hatte Dr. Donald Richards am Empfangsschalter in der fünfzehnten Etage des Gebäudes Broadway Nummer 1440 vorgesprochen. »Ich war gestern und am Montag Gast in der Sendung *Fragen Sie Dr. Susan*«, erklärte er der schläfrigen Frau am Schalter. »Ich habe um Mitschnitte der Sendungen gebeten, bin dann jedoch gegangen, ohne sie abzuholen. Ist Mr. Geany vielleicht schon da?«

»Ich glaube, ich hab' ihn schon gesehen«, erwiderte die Empfangsdame. Sie griff zum Telefon und wählte eine Nummer. »Jed, Susans Gast von gestern ist hier.« Sie schaute zu Dr. Richards auf. »Wie war noch mal Ihr Name?«

Ich habe ihn gar nicht gesagt, dachte Don. »Donald Richards.«

Die Empfangsdame gab den Namen durch, dann fügte sie hinzu, er habe angeblich zwei Bänder vergessen, um die er gestern gebeten habe. Nach kurzem Zuhören legte sie auf. »Er kommt gleich. Nehmen Sie Platz.«

Auf welche Benimmschule die wohl gegangen ist, dachte Richards, als er einen Stuhl neben einem Couchtisch wählte, auf dem die aktuellen Ausgaben der Morgenzeitungen lagen.

Wenig später erschien Jed mit einem Päckchen in der Hand. »Tut mir leid, daß ich Sie gestern nicht noch mal daran erinnert habe, Doc. Ich wollte die Bänder gerade in die Post geben. Wenigstens sind Sie noch daran interessiert und haben es sich nicht anders überlegt, so wie dieser Sowieso.«

»Justin Wells?« fragte Richards.

»Genau. Aber er wird sein blaues Wunder erleben. Er bekommt das Band nämlich trotzdem. Susan bringt den Mitschnitt der Sendung vom Montag zu ihm ins Büro.«

Interessant, dachte Richards, sehr interessant. Es kommt bestimmt nicht oft vor, daß die Moderatorin einer beliebten Radiosendung den Postboten spielt, überlegte er. Nachdem er sich bei Jed Geany bedankt hatte, steckte er das kleine Päckchen in seinen Aktenkoffer, und eine Viertelstunde später stieg er an dem Parkhaus in der Nähe seines Wohnhauses aus einem Taxi.

Donald Richards fuhr in nördlicher Richtung über den Palisades Parkway, nach Bear Mountain. Er schaltete das Radio ein und suchte *Fragen Sie Dr. Susan*. Um keinen Preis wollte er die Sendung verpassen.

Als er an seinem Ziel angekommen war, blieb er im Wagen sitzen, bis die Sendung vorbei war. Dann saß er noch mehrere Minuten still da, bevor er ausstieg und den Kofferraum öffnete. Er holte eine schmale Schachtel heraus und ging zum Seeufer.

Die Bergluft war kalt und still. Die Wasseroberfläche schimmerte in der Herbstsonne, und doch gab es dunkle Stellen, ein Hinweis auf die Tiefe des Sees. Die Bäume ringsum hatten die Farbe gewechselt und leuchteten jetzt in lebhaftem Gelb, Orange und Scharlachrot, ganz anders als die Bäume, die er in der Stadt und in den Vororten gesehen hatte.

Lange Zeit saß er am Seeufer, die Hände vor den Knien verschränkt. Tränen stiegen ihm in die Augen, doch er achtete nicht darauf. Schließlich öffnete er die Schachtel und holte die taufrischen langstieligen Rosen heraus. Nacheinander warf er sie aufs Wasser, bis alle zwei Dutzend auf der Oberfläche trieben. Sie wippten auf und ab und trennten sich, als der leichte Wind über sie hinwegstrich.

»Auf Wiedersehen, Kathryn.« Er sprach laut, in ernstem Ton; dann machte er kehrt und ging zu seinem Wagen zurück.

Eine Stunde später erreichte er das Pförtnerhaus von Tuxedo Park, der luxuriösen kleinen Siedlung in den Bergen, früher einmal die Sommerfrische der Reichen und Schönen von New York City. Jetzt lebten viele, darunter seine Mutter, Elizabeth Richards, das ganze Jahr über hier. Der Wachmann winkte ihn durch. »Schön, Sie zu sehen, Dr. Richards!« rief er.

Er fand seine Mutter in ihrem Atelier vor. Mit sechzig Jahren hatte sie begonnen zu malen, und in zwölf Jahren ernsthafter Beschäftigung mit der Kunst war ihr angeborenes Talent zu echter Begabung gereift. Sie saß mit dem Rücken zu ihm vor der Leinwand und war mit jeder Faser ihres zierlichen, schlanken Körpers in ihre Arbeit vertieft. Neben der Staffelei hing eine schimmernde Abendrobe.

»Mutter ...«

Er konnte ihr Lächeln sehen, bevor sie sich ihm gänzlich zugewandt hatte. »Donald, ich hatte dich allmählich schon aufgegeben«, sagte sie.

Ein Bild stand ihm flüchtig vor Augen, die Erinnerung an ein Spiel, das sie in seiner Kindheit gespielt hatten. Wie er von der Schule nach Hause in die Penthouse-Wohnung seiner Eltern an der Fifth Avenue kam und wußte, daß seine Mutter in ihrem Arbeitszimmer sitzen würde; also lief er dorthin und machte absichtlich Lärm, als er die Holzstufen hochpolterte und »Mutter, Mutter« rief, denn schon als Kind hatte er den Klang dieses Worts gemocht, und er wollte ihre Stimme hören, wenn sie antwortete: »Ist da Donald Wallace Richards, der netteste kleine Junge von Manhattan?«

Jetzt erhob sie sich und kam mit ausgebreiteten Armen zu ihm, doch anstatt ihn zu umarmen, fuhr sie nur mit den Fingerspitzen über seine Schultern und hauchte einen Kuß auf seine Wange. »Ich will dich nicht mit Farbe beschmieren«, sagte sie, dann trat sie zurück und schaute ihrem Sohn prüfend ins Gesicht. »Ich hatte mir schon Sorgen gemacht, daß du es vielleicht nicht schaffst.«

»Du weißt doch, dann hätte ich angerufen.« Er merkte, daß das kurz angebunden klang, doch seiner Mutter schien es nicht aufzufallen. Er hatte nicht die Absicht, ihr zu sagen, wo er in den letzten Stunden gewesen war.

»Und was hältst du von meiner neuesten Arbeit?« Sie hakte ihn unter und führte ihn zu der Leinwand. »Findet sie deine Zustimmung?«

Er erkannte den Gegenstand ihrer Malerei – die Gattin des derzeitigen Gouverneurs. »Die First Lady von New York! Ich bin beeindruckt. Der Namenszug ›Elizabeth Wallace Richards‹ auf einem Porträt wird allmählich zu einem Gütesiegel.«

Seine Mutter berührte den Ärmel des Kleids, das neben der Staffelei hing. »Das ist die Robe, die sie auf dem Ball zur Amtseinführung getragen hat. Sie ist zwar wunderschön, aber, mein Gott, ich werde noch blind von dem komplizierten Perlenmuster, das ich malen muß!«

Arm in Arm gingen sie die breite Treppe hinunter und durch die Eingangshalle in den Speiseraum, von dem man auf den Innenhof und den Garten blickte.

»Ich finde, unsere Vorgänger wußten, was sie taten, als sie diese Häuser bauten«, bemerkte Elizabeth Richards. »Obwohl – weißt du, daß es hier neulich geschneit hat? Im Oktober!«

»Die Lösung des Problems liegt klar auf der Hand«, sagte Don trocken, während er einen Stuhl für sie heranzog.

Sie zuckte die Schultern. »Spiel mir gegenüber bitte nicht den Psychiater. Natürlich fehlt mir meine Wohnung und die Stadt – manchmal, aber ich kann nur richtig arbeiten, wenn ich hierbleibe. Hoffentlich hast du Hunger mitgebracht?«

»Nicht viel«, sagte er ein wenig zögernd.

»Trotzdem solltest du jetzt zu Messer und Gabel greifen. Carmen hat es wie üblich darauf abgesehen, dich zu verwöhnen.«

Jedesmal, wenn er nach Tuxedo Park kam, übertraf die Haushälterin seiner Mutter sich selbst in der Zubereitung eines seiner Lieblingsgerichte. Heute gab es ihr spezielles Chili, heiß und scharf. Während seine Mutter in einem Hähnchensalat herumstocherte, langte er kräftig zu. Als Carmen sein Wasserglas nachfüllte, spürte er, daß sie ihn beobachtete und auf eine Reaktion wartete.

»Es schmeckt großartig«, verkündete er. »Rena ist ja schon eine tolle Köchin, aber an Ihr Chili kommt sie nicht heran.«

Carmen, eine schlankere Ausgabe ihrer Schwester, seiner Haushälterin, strahlte. »Dr. Donald, ich weiß, meine Schwester sorgt in der Stadt gut für Sie, aber eins muß ich Ihnen sagen, ich habe ihr das Kochen beigebracht, und sie hat mich noch nicht eingeholt.«

»Aber viel fehlt nicht mehr«, warnte Don, dem einfiel, daß Carmen und Rena regelmäßig Kontakt hielten. Unter keinen Umständen wollte er, daß Rena verletzt war, weil Carmen ihr von einem Kompliment erzählte, das er ihr gemacht hatte. Er beschloß, schnell ein anderes Thema anzuschneiden. »Na schön, Carmen, was hat Rena Ihnen denn in letzter Zeit so über mich verklickert?«

»Das beantworte ich«, sagte seine Mutter. »Sie sagt, du arbeitest zuviel, was nichts Neues ist. Und daß du todmüde aussahst, als du letzte Woche von deiner Lesereise zurückkamst, und daß du besorgt wirktest.«

Die letzte Bemerkung hatte Don nicht erwartet. »Besorgt? Eigentlich nicht. Sicher, mir gehen viele Dinge durch den Kopf. Ich habe einige sehr problematische Patienten. Aber ich kenne keinen Menschen, der nicht irgendwelche Sorgen hat.«

Elizabeth Richards hob die Schultern. »Keine Wortklaubereien. Wo warst du heute morgen?«

»Ich mußte zu einem Radiosender.« Don spielte auf Zeit.

»Und du hast deine Termine umdisponiert, so daß du nicht vor vier Uhr in der Praxis zu sein brauchst.«

Don wurde klar, daß seine Mutter sich jetzt nicht mehr nur durch seine Haushälterin, sondern auch durch seine Sekretärin auf dem laufenden über ihn hielt.

»Du bist wieder zum See rausgefahren, nicht wahr?« fragte sie.

»Ja.«

Das Gesicht seiner Mutter wurde weich. Sie griff nach seiner Hand. »Don, ich habe nicht vergessen, daß heute

Kathys Geburtstag ist … Trotzdem – es ist vier Jahre her. In vier Wochen wirst du vierzig. Du mußt endlich ein neues Leben anfangen. Ich will noch erleben, daß du eine Frau kennenlernst, deren Augen aufleuchten, wenn du abends zur Tür hereinkommst.«

»Vielleicht hat sie auch einen Job«, sagte Don. »Heutzutage gibt es nicht mehr viele Frauen, die nur Hausfrau sind.«

»Ach, hör auf. Du weißt genau, was ich meine. Ich will, daß du wieder glücklich bist. Und gestatte mir, selbstsüchtig zu sein: Ich möchte ein Enkelkind. Ich bin eifersüchtig, wenn meine Freunde Fotos von ihren kleinen Lieblingen herzeigen. Jedesmal denke ich ›Bitte, lieber Gott, ich auch.‹ Don, auch Psychiater brauchen manchmal Hilfe, um eine Tragödie zu bewältigen. Hast du mal darüber nachgedacht?«

Er antwortete nicht, senkte jedoch den Kopf.

Seine Mutter seufzte. »Na schön, genug davon. Schluß mit dem Kreuzverhör. Ich weiß, ich sollte dich nicht drängen, aber ich mache mir wirklich Sorgen um dich. Wann bist du das letztemal in Urlaub gefahren?«

»Volltreffer!« Dons Gesicht hellte sich auf. »Du hast mir eine Chance gegeben, mich zu verteidigen. Nächste Woche, nach der Lesung in Miami, nehme ich mir eine Woche frei.«

»Don, früher hast du so gern Kreuzfahrten gemacht.« Seine Mutter zögerte. »Weißt du noch, wie Kathy und du euch ›die Weltumsegler‹ genannt habt und wie ihr diese Spontanreisen unternahmt? Ich möchte, daß du so etwas wieder tust. Damals hat es dir Spaß gemacht, es kann dir auch wieder Spaß machen. Seit Kathys Tod hast du nie wieder ein Kreuzfahrtschiff bestiegen.«

Dr. Donald Richards blickte über den Tisch hinweg in ihre blaugrauen Augen, in denen sich so aufrichtige Sorge spiegelte. O doch, Mutter, dachte er. O doch.

44

Susan konnte Pamela Hastings nicht erreichen. Sie wurde zwar zu ihrem Büro an der Columbia Universität durchgestellt, erfuhr jedoch, daß Dr. Hastings dort erst kurz vor elf erwartet wurde. Ihr erstes Seminar begann um Viertel nach elf.

Möglich, daß sie noch im Lenox Hill ist, um Carolyn Wells zu besuchen, dachte Susan. Es war bereits Viertel nach neun, daher blieb ihr nicht mehr genug Zeit, um Pamela dort zu anzurufen. Statt dessen hinterließ sie eine Nachricht, in der sie Dr. Hastings bat, sie nach zwei Uhr in ihrer Praxis anzurufen; sie müsse in einer dringenden, vertraulichen Angelegenheit mit ihr sprechen.

Wieder einmal fing sie Jed Geanys mißbilligenden Blick auf, als sie erst zehn Minuten vor Sendebeginn im Studio eintraf.

»Weißt du, Susan, irgendwann in naher Zukunft...«, begann er.

»Ich weiß. Irgendwann in naher Zukunft fängst du ohne mich an, und das wird nicht gut aussehen. Es ist ein Charakterfehler, Jed. Ich plane zeitlich zu eng. Ich führe sogar Selbstgespräche darüber.«

Er lächelte ihr zögernd zu. »Dein Gast von gestern, Dr. Richards, ist vorbeigekommen. Er wollte die Bänder der Sendungen abholen, an denen er mitgewirkt hat. Anscheinend konnte er es nicht erwarten, sich noch mal anzuhören, wie toll er war.«

Ich sehe ihn heute abend, dachte Susan. Ich hätte sie ihm mitbringen können. Wozu die Eile? fragte sie sich. Dann dachte sie, daß sie jetzt keine Zeit hatte, sich darüber den Kopf zu zerbrechen, und ging ins Studio. Sie holte ihre Notizen für die Sendung heraus und setzte ihre Kopfhörer auf.

Als der Toningenieur mit dem Dreißig-Sekunden-

Countdown begann, sagte sie schnell: »Jed, erinnerst du dich an Tiffany, die gestern angerufen hat? Ich rechne eigentlich nicht damit, daß sie sich noch mal meldet, aber falls sie doch anrufen sollte, zeichne bitte ihre Telefonnummer auf.«

»In Ordnung.«

»Zehn Sekunden«, warnte der Toningenieur.

Per Kopfhörer hörte Susan: »Und nun bleiben Sie dran zu *Fragen Sie Dr. Susan*«, gefolgt von einem kurzen Musikjingle. Sie holte tief Luft und begann: »Hallo und herzlich willkommen. Ich bin Dr. Susan Chandler. Heute wenden wir uns gleich den Höreranrufen zu, um Ihre Fragen zu beantworten, also melden Sie sich. Lassen Sie uns darüber sprechen, was Sie auf dem Herzen haben.«

Wie gewohnt verging die Zeit wie im Flug. Einige Anrufe galten recht banalen Themen: »Dr. Susan, eine Frau bei mir im Büro treibt mich zum Wahnsinn. Wenn ich neue Klamotten trage, fragt sie mich, wo ich sie gekauft habe, und dann taucht sie ein paar Tage später in haargenau demselben Aufzug auf. Das war schon mindestens viermal so.«

»Diese Frau hat offenbar Schwierigkeiten mit ihrer Identität, aber das geht Sie nichts an. Es gibt eine einfache, direkte Lösung für Ihr Problem«, sagte Susan. »Verraten Sie ihr nicht, wo Sie Ihre Kleider kaufen.«

Andere Anrufe waren komplexer: »Ich mußte meine neunzig Jahre alte Mutter in ein Pflegeheim geben«, sagte eine Frau, deren Stimme erschöpft klang. »Es hat mich fast umgebracht, ihr das anzutun, aber körperlich ist sie völlig hilflos. Und jetzt will sie nicht mehr mit mir sprechen. Ich fühle mich so schuldig, ich kann nicht mehr klar denken.«

»Lassen Sie ihr ein wenig Zeit, sich einzugewöhnen«, schlug Susan vor. »Besuchen Sie sie regelmäßig. Denken Sie daran, daß Ihre Mutter Sie sehen will, auch wenn sie Sie ignoriert. Sagen Sie ihr, wie sehr Sie sie lieben. Wir alle brauchen die Sicherheit, daß wir geliebt werden, besonders wenn wir Angst haben, so wie Ihre Mutter jetzt. Und schließlich, was am wichtigsten ist, hören Sie auf, sich Vorwürfe zu machen.«

Das Problem ist, daß manche von uns zu lange leben, dachte Susan traurig, während die Lebenszeit anderer, wie die von Regina Clausen und Carolyn Wells, gewaltsam verkürzt wird.

Die Sendezeit war fast um, als Jed verkündete: »Unsere nächste Anruferin ist Tiffany aus Yonkers, Susan.«

Susan blickte zum Kontrollraum hinüber. Jed nickte – er würde Tiffanys Telefonnummer von der Anruferidentifikation speichern lassen.

»Tiffany, ich freue mich, daß Sie sich melden ...«, begann Susan, wurde jedoch unterbrochen.

»Dr. Susan«, sagte Tiffany hastig, »ich hatte fast nicht den Mut anzurufen, weil ich Sie vielleicht enttäusche. Sehen Sie ...«

Bestürzt lauschte Susan der offenbar einstudierten Ansprache, warum Tiffany ihr den Türkisring nicht schikken konnte. Es hörte sich fast an, als lese sie von einem Blatt ab.

»Also, wie ich schon sagte, Dr. Susan, hoffentlich sind Sie nicht enttäuscht, aber es ist ein so hübsches Andenken, und Matt, mein früherer Freund, hat es mir geschenkt, und der Ring erinnert mich an all die schönen Augenblicke, die wir zusammen hatten, als wir miteinander gingen.«

»Tiffany, könnten Sie mich in meiner Praxis anrufen?« warf Susan eilig ein, dann hatte sie plötzlich das Gefühl, das alles schon einmal erlebt zu haben. Hatte Sie nicht vor erst achtundvierzig Stunden genau das gleiche zu Carolyn Wells gesagt?

»Dr. Susan, ich werde es mir mit dem Ring nicht anders überlegen«, erwiderte Tiffany. »Und wenn es Ihnen nichts ausmacht, möchte ich Ihnen noch sagen, wo ich arbeite – im ...«

»Bitte nennen Sie nicht den Namen Ihres Arbeitgebers«, schnitt Susan ihr energisch das Wort ab.

»Ich arbeite im ›Grotto‹, dem besten Italiener von Yonkers«, sagte Tiffany trotzig. Sie schrie fast.

»Werbepause, Susan«, brüllte Jed in den Kopfhörer.

Wenigstens weiß ich jetzt, wo ich sie finden kann, dachte Susan ergeben, während sie automatisch fortfuhr: »Und nun eine Durchsage von unseren Sponsoren.«

Als die Sendung vorüber war, ging sie in den Kontrollraum. Jed hatte Tiffanys Telefonnummer hinten auf einen Umschlag gekritzelt. »Klingt, als wäre sie eigentlich dumm, aber clever genug, um Gratiswerbung für ihren Boß zu machen, ist sie«, bemerkte er säuerlich. Eigenwerbung war in der Sendung strengstens verboten.

Susan faltete den Umschlag und steckte ihn in ihre Jackentasche. »Mich beunruhigt, daß Tiffany sich offenbar einsam fühlt und wieder mit ihrem alten Freund anzubändeln versucht. Sie klingt sehr verletzlich. Angenommen, irgendein Verrückter hat die Sendung gehört und kommt auf dumme Ideen?«

»Wirst du wegen des Rings Kontakt mit ihr aufnehmen?«

»Ja, ich glaube schon. Ich muß ihn unbedingt mit dem Ring von Regina Clausen vergleichen. Ich weiß, die Chance ist gering, daß sie aus der gleichen Quelle stammen, aber zur Sicherheit muß ich es überprüfen.«

»Susan, solche Ringe gibt es an jeder Ecke, ebenso wie Läden, in denen sie verkauft werden. Die Typen, denen die Läden gehören, behaupten alle, sie seien handgearbeitet, aber wer glaubt ihnen das schon? Für zehn Dollar? Unmöglich. Du bist doch wohl zu klug, um auf so was reinzufallen.«

»Vermutlich hast du recht«, stimmte Susan ihm zu. »Außerdem ...«, begann sie, dann brach sie ab. Fast hätte sie Jed von ihrer Vermutung erzählt, daß Justin Wells' schwerverletzte Frau die geheimnisvolle Karen war. Nein, dachte sie, besser warte ich ab, bis ich sehe, wohin mich diese Information führt, bevor ich es herumerzähle.

45

Als Nat Small am Mittwoch mittag feststellte, daß Abdul Parkis Andenkenladen noch immer nicht geöffnet war, machte er sich Sorgen. Smalls Geschäft, der Sexshop ›Dark Delights‹, lag dem Khyem Geschenkshop direkt gegenüber, und die beiden Männer waren seit Jahren befreundet.

Nat, ein drahtiger Mann von fünfzig Jahren mit schmalem Gesicht, verhangenen Augen und zwielichtiger Vergangenheit, konnte Ärger ebenso deutlich riechen wie jeder, der in seine Nähe kam, das Gemisch aus abgestandenem Zigarrenrauch und Schnaps riechen konnte, das seine persönliche Duftnote war.

In der MacDougal Street war allgemein bekannt, daß das Schild, auf dem er verkündete, er verkaufe nicht an Minderjährige, mit der Wirklichkeit nicht das geringste zu tun hatte. Daß man ihn dabei nie erwischt hatte, war einzig und allein dem Umstand zuzuschreiben, daß er instinktiv jeden Zivilcop erkannte, der seinen gutsortierten Laden betrat. Wenn dann zufällig ein junger Kunde zugegen war, der etwas kaufen wollte, verlangte Nat sogleich seinen Ausweis – so laut er konnte.

Nat hatte ein unumstößliches Prinzip, das ihm schon oft dienlich gewesen war: Halte dich von den Cops fern. Das war auch der Grund, warum er zunächst jedes andere Mittel ausprobierte, das ihm einfiel, als er sich Sorgen machte, weil sein Freund an diesem Morgen seinen Laden nicht geöffnet hatte. Er spähte durch die Tür von Abduls Laden; als er nichts sehen konnte, rief er bei Abdul zu Hause an; als der sich nicht meldete, rief er bei Abduls Vermieter an. Natürlich bekam er nur den üblichen Spruch des Anrufbeantworters zu hören: »Hinterlassen Sie eine Nachricht. Wir rufen Sie zurück.« Ja, klar, dachte Nat. Jeder wußte, daß der Vermieter sich einen Dreck um das Haus kümmerte und sich auf jede Gelegenheit stürzen würde, aus dem langfristigen Mietvertrag herauszukommen, den Abdul während einer der periodisch wiederkehrenden Flauten auf dem Immobilienmarkt New Yorks mit ihm abgeschlossen hatte.

Schließlich entschied Nat sich dann doch zu dem Schritt, der die Tiefe seiner Freundschaft bewies: Er rief beim örtlichen Revier an und verlieh seiner Befürchtung Ausdruck, daß Abdul etwas zugestoßen sein könne. »Ich meine, Sie könnten die Uhr nach dem kleinen Kerl stellen«, sagte er. »Vielleicht hat er sich gestern schon nicht wohl gefühlt, ich hab' nämlich bemerkt, daß er nach der Mittagspause nicht wieder geöffnet hat. Vielleicht ist er nach Hause gegangen und hatte einen Herzinfarkt oder so was.«

Die Polizei überprüfte Abduls kleine, auffallend ordentliche Wohnung in der Jane Street. Neben dem Foto seiner lächelnden verstorbenen Frau lag ein Strauß inzwischen welker Blumen. Sonst gab es keinen Hinweis darauf, daß die Wohnung in letzter Zeit benutzt worden war, keinen Anhaltspunkt, daß er dort gewesen war. Daraufhin beschloß die Polizei, im Laden nachzusehen.

Dort endlich fand man die blutüberströmte Leiche von Abdul Parki.

Nat Small war kein Verdächtiger. Die Polizisten kannten Nat, alle wußten, daß er zu gerissen war, um sich auf einen Mord einzulassen; außerdem hatte er kein Motiv. Ja, das völlige Fehlen eines Motivs war das Beunruhigendste an diesem Fall. In der Kasse lagen nahezu hundert Dollar, und es sah nicht so aus, als hätte der Mörder auch nur versucht, sie aufzubrechen.

Dennoch war es höchstwahrscheinlich Raubmord, entschied die Polizei. Der Mörder, vermutlich ein Drogensüchtiger, war gestört worden, vielleicht von einem Kunden, der unerwartet den Laden betreten hatte. Nach dem Szenarium der Polizei hatte der Täter sich hinten im Laden versteckt, bis der Kunde gegangen war, dann war er geflüchtet. Er war klug genug gewesen, das ›Geschlossen‹-Schild aufzuhängen und die Türverriegelung einrasten zu lassen. Dadurch hatte er sich einen Vorsprung verschafft.

Was die Polizei von Nat und anderen Ladeninhabern des Blocks wollte, waren Informationen. Die Beamten erfuhren, daß Abdul am Dienstag morgen den Laden wie gewohnt um neun Uhr geöffnet und gegen elf den Gehsteig gefegt hatte, nachdem von einem Kind dort der Inhalt einer Tüte Popcorn verstreut worden war.

»Nat«, sagte der Detective. »Benutz dein Gehirn mal für was anderes als für die Gosse. Du liegst Parki direkt gegenüber und stellst doch immer den neuesten Schund in dein Schaufenster. Hast du irgendwann nach elf Uhr jemanden in Abduls Laden gehen und herauskommen sehen?«

Bis zu seiner Vernehmung um drei Uhr hatte Nat viel Zeit gehabt, um nachzudenken und sich zu erinnern. Gestern hatte nicht viel Betrieb geherrscht, aber das war dienstags immer so. Gegen eins hatte er Schaukästen mit frisch eingetroffenen Pornofilmen im Schaufenster angeordnet. Obgleich er ihn nicht direkt angesehen hatte, war ihm draußen vor seinem Laden ein gutangezogener Typ aufgefallen. Er schien sich das Zeug anzuschauen, das bereits ausgestellt war. Doch dann war er nicht etwa ins Geschäft gekommen, sondern hatte die Straße überquert und war geradewegs in Abduls Laden gegangen, ohne einen Blick ins Schaufenster zu werfen.

Nat wußte noch recht gut, wie der Kerl ausgesehen hatte, wenn er ihn auch nur im Profil gesehen und der Mann eine Sonnenbrille getragen hatte. Aber auch wenn der gutangezogene Typ gegen eins zu Ab gegangen war, er hatte den armen kleinen Kerl mit Sicherheit nicht getötet, sagte Nat sich. Nein, es hatte keinen Sinn, ihn den Cops gegenüber zu erwähnen. Wenn er das täte, würde er den ganzen Nachmittag auf dem Revier zubringen und seine Zeit mit einem Polizeizeichner verschwenden müssen. Kam nicht in Frage.

Außerdem, dachte Nat, sieht der Typ wie alle meine Kunden aus. Die Typen von der Wall Street, die Anwälte und Ärzte, die mein Zeug kaufen, würden durchdrehen, wenn sie erführen, daß ich mit den Cops über einen von ihnen gesprochen habe.

»Ich hab' keinen Menschen gesehen«, sagte Nat zu den Cops. »Aber eins will ich euch noch sagen, Leute«, fügte er tugendhaft hinzu. »Ihr solltet endlich mal was gegen die Drogenfreaks in dieser Gegend unternehmen. Für einen Schuß würden die ihre eigene Großmutter umbringen. Das könnt ihr dem Bürgermeister von mir bestellen!«

46

Pamela Hastings fürchtete, daß die Studenten in ihrem Komparatistik-Seminar heute nur ihre Zeit verschwendeten. Nach zwei schlaflosen Nächten und der fortgesetzten tiefen Sorge um ihre Freundin Carolyn Wells war sie körperlich und gefühlsmäßig ausgelaugt. Und jetzt wurde sie auch noch fast gänzlich von ihrem Verdacht in Anspruch genommen, daß Carolyns Verletzungen eventuell nicht auf einen Unfall zurückzuführen waren, sondern daß in Wahrheit Justin aus Wut oder Eifersucht versucht hatte, sie zu töten. Ihr war unangenehm bewußt, daß ihr heutiger Vortrag über die *Göttliche Komödie* zusammenhanglos und unübersichtlich geriet, und sie war erleichtert, als die Vorlesung vorüber war.

Was alles noch schlimmer machte, war die Nachricht, daß sie Dr. Susan Chandler anrufen sollte. Was konnte sie Dr. Chandler sagen? Sie hatte auf keinen Fall das Recht, mit einer völlig Fremden über Justin zu sprechen. Dennoch wußte sie, daß sie den Anruf zumindest erwidern mußte.

Der Campus der Columbia Universität war sonnenüberflutet, mit bunten Herbstblättern geschmückt. Ein herrlicher Tag, um am Leben zu sein, dachte Pamela ironisch, als sie ihn überquerte. Sie winkte einem Taxi und gab die inzwischen allzu vertraute Adresse an: »Lenox Hill Hospital.«

Nach knapp zwei Tagen kamen ihr die Schwestern der Intensivstation beinahe wie alte Freundinnen vor. Die Schwester, die Schalterdienst hatte, beantwortete Pamelas unausgesprochene Frage: »Sie kämpft, aber ihr Zustand ist noch sehr kritisch. Es besteht eine Chance, daß sie aus dem Koma erwacht. Heute früh hatten wir den Eindruck, daß sie etwas sagen wollte, aber dann hat sie wieder das Bewußtsein verloren. Trotzdem ist es ein gutes Zeichen.«

»Ist Justin hier?«

»Er ist auf dem Weg hierher.«

»Kann ich zu ihr gehen?«

»Ja, aber nur eine Minute. Und sprechen Sie mit ihr. Ganz gleich, was die meisten Ärzte sagen, ich könnte schwören, daß Komapatienten genau wissen, was rings um sie vor sich geht. Sie können uns nur nicht erreichen.«

Pam schlich auf Zehenspitzen an drei Kabinen vorbei, in denen andere schwerkranke Patienten lagen, bevor sie zu Carolyn gelangte. Sie schaute auf ihre Freundin hinunter, und bei dem Anblick wurde ihr das Herz schwer. In einer Notoperation hatte man die Blutergüsse in ihrem Gehirn reduziert, und Carolyns Kopf war mit einem dicken Verband umwickelt. Überall in ihrem Körper steckten Schläuche und Kanülen. Sie trug eine Sauerstoffmaske, und violette Blutergüsse an ihrem Hals und den Armen zeugten von ihrem heftigen Zusammenstoß mit dem Transporter.

Pamela konnte immer noch kaum glauben, daß auf den fröhlichen Abend, den sie noch vor wenigen Tagen mit Carolyn verbracht hatte, etwas so Furchtbares gefolgt war.

Es war ein fröhlicher Abend, bis ich mit dieser Wahrsagerei anfing, dachte sie – und Carolyn den Türkisring hervorholte …

Vorsichtig, um nicht zuviel Druck auszuüben, legte sie ihre Hand auf die Carolyns. »Hallo, Kleines«, flüsterte sie.

Spürte sie eine leise Bewegung, oder war es nur Wunschdenken?

»Carolyn, du schlägst dich tapfer. Man hat mir gesagt, daß du bald aufwachen wirst. Das ist wunderbar.« Pamela hielt inne. Sie hatte gerade sagen wollen, daß Justin außer sich vor Sorge war, merkte jedoch, daß sie plötzlich Angst hatte, seinen Namen zu erwähnen. Angenommen, er hatte Carolyn gestoßen? Angenommen, Carolyn war aufgefallen, daß er hinter ihr an der Ecke gestanden hatte?

»Win …«

Carolyn hatte kaum die Lippen bewegt, und es klang eher wie ein Seufzer, nicht wie ein Wort. Dennoch wußte Pamela, daß sie richtig gehört hatte.

Sie beugte sich über das Bett und sprach dicht an Carolyns Ohr. »Kleines, hör mir zu. Ich glaube, du hast ›Win‹ gesagt. Ist das ein Name? Falls es so ist, drück meine Hand.«

Sie war sicher, einen schwachen Druck zu spüren.

»Pam, wacht sie auf?«

Justin war da. Er sah ein wenig zerzaust aus, und sein Gesicht war gerötet und angespannt, als ob er gerannt wäre. Pamela wollte ihm nicht erzählen, was Carolyn gesagt hatte. »Hol die Schwester, Justin. Ich glaube, sie versucht zu sprechen.«

»*Win!*«

Diesmal war das Wort klar zu verstehen, ein Irrtum unmöglich; und der Ton war flehend.

Justin Wells beugte sich über das Bett seiner Frau. »Carolyn, ich lasse nicht zu, daß dich ein anderer bekommt. Ich mache es wieder gut. Bitte, ich hole mir Hilfe. Ich hab's dir schon das letztemal versprochen, und ich hab' mein Versprechen nicht gehalten, aber diesmal werde ich es tun. Ich versprech's. Ich versprech's. Nur bitte, komm zurück zu mir.«

47

Obgleich Emily Chandler nach der Scheidung ihre Mitgliedschaft im Westchester Country Club beibehalten hatte, ließ sie sich dort nicht oft blicken, aus Furcht, zufällig ihrer Nachfolgerin Binky zu begegnen. Doch da sie gern Golf spielte und Binky keine große Golfspielerin war, schien das Clubhaus die einzige echte Gefahrenzone zu sein, in der es zu einer Zufallsbegegnung kommen konnte. Und da Emily sich dort gelegentlich gern mit ihren Freundinnen zum Mittagessen traf, hatte sie einen Weg gefunden, etwaige unerfreuliche Treffen zu vermeiden.

Sie rief den Geschäftsführer an und fragte, ob das Trophäenweib erwartet wurde; wenn er sie abschlägig beschied, bestellte Emily einen Tisch.

So war es auch am Mittwoch, und als Ergebnis traf sie sich mit Nan Lake, einer alten Freundin, deren Mann, Dan, regelmäßig mit Charles Golf spielte, zum Mittagessen.

Emily hatte sich für das Treffen besonders sorgfältig angezogen, wie stets die Möglichkeit im Hinterkopf, daß Charley auch zufällig dort sein könnte. Heute hatte sie einen Hosenanzug von Féraud mit winzigen blau-weißen Karos ausgewählt, der, wie sie wußte, zu ihrem aschblonden Haar paßte. Vorhin, als sie sich zum letztenmal im Spiegel inspizierte, hatte sie daran gedacht, wie oft die Leute sich überrascht zeigten, weil sie Dees Mutter war.

»Sie sehen wie Schwestern aus!« hieß es immer wieder, was sie mit großem Stolz erfüllte, auch wenn sie wußte, daß die Leute übertrieben.

Emily wußte auch, daß es Zeit war, die Scheidung hinter sich zu lassen, Zeit, ein neues Leben anzufangen. In vielerlei Hinsicht war es ihr gelungen, den anfänglichen Zorn und die Bitterkeit zu überwinden, die sie angesichts – wie sie es immer noch sah – Charleys Verrat empfand. Doch selbst nach vier Jahren wachte sie nachts manchmal noch auf und lag stundenlang schlaflos im Bett, nicht zornig, aber unendlich traurig bei der Erinnerung daran, daß Charley und sie so lange Zeit glücklich miteinander gewesen waren – aufrichtig glücklich.

Wir hatten viel Spaß miteinander, dachte sie, als sie zum Club aufbrach und die Alarmanlage des Stadthauses einschaltete, das sie nach der Trennung gekauft hatte. Wir hatten in jeder Phase Spaß miteinander. Charley und ich liebten uns. Wir haben viel zusammen unternommen. Es war nicht so, als hätte ich mich gehenlassen; ich habe meinen Körper gut in Schuß gehalten. Emily stieg in ihren Wagen. Was um alles in der Welt, fragte sie sich, hat ihn über Nacht so verändert? Was hat ihn dazu veranlaßt, unser gemeinsames Leben einfach über Bord zu werfen?

Ihr Gefühl der Verlassenheit war so groß, daß sie es – was sie sich kaum eingestehen konnte – leichter gefunden hätte, wenn Charley-Charles gestorben wäre, statt einfach von ihr fortzugehen. Aber ob eingestanden oder nicht, es war eine Tatsache, und ihr war klar, daß Susan so etwas vermutete und es vermutlich verstand.

Sie wußte nicht, was sie ohne Susan angefangen hätte. Vom ersten Tag an, als Emily wirklich bezweifelt hatte, ob sie weiterleben könnte, hatte sie sich um sie gekümmert. Es war ein langer Prozeß gewesen, doch jetzt hatte sie das Gefühl, fast wieder allein zurechtkommen zu können.

Sie hatte Susans Rat befolgt und eine Liste der Projekte aufgestellt, die sie schon immer gern in Angriff genommen hätte – um anschließend aktiv zu werden. Daher war sie jetzt ehrenamtliche Helferin im Krankenhaus und in diesem Jahr Vorsitzende der jährlichen Spendenaktion. Im letzten Jahr war sie aktives Mitglied des Komitees zur Wiederwahl des Gouverneurs gewesen.

Eine andere Aufgabe, die sie übernommen hatte, war ihr Geheimnis geblieben, von dem sie nicht einmal Susan erzählte; vielleicht weil es das Wichtigste war, was sie jemals getan hatte. Sie hatte als ehrenamtliche Helferin in einer Klinik für chronisch kranke Kinder angefangen.

Das empfand sie als eine ganz und gar lohnende Erfahrung, und es half ihr, die Dinge in der richtigen Relation zu sehen. Es erinnerte sie an die alte Redensart, in der so viel Wahrheit lag: Man hat Mitleid mit dem Mann, der keine Schuhe hat, bis man einem Mann begegnet, der keine Füße hat. Wenn sie nach dem morgendlichen Dienst in der Klinik nach Hause kam, nahm sie sich jedesmal vor, an jedem Tag ihres Lebens dankbar zu sein.

Sie kam vor Nan im Club an und ging direkt zu ihrem Tisch. Seit Sonntag, dem vierzigsten Jahrestag ihrer Hochzeit mit Charley, fühlte sie sich schuldig. Sie war so fertig und deprimiert gewesen – und auch so voller Selbstmitleid. Sie wußte, daß sie Susan mit ihrem Tränenausbruch am Samstag aufgebracht hatte, und dann hatte Dee alles noch schlimmer gemacht, indem sie über Susan herfiel und sagte, sie habe keine Ahnung, wie es sei, einen Menschen zu verlieren.

Susan weiß viel mehr, als Dee glauben möchte, sagte sich Emily. Als Charley und ich uns trennten, lebte Dee glücklich und zufrieden mit Jack in Kalifornien. Zuerst mußte Susan über Jacks Verrat hinwegkommen, und dann war sie für mich da und hat mich unterstützt. Außerdem hatte Charley keine Zeit mehr für Susan gehabt, seit Binky auf der Bildfläche erschienen war, was ihr sehr weh getan haben mußte. Schließlich war sie immer Daddys Liebling gewesen.

»Sind wir in eine Traumwelt abgetaucht?« fragte eine spöttische Stimme.

»Nan!« Emily sprang auf und umarmte ihre Freundin, während sie sich flüchtig küßten. »Ja, du hast recht.« Sie blickte Nan liebevoll an. »Du siehst großartig aus.«

Das stimmte wirklich. Nan, eine schlanke Brünette mit feinem Gesichtsschnitt und zierlicher Figur, war mit sechzig Jahren immer noch eine schöne Frau.

»Du aber auch«, sagte Nan nachdrücklich. »Sprechen wir offen, Em. Wir geben uns noch nicht geschlagen.«

»Wir kämpfen den gerechten Kampf«, bestätigte Emily. »Eine Falte hier, eine Runzel dort. In Würde altern, aber nicht zu schnell.«

»Und, habe ich dir gefehlt?« fragte Nan. Sie war gut einen Monat bei ihrer schwerkranken Mutter in Florida gewesen und erst in der vergangenen Woche zurückgekommen.

»Das weißt du doch. Ich hatte ein paar miese Tage«, vertraute Emily ihr an.

Sie beschlossen, heute auf das Kalorienzählen zu verzichten. Ein Glas Chardonnay und ein Clubsandwich erschien ihnen beiden als das richtige Rezept, um sich wohl zu fühlen.

Der Wein kam, und es ging ernsthaft zur Sache.

Emily erzählte ihrer Freundin, wie bedrückt sie am Sonntag gewesen war. »Was mich völlig umgehauen hat, war, daß dieses Biest die Party an *unserem* Vierzigsten gegeben hat – und Charley hat es zugelassen.«

»Du weißt, daß das Absicht war«, sagte Nan. »Es ist so typisch Binky. Ich muß dir beichten, daß sogar ich kurz auf der Party war. Aber Susan habe ich nicht gesehen. Offenbar war sie bereits gegangen. Vermutlich hat sie sich nur der Form halber sehen lassen.«

Nans Stimme klang besorgt. Emily brauchte nicht lange zu warten, um zu erfahren, was sie beschäftigte.

»Em, auf lange Sicht spielt es vermutlich keine Rolle, aber Binky kann Susan nicht ausstehen. Sie weiß, daß es Susan war, die Charles damals überredet hat, allein zu verreisen, um alles noch einmal in Ruhe zu überdenken, nachdem er dir gesagt hatte, er wolle sich trennen. Daß Binky ihren Kerl trotzdem bekommen hat, scheint keinen Unterschied zu machen. Das wird sie ihr nie verzeihen.«

Emily nickte.

»Aber Dee scheint sie zu mögen. Also hat Binky Alex Wright zu der Party eingeladen, damit die beiden sich kennenlernen. Nur war Dee leider nicht da, als er kam, und so hat er sich lange mit Susan unterhalten, und wie ich höre, war er ziemlich beeindruckt von ihr. Das gehörte natürlich nicht zu Binkys schlauem Plan.«

»Und das heißt?«

»Das heißt, falls sich Alex zufällig bei Susan meldet und falls sich eine Beziehung zwischen ihnen entwickelt, sollte sie wissen, daß Binky alles tun wird, um das zu sabotieren. Binky liebt es, die Leute gegeneinander auszuspielen. Sie ist eine Manipulatorin reinsten Wassers.«

»Leute gegeneinander auszuspielen – du meinst Susan und Dee?«

»Genau. Binkys Wut spricht dafür, daß Alex Wright ziemlich nachdrücklich gesagt haben muß, wie anziehend er Susan findet. Denn, glaub mir, sie war wütend. Natürlich kenne ich Alex nicht besonders gut. Wie ich höre, ist er kein Partymensch, aber ich weiß zufällig, daß die Wright-Stiftung – die er leitet – unermeßlich viel Gutes getan hat, und während andere Männer aus vermögender Familie den Playboy spielen, ist es ihm offenbar ernst mit den wichtigen Dingen des Lebens. Ja, er ist genau die Sorte Mann, die ich mir für Susan wünschen würde – da ich sie und Bobby ja nicht verkuppeln konnte.«

Bobby war Nans ältester Sohn. Er und Susan waren von klein auf befreundet, hatten sich jedoch nie ineinander verliebt. Inzwischen war Bobby verheiratet, aber Nan machte immer noch gern Witze darüber, daß Em und sie die Chance verpaßt hatten, gemeinsame Enkel zu bekommen.

»Ich wünschte, beide, Susan wie Dee, würden einen Mann kennenlernen, mit dem sie glücklich sein können«, sagte Emily. Ihr war unwohl bei dem Gedanken, daß Dee sich, auch ohne Binkys Zutun, nur zu bereitwillig an Alex Wright heranmachen würde, wenn sie ernsthaft an ihm interessiert wäre.

Ihr war auch bewußt, daß Nan subtil, aber mit Bedacht eben darauf angespielt hatte. Ihre Botschaft war, daß Susan von Binkys Plänen erfahren sollte und daß man Dee beibringen müsse, daß es besser wäre, die Finger von Alex Wright zu lassen.

»Und jetzt kommt ein saftiger Happen Klatsch, der dich brennend interessieren wird«, sagte Nan, beugte sich zu ihrer Freundin und blickte sich um, ob der Kellner auch nicht in der Nähe des Tisches war. »Charley und Dan haben gestern zusammen Golf gespielt. Charley denkt daran, in Pension zu gehen! Anscheinend wünscht der Vorstand von Bannister Foods einen jüngeren Präsidenten alias Geschäftsführer, und man hat angedeutet, daß man ihn mit einem goldenen Handschlag verabschieden will. Charley hat Dan gesagt, daß er lieber in Ehren als unter Zwang ausscheiden möchte. Aber es gibt da ein Problem: Als er es Binky gegenüber erwähnt hat, bekam sie sofort einen Anfall. Dan hat er erzählt, sie habe gesagt, mit einem pensionierten Ehemann zu leben sei so, als stünde ein Klavier in der Küche. Was nach meinem Verständnis soviel heißt wie, er ist nutzlos und steht nur im Weg.«

Nan hielt inne und lehnte sich zurück. Dann hob sie dramatisch die Augenbrauen und fuhr fort: »Meinst du, es könnten erste Wolken am Ehehimmel aufziehen?«

48

Bevor sie das Studio verließ, rief Susan in der Praxis an. Es bestand die Wahrscheinlichkeit, daß ihr Ein-Uhr-Termin abgesagt worden war. Die Patientin, Linda, eine vierzig Jahre alte Werbetexterin, deren Haustier, einen Golden Retriever, man vor kurzem hatte einschläfern müssen, versuchte sich aus ihren Depressionen und ihrer Trauer herauszukämpfen. Bisher hatten sie nur zwei Sitzungen gehabt, doch Susan war jetzt schon sicher, daß die Hauptursache für Lindas Probleme nicht der aufrichtige Kummer über den Verlust des geliebten Gefährten, sondern der kürzliche plötzliche Tod der Adoptivmutter war, der Linda sich entfremdet hatte.

Ihre Ahnung, daß Linda absagen würde, bestätigte sich. »Sie sagt, es tue ihr wirklich leid, aber ihr sei eine wichtige Konferenz bei der Arbeit dazwischengekommen«, erklärte Janet.

Vielleicht ja, vielleicht nein, dachte Susan und nahm sich vor, Linda später anzurufen. »Sonst noch Nachrichten?« fragte sie.

»Nur eine. Mrs. Clausen möchte, daß Sie sie nach drei Uhr anrufen. Oh, und auf Ihrem Schreibtisch wartet ein herrlicher Blumenstrauß auf Sie.«

»Blumen? Wer hat sie geschickt?«

»Die Karte ist versiegelt, und ich hab' sie natürlich nicht geöffnet«, erwiderte Janet selbstgefällig. »Die Nachricht muß sehr persönlich sein.«

»Dann öffnen Sie die Karte bitte jetzt und lesen Sie sie mir vor.« Susan verdrehte die Augen zum Himmel. Janet war in vielerlei Hinsicht eine ausgezeichnete Sekretärin, aber ihr Drang, zu allem ihren Kommentar abzugeben, blieb ein konstantes Ärgernis.

Einen Augenblick später meldete sich Janet wieder. »Ich wußte ja, daß es persönlich ist, Doktor.« Sie begann zu lesen: »›Danke für den wunderschönen Abend. Ich freue mich auf Samstag.‹ Es ist mit Alex unterschrieben.«

Susan spürte, wie sich ihre Stimmung plötzlich hob. »Wie nett von ihm«, sagte sie und achtete darauf, daß ihre Stimme unverbindlich klang. »Janet, da ich bis zwei Uhr in der Praxis nichts zu tun habe, werde ich ein paar Besorgungen machen.«

Knapp eine Minute später war Susan draußen und winkte einem Taxi. Sie hatte beschlossen, daß sie als nächstes mit dem Polizeibeamten sprechen sollte, der mit den Ermittlungen zu Carolyn Wells' Unfall betraut war. Jetzt, da sie wußte, daß Carolyn am Montag unter dem Namen Karen in der Sendung angerufen hatte, mußte sie herausfinden, ob die Polizei der Version des Vorfalls, die eine ältere Dame ihr geliefert hatte – daß Carolyn Wells vor den Transporter gestoßen worden war –, irgendwelchen Glauben schenkte. In dem Artikel, den sie heute morgen in der *Times* gelesen hatte, wurde berichtet, daß für die Ermittlungen sowohl zu Carolyns Unfall als auch zu dem Mord an Hilda Johnson das 19. Revier zuständig war.

Also war das der Ort, an dem sie nach Antworten suchen würde.

Trotz der bestimmten Aussage des Augenzeugen Oliver Baker, Carolyn Wells habe das Gleichgewicht verloren und sei gestürzt, war Captain Tom Shea nicht zufrieden. Nach Hilda Johnsons womöglich zu öffentlicher Erklärung, sie habe gesehen, wie Mrs. Wells von einem Mann auf die Fahrbahn gestoßen wurde, fiel es ihm schwer, den Tod der älteren Dame als reinen Zufall, als das Ergebnis eines ungeplanten Verbrechens einzustufen. Er kam immer wieder zu folgenden grundsätzlichen Fragen zurück: Wie war der Täter überhaupt ins Haus gelangt? Wie war er in Hildas Wohnung gekommen? Und schließlich, warum ihre Wohnung, warum gerade ihre Wohnung?

Nach der Entdeckung ihrer Leiche war ein Team von Detectives ausgeschwärmt, um mit jedem einzelnen Mieter zu sprechen. Bei nur vier Wohnungen pro Etage und zwölf Stockwerken war das keine schwere Aufgabe gewesen.

Die meisten Mieter waren wie Hilda ältere Leute, die schon lange Zeit dort wohnten. Alle behaupteten steif und fest, am späten Montag abend keinem Boten oder sonstwem die Tür geöffnet zu haben. Die Mieter, die in der fraglichen Zeit das Gebäude verlassen oder betreten hatten, beteuerten, daß sie weder einen Fremden im näheren Umkreis gesehen noch jemanden ins Haus gelassen hatten, als sie die Tür zum Foyer aufschlossen.

Hilda Johnson mußte die Person also selbst ins Haus und anschließend in ihre Wohnung eingelassen haben, schloß Shea. Dann mußte es jemand gewesen sein, den sie für vertrauenswürdig hielt. Wie er Hilda kannte – und in der Zeit, seit er diesem Revier angehörte, hatte er sie recht gut kennengelernt –, konnte er sich kaum vorstellen, wer diese Person gewesen sein mochte. Warum war ich am Montag nachmittag nicht im Dienst? fragte er sich immer wieder und haderte mit dem Schicksal. Es war sein freier Tag gewesen, und er war mit Joan, seiner Frau, zum Fairfield College in Connecticut gefahren, wo ihre Tochter im ersten Jahr studierte. Tom hatte erst von dem Unfall und

Hildas Zeugenaussage erfahren, als er sich an jenem Abend die Elf-Uhr-Nachrichten ansah.

Hätte ich sie da nur gleich angerufen – dieser Gedanke ging ihm unaufhörlich durch den Kopf. Wenn sie nicht an den Apparat gegangen wäre, dann hätte ich etwas Schlimmes befürchtet, und wenn ich mit ihr *geredet* hätte, dann hätte ich jetzt die Beschreibung der Person, die nach ihren Angaben Carolyn Wells vor den Transporter gestoßen hat.

Es war erst Viertel vor eins, doch Tom spürte, wie sich in seinem ganzen Körper Müdigkeit ausbreitete – die Sorte, die durch bittere Selbstvorwürfe entsteht. Er war überzeugt, daß Hildas Tod hätte vermieden werden können, und er war jetzt wieder bei Punkt A angelangt, nicht nur was die Lösung im Fall ihrer Ermordung betraf, sondern auch in dem anderen Fall, bei dem es sich womöglich um einen Mordversuch handelte. Seit siebenundzwanzig Jahren war er Polizist, seit seinem einundzwanzigsten Lebensjahr; und in all der Zeit hatte ihn seines Wissens nichts so sehr deprimiert wie dies hier.

Sein Telefon läutete und unterbrach seine gedankliche Selbstkasteiung. Es war der diensthabende Sergeant, der ihm mitteilte, eine Dr. Susan Chandler wolle mit ihm über den Unfall von Carolyn Wells an der Park Avenue sprechen.

In der Hoffnung, daß es sich um eine weitere Augenzeugin des Vorfalls handelte, erwiderte Shea schnell: »Schikken Sie sie rein.« Kurz darauf musterten er und Susan einander mit vorsichtigem Interesse.

Susan fand den Mann, der ihr gegenüber saß, auf Anhieb sympathisch – sein schmales, klargeschnittenes Gesicht, den wachen, gescheiten Ausdruck in seinen dunkelbraunen Augen, die langen, sensiblen Finger, mit denen er lautlos auf den Schreibtisch klopfte.

Da sie spürte, daß er zu den Polizeibeamten gehörte, die keine Zeit verschwendeten, kam sie direkt zur Sache.

»Captain, ich muß um zwei wieder im Büro sein. Sie wissen ja, wie es um den Verkehr in New York bestellt ist; da ich vierzig Minuten gebraucht habe, um von der Ecke Broadway/Forty-first hierherzukommen, fasse ich mich kurz.«

Sie schilderte ihm rasch, wer sie war, und war flüchtig belustigt, als die leise Mißbilligung, die sich auf Sheas Gesicht abzeichnete, als sie sagte, sie sei Psychologin, sich in einen Ausdruck kollegialer Freundlichkeit verwandelte, als sie dann die zwei Jahre als Assistentin des Staatsanwalts erwähnte.

»Mein Interesse an Carolyn Wells rührt daher, daß sie am Montag morgen in meiner Radiosendung angerufen hat, um mir eine möglicherweise wertvolle Information in bezug auf Regina Clausen zu geben, eine Frau, die seit mehreren Jahren vermißt wird. Im Laufe dieses Anrufs hat sie versprochen, mich aufzusuchen. Sie hat die Verabredung allerdings nicht eingehalten; später dann wurde sie laut einer Zeugin an der Park Avenue vor einen Transporter gestoßen. Ich muß herausfinden, ob es einen Zusammenhang zwischen ihrem … nennen wir es vorläufig Unfall und dem Anruf bei mir gibt.«

Shea beugte sich vor. In seinem Gesicht spiegelte sich lebhaftes Interesse. Oliver Baker hatte ausgesagt, daß große Blockbuchstaben auf den braunen Umschlag geschrieben waren, den Carolyn Wells bei sich gehabt hatte, und er sei ziemlich sicher gewesen, in der ersten Zeile der Adresse ein ›Dr.‹ gesehen zu haben. Vielleicht würde Dr. Susan Chandler ihn auf eine Spur bringen, vielleicht sogar auf den Zusammenhang zwischen Hilda Johnsons Behauptung, Carolyn Wells sei gestoßen worden, und Hildas Mörder.

»Haben Sie einen braunen Umschlag mit der Post erhalten, der von ihr stammen könnte?« fragte Shea.

»Gestern nicht. Und als ich heute morgen meine Praxis verließ, war die Post noch nicht da. Warum?«

»Weil sowohl Hilda Johnson als auch ein anderer Zeuge gesehen haben, daß Carolyn Wells einen braunen Umschlag bei sich trug, und der zweite Zeuge glaubt, er sei an einen oder eine Dr. Sowieso adressiert gewesen. Haben Sie eine Sendung von ihr erwartet?«

»Nein, aber vielleicht hatte sie beschlossen, das Foto und den Ring, die sie mir geben wollte, mit der Post zu schikken. Ich möchte Ihnen jetzt ihren Anruf vorspielen.«

Als sie fertig war, schaute Susan auf und sah Captain Sheas konzentrierte Miene.

»Sind Sie sicher, daß diese Frau Carolyn Wells war?« wollte er wissen.

»Völlig sicher«, erwiderte sie.

»Sie sind Psychologin, Dr. Chandler. Würden Sie mir beipflichten, daß diese Frau Angst vor ihrem Mann hat?«

»Ich würde sagen, sie ist nervös wegen seiner möglichen Reaktion auf das, was sie mir erzählt hat.«

Captain Shea griff zum Telefonhörer und brüllte einen Befehl: »Sehen Sie nach, ob wir eine Anzeige gegen Justin Wells in den Akten haben. Ein Ehestreit vermutlich. Etwa vor zwei Jahren.«

»Dr. Chandler«, sagte er dann, »ich kann Ihnen gar nicht sagen, wie dankbar ich Ihnen für Ihr Kommen bin. Wenn ich die Auskunft erhalte, die ich erwarte ...«

Er wurde vom Läuten des Telefons unterbrochen und nahm ab; dann hörte er zu und nickte.

Als er auflegte, sah er Susan an. »Wie ich gedacht hatte. Ich wußte doch, daß Ihr Bericht mich an etwas erinnerte. Dr. Chandler, vor zwei Jahren erstattete Carolyn Wells Anzeige gegen Justin Wells, die sie später zurückzog. In der Anzeige behauptete sie, ihr Mann habe ihr in einem Anfall von Eifersucht mit dem Tod gedroht. Wissen Sie zufällig, ob Wells von ihrem Anruf in Ihrer Sendung erfahren hat?«

Susan blieb nichts anderes übrig, als die volle Wahrheit zu sagen. »Er hat nicht nur davon erfahren, er hat sogar am Montag nachmittag angerufen, um einen Mitschnitt der Sendung zu bestellen; dann, als ich ihn gestern abend deswegen anrief, stritt er jede Kenntnis dieser Bestellung ab. Ich wollte ihm das Band heute morgen ins Büro bringen, aber er weigerte sich, mich zu empfangen.«

»Dr. Chandler, ich kann Ihnen nicht genug danken für diese Information. Ich muß Sie bitten, mir das Band zu überlassen.«

Susan stand auf. »Selbstverständlich. Wir haben im Studio das Originalband. Aber eigentlich, Captain Shea, wollte ich Sie bitten, der Möglichkeit nachzugehen, daß ein Zusammenhang ziwschen dem Mann, den Carolyn Wells auf dem Schiff kennenlernte, und dem Verschwinden von Regina Clausen besteht. Unter Regina Clausens Sachen befand sich ein Türkisring mit der Inschrift ›Du gehörst mir‹.« Sie wollte ihm noch von Tiffanys Anrufen erzählen, daß nach ihren Angaben ein Händler in Greenwich solche Ringe verkaufte und vielleicht sogar selbst herstellte, als Shea sie unterbrach.

»Dr. Chandler, es ist aktenkundig, daß Justin Wells rasend eifersüchtig auf seine Frau war – und es vermutlich noch ist. Das Band beweist, daß sie Angst vor ihm hatte. Meine Vermutung ist, daß sie ihrem Mann nichts von dem Verhältnis mit dem Kerl erzählte, den sie auf dem Schiff kennenlernte. Ich denke, als Wells von der Sendung erfuhr, drehte er durch. Auf jeden Fall will ich mit ihm reden. Ich will wissen, wo er sich am Montag nachmittag zwischen vier und halb fünf aufhielt. Ich will wissen, wer ihm von dem Anruf in Ihrer Sendung erzählt hat und wieviel diese Person ihm erzählt hat.«

Susan war klar, daß alles, was Captain Shea vorbrachte, logisch klang. Sie schaute auf ihre Uhr; sie mußte wieder in ihre Praxis. Aber irgend etwas an dieser Sache stimmte nicht. All ihre Instinkte sagten ihr, selbst *wenn* Justin Wells in einem Anfall von Eifersucht seine Frau vor den Transporter gestoßen hatte, könnte dennoch ein Zusammenhang zwischen dem Mann, den Carolyn während der Reise kennengelernt hatte, und Regina Clausens Verschwinden bestehen.

Als sie das Polizeirevier verließ, dachte sie, daß es zumindest *einen* Hinweis gab, den sie selbst weiterverfolgen konnte: Sie würde Tiffany aufspüren, deren Telefonnummer sie kannte und die im ›Grotto‹, dem ›besten Italiener von Yonkers‹ arbeitete.

49

Jim Curley ahnte, daß etwas im Busch war, als er mittags seinen Boß bei der Wright Stiftung abholte und die Anweisung erhielt, bei Irene Hayes Wadley & Smythe anzuhalten, einem eleganten Blumenladen im Rockefeller Center. Als sie dort ankamen, schickte Wright ihn nicht etwa hinein, sondern sagte ihm, er solle warten, während er selbst aus dem Wagen stieg und mit einem Karton unter dem Arm in den Laden ging. Nach einer Viertelstunde kam er wieder, gefolgt von einem Floristen, der einen üppigen Strauß in einer großen Vase brachte.

Die Vase steckte der Standfestigkeit halber in dem Karton, und Wright bat den Floristen, sie vor dem Rücksitz auf den Boden zu stellen, wo sie nicht umkippen konnte.

Der Florist bedankte sich lächelnd bei Wright, dann schlug er die Wagentür zu. Wright hatte mit lebhafter Stimme gesagt: »Nächster Halt Soho«, dann hatte er Jim eine ihm unbekannte Adresse genannt. Als er die verwunderte Miene seines Chauffeurs sah, fügte er hinzu: »Ehe Sie vor Neugier sterben, wir fahren zu Dr. Susan Chandlers Praxis. Oder zumindest *Sie* fahren dorthin, um diese Blumen abzugeben. Ich warte im Wagen.«

Im Laufe der Jahre hatte Jim für seinen Boß Blumen bei vielen attraktiven Frauen abgegeben, aber noch nie hatte Alex Wright sie persönlich ausgewählt.

Mit der Ungezwungenheit des langjährigen Angestellten sagte Jim: »Mr. Alex, wenn ich das bemerken darf, mir gefällt Dr. Chandler. Sie ist sehr nett und überaus attraktiv. Ich fand sie sehr warmherzig und natürlich, wenn Sie wissen, was ich meine.«

»Ich weiß, was Sie meinen, Jim«, erwiderte Alex Wright, »und ich bin ganz Ihrer Meinung.«

Jim hatte den Wagen auf der Houston Street unvorschriftsmäßig geparkt, düste um die Ecke zum Bürohaus, sprang in einen Aufzug, als sich schon die Türen schlossen, und hetzte in der obersten Etage durch den Flur zu der Praxis, an der ein dezentes Schild mit der Aufschrift DR. SUSAN CHANDLER angebracht war. Dort gab er die Blumen bei der Empfangsdame ab, schlug das angebotene Trinkgeld aus und sprintete wieder zum Auto zurück.

Erneut erlaubte er sich aufgrund seines langjährigen Dienstverhältnisses, eine Frage zu stellen: »Mr. Alex, ist das nicht die Vase, die auf dem Tisch in der Eingangshalle stand, die Waterford, die Ihre Mutter damals aus Irland mitgebracht hat?«

»Sie haben ein gutes Auge, Jim. Neulich abends, als ich Dr. Chandler bis zur Tür begleitet habe, fiel mir auf, daß Sie eine sehr ähnliche Vase hat, nur kleiner. Ich dachte, ihr gutes Stück könnte ein wenig Gesellschaft brauchen. Jetzt geben Sie mal besser Gas. Ich bin schon spät dran zu dem Mittagessen im Plaza.«

Um halb drei saß Alex wieder an seinem Schreibtisch in den Räumlichkeiten der Wright Stiftung. Um Viertel vor drei teilte seine Sekretärin ihm mit, Dee Chandler Harriman sei am Telefon.

»Stellen Sie durch, Alice«, sagte er ein wenig nervös.

Dees Stimme klang herzlich und entschuldigend. »Alex, Sie haben vermutlich alle Hände voll damit zu tun, fünf oder sechs Millionen Dollar zu verschenken, deshalb halte ich Sie nicht länger als eine Minute auf.«

»Seit gestern nachmittag hatte ich es wirklich nicht mit soviel Geld zu tun«, versicherte er ihr. »Kann ich Ihnen irgendwie behilflich sein?«

»Nur wenn ich Ihnen damit nicht lästig falle. Heute früh im Morgengrauen habe ich eine wichtige Entscheidung getroffen. Es wird Zeit für mich, nach New York zurückzugehen. Meine Partner in der Modeagentur sind bereit, mich auszuzahlen. Ein Nachbar, der seit langem ein Auge auf meine Eigentumswohnung geworfen hat, will sie mir von heute auf morgen abkaufen. Und jetzt kommt der Grund, warum ich angerufen habe: Könnten Sie mir einen guten Immobilienmakler empfehlen? Ich suche eine Wohnung mit vier oder fünf Zimmern auf der East Side, vorzugsweise irgendwo zwischen Fifth und Park Avenue.«

»Ich werde Ihnen da keine große Hilfe sein, Dee. Ich lebe seit meiner Geburt in ein und demselben Haus«, erwiderte Alex. »Aber ich könnte mich für Sie nach einem Makler erkundigen.«

»Oh, vielen Dank, das wäre sehr schön. Ich belaste Sie ungern damit, aber ich hatte das Gefühl, daß es Ihnen nichts ausmachen würde. Ich treffe morgen nachmittag in New York ein. Also kann ich am Freitag beginnen, mich nach einer Wohnung umzusehen.«

»Bis dahin werde ich Ihnen jemand nennen können.«

»Dann tun Sie das doch bitte bei einem Glas Wein morgen abend. Ich lade Sie ein.«

Sie legte auf, bevor er antworten konnte. Alex Wright lehnte sich in seinem Stuhl zurück. Dies war eine unerwartete Komplikation. Ihm war die Veränderung in Susans Stimme nicht entgangen, nachdem er ihr gesagt hatte, er habe ihre Schwester zu dem Essen in der Bibliothek eingeladen. Das war auch der Grund, warum er heute Blumen geschickt und sich solche Mühe mit der Auswahl gegeben hatte.

»Muß das sein?« fragte er sich laut. Dann erinnerte er sich, daß sein Vater oft gesagt hatte, jede negative Entwicklung ließe sich in ein Plus umwandeln. Der Trick war nur, dachte Alex seufzend, zu wissen, wie diese Regel sich auf seinen konkreten Fall anwenden ließ.

50

Erschöpft und resigniert betrat Jane Clausen das Zimmer im Krankenhaus. Wie erwartet, hatte ihr Arzt darauf bestanden, daß sie sich sofort stationär behandeln ließ. Der Krebs, der zwangsläufig die Schlacht gegen ihren Körper gewann, schien fest entschlossen, ihr nicht die Kraft oder die Zeit zu lassen, sich um alles zu kümmern, was noch erledigt werden mußte. Jane wünschte, sie könnte einfach sagen ›keine Behandlung mehr‹, aber sie war nicht bereit zu sterben – noch nicht. Sie hatte das Gefühl, daß sie, hätte sie nur ein wenig Zeit, doch noch einiges zum Abschluß bringen könnte, zumal jetzt, da sie einen Funken Hoffnung hatte, die Wahrheit über Reginas Schicksal zu erfahren. Wenn nur die Frau, die in Dr. Chandlers Sendung angerufen hatte, kommen und ihnen das Bild des Mannes zeigen würde, der ihr den Türkisring geschenkt hatte. Dann gäbe es endlich einen Ansatzpunkt.

Sie entkleidete sich, hängte ihre Sachen in den kleinen Schrank und zog das von Vera eingepackte Nachthemd und den Morgenmantel an. Morgen würde sie mit der Chemotherapie beginnen.

Als das Abendessen gebracht wurde, nahm sie nur eine Tasse Tee und eine Scheibe Toast zu sich, dann stieg sie ins Bett, schluckte das Schmerzmittel, das die Schwester ihr brachte, und döste ein.

»Mrs. Clausen.«

Sie öffnete die Augen und sah das beflissene Gesicht von Douglas Layton, der sich über sie beugte.

»Douglas.« Sie war sich nicht schlüssig, ob sie sich über sein Kommen freuen sollte, aber seine Sorge um sie war ein kleiner Trost.

»Ich habe zu Hause bei Ihnen angerufen, weil wir Ihre Unterschrift auf einem Steuerformular brauchen. Als Vera mir sagte, daß Sie hier sind, bin ich gleich hergefahren.«

»Ich dachte, ich hätte während der Sitzung schon alles unterschrieben«, murmelte sie.

»Ich fürchte, ein Blatt haben wir übersehen. Aber es kann warten. Ich will Sie jetzt nicht damit behelligen.«

»Unsinn. Geben Sie schon her.« Es ging mir während der Sitzung nicht gut, dachte Jane. Mich wundert nur, daß ich nicht mehr übersehen habe.

Sie griff nach ihrer Brille und blickte auf das Formular, das Douglas ihr reichte. »Ach ja, das.« Sie nahm den Füllfederhalter, den er ihr hinhielt, und unterschrieb vorsichtig, um auf der Linie zu bleiben.

Heute abend, in der trüben Beleuchtung des Krankenzimmers, fiel Jane Clausen auf, wie sehr Douglas doch den Laytons ähnlich sah, die sie in Philadelphia gekannt hatte. Eine liebenswürdige Familie. Und doch, wie schnell war sie gestern bereit gewesen, ihm zu mißtrauen. Das war das Problem, dachte sie. Ihre Krankheit und all die Medikamente trübten ihr Urteil. Morgen würde sie Dr. Chandler anrufen und ihr sagen, sie sei jetzt überzeugt, daß sie sich mit ihrem Verdacht gegen Douglas geirrt habe – furchtbar unfair war sie ihm gegenüber gewesen.

»Mrs. Clausen, kann ich Ihnen irgend etwas bringen?«

»Nein, nichts – aber danke, Douglas.«

»Darf ich Sie morgen besuchen?«

»Rufen Sie vorher an. Vielleicht steht mir nicht der Sinn nach Besuchern.«

»Ich verstehe.«

Jane Clausen spürte, wie er ihre Hand nahm und sie sacht mit den Lippen berührte.

Sie war eingeschlafen, bevor er auf Zehenspitzen den Raum verließ, doch selbst wenn sie noch wach gewesen wäre, in dem halbdunklen Zimmer wäre ihr sein selbstgefälliges Lächeln wohl entgangen.

51

Nach ihrem zweiten Anruf bei *Fragen Sie Dr. Susan* war Tiffany ungemein zufrieden mit sich. Sie hatte genau die Botschaft übermittelt, die ihr vorgeschwebt war, und hoffte jetzt, daß irgend jemand Matt von ihrem Anruf erzählen würde. Und Tony Sepeddi, ihr Boß, würde entzückt sein, wenn er von der Schleichwerbung für das ›Grotto‹ erfuhr, die sie gerade noch hatte unterbringen können.

Später kam ihr plötzlich ein Gedanke: *Angenommen, Matt tauchte heute abend im ›Grotto‹ auf?* Tiffany betrachtete sich im Spiegel. Sie mußte schleunigst mal wieder ihr Haar nachfärben lassen; der dunkle Ansatz sah schlimm aus. Außerdem wurde ihr Pony zu lang. Er könnte mich versehentlich für einen Pudel halten, dachte sie kichernd, als sie die Nummer ihres Friseurs eintippte.

»Tiffany! Mensch, wir sprechen alle über dich. Eine Kundin hat uns erzählt, daß du gestern in *Fragen Sie Dr. Susan* warst, also haben wir heute eingeschaltet. Als ich deine Stimme hörte, habe ich alle angebrüllt, sie sollen die Klappe halten. Wir haben sogar die Haartrockner ausgeschaltet. Du warst toll. So natürlich und süß. Und hör mal, sag deinem Boß im ›Grotto‹, er soll dir eine Lohnerhöhung geben.«

Tiffanys Bitte, ihr umgehend einen Termin zu geben, wurde mit Begeisterung entsprochen. »Komm jetzt gleich her. Du bist eine Berühmtheit. Und wir müssen dafür sorgen, daß du auch dementsprechend aussiehst.«

Eine Dreiviertelstunde später saß Tiffany vor einem Waschbecken, während ihr Haar die Farbe absorbierte. Als sie wieder nach Hause kam, war es zwanzig nach vier. Eine glänzende Haarflut umschmeichelte ihre Schultern, ihre Nägel waren frisch manikürt und dunkelblau lackiert. Jill hatte sie ermutigt, den neuen Farbton auszuprobieren.

Ich muß in einer Viertelstunde los, ermahnte sie sich. Schleichwerbung oder nicht, Tony konnte sich höllisch aufregen, wenn man zu spät zur Arbeit kam.

Dennoch nahm sie sich noch die Zeit, kurz mit dem Bügeleisen über die Bluse und den Rock zu fahren, in denen sie, wie sie wußte, besonders toll aussah. Wenn Matt kam, könnten sie um Mitternacht, wenn sie frei hatte, vielleicht in irgendeine nette Kneipe gehen, um sich einen Schlummertrunk zu genehmigen.

Sie zögerte, ob sie den Türkisring tragen sollte, der der Anlaß für ihre derzeitige Berühmtheit war, dann beschloß sie, es zu tun. Aber falls Matt auftauchte und ihn zufällig erwähnte, würde sie sich zurückhalten. Sie würde ihm den Ring nur ganz beiläufig zeigen ...

Tiffany hatte gerade die Tür geöffnet, um die Wohnung zu verlassen, als das Telefon läutete. Ich lasse es klingeln, dachte sie, ich will jetzt nicht aufgehalten werden.

Andererseits könnte es auch Matt sein. Sie lief schnell durch das kleine Wohnzimmer in ihr noch kleineres Schlafzimmer und schaffte es, beim dritten Läuten den Hörer abzunehmen.

Es war Matts Mutter. Sie hielt sich nicht mit Grußformeln auf, sondern kam direkt zur Sache: »Tiffany, ich muß darauf bestehen, daß Sie im Radio nicht mehr über meinen Sohn sprechen. Matthew ist lediglich ein paarmal mit Ihnen ausgegangen. Er hat mir gesagt, daß ihr nichts mehr miteinander zu tun habt. In vier Wochen zieht er nach

Long Island. Er hat sich gerade mit einer sehr hübschen jungen Frau verlobt, mit der er seit einiger Zeit zusammen ist. Also streichen Sie ihn bitte aus Ihrem Gedächtnis, und sprechen Sie nicht über Ihre Verabredungen mit ihm, vor allem, wenn seine Freunde oder seine Verlobte es hören könnten.«

Ein entschiedenes Klicken ertönte.

Völlig schockiert stand Tiffany eine volle Minute reglos da, den Hörer noch in der Hand. *Verlobt?* Ich hatte nicht mal eine Ahnung, daß er sich mit einer Frau trifft, dachte sie und spürte, wie Verzweiflung sie überkam.

Tiffany knallte den Hörer auf die Gabel. Sie mußte zur Arbeit; ohnehin war sie viel zu spät dran. Tränen kullerten ihr aus den Augen, als sie die Stufen hinunterlief, ohne den Gruß des sechsjährigen Sohnes ihres Vermieters zu beachten, der auf der Veranda spielte.

Im Auto schlugen Kummer und Enttäuschung endgültig über ihr zusammen, und sie konnte kaum atmen wegen der heftigen Schluchzer, die ihren Körper schüttelten. Am liebsten hätte sie irgendwo angehalten und sich richtig ausgeweint, aber sie wußte, daß ihr dazu die Zeit fehlte.

Als sie am ›Grotto‹ ankam, suchte sie sich statt dessen eine abgelegene Stelle auf dem Parkplatz und blieb einen Augenblick im Wagen sitzen. Dann holte sie ihre Puderdose heraus. Sie mußte sich zusammennehmen. So konnte sie nicht ins Lokal gehen; niemand sollte sehen, daß sie über einen Blödmann heulte, der schleimigen Fisch aß und sie nur in die miesesten Filme mitgeschleppt hatte. »Wer interessiert sich schon für den?« fragte sie laut.

Eine neue Schicht Grundierung, frischer Lidschatten und Lippenstift halfen, den Schaden zu beheben, wenn ihre Lippen auch nicht aufhören wollten zu zittern. *Wenn du mich nicht willst, will ich dich eben erst recht nicht*, dachte sie wütend. *Ich hasse dich, Matt. Du Stinkstiefel!*

Es war eine Minute vor fünf, sie mußte sich allmählich in Bewegung setzen. Daß Tony jetzt über sie herfiel, hatte ihr gerade noch gefehlt.

Auf dem Weg zur Küchentür kam sie an der Mülltonne vorbei. Sie blieb kurz stehen und sah sie an. Mit einer schwungvollen Bewegung zog sie sich den Türkisring vom Finger und warf ihn hinein; er verschwand in einem halboffenen Plastiksack, der mit Abfällen von der Mittagsschicht vollgestopft war. »Der öde Ring hat mir nichts als Pech gebracht«, murmelte Tiffany, dann lief sie zur Küchentür, schob sie auf und rief: »Hallo, Leute, hat Tony die Superschleichwerbung gehört, die ich diesem miesen Laden heute verschafft hab'?«

52

Susans Zwei-Uhr-Patient traf ganze fünf Minuten nach ihr in der Praxis ein. Im Taxi war es Susan gelungen, ihren Kopf freizumachen und nur noch an die Geschichte des Patienten zu denken. Meyer Winter war fünfundsechzig Jahre alt, ein pensionierter leitender Angestellter, der gerade die Folgen eines Schlaganfalls überwunden hatte. Obschon er einen Spazierstock benutzte und leicht hinkte, deutete nichts mehr auf die lange Dauer und die Schwere seiner Krankheit hin.

Das heißt, nichts außer der tiefen Depression, die von der Angst herrührt, es könnte noch mal passieren, rief sie sich in Erinnerung.

Die heutige Sitzung war sein zehnter Besuch, und als er sich verabschiedete, hatte Susan den Eindruck, daß eine merkliche Besserung eingetreten war, ja, fast konnte man von jenem radikalen Umschwung in der Einstellung sprechen, den sie als so zutiefst befriedigend empfand. Es war ihre Reaktion auf kleine Siege wie diesen, weswegen sie sich immer wieder freute, vor sechs Jahren die Entscheidung getroffen zu haben, nicht das Gesetz, sondern die Psychologie zu ihrem Lebensinhalt zu machen.

Nachdem Mr. Winter gegangen war, kam Janet mit den Telefonnotizen herein. »Eine Dr. Pamela Hastings hat angerufen. Sie ist zu Hause und sagt, daß sie unbedingt mit Ihnen sprechen möchte.«

»Ich rufe sie sofort an.«

»Sind die Blumen nicht wunderschön?« fragte Janet.

Susan hatte der Blumenvase, die auf der Anrichte stand, kaum Beachtung geschenkt. Erst jetzt ging sie hinüber und machte plötzlich große Augen. »Das muß ein Irrtum sein«, sagte sie. »Es ist eine Waterford-Vase.«

»O nein, kein Irrtum«, versicherte Janet. »Ich wollte dem Mann, der den Strauß gebracht hat, ein Trinkgeld geben, aber er hat abgelehnt. Er sagte, der Strauß sei von seinem Arbeitgeber. Ich vermute, er war der Chauffeur oder so ähnlich.«

Natürlich. Alex hat es meiner Stimme angemerkt, daß ich nicht gerade glücklich war, als er sagte, er habe Dee auch zu dem Essen am Samstag abend eingeladen, dachte Susan. Das erklärte eine so große Geste wie diese. Wie einfühlsam von ihm. Und wie dumm von mir, so unvorsichtig zu sein und meine Gefühle zu zeigen.

Es war ein wunderbares Geschenk, doch ihre Freude darüber war durch das Wissen um seinen Anlaß getrübt. Sie überlegte kurz, ob sie Alex jetzt gleich anrufen sollte, um ihm zu sagen, sie könne die Vase auf keinen Fall annehmen. Dann schüttelte sie den Kopf – damit konnte sie sich später noch befassen. Im Moment standen wichtigere Dinge an. Sie griff nach dem Telefon.

Das Gespräch war kurz und endete damit, daß Pamela Hastings versprach, morgen früh um neun in Susans Praxis zu kommen.

Susan blickte auf ihre Uhr: Nur noch wenige Sekunden bis zu ihrem nächsten Termin. Sie hatte also keine Zeit mehr, sich Spekulationen über Pamela Hastings offensichtliche Nervosität hinzugeben, die wohl nicht nur dem ernsten Zustand ihrer Freundin zuzuschreiben war. Sie hatte gesagt: »Dr. Chandler, ich muß eine schwierige Entscheidung treffen. Es geht um Carolyn Wells und was ihr zugestoßen ist. Vielleicht können Sie mir helfen.«

Susan hatte ihr Näheres entlocken wollen, wußte jedoch, daß daraus eine angeregte Diskussion entstehen könnte, und dazu war einfach keine Zeit.

»Mrs. Mentis ist da«, verkündete Janet, die den Kopf ins Zimmer streckte.

Um zehn vor vier rief Donald Richards an. »Ich wollte nur kurz unsere Verabredung bestätigen, Susan. Um sieben Uhr im ›Palio‹, West Fifty-first – einverstanden?«

Nach diesem Anruf stellte Susan fest, daß sie bis zu ihrem nächsten Patienten noch ein paar Minuten Zeit hatte. Sie schlug Jane Clausens Telefonnummer nach und tippte sie rasch ein. Es meldete sich niemand, daher hinterließ sie eine Nachricht auf dem Anrufbeantworter.

Um fünf nach sechs begleitete sie ihren letzten Patienten hinaus. Janet hatte bereits Feierabend gemacht. Susan wäre gern nach Hause gefahren, um sich wenigstens kurz auszuruhen, aber sie hatte kaum Zeit, sich in der Praxis frisch zu machen, bevor sie ein Taxi zum Restaurant nehmen mußte.

Vorhin hatte sie Tiffany zu Hause zu erreichen versucht, um sie zu überreden, sich wenigstens mit ihr zu treffen, damit sie ihren Türkisring mit dem Ring vergleichen könnten, den Jane Clausen unter Reginas Sachen gefunden hatte. Aber Tiffany war jetzt bestimmt an ihrem Arbeitsplatz, und im Restaurant herrschte um diese Zeit vermutlich Hochbetrieb. Ich rufe sie später dort an, wenn ich nach Hause komme, dachte Susan. Sie hat gesagt, daß sie abends arbeitet, also macht sie wahrscheinlich erst ziemlich spät Schluß. Wenn ich sie nicht erreiche, versuche ich es morgen früh noch mal bei ihr zu Hause.

Susan schüttelte sich. Warum fühlte sie sich bei dem Gedanken an Tiffany so beklommen? fragte sie sich. Was sie empfand, erinnerte sie an das, was ihre Großmutter früher den ›sechsten Sinn‹ genannt hatte.

53

Er kannte Tiffanys Nachnamen nicht, und selbst wenn sie im Telefonbuch von Yonkers stand, wäre es unklug, sie zu Hause zu überraschen. Außerdem war es nicht nötig. Er wußte ja bereits, wo er sie finden konnte.

Am Nachmittag rief er im ›Grotto‹ an und bat darum, sie sprechen zu dürfen. Wie erwartet sagte man ihm, sie sei nicht da – sie komme erst um fünf.

Schon vor langer Zeit hatte er gelernt, daß man am schnellsten an Informationen herankam, wenn man andere irrige Annahmen korrigieren ließ. »Sie hat um elf frei, nicht wahr?« fragte er.

»Um zwölf. Dann schließt die Küche. Soll ich ihr was ausrichten?«

»Nein, danke. Ich probiere es noch mal bei ihr zu Hause.«

Wenn sich der Mann im ›Grotto‹, mit dem er gerade gesprochen hatte, morgen überhaupt noch an den Anruf erinnern konnte, würde er ihn vermutlich einem von Tiffanys Freunden zuschreiben. Denn hatte er nicht angedeutet, daß er Tiffanys Privatnummer kannte?

Er hoffte, daß die Stunden bis zu seinem Ausflug nach Yonkers auf angenehme Weise verstreichen würden. Trotzdem konnte er es nicht erwarten, zu ihr zu fahren. Diesem Rendezvous sah er mit großer Spannung entgegen. Tiffany hatte ihn eingehend betrachtet. Und vermutlich hatte sie, wie so viele der im Gaststättengewerbe Beschäftigten, ein gutes Personengedächtnis. Es war reines Glück, daß sie Susan Chandler gegenüber nicht erwähnt hatte, sie habe einen Mann in dem Laden gesehen, der einen der besagten Türkisringe gekauft hatte.

Er konnte sich vorstellen, was die Chandler gesagt hätte: *Tiffany, was Sie da erzählen, ist sehr wichtig. Wir müssen uns treffen …*

Zu spät, Susan, dachte er. Wie schade.

Und Tiffanys Freund – Matt?

Konzentriert ging er die Szene in Parkis Laden noch einmal durch. Er hatte vorher angerufen, um sicher zu sein, daß bei Parki ein Ring vorrätig war. Als er den Laden betrat, hatte er das Geld schon fertig abgezählt in der Hand, inklusive Mehrwertsteuer, und Parki hatte den Ring wie versprochen an der Kasse bereitgelegt. Erst als er wieder gehen wollte, hatte er das Pärchen entdeckt. Er erinnerte sich noch deutlich an diesen Moment. Ja, er hatte unmittelbar im Blickfeld des Mädchens gestanden. Sie hatte ihn genau gesehen. Der Kerl, mit dem sie zusammen war, betrachtete den Ramsch auf den Regalen und hatte ihm den Rücken zugewendet. Er war Gott sei Dank kein Problem.

Parki war aus dem Weg geräumt. Und nach heute abend würde Tiffany ihm auch keine Scherereien mehr machen.

Eine Zeile aus dem ›Straßenräuber‹, einem Gedicht, das er als Kind auswendig gelernt hatte, ging ihm durch den Kopf: ›Ich hole dich im Mondschein, und müßt' ich durch die Hölle gehn.‹

Er lachte bitter bei diesem Gedanken.

54

Am Mittwoch nachmittag, als Justin Wells vom Krankenhaus wieder in sein Büro kam, fand er zu seiner Bestürzung die Nachricht vor, er solle Captain Shea im 19. Revier anrufen, um einen Termin mit ihm zu vereinbaren. Es gehe um den Unfall seiner Frau. Die Nachricht schloß mit den unheilverkündenden Worten: »Sie wissen ja, wo wir zu finden sind.«

Justin hatte es immer konsequent vermieden, an den unglückseligen Abend zurückzudenken, als Carolyn Anzeige gegen ihn erstattet hatte.

Ich hätte ihr nicht drohen dürfen, sie umzubringen, sagte er sich, als er den Zettel in der Hand zerknüllte. Ich wollte ihr nie weh tun, ich habe sie nur am Arm festgehalten, als sie die Wohnung verlassen wollte. Ich hatte nicht vor, ihr den Arm zu verdrehen. Es ist nur passiert, weil sie sich losreißen wollte.

Dann war sie ins Schlafzimmer gerannt, hatte die Tür abgeschlossen und die Cops gerufen. Was folgte, war der reine Alptraum. Am nächsten Tag hatte sie ihm eine Nachricht hinterlassen, sie werde die Strafanzeige zurückziehen und die Scheidung einreichen. Dann verschwand sie.

Er hatte Pamela Hastings angefleht, ihm zu verraten, wo Carolyn war, aber sie wollte ihm nicht den kleinsten Hinweis geben. Erst als er die Eingebung hatte, Carolyns Reisebüro anzurufen und zu sagen, er habe die Nummer verlegt, unter der er sie erreichen könnte, hatte man ihm den Namen des Schiffes genannt, auf dem sie gebucht hatte, und er konnte Kontakt zu ihr aufnehmen.

Das war genau zwei Jahre her.

Eines der Versprechen, die er Carolyn damals gegeben hatte, war, eine Therapie anzufangen, und das hatte er auch getan – doch dann konnte er den Gedanken nicht ertragen, sich jemandem ganz zu offenbaren, selbst einem so verständnisvollen Zuhörer wie Dr. Richards, und er hatte Schluß gemacht.

Carolyn hatte er das natürlich nie erzählt. Sie dachte, daß er immer noch zu Richards ginge.

Justin lief in seinem Büro auf und ab und erinnerte sich, wie verändert Carolyn am Wochenende gewesen war: sie schien stiller als sonst, nervös. Er war mißtrauisch geworden. Und letzte Woche war sie einmal sehr spät nach Hause gekommen – sie behauptete, sie habe mit dem Kunden, dessen Haus in East Hampton sie einrichtete, Entwürfe besprochen.

Dann, am Montag, hatte ihm Barbara, die Empfangsdame, vor seinen Partnern berichtet, sie sei sicher, Carolyn in der Radiosendung *Fragen Sie Dr. Susan* gehört zu haben, wo sie von einer Reisebekanntschaft erzählte.

Er hatte Carolyn angerufen und zur Rede gestellt. Ihm war klar, daß er sie unter Druck gesetzt hatte. Dann war er aus dem Büro gestürzt. Über den Rest des Tages wollte er nicht nachdenken.

Jetzt lag Carolyn im Krankenhaus, im Koma, und versuchte immer wieder, einen Namen zu sagen. Es klang wie ›Win‹. War das der Kerl, mit dem sie sich auf dem Schiff eingelassen hatte? fragte er sich.

Bei dem Gedanken daran hatte Justin das Gefühl, seine Brust würde gleich explodieren. Er spürte, wie ihm Schweißtröpfchen auf die Stirn traten.

Er glättete den Zettel mit der Telefonnotiz und las ihn erneut. Vor allem mußte er jetzt Captain Shea anrufen, sonst würde der sich noch mal in der Firma melden. Und Barbara hatte ihn ohnehin schon so komisch angeguckt, als sie ihm die Nachricht gab.

Wenn er an jene schreckliche Nacht vor zwei Jahren dachte, wurde ihm geradezu übel – wie die Cops ihn verhaftet und aufs Revier gebracht hatten, in Handschellen, wie einen gemeinen Dieb.

Justin nahm den Hörer ab, dann drückte er die Gabel

hinunter, um das Freizeichen auszuschalten. Schließlich hob er die Hand wieder und zwang sich, zu wählen.

Eine Stunde später nannte er dem diensthabenden Sergeant im 19. Revier seinen Namen. Wobei ihm bewußt war, daß einige der Cops sich eventuell noch an sein Gesicht erinnern könnten. Cops hatten ein gutes Gedächtnis.

Er wurde in Captain Sheas Büro geschickt, und das Verhör begann.

»Irgendwelche Probleme mit Ihrer Frau in letzter Zeit, Mr. Wells?«

»Überhaupt nicht.«

»Wo waren sie zwischen vier und halb fünf am Montag nachmittag?«

»Ich bin spazierengegangen.«

»Waren Sie vorher zu Hause?«

»Ja. Warum?«

»Haben Sie Ihre Frau gesehen?«

»Sie war nicht da.«

»Was haben Sie dann gemacht?«

»Ich bin wieder ins Büro gegangen.«

»Haben Sie sich gegen Viertel nach vier zufällig an der Ecke Eighty-first und Park Avenue aufgehalten?«

»Nein, ich bin über die Fifth Avenue gegangen.«

»Kannten Sie die verstorbene Hilda Johnson?«

»Wer ist das?« Justin hielt inne. »Warten Sie mal ... Das ist die Frau, die sagte, Carolyn sei nicht gestürzt, sondern von einem Mann auf die Fahrbahn gestoßen worden. Ich habe sie im Fernsehen gesehen. Aber ich dachte, ihr glaubt niemand.«

»Ja«, sagte Shea leise. »Sie war die Frau, die darauf bestand, Ihre Frau sei vor den Transporter gestoßen worden. Hilda war eine sehr umsichtige Frau, Mr. Wells. Sie hätte niemals jemanden ins Haus gelassen und ihm die Tür zu ihrer Wohnung geöffnet, wenn sie nicht gedacht hätte, daß sie der Person vertrauen könnte.«

Tom Shea beugte sich vor. »Mr. Wells, ich kannte Hilda. Sie war ein echtes Original. Ich bin sicher, dem Ehemann der Frau, deren ›Unfall‹ sie beobachtet hatte, wäre sie sehr freundlich begegnet. Sie hätte ihm ihre Geschichte nur zu gern persönlich erzählt. Sie haben Hilda Johnson nicht zufällig später an jenem Abend aufgesucht, Mr. Wells?«

55

Donald Richards wartete an der Bar des ›Palio‹, als Susan um zehn nach sieben dort ankam. Er wehrte ihre Entschuldigung ab.

»Der Verkehr war gräßlich, und ich bin gerade selbst erst zur Tür hereingekommen. Vielleicht interessiert es Sie, daß meine Mutter sich Ihre Sendung angehört hat, als ich Gast bei Ihnen war; sie war sehr beeindruckt von Ihnen, das hat sie mir heute beim Mittagessen erzählt. Allerdings hat sie mich ausgeschimpft, weil ich mich hier mit Ihnen verabredet habe. Zu ihrer Zeit holte der Gentleman die junge Dame offenbar zu Hause ab und eskortierte sie zum Restaurant.«

Susan lachte. »Angesichts des Verkehrs in Manhattan wären die Restaurants geschlossen gewesen, bis Sie mich im Village abgeholt hätten und wir in Midtown angekommen wären.« Sie schaute sich um. An der hufeisenförmigen Bar herrschte viel Betrieb; zu beiden Seiten standen kleine Tische, die alle besetzt waren. An den vier Wänden des zweistöckigen Raums schwang sich ein prächtiges Wandgemälde zur Decke empor, eine überwiegend in Rottönen gehaltene Darstellung des berühmten Palio-Pferderennens. Die Beleuchtung war gedämpft, die Atmosphäre gemütlich und vornehm. »Hier war ich noch nie. Es sieht sehr nett aus«, sagte sie.

»Ich war auch noch nicht hier, aber das Lokal ist mir wärmstens empfohlen worden. Der Speiseraum ist im zweiten Stock.«

Richards nannte der jungen Frau an der Kasse seinen Namen. »Unser Tisch ist reserviert. Wir dürfen den Aufzug benutzen, wenn wir wollen«, sagte er zu Susan.

Sie musterte Donald Richards eingehend, jedoch möglichst unauffällig. Sein Haar war dunkelbraun, mit einem leichten Stich ins Rötliche – ›laubbraun‹ hätte Gran Susie dazu gesagt, dachte sie. Er trug eine große Brille mit stahlgrauem Rahmen. Die Gläser betonten seine graublauen Augen – oder waren seine Augen blau und wirkten durch die Gläser anders?

Sie war sicher, daß er sich für den Abend umgezogen hatte. Gestern und am Montag im Studio hatte er einen Blazer getragen und auf sie gewirkt wie ein Mann, den ein paar Knitterfalten nicht störten, ein typischer Akademiker. Heute abend sah er völlig anders aus. Er trug einen offensichtlich teuren dunkelblauen Anzug und eine silberblaue Krawatte.

Der Aufzug kam. Sie stiegen ein, und als sich die Türen schlossen, bemerkte er: »Darf ich sagen, daß Sie sehr attraktiv aussehen? Ein tolles Ensemble.«

»Ich weiß nicht recht, ob ich elegant genug für Sie bin«, erwiderte Susan freimütig. »Wie meine Großmutter sagen würde, Sie dagegen sind richtig ›herausgeputzt‹.«

»Sie sind elegant genug, das versichere ich Ihnen.«

Das war das zweite Mal in fünf Minuten, daß ich an Gran gedacht habe, überlegte Susan. Was ist los?

Sie stiegen im zweiten Stock aus, wo der Geschäftsführer sie begrüßte und zu ihrem Tisch führte. Er fragte, was sie trinken wollten, und Susan bestellte Chardonnay, Donald Richards einen Martini pur.

»Normalerweise brauche ich keinen ›Seelentröster‹«, erklärte er, »aber es war ein harter Tag.«

Ob er das Mittagessen mit seiner Mutter meint? fragte sich Susan. Sie ermahnte sich, ihre Neugier nicht zu offen zu zeigen. Keinesfalls durfte sie vergessen, daß er Psychiater war und jeden Versuch, ihn auszuhorchen, durchschauen würde.

Allerdings lagen ihr viele Fragen auf der Zunge, und sie überlegte, wie sie einen ›sicheren‹ Weg finden könnte, sie ihm zu stellen. Warum zum Beispiel hatte er so gequält reagiert, als ein Anrufer ihn nach dem Tod seiner Frau gefragt hatte? Und wäre es nicht natürlich gewesen, darüber zu sprechen, daß er mit Kreuzfahrtschiffen vertraut war, als Susan ansprach, daß Regina Clausen während einer Kreuzfahrt verschwunden war? Laut Richards' Biographie war das Schiff, auf dem Regina damals reiste – die *Gabrielle* –, sogar sein Lieblingsschiff. Sie mußte ihn dazu bringen, darüber zu reden.

Das beste Mittel, um ein Gespräch dorthin zu lenken, wo du es haben willst, sagte sie sich, ist, dein Gegenüber zu entwaffnen, es in Sicherheit zu wiegen. Susan schenkte ihm ein warmes Lächeln. »Heute hat sich eine Anruferin gemeldet, die sagte, nachdem sie Sie gehört hätte, sei sie in eine Buchhandlung gegangen und habe Ihr Buch gekauft. Und sie genieße die Lektüre.«

Richards erwiderte ihr Lächeln. »Ich hab' sie auch gehört. Anscheinend eine Frau mit Geschmack.«

Er hat es gehört? dachte Susan. Vielbeschäftigte Psychiater hören sich gewöhnlich keine zweistündigen Ratgebersendungen an.

Ihre Getränke kamen. Richards hob sein Glas, um ihr zuzuprosten. »Ich freue mich, heute abend mit Ihnen zusammenzusein.«

Sie wußte, daß es nur eine der typischen Bemerkungen war, die man beim Aperitif macht. Dennoch hatte Susan das Gefühl, daß mehr hinter dem scheinbar beiläufigen Kompliment steckte – wegen der Intensität, mit der er es sagte, und weil sich plötzlich seine Augen verengten, als studiere er sie unter dem Mikroskop.

»Dr. Susan«, sagte er, »ich muß Ihnen etwas gestehen. Ich habe im Internet unter Ihrem Namen nachgesehen.«

Dann sind wir schon zwei, dachte Susan. Wie du mir, so ich dir – das ist nur fair.

»Sie sind in Westchester aufgewachsen?« fragte er.

»Ja. In Larchmont und in Rye. Aber meine Großmutter hat immer in Greenwich Village gelebt, und ich war als Kind oft am Wochenende bei ihr. Es hat mir immer sehr gefallen. Meine Schwester ist eher der Country Club-Typ.«

»Eltern?«

»Vor drei Jahren geschieden. Und leider keine Trennung im guten. Mein Vater hat sich Hals über Kopf in eine andere Frau verliebt. Meine Mutter war am Boden zerstört und durchlief sämtliche Phasen von Verzweiflung, Wut und Bitterkeit bis zu Verdrängung. Was man sich nur vorstellen kann.«

»Und wie ist es Ihnen ergangen?«

»Ich war traurig. Wir waren eine eng verbundene, glückliche Familie, so dachte ich jedenfalls. Wir hatten Spaß miteinander. Wir mochten uns wirklich. Aber nach der Scheidung war einfach alles anders. Manchmal denke ich, es war wie bei einem Schiff, das mit einem Riff kollidiert und sinkt. Alle, die an Bord waren, haben zwar überlebt, aber jeder ist in ein anderes Rettungsboot gestiegen.«

Sie merkte plötzlich, daß sie mehr gesagt hatte, als sie eigentlich wollte, und war froh, daß er nicht nachhakte.

Statt dessen sagte er: »Ich bin neugierig. Wie kam es, daß Sie die Staatsanwaltskarriere aufgaben und wieder zur Uni gingen, um Ihren Doktor in klinischer Psychologie zu machen?«

Diese Frage konnte Susan leicht beantworten. »Ich merkte, daß ich rastlos wurde. Es gibt viele völlig verhärtete Kriminelle, und es hat mich wirklich befriedigt, sie aus dem Verkehr zu ziehen. Aber dann vertrat ich einen Fall, in dem eine Frau ihren Ehemann getötet hatte, weil er sie verlassen wollte. Sie bekam fünfzehn Jahre. Ich werde nie ihr fassungsloses, ungläubiges Gesicht vergessen, als sie das Urteil hörte. Ich dachte, wenn man sie rechtzeitig aufgefangen hätte, wenn sie Hilfe bekommen, ihren Zorn verarbeitet hätte, bevor er sie zerstörte ...«

»Großer Kummer kann ein Auslöser für großen Zorn sein«, sagte er leise. »Zweifellos dachten Sie später, als Sie ihre Mutter in der gleichen Situation erlebten, daß sie an der Stelle der verurteilten Frau sein könnte.«

Susan nickte. »Nach der Trennung hatte meine Mutter kurze Zeit Selbstmord- und Gewaltfantasien, wenn sie an meinen Vater dachte. Ich habe ihr nach besten Kräften geholfen, das zu überwinden. In mancherlei Hinsicht fehlt mir das Auftreten vor Gericht, aber ich weiß, daß es die richtige Entscheidung für mich war. Und Sie? Wie sind Sie zur Psychologie gekommen?«

»Ich wollte immer Arzt werden. Während des Medizinstudiums wurde mir klar, in welchem Maße seelische Vorgänge sich auf die physische Gesundheit auswirken, und deshalb habe ich diese Richtung eingeschlagen.«

Der Geschäftsführer erschien mit der Speisekarte, und nachdem sie kurz über das Für und Wider verschiedener Speisen diskutiert hatten, bestellten sie ihr Essen.

Susan hatte gehofft, die Unterbrechung dazu nutzen zu können, das Gespräch mehr auf ihn zu lenken, aber er kam sofort auf das Thema ihres Talkradios zurück.

»Meine Mutter hat heute noch etwas anderes angesprochen«, sagte er beiläufig. »Haben Sie noch mal von Karen gehört, der Frau, die am Montag angerufen hat?«

»Nein«, sagte Susan.

Donald Richards brach ein Stück von seinem Brötchen ab. »Hat Ihr Produzent Justin Wells den Mitschnitt der Sendung geschickt?«

Mit dieser Frage hatte Susan nicht gerechnet. »Kennen Sie Justin Wells etwa?« fragte sie und konnte ihre Überraschung nicht verbergen.

»Ich bin ihm einmal begegnet.«

»Privat oder beruflich?«

»Beruflich.«

»Haben Sie ihn wegen seiner exzessiven Eifersucht auf seine Frau behandelt? Weil er gefährlich war?«

»Warum fragen Sie?«

»Sollte die Antwort ja lauten, finde ich, daß Sie die moralische Verpflichtung haben, der Polizei zu erzählen, was Sie über ihn wissen. Ich wollte Ihnen nicht ausweichen, als Sie nach Karen gefragt haben. Es ist so – ich habe zwar nichts mehr von ihr gehört, aber ich konnte etwas über sie herausfinden. Wie sich herausgestellt hat, ist die Frau, die sich Karen nannte, Justin Wells' Ehefrau; ihr richtiger Name lautet Carolyn. Wenige Stunden nach dem Anruf in meiner Sendung wurde sie von einem Transporter überfahren, möglicherweise weil ihr jemand einen Stoß gegeben hat.«

Donald Richards zog die Stirn in Falten. »Ich fürchte, Sie haben recht, ich sollte wirklich mit der Polizei reden«, sagte er.

»Die Ermittlungen werden von Captain Shea vom 19. Revier geleitet«, teilte Susan ihm mit.

Ich hatte recht, dachte sie. Das Bindeglied zwischen Carolyn Wells' ›Unfall‹ und ihrem Anruf bei mir ist die Eifersucht ihres Mannes.

Sie dachte an den Türkisring mit der sentimentalen Gravierung. Die Tatsache, daß Tiffany solch einen Ring in Greenwich Village bekommen hatte, war vermutlich bedeutungslos. So wie Freiheitsstatuen aus Plastik, Tadsch Mahals aus Elfenbein oder herzförmige Medaillons gab es sie in jedem Souvenir- und Schmuckladen zu kaufen.

»Wie schmeckt Ihr Salat?« erkundigte sich Richards.

Offensichtlich wollte er das Thema wechseln. Und zu Recht, dachte Susan erleichtert. Berufsethos. »Sehr gut. Von mir habe ich jetzt erzählt. Was ist mit Ihnen? Irgendwelche Geschwister?«

»Nein, ich bin ein Einzelkind. In Manhattan aufgewachsen. Mein Vater ist vor zehn Jahren gestorben. Damals entschied sich meine Mutter, das ganze Jahr über in Tuxedo Park zu bleiben. Sie ist eine ziemlich gute, vielleicht sogar eine *sehr* gute Malerin. Mein Vater war der geborene Segler und nahm mich immer als Mannschaft mit.«

Susan hielt sich im Geiste die Daumen. »Zu meinem Interesse habe ich gelesen, daß Sie sich am College ein Jahr beurlauben ließen, um als Reiseleiter eines Kreuzfahrtschiffs zu arbeiten. Der Einfluß Ihres Vaters?«

Er wirkte belustigt. »Wir beziehen beide unsere Informationen aus dem Internet, wie? Ja, das Jahr habe ich genossen. Ich habe eine Weltumrundung mitgemacht und fast alle großen Hafenstädte kennengelernt. Später zog es mich zu den kleineren Orten. Schließlich hatte ich so ziemlich alles gesehen, den ganzen Globus umfahren.«

»Was macht ein Reiseleiter auf einem Kreuzfahrtschiff eigentlich genau?«

»Er hilft bei der Organisation und Koordinierung der Aktivitäten an Bord. Angefangen von der Planung, wann welche Künstler auftreten, ob sie haben, was sie brauchen, um ihre Nummern zu präsentieren, bis zum Ausrichten von Bingo-Runden und Kostümbällen. Man glättet die Wogen. Macht die Einsamen oder Unglücklichen ausfindig und lockt sie aus ihrem Schneckenhaus. Alles, was man sich so vorstellen kann.«

»Ihrer Biographie zufolge haben Sie Ihre Frau auf der *Gabrielle* kennengelernt; dort steht auch, daß es Ihr Lieblingsschiff war. Das Schiff, auf dem Regina Clausen reiste, als sie verschwand.«

»Ja. Ich bin ihr zwar nicht begegnet, aber ich kann gut nachvollziehen, warum man ihr die *Gabrielle* empfohlen hat. Es ist ein wunderbares Schiff.«

»Wenn Sie von Regina Clausen gewußt hätten, als Sie Ihr Buch schrieben, hätten Sie ihren Fall dann aufgegriffen?« Sie hoffte, daß die Frage harmlos klang.

»Nein, ich glaube nicht.«

Gleich sagt er mir, ich soll mit dem Verhör aufhören, dachte Susan, aber so weit, so gut, vorerst mache ich weiter. »Ich bin neugierig«, fuhr sie fort. »Wie kamen Sie auf die Idee, *Verschwundene Frauen* zu schreiben?«

»Ich interessiere mich für das Thema, weil ich vor sechs Jahren einen Patienten hatte, dessen Frau verschwand. Sie kam eines Tages einfach nicht mehr nach Hause. Er stellte sich alles mögliche vor – daß sie gefangengehalten wurde, das Gedächtnis verloren hatte und umherirrte oder ermordet worden war.«

»Hat er je erfahren, was mit ihr passiert ist?«

»Ja, vor zwei Jahren. Hinter einer Straßenbiegung in der Nähe ihres Hauses lag ein See. Jemand tauchte dort und entdeckte am Grund einen Wagen – ihren Wagen, wie sich herausstellte. Sie saß darin. Vermutlich hat sie die Kurve falsch genommen.«

»Was ist aus ihm geworden?«

»Sein Leben veränderte sich radikal. Im folgenden Jahr heiratete er wieder; jetzt ist er ein völlig anderer Mensch als der Mann, der zu mir kam, um meine Hilfe zu suchen. Was mir auffiel, war, daß der Verlust eines geliebten Menschen vielleicht am schmerzhaftesten ist, wenn man nicht weiß, was ihm oder ihr zugestoßen ist. Und das veranlaßte mich, andere Fälle von Frauen, die scheinbar spurlos verschwunden waren, zu untersuchen.«

»Wie haben Sie die Fälle ausgewählt, auf die Sie sich in Ihrem Buch beziehen?«

»Ich merkte schnell, daß meistens ein Verbrechen der Grund für das Verschwinden war. Auf dieser Basis analysierte ich, wie Frauen in bestimmte Situationen kommen, und entwickelte Vorschläge, wie man es verhindern kann, daß einem so etwas passiert.«

Während sie sich unterhielten, waren die Salatteller abgetragen und der Hauptgang serviert worden. Ihr Gespräch riß nicht ab, Smalltalk – Bemerkungen über das Essen (überaus köstlich), Vergleiche mit anderen Restaurants (New York City ist ein Fest für Gourmets) – untermischt mit forschenden Fragen.

Don Richards aß den letzten Bissen seiner Dover-Seezunge, dann lehnte er sich zurück. »Mir kommt es so vor, als hätten wir Quiz gespielt, und ich war der Kandidat«, sagte er gutmütig. »Sie wissen jetzt alles über mich. Kommen wir zu Ihnen, Susan. Wie ich schon sagte, bin ich Hobbysegler. Was machen Sie denn so in Ihrer Freizeit?«

»Ich fahre gern Ski«, entgegnete Susan. »Mein Vater ist ein glänzender Skifahrer, und er hat es mir beigebracht. So wie Sie mit Ihrem Dad segeln gingen, nahm mich meiner mit, wenn er Ski fahren wollte. Meine Mutter haßt die Kälte, und meine Schwester ebenso, sie zeigte kein Interesse, deshalb hatte er viel Zeit für mich.«

»Machen Sie das immer noch zusammen?«

»Nein. Leider hat er seine Skier in die Ecke gestellt.«

»Seit seiner zweiten Heirat?«

»Ungefähr.« Susan war froh, daß der Kellner mit der Dessertkarte erschien. Sie hatte mehr über Donald Richards erfahren wollen, und statt dessen plauderte sie aus dem Nähkästchen und offenbarte ihm viel zuviel über sich.

Sie beschlossen beide, auf das Dessert zu verzichten, und bestellten Espresso. Als er gebracht wurde, kam Richards auf Tiffany zu sprechen. »Es war irgendwie traurig, ihr heute zuzuhören. Sie ist sehr verletzlich, meinen Sie nicht auch?«

»Ich glaube, sie will sich unbedingt verlieben und geliebt werden«, stimmte Susan ihm zu. »Es klingt, als wäre sie nie näher an eine dauerhafte Beziehung herangekommen als damals mit Matt. Sie hat ihren Wünschen seinen Namen gegeben.«

Richards nickte. »Und ich behaupte, sollte Matt sich daraufhin bei ihr melden, dann bestimmt nicht, weil er sich freut, daß sie seinem spontanen Impuls, einen Ring als Andenken für sie zu kaufen, soviel Wert beimißt. Das würde die meisten Männer nur abschrecken.«

Will er den Ring herunterspielen? fragte sich Susan. Der Text des Songs ›Du gehörst mir‹ ging ihr durch den Kopf: *Am Saum des Nils die Pyramiden / und in den Tropen geht die Sonne auf …*

Als sie das Restaurant verließen, winkte Richards einem Taxi. Sie stiegen ein, und er nannte dem Fahrer ihre Adresse. Dann blickte er sie verlegen an. »Ich kann keine Gedanken lesen. Ich hab' gesehen, daß Sie im Telefonbuch stehen … unter S. C. Chandler. Wofür steht das C?«

»Für Connelley. Der Mädchenname meiner Mutter.«

Vor ihrem Wohnhaus angekommen, ließ er das Taxi warten, während er sie nach oben begleitete. »Ihre Mutter wäre stolz auf Sie«, sagte Susan zu ihm. »Der vollendete Gentleman.« Sie dachte an Alex Wright, der vor zwei Tagen das gleiche getan hatte. Zwei wohlerzogene Männer in drei Tagen, überlegte sie. Nicht schlecht.

Richards ergriff ihre Hand. »Ich glaube, ich habe mich schon zu Beginn des Abends für Ihre Gesellschaft bedankt. Ich möchte es noch einmal tun, noch nachdrücklicher.«

Er sah sie ernst an. »Sie brauchen keine Angst vor einem Kompliment zu haben, Susan. Das haben Sie nämlich, wissen Sie das? Gute Nacht.«

Nach diesen Worten ging er. Susan schloß die Tür zweimal ab, lehnte sich einen Augenblick dagegen und versuchte, ihre Gefühle zu sortieren. Schließlich ging sie zu ihrem Anrufbeantworter hinüber. Es waren zwei Nachrichten eingetroffen. Die erste stammte von ihrer Mutter: »Ruf mich an, ich bin bis Mitternacht wach.«

Es war Viertel vor elf. Ohne sich erst die zweite Nachricht anzuhören, begann Susan zu wählen.

Man hörte es ihrer Stimme an, wie nervös ihre Mutter war, als sie Susans Begrüßung kaum erwiderte und stockend auf den Grund ihres Anrufs zu sprechen kam. »Susan, es ist zum Verrücktwerden, ich komme mir vor, als sollte ich zwischen meinen Töchtern wählen, aber ...«

Susan hörte sich ihren ein wenig wirren Bericht an; wie sehr es Alex Wright offenbar gefreut habe, sie am Sonntag auf der Party kennengelernt zu haben, aber daß Binky ihn mit Dee zu verkuppeln versuche. »Wir wissen beide, wie einsam und ruhelos Dee ist, aber ich möchte nicht, daß sie sich in eine Freundschaft einmischt, die dir vielleicht etwas bedeutet.« Ihre Mutter verstummte. Diese Unterhaltung kostete sie anscheinend sehr viel Kraft.

»Du möchtest nicht, daß Dee sich wieder einen Mann angelt, der Interesse an mir bekundet haben könnte. Das meinst du doch, nicht wahr, Mom? Schau mal, ich war mit Alex Wright zum Essen aus, und es war sehr angenehm, aber das ist auch schon alles. Wie ich höre, hat Dee ihn angerufen. Ja, er hat sie sogar eingeladen, mit uns zusammen am Samstag abend zu einer Dinnerparty zu gehen. Ich konkurriere nicht mit meiner Schwester. Wenn ich dem Richtigen begegne, werden wir es beide wissen, und ich werde mir keine Sorgen machen müssen, daß er abspringt, sobald meine Schwester nur mit dem kleinen Finger winkt. Denn so einen Mann würde ich nicht wollen.«

»Du willst damit andeuten, daß ich deinen Vater zurücknehmen würde«, protestierte ihre Mutter.

»Unsinn, wie kommst du denn darauf?« sagte Susan. »Ich verstehe vollkommen, wie mies du dich fühlst, weil Dad dich im Stich gelassen hat. Ich fühle mich deswegen auch mies. Viele Menschen, zu denen auch ich gehöre, fassen einen Treuebruch als einen tödlichen Schlag für eine Beziehung auf. Warten wir ab, was geschieht. Bisher war ich schließlich nur ein einziges Mal mit Alex verabredet. Beim zweitenmal öden wir uns vielleicht schon an.«

»Du mußt nur verstehen, wie unglücklich Dee ist«, bat ihre Mutter. »Sie hat mich heute nachmittag angerufen, um mir zu sagen, daß sie wieder nach New York zieht. Wir fehlen ihr, und sie hat die Modeagentur satt. Dein Vater spendiert ihr in der nächsten Woche eine Kreuzfahrt. Hoffentlich weckt das neue Lebensgeister in ihr.«

»Das hoffe ich auch. Na schön, Mom, dann erst mal bis bald.«

Endlich spielte sie die zweite Nachricht ab; sie war von Alex Wright: »Ein Geschäftsessen ist ausgefallen, und ich habe all meinen Mut zusammengenommen, um es wieder mal kurzfristig bei Ihnen zu versuchen. Keine sehr guten Manieren, ich weiß, aber ich wollte Sie gern sehen. Ich rufe Sie morgen an.«

Lächelnd hörte Susan sich die Nachricht noch einmal an. Na, das ist mal ein Kompliment, gegen das ich mich nicht wehre, lieber Dr. Richards, dachte sie. Und ich bin mächtig froh, daß Dee nächste Woche die Kreuzfahrt gebucht hat.

Wenig später, als Susan im Bett lag und allmählich einnickte, fiel ihr wieder ein, daß sie Tiffany im ›Grotto‹ hatte anrufen wollen. Sie mußte sie einfach dazu bringen, zu ihr zu kommen und zumindest ihren Türkisring mit dem Ring Regina Clausens zu vergleichen. Entschlossen schaltete sie das Licht an und sah auf die Uhr. Viertel vor zwölf.

Ich könnte sie noch erwischen, dachte sie. Vielleicht stimmt sie ja zu, wenn ich sie morgen zu einem Besuch im Studio und zum Mittagessen einlade.

Sie bekam die Nummer des ›Grotto‹ von der Auskunft und wählte. Das Telefon läutete lange Zeit, bevor jemand den Hörer abnahm und brüllte: »Grotto!«

Susan fragte nach Tiffany, dann mußte sie mehrere Minuten warten, bis das Mädchen sich meldete. Kaum hatte sie ihren Namen gesagt, als Tiffany auch schon explodierte. »Dr. Susan, ich will nichts mehr von diesem blöden Ring hören. Matts Mutter hat angerufen, um mir zu sagen, ich soll nicht mehr über ihn sprechen. Sie sagt, er wird bald heiraten. Also hab' ich den albernen Ring weggeschmissen! Nichts gegen Sie, aber ich wollte, ich hätte mir Ihre Sendung an dem Tag nicht angehört. Und ich wollte, Matt und ich wären nie in diesen blöden Andenkenladen gegangen. Und vor allem wollte ich, wir hätten nicht darauf geachtet, als der Mann, dem dieser alberne Laden gehörte, sagte, der Typ, der gerade rausgegangen war, hätte für mehrere seiner Freundinnen solche Ringe gekauft.«

Susan setzte sich kerzengerade im Bett auf. »Tiffany, das ist wichtig. Haben Sie den Mann gesehen?«

»Na klar. Er war süß. Ein Klassetyp. Nicht wie Matt.«

»Tiffany, ich muß mit Ihnen sprechen. Kommen Sie morgen nach New York. Wir essen zusammen zu Mittag. Und bitte sagen Sie mir noch eins – ist es möglich, Ihren Ring wiederzufinden?«

»Dr. Susan, inzwischen ist er unter Bergen von Hähnchenknochen und Pizza begraben, und da wird er auch bleiben. Ich will nicht mehr darüber reden. Ich komme mir so ungeheuer blöd vor, aller Welt zu erzählen, wie toll Matt ist. Was für ein Stinkstiefel! Hören Sie, ich muß Schluß machen. Mein Boß wirft mir schon böse Blicke zu.«

Susan gab nicht auf. »Tiffany, ist Ihnen wieder eingefallen, wo Sie den Ring gekauft haben?«

»Ich sagte doch bereits, im Village. Im West Village. Ich weiß noch, daß es nicht allzu weit von einer U-Bahnstation entfernt war. Und gegenüber war ein Sexshop, das weiß ich noch genau. Ich muß weiterarbeiten. Tschüs, Dr. Susan.«

Susan, die jetzt hellwach war, legte langsam den Hörer auf. Tiffany hatte ihren Türkisring weggeworfen, was sehr schade war, aber dafür erinnerte sie sich an einen Mann, der offenbar mehrere Ringe dieser Art gekauft hatte. Ich wollte ja Chris Ryan anrufen, um Douglas Layton von ihm überprüfen zu lassen, dachte sie. Dann gebe ich ihm auch gleich Tiffanys Privatnummer. Er wird ihre Adresse für mich herausfinden können. Und wenn nicht, sitze ich morgen abend im ›Grotto‹ und esse beim besten Italiener von Yonkers.

56

Tiffany hatte den Abend überstanden und sogar ihre gewohnt frechen Sprüche geklopft. Geholfen hatte ihr, daß im ›Grotto‹ viel Betrieb herrschte und ihr so nicht viel Zeit zum Nachdenken blieb. Nur wenige Male, zum Beispiel als sie zur Toilette gegangen war und ihr eigenes Spiegelbild gesehen hatte, waren Demütigung und Wut wieder über sie hereingebrochen.

Gegen elf Uhr war ein Kerl ins Lokal gekommen und hatte sich an der Bar niedergelassen. Sie spürte, wie er sie jedesmal, wenn sie auf dem Weg zu den Tischen an ihm vorbeikam, mit den Blicken auszog.

Elender Mistkerl, dachte sie.

Um zwanzig vor zwölf hatte er ihre Hand gepackt und ihr vorgeschlagen, mit zu ihm nach Hause zu kommen, wenn sie frei hatte.

»Verzieh dich, du Ekelpaket!« hatte sie ihn angezischt.

Daraufhin hatte er ihre Hand so fest gedrückt, daß sie vor Schmerz aufschrie. »Du brauchst nicht gleich gemein zu werden«, hatte er sie angeschnauzt.

»Laß sie los!« Joey, der Barkeeper, baute sich vor ihm auf. »Das reicht jetzt, Mister«, sagte er. »Bezahl deine Rechnung und verschwinde von hier.«

Der Typ stand auf. Er war groß, aber Joey war größer. Also warf er Geld auf den Tresen und ging.

Kurz darauf hatte Dr. Susan angerufen, und Tiffany kam wieder zu Bewußtsein, wie mies sie sich fühlte. Ich will nur noch nach Hause und mir die Decke über den Kopf ziehen, dachte sie nach dem Gespräch.

Um fünf vor zwölf rief Joey sie zu sich. »Hör mal, Kleines, wenn du gehen willst, bringe ich dich zu deinem Auto. Der Typ könnte sich noch draußen rumtreiben.«

Doch als Tiffany schon ihren Mantel zuknöpfte und aufbrechen wollte, kam ein Bowling-Verein ins Lokal und belagerte die Bar. Tiffany schätzte, daß Joey mindestens zehn Minuten alle Hände voll zu tun haben würde.

»Bis morgen dann, Joey!« rief sie ihm zu und lief nach draußen.

Erst als sie vor der Tür stand, fiel ihr ein, daß sie ihren Wagen in der einsamsten Ecke des Parkplatzes abgestellt hatte. Wie nervig, dachte Tiffany. Wenn der Typ tatsächlich noch da ist, könnte er Scherereien machen. Sie sah sich auf dem Parkplatz um und entdeckte nur einen Mann, der aussah, als sei er gerade aus seinem Wagen gestiegen und wolle ins Lokal gehen. Selbst im Halbdunkel konnte sie erkennen, daß er nicht der Typ war, der sie angemacht hatte. Dieser Mann war größer und schlanker.

Trotzdem hatte sie ein komisches Gefühl und wollte sich so schnell wie möglich verdrücken. Während sie eilig zu ihrem Auto ging, kramte sie in ihrer Tasche nach dem Schlüssel. Gleich hätte sie es geschafft.

Dann stand der Mann, den sie vorn auf dem Parkplatz gesehen hatte, plötzlich vor ihr. In der Hand hielt er einen glänzenden Gegenstand.

Ein Messer! Die Erkenntnis ließ sie wie erstarrt stehenbleiben.

Nein! dachte sie ungläubig, als er näherkam.

Passiert mir das wirklich? Warum ich?

»Bitte nicht«, flehte sie. »Bitte *nicht*!«

Tiffany lebte noch lang genug, um das Gesicht ihres Angreifers zu sehen, lang genug, um in ihrem Mörder den eleganten Mann wiederzuerkennen, der ihr kurz in dem Andenkenladen im Village begegnet war. Der Mann, der die Ringe mit der Inschrift ›Du gehörst mir‹ gekauft hatte.

57

Auf der Rückfahrt nach New York City, als er über den Cross Bronx Expressway fuhr, spürte er, wie ihm überall der Schweiß ausbrach. Das war knapp gewesen. Gerade war er über die niedrige Mauer gestiegen, die das Grundstück des ›Grotto‹ von der geschlossenen Tankstelle trennte, an der er seinen Wagen geparkt hatte, als er einen Mann ›Tiffany!‹ rufen hörte.

Er hatte seinen Wagen auf der anderen Seite der Tankstelle abgestellt, und zum Glück war das Gelände abschüssig und er mußte den Motor erst anlassen, als er die Straße erreichte. Dort bog er sofort nach rechts ab und verschwand im Verkehr, also war es gut möglich, daß ihn niemand gesehen hatte.

Nächste Woche wird alles vorbei sein, sagte er sich. Er würde eine Frau auswählen, die ›den Dschungel‹ sehen sollte, wenn er ›von Regen glänzt‹, und dann wäre seine Mission erfüllt.

Veronica, so vertrauensvoll – sie war die erste gewesen –, jetzt in Ägypten begraben: ›Am Saum des Nils die Pyramiden.‹

Regina. Er hatte ihr Vertrauen in Bali gewonnen: ›Und in den Tropen geht die Sonne auf.‹

Constance, die Carolyn in Algier ersetzt hatte: ›Der bunte Markt im alten Algier.‹

›Ein Flugzeug, silbern überm blauen Meer.‹ Er dachte an Monica, die schüchterne Erbin, die er auf dem Flug nach London kennengelernt hatte. Wie genau er noch wußte, daß er mit ihr darüber geredet hatte, wie die Sonnenstrahlen sich auf der Tragfläche brachen.

Mit den Ringen hatte er allerdings einen Fehler gemacht. Das wußte er jetzt. Es sollte ein heimlicher Scherz sein, so wie der Zusammenhang zwischen den Namen, die er auf seinen speziellen Reisen benutzte. Er hätte seine Scherze für sich behalten sollen.

Doch Parki, der die Ringe hergestellt hatte, war beseitigt. Und jetzt war Tiffany, die ihn beim Kauf eines der Ringe gesehen hatte, ebenfalls tot. Er war überzeugt, daß sie ihn am Ende, genauso wie Carolyn, wiedererkannt hatte. Tiffany hatte ihn im Andenkenladen deutlich gesehen, seine normale äußere Erscheinung, und dennoch war es beunruhigend, daß sie ihn trotz der trüben Beleuchtung auf dem Parkplatz erkannt hatte.

Ach, sie alle waren Federn im Wind, und er konnte sie jetzt nie mehr zurückholen; aber bestimmt würden sie unbemerkt davonfliegen. Zwar hatte er versucht, sich auf den Kreuzfahrtschiffen von den Kameras fernzuhalten, doch war es unvermeidlich, daß er im Hintergrund irgendwelcher Fotos zu entdecken war. Fotos, die ehemalige Passagiere überall auf der Welt zweifellos gerahmt hatten, um sich an ihre fantastische Urlaubsreise zu erinnern … Fotos, die jetzt unbeachtet auf zahllosen Schlafzimmerkommoden standen oder an den Wänden von Arbeitszimmern hingen. Er fand diese Vorstellung zugleich amüsant und erschreckend.

Schließlich hatte Carolyn Wells ein Foto mit seinem Konterfei an Susan Chandler schicken wollen. Der Gedanke daran, wie knapp er entkommen war, machte ihm immer noch zu schaffen. Er stellte sich vor, wie Susan das Päckchen öffnete und wie sich ihre Augen vor Überraschung und Entsetzen weiteten, als sie ihn erkannte.

Endlich hatte er sein Parkhaus erreicht. Er fuhr die Rampe hinunter, hielt, stieg aus und nickte dem Wächter zu, der ihn mit der Stammkunden vorbehaltenen Herzlichkeit begrüßte. Es war jetzt fast ein Uhr nachts, und er legte die kurze Strecke nach Hause zu Fuß zurück, froh, den kühlen, erfrischenden Wind im Gesicht zu spüren.

Heute in einer Woche wird alles vorbei sein, beruhigte er sich. Bis dahin werde ich die letzte Etappe meiner Reise angetreten haben. Susan Chandler wird ausgeschaltet sein, und ich werde auf meine letzte Kreuzfahrt gehen.

Er wußte, sobald dies geschehen war, würde das schreckliche, brennende Gefühl in seinem Innern verschwinden, und er würde endlich frei sein – frei, um der Mensch zu werden, den seine Mutter immer in ihm gesehen hatte.

58

Donnerstag früh fuhr Pamela Hastings beim Krankenhaus vorbei, um Carolyn Wells zu besuchen; sie hoffte, daß es ihr inzwischen besser ging. Statt dessen erfuhr sie, daß ihr Zustand unverändert war.

»Sie hat wieder nach ›Win‹ gerufen«, teilte Gladys, die Oberschwester der Morgenschicht, ihr mit. »Diesmal klang es eher wie ›Oh, Win‹, als ob sie mit ihm sprechen wollte.«

»Hat ihr Mann es gehört, Gladys?«

»Nein. Seit gestern nachmittag war er nicht mehr hier.«

»Ach nein?« Pamela war schockiert. »Wissen Sie, ob er angerufen hat? Ist er krank?«

»Wir haben nichts von ihm gehört.«

»Seltsam«, murmelte Pamela. »Ich rufe ihn an. Darf ich kurz nach Carolyn sehen?«

»Natürlich.«

Seit dem Unfall waren erst zweieinhalb Tage vergangen, aber Pamela war die Intensivstation schon so vertraut, als wäre sie wer weiß wie oft hierhergepilgert. Gestern waren die Vorhänge rings um das Bett eines älteren Mannes, der nach einem schweren Herzanfall eingeliefert worden war, zugezogen gewesen. Heute war sein Bett leer. Pamela beschloß, nicht nach ihm zu fragen; sicher war der Mann während der Nacht verstorben.

Der sichtbare Teil von Carolyns Gesicht schien heute morgen noch geschwollener und blauer als gestern. Pam konnte immer noch kaum glauben, daß diese dick bandagierte, an Tropfe und Schläuche angeschlossene Frau ihre hübsche, lebhafte Freundin sein sollte.

Carolyns Hände lagen auf der Bettdecke. Pam verflocht ihre Finger mit denen ihrer Freundin und merkte, daß Carolyns schlichter goldener Trauring fehlte. Sie dachte daran, daß Carolyn ungern Schmuck trug. Pam hatte sie höchstens mal mit guten Modeschmuckbroschen und Ohrringen oder mit der einreihigen Perlenkette ihrer Großmutter gesehen.

»Carolyn«, sagte sie leise. »Ich bin's, Pam. Ich wollte nur mal sehen, wie's dir geht. Alle fragen nach dir. Sobald du dich besser fühlst, wirst du viel Besuch bekommen. Vickie, Lynn und ich planen schon deine Genesungsparty. Es gibt Champagner, Kaviar, Räucherlachs – was das Herz begehrt. Die ›Viererbande‹ weiß, wie man feiert. Richtig?«

Pam war klar, daß sie Unsinn redete, aber man hatte ihr gesagt, es sei möglich, daß Carolyn sie hören könne. Über Justin wollte sie nicht sprechen. Wenn er der Mann war, der Carolyn vor den Transporter gestoßen hatte, und wenn sie das wußte, dann könnte es sie ängstigen, seinen Namen zu hören, geschweige denn, seine Gegenwart zu spüren.

Aber ich weiß nicht, was ich dagegen tun soll, dachte sie. Wenn sie doch nur das Bewußtsein wiedererlangen würde, nur eine Minute. »Ich muß los, Car«, sagte sie, »aber ich komme später wieder. Ich hab' dich lieb.« Sie hauchte einen Kuß auf Carolyns Wange. Keine Reaktion.

Unruhig verließ sie die Intensivstation und wischte sich mit dem Handrücken die Tränen ab. Als sie am Wartezimmer vorbeikam, entdeckte sie dort zu ihrer Überraschung Justin. Er saß zusammengesunken auf einem Stuhl, war unrasiert und trug dieselben Kleider wie gestern nachmittag. Ihre Blicke begegneten sich, und er trat auf den Korridor hinaus. »Hat Carolyn mit dir gesprochen?« fragte er gespannt.

»Nein. Justin, was in Gottes Namen ist los mit dir? Warum warst du gestern abend nicht hier?«

Er zögerte mit der Antwort. »Weil die Polizei anscheinend denkt, daß *ich* Carolyn vor den Transporter gestoßen habe, wenn auch noch nicht offiziell Anklage gegen mich erhoben wird.«

Er hielt Pamelas Blick stand. »Du bist erschrocken, nicht wahr, Pam? Erschrocken, aber nicht überrascht. Diese Möglichkeit ist dir auch schon durch den Kopf gegangen, wie?« Sein Gesicht verzog sich plötzlich, und er brach in Tränen aus. »Versteht denn kein Mensch, was ich für sie empfinde?« Dann schüttelte er den Kopf und zeigte zur Intensivstation. »Ich gehe da nicht wieder rein. Wenn Carolyn vor den Transporter gestoßen wurde und es weiß, die Person aber nicht gesehen hat, glaubt sie vielleicht auch, daß ich es war. Aber ich will euch alle nur eins fragen: Wenn sie mit diesem Kerl, diesem ›Win‹, nach dem sie ständig ruft, was hat, warum zum Teufel ist er dann jetzt nicht bei ihr?«

59

Chris Ryan war dreißig Jahre lang FBI-Agent gewesen, bevor er sich pensionieren ließ und eine eigene kleine Sicherheitsfirma in der East Fifty-second Street aus der Taufe hob. Er war jetzt neunundsechzig Jahre alt, hatte volles eisgraues Haar, ein wenig Übergewicht, ein freundliches Gesicht, fröhliche blaue Augen und sah wie die Idealbesetzung für den Weihnachtsmann aus, der in die Schule seiner Enkel kam.

Sein unbekümmertes Wesen und sein süffisanter Humor sorgten dafür, daß er allgemein beliebt war, und diejenigen, die beruflich mit ihm zu tun hatten, sprachen mit großem Respekt von seiner Kompetenz als Ermittler.

Er und Susan hatten sich angefreundet, als er von den Angehörigen eines Mordopfers engagiert worden war, um das Verbrechen unabhängig von der Polizei aufzuklären. Susan vertrat die Anklage in diesem Fall, und die Informationen, die Chris ihr zukommen ließ, halfen ihr dabei, ein Geständnis des Täters zu erreichen.

Ryan war aus allen Wolken gefallen, als sie ihm von ihrer Entscheidung erzählte, ihren Job bei der Staatsanwaltschaft an den Nagel zu hängen und wieder zur Uni zu gehen. »Du bist ein Naturtalent«, hatte er zu ihr gesagt. »Eine großartige Staatsanwältin. Warum willst du deine Zeit damit verschwenden, einem Haufen verwöhnter Jammerknochen zuzuhören, die ihr schweres Los beklagen?«

»Glaub mir, es ist mehr als das, Chris«, hatte Susan lachend erwidert.

Sie gingen immer noch hin und wieder zusammen essen, deshalb freute sich Chris, als Susan ihn am Donnerstag morgen anrief. »Brauchst du eine kostenlose Mahlzeit?« fragte er aufgeräumt. »Hier an der Ecke hat ein neues Steakhaus aufgemacht. Ecke Forty-ninth und Third. Erstklassiges Rindfleisch. So macht es Spaß, seinen Cholesterinwert zu erhöhen. Wann hast du Zeit?«

»Ein neues Steakhaus Ecke Forty-ninth und Third? Ist da nicht das Smith & Wollensky?« fragte Susan. »Und ich weiß zufällig, daß es seit siebzig Jahren besteht und daß manche denken, es gehöre dir.« Sie lachte. »Klar komme ich mit, aber zuerst muß ich dich um einen Gefallen bitten, Chris. Ich möchte jemanden überprüfen lassen, und zwar möglichst schnell.«

»Wen?«

»Einen Anwalt, Douglas Layton. Er arbeitet bei Hubert March und Co., einer Anwaltskanzlei und Investmentfirma. Layton ist außerdem Vorstand der Clausen Stiftung.«

»Scheint erfolgreich zu sein. Hast du vor, ihn zu heiraten?«

»Nein.«

Ryan lehnte sich in seinem Drehstuhl zurück, als Susan ihm die nötigen Hintergrundinformationen lieferte und erklärte, Jane Clausen sei Laytons wegen beunruhigt. Dann spitzte er die Ohren, als Susan ihm von den Ereignissen seit der Radiosendung vom Montag berichtete, in der sie Regina Clausens Verschwinden angesprochen hatte.

»Und du sagst, der Kerl ist verduftet, als du diese Karen in der Praxis erwartet hast?«

»Ja. Und eine Bemerkung, die Layton am Dienstag Mrs. Clausen gegenüber gemacht hat, läßt darauf schließen, daß er ihre Tochter kannte – was er vorher immer abgestritten hatte.«

»Ich lege gleich los«, versprach Ryan. »In letzter Zeit ist kaum was Interessantes angefallen. Ich hab' bloß Männer für nervöse künftige Ehefrauen überprüft. Heutzutage vertraut keiner keinem mehr.« Er griff nach Block und Stift. »Von jetzt an läuft die Uhr. Wohin soll ich Mrs. Clausen die Rechnung schicken?«

Er hörte das Zögern in Susans Stimme. »So einfach ist es leider nicht. Heute morgen habe ich eine Nachricht von Mrs. Clausen auf meinem Anrufbeantworter vorgefunden.

Sie sagt, sie habe ins Krankenhaus gehen müssen, um sich einer weiteren Chemotherapie zu unterziehen, und im nachhinein komme es ihr unfair vor, daß sie mit mir über ihren Verdacht gegen Layton gesprochen habe. Offenbar wollte sie damit andeuten, ich solle die ganze Sache vergessen, aber das kann ich nicht. Ich glaube nicht, daß sie unfair war, und ich mache mir Sorgen um sie. Also schreib die Rechnung auf meinen Namen«, sagte Susan.

Chris Ryan stöhnte auf. »Dem Himmel sei Dank für meine Pension. An jedem Ersten des Monats küsse ich das Bild von J. Edgar Hoover. Na schön. Betrachte die Sache als erledigt. Ich melde mich bei dir, Susie.«

60

Doug Laytons Sekretärin Leah, eine praktisch veranlagte Frau Anfang Fünfzig, musterte ihren Chef mißbilligend. Er sieht aus, als ob er sich die ganze Nacht um die Ohren gehauen hätte, dachte sie, als Layton an ihr vorüberging und nur ein flüchtiges »Guten Morgen« murmelte.

Ohne zu fragen, ging sie zur Kaffeemaschine, goß ihm eine Tasse ein, klopfte an seine Tür und öffnete sie, ehe er ›herein‹ rufen konnte. »Ich will Sie nicht verwöhnen, Doug«, sagte sie, »aber Sie sehen aus, als könnten Sie eine Stärkung gebrauchen.«

Offensichtlich war er heute nicht zu scherzhaftem Geplänkel aufgelegt. Seine Stimme klang gereizt, als er sagte: »Ich weiß, Leah. Sie sind die einzige Seketärin, die für ihren Chef Kaffee kocht.«

Sie wollte noch hinzufügen, daß er erschöpft aussehe, kam jedoch zu dem Schluß, daß sie schon genug gesagt hatte. Außerdem wirkte er so, als hätte er einen zuviel über den Durst getrunken, dachte sie. Er sollte sich lieber vorsehen – das wird hier nicht toleriert.

»Sagen Sie mir Bescheid, wenn Sie Nachschub wollen«, sagte sie kurz angebunden, als sie die Tasse vor ihn hinstellte.

»Leah, Mrs. Clausen ist wieder im Krankenhaus«, sagte Douglas leise. »Ich habe sie gestern abend besucht. Ich glaube nicht, daß ihr noch viel Zeit bleibt.«

»Oh, das tut mir so leid.« Leah hatte plötzlich Gewissensbisse. Sie wußte, daß Jane Clausen für Doug viel mehr war als nur eine Klientin. »Fliegen Sie nächste Woche trotzdem nach Guatemala?«

»Ja, natürlich. Aber ich warte nicht länger damit, ihr die Überraschung zu zeigen. Eigentlich wollte ich sie erst einweihen, wenn ich mit meinem Bericht zurückkomme.«

»Das Waisenhaus?«

»Ja. Sie weiß nicht, wie schnell dort gearbeitet wurde, um das alte Gebäude zu renovieren und den neuen Flügel anzubauen. Mr. March und ich waren uns einig, daß es sie riesig freuen würde, den kompletten Bau zu sehen. Sie weiß auch noch nicht, daß die Leitung des Waisenhauses uns gebeten hat, ihm Reginas Namen zu geben.«

»Das haben Sie vorgeschlagen, nicht wahr, Doug?«

Er lächelte. »Schon möglich. Auf jeden Fall habe ich vorgeschlagen, daß wir nicht nur die Umbenennung des Waisenhauses absegnen, sondern Mrs. Clausen auch mit dieser Neuigkeit überraschen. Die Einweihung findet zwar erst nächste Woche statt, aber ich finde, wir sollten dennoch nicht länger damit warten, ihr die Bilder zu zeigen. Bringen Sie mir bitte die Unterlagen.«

Gemeinsam betrachteten sie die Fotos, die den Verlauf der Bauarbeiten an dem neuen Teil des Waisenhauses dokumentierten. Das neueste Foto zeigte das fast fertiggestellte Gebäude, ein hübsches L-förmiges weißgetünchtes Haus mit grünem Ziegeldach. »Platz für weitere zweihundert Kinder«, sagte Doug. »Mit einer hochmodernen Klinik ausgestattet. Sie haben keine Ahnung, wie viele unterernährte Säuglinge dort eingeliefert werden. Jetzt will ich noch den Antrag stellen, ein Wohnhaus auf dem Gelände zu errichten, damit die künftigen Eltern dort eine Zeitlang mit den Babys zusammensein können, die sie adoptieren wollen.«

Er zog die Schublade an seinem Schreibtisch auf. »Das ist die Plakette, die wir bei der Einweihung enthüllen werden. Sie soll hier auf einer Steinplatte angebracht werden.« Er zeigte auf die Rasenfläche vor dem Gebäude und beschrieb einen Kreis. »Von der Straße und der Einfahrt aus wird sie deutlich zu sehen sein.«

Dann senkte er die Stimme. »Ich wollte eigentlich einen ortsansässigen Künstler beauftragen, nach der Enthüllung ein Duplikat anzufertigen, aber wir sollten lieber sofort damit anfangen. Sagen Sie Peter Crown von der Agentur, er soll sich darum kümmern.«

Leah betrachtete die hübsche, in Form einer Wiege gestaltete Plakette. Die eingravierte vergoldete Inschrift lautete REGINA-CLAUSEN-HEIM.

»Oh, Doug, Mrs. Clausen wird sich so freuen!« Leahs Augen wurden feucht. »Das bedeutet, daß wenigstens etwas Gutes aus all dem Unglück entstanden ist.«

»Genau«, stimmte Douglas Layton voll Inbrunst zu.

61

Es war zehn nach neun, als Susans Sekretärin sich über die Gegensprechanlage meldete. »Dr. Pamela Hastings ist hier, Doktor.«

Sie hatte sich schon Sorgen gemacht, daß Pamela nicht kommen würde. Erleichtert sagte sie Janet, sie solle sie hereinführen.

Man sah Pamela deutlich an, daß sie beunruhigt war – sie runzelte die Stirn und preßte die Lippen aufeinander. Doch als sie sprach, war sie Susan auf Anhieb sympathisch. Pamela war nicht nur klug, sondern auch sehr warmherzig.

»Dr. Chandler, ich muß Ihnen sehr unhöflich vorgekommen sein, als sie neulich abends im Krankenhaus angerufen haben. Aber ich war ebenso überrascht, als Sie sich vorstellten.«

»Und das zweifellos um so mehr, als Sie hörten, warum ich anrief, Dr. Hastings.« Susan streckte die Hand aus. »Sagen wir doch Susan und Pamela, wenn es Ihnen recht ist.«

»Gern.« Pamela Hastings schüttelte ihr die Hand, dann sah sie sich um und setzte sich. Sie zog den Stuhl ein wenig näher an Susans Schreibtisch heran, als fürchte sie, andere könnten hören, was zu sagen sie im Begriff stand.

»Entschuldigen Sie, daß ich mich verspätet habe, und ich kann auch nicht lange bleiben. An den letzten beiden Tagen habe ich so viel Zeit im Krankenhaus verbracht, daß ich mich kaum auf meine Seminare vorbereiten konnte.«

»Und ich gehe in knapp einer Stunde auf Sendung«, sagte Susan, »also packen wir den Stier bei den Hörnern. Haben Sie sich den Anruf angehört, den Carolyn Wells am Montag während der Sendung gemacht hat?«

»Geht es um das Band, das Justin angeblich nicht bestellt haben wollte? Nein.«

»Ich habe den Mitschnitt gestern der Polizei übergeben müssen«, erklärte Susan, »aber ich lasse noch einen für Sie anfertigen, weil ich möchte, daß Sie bestätigen, daß es sich um Carolyns Stimme handelt; auch wenn ich längst überzeugt bin, daß Carolyn Wells die Anruferin war. Lassen Sie mich kurz zusammenfassen, was Sie gesagt hat.«

Als Susan schilderte, wie sie über Regina Clausens Verschwinden während der Kreuzfahrt gesprochen hatte und den Anruf wiedergab, den sie von ›Karen‹ erhalten hatte, malte sich tiefe Sorge auf Pamela Hastings Gesicht.

»Ich brauche mir das Band nicht anzuhören«, sagte sie, als Susan fertig war. »Am vergangenen Freitag habe ich einen Türkisring mit dieser Gravur gesehen. Carolyn hat ihn mir gezeigt.« Sie berichtete Susan kurz von der Party zu ihrem vierzigsten Geburtstag.

Susan öffnete eine Schublade an ihrem Schreibtisch und nahm ihre Handtasche heraus. »Regina Clausens Mutter hat sich die Sendung angehört und Carolyns Anruf mitbekommen. Danach rief sie mich an und kam mit einem Ring zu mir, den sie ihren Worten zufolge unter den Sachen ihrer Tochter gefunden hatte. Würden Sie ihn sich bitte mal anschauen?«

Sie öffnete die Handtasche, holte ihre Brieftasche heraus und brachte den Türkisring zum Vorschein, den sie Pamela hinhielt.

Pamela Hastings wurde blaß. Sie nahm den Ring nicht, sondern starrte ihn nur an. Schließlich sagte sie: »Er sieht genauso aus wie der Ring, den Carolyn mir gezeigt hat. Ist innen der Spruch ›Du gehörst mir‹ eingraviert?«

»Ja. Hier, sehen Sie es sich an.«

Pamela Hastings schüttelte den Kopf. »Nein, ich will ihn nicht anfassen. Als Psychologin halten Sie mich bestimmt für verrückt, aber ich habe eine Gabe – oder es ist ein Fluch, je nach Sichtweise –, eine sehr ausgeprägte Intuition, das zweite Gesicht, oder wie immer man es nennen will. Als ich den Ring berührte, den Carolyn mir neulich gab, warnte ich sie, daß er der Anlaß für Ihren Tod sein könnte.«

Susan lächelte ermutigend. »Ich halte Sie nicht für verrückt. Ich habe den allergrößten Respekt vor der Begabung, die Sie beschreiben. Obschon ich sie nicht verstehe, bin ich doch überzeugt, daß sie existiert. Bitte erzählen Sie weiter. Was empfangen Sie von diesem Ring?« Sie hielt ihn ihr wieder hin.

Pamela Hastings wich zurück und wandte den Blick ab. »Ich kann ihn nicht berühren. Es tut mir leid.«

Susan hatte die Antwort, mit der sie gerechnet hatte: Dieser Ring war ebenfalls ein Vorbote des Todes.

Nach einer beklommenen Pause sagte Susan: »Aus Carolyn Wells' Stimme sprach sehr reale Angst, als sie mich am Montag anrief. Ich will ganz offen sein. Es klang, als habe sie Angst vor ihrem Mann. Der Polizeibeamte, der sich das Band anhörte, hatte denselben Eindruck.«

Pamela schwieg eine Zeitlang. »Justin ist sehr besitzergreifend gegenüber Carolyn«, sagte sie leise.

Susan merkte, daß sie sich bewußt vorsichtig ausdrückte. »Besitzergreifend oder vielleicht auch eifersüchtig genug, um ihr zu schaden?«

»Ich weiß es nicht.« Das kam gequält heraus, als hätte sie es sich abgerungen. Beinahe flehend hob sie die Hände. »Carolyn ist nicht bei Bewußtsein. Wenn sie aufwacht – *falls* sie aufwacht –, ergibt sich vielleicht ein völlig anderes Bild der Ereignisse, aber ich sollte Ihnen wohl sagen, daß Sie anscheinend nach jemandem ruft.«

»Sie meinen, nach jemandem, den Sie nicht kennen?«

»Mehrmals hat sie sehr klar ›Win‹ gesagt. Dann, heute früh, hat sie nach den Worten der Schwester ›Oh, Win‹ geflüstert.«

»Und Sie glauben, es ist ein Name?«

»Ich habe sie gestern danach gefragt, als ich neben ihr stand und ihre Hand hielt, und sie hat meine Hand gedrückt. Einen Augenblick lang dachte ich sogar, sie kommt wieder zu sich.«

»Pamela, ich weiß, wir haben beide viel Arbeit, aber ich muß Ihnen noch eine Frage stellen«, sagte Susan. »Glauben Sie, Justin Wells wäre fähig, seiner Frau in einem Anfall von Eifersucht etwas anzutun?«

Sie dachte kurz nach. »Ich denke, er war früher dazu fähig. Vielleicht ist er es auch immer noch, ich weiß es nicht. Seit Montag abend ist er völlig verzweifelt, und inzwischen hat die Polizei mit ihm geredet.«

Susan dachte an Hilda Johnson, die ältere Frau, die behauptet hatte, es habe sich nicht um einen Unfall, sondern um ein Verbrechen gehandelt – und die wenige Stunden später ermordet worden war. »Waren Sie am Montag abend zusammen mit Justin Wells im Krankenhaus?«

Pamela Hastings nickte. »Ich war von Montag abend halb sechs bis Dienstag um sechs Uhr früh dort.«

»War er die ganze Zeit bei Ihnen?«

»Natürlich«, sagte sie, dann stutzte sie. »Nein, doch nicht die ganze Zeit. Mir fällt ein, daß Justin nach Carolyns Operation – das war gegen halb elf an jenem Abend – einen Spaziergang gemacht hat. Er befürchtete, einen seiner Migräneanfälle zu bekommen, und wollte an die frische Luft. Aber ich weiß noch, daß er höchstens eine halbe Stunde fort war.«

Hilda Johnsons Wohnung lag nur wenige Blocks vom Lenox Hill Hospital entfernt, dachte Susan. »Welchen Eindruck machte Justin, als er ins Krankenhaus zurückkam?« fragte sie.

»Er war viel ruhiger«, sagte Pamela und hielt inne. »Fast zu ruhig, wenn Sie verstehen, was ich meine. Ich würde sagen, er hatte eine Art Schock.«

62

Am Donnerstag morgen um halb zehn vernahm Captain Tom Shea erneut den Zeugen Oliver Baker in seinem Büro im 19. Revier. Diesmal war Baker sichtlich nervös. Seine ersten Worte lauteten: »Captain, Betty – das ist meine Frau –, ist völlig fertig, seit Sie gestern abend angerufen haben. Sie fragt sich allmählich, ob Sie denken, daß ich der armen Frau einen Stoß gegeben habe, und ob Sie mich in Widersprüche verwickeln wollen.«

Shea sah Baker ins Gesicht und stellte fest, daß seine aufgeplusterten Backen, sein schmaler Mund und seine dünne Nase heute morgen wie zusammengezogen wirkten, als wappne er sich gegen einen Schlag. »Mr. Baker«, sagte er trotz seiner Müdigkeit geduldig, »wir haben Sie einzig und allein hergebeten, um zu erfahren, ob Sie sich in der Zwischenzeit vielleicht noch an andere Einzelheiten erinnert haben, wie unbedeutend sie Ihnen auch immer erscheinen mögen.«

»Ich bin kein Verdächtiger?«

»Nicht im geringsten.«

Baker seufzte theatralisch auf. »Könnte ich Betty dann jetzt vielleicht anrufen? Sie hatte eine Panikattacke, als ich ging.«

Shea nahm den Hörer ab. »Wie lautet Ihre Nummer?« Er wählte, und als sich jemand meldete, sagte er: »Mrs. Baker? Gut, schön, daß ich Sie erreiche. Hier ist Captain Shea vom 19. Revier. Ich wollte Ihnen persönlich versichern, daß ich Ihren Mann heute nur noch einmal zu mir bestellt habe, weil er ein wertvoller Zeuge ist, der uns sehr geholfen hat. Manchmal erinnern sich Zeugen erst Tage später an Einzelheiten eines Vorfalls, und darauf hoffen wir auch in Olivers Fall. Ich lasse Sie jetzt mal kurz mit ihm sprechen, und Ihnen wünsche ich noch einen schönen Tag.«

Ein strahlender Oliver Baker nahm den Hörer von Shea entgegen. »Hast du gehört, Schatz? Ich bin ein wertvoller Zeuge. Klar. Wenn die Mädchen aus der Schule anrufen, kannst du ihnen sagen, daß ihr Vater nun doch nicht ins Kittchen wandert. Haha … Und ob ich direkt nach der Arbeit nach Hause komme! Tschüs.«

Ich hätte ihn länger schmoren lassen sollen, dachte Shea, als er den Hörer wieder auf die Gabel legte. »Also, Mr. Baker, gehen wir noch mal ein paar Fakten durch. Sie sagten, Sie hätten gesehen, wie ein Mann Mrs. Wells den Umschlag abnahm?«

Baker schüttelte den Kopf. »Nicht ›abnahm‹. Wie ich schon sagte, hatte ich den Eindruck, er wollte sie stützen und den Umschlag für sie auffangen.«

»Und Sie können sich nicht erinnern, wie der Mann aussah? Sie haben ihm nicht mal kurz ins Gesicht gesehen?«

»Nein. Die Frau, Mrs. Wells, drehte sich halb um. Ich sah sie direkt an, weil ich spürte, daß etwas nicht stimmte, daß sie das Gleichgewicht verlor. Und dann hatte der Mann den Umschlag schon.«

»Sind Sie *sicher*, daß es ein Mann war?« fragte Shea schnell. »Warum sind Sie so sicher?«

»Ich habe seinen Arm gesehen – wissen Sie, den Ärmel seines Mantels, seine Hand.«

Jetzt kommen wir endlich weiter, dachte Shea hoffnungsvoll. »Was für einen Mantel trug er?«

»Einen Allwettermantel. Aber einen guten, soviel konnte ich sehen. Gute Kleider sprechen für sich, meinen Sie nicht auch? Hundertprozentig sicher bin ich nicht, aber ich wette, es war ein Burberry.«

»Ein Burberry?«

»Genau.«

»Das steht in meinen Notizen. Sie haben es schon beim letzten Mal gesagt. Konnten Sie sehen, ob der Mann einen Ring trug?«

Baker schüttelte den Kopf. »Nein, keinen Ring. Sie müssen verstehen, Captain, das Ganze dauerte nur den Bruchteil einer Sekunde, und dann starrte ich nur noch diese arme Frau an. Ich wußte instinktiv, daß der Transporter sie überfahren würde.«

Ein Allwettermantel wie ein Burberry, dachte Shea. Wir werden überprüfen, was Wells an jenem Tag im Büro anhatte. Er stand auf. »Verzeihen Sie die Unannehmlichkeiten, Mr. Baker, und danke, daß Sie gekommen sind.«

Seit Baker die Gewißheit hatte, daß man ihn nicht verdächtigte, schien er nur widerstrebend gehen zu wollen.

»Ich weiß nicht, ob es Ihnen was nützt, Captain, aber …« Er zögerte.

»Alles könnte uns nützen«, sagte Shea schnell. »Was ist?«

»Na ja, ich könnte mich auch irren, aber ich hatte den Eindruck, daß der Mann, der den Umschlag nahm, eine Uhr mit einem dunklen Lederarmband trug.«

Eine Stunde später erschien Detective Marty Power in Justin Wells' Büro. Wells selbst war zwar nicht da, aber stattdessen führte der Detective, den Shea geschickt hatte, ein sehr informatives Gespräch mit der freundlichen Empfangsdame Barbara Gingras. In weniger als drei Minuten wußte er alles darüber, wie Barbara in der Montagsausgabe von *Fragen Sie Dr. Susan* Carolyn Wells gehört hatte und wie sie Mr. Wells davon erzählt hatte, als er aus der Mittagspause zurückkam.

»Ich glaube, er war sauer oder aufgebracht oder so«, vertraute sie ihm an, »denn später ging er noch mal weg, ohne mir zu sagen, wann er zurücksein wollte.«

»Wissen Sie noch, ob er einen Mantel trug, als er ging?« fragte Power.

Barbara biß sich auf die Unterlippe und zog nachdenklich die Stirn kraus. »Mal sehen. Morgens hatte er seinen Tweed-Überzieher an. Er zieht sich toll an, und ich achte immer darauf, wie er sich kleidet. Wissen Sie, mein Freund Jake ist nämlich etwa so groß wie Mr. Wells und hat auch dunkle Haare, und wenn ich ihm irgendein Kleidungsstück schenken will, versuche ich etwas zu finden, das ich schon mal an Mr. Wells gesehen habe.«

Barbara lächelte den Detective an. »Jake hatte gerade letzte Woche Geburtstag, und ich hab' ihm ein blau-weiß gestreiftes Hemd mit weißem Kragen und Manschetten besorgt, und Mr. Wells hat genauso eins. Hat ein Vermögen gekostet, aber er hat sich sehr gefreut. Und die Krawatte …«

Da Marty Power herzlich wenig Interesse an Jakes Krawatte hatte, unterbrach er: »Und Sie sind sicher, daß Justin Wells am Montag einen Tweed-Überzieher anhatte?«

»Völlig sicher. Aber warten Sie einen Moment. Wissen Sie was? Als Mr. Wells am Montag nachmittag wegging, trug er zwar den Tweed-Überzieher, aber als er zurückkam, hatte er seinen Burberry an. Ich hatte bis jetzt nicht darüber nachgedacht, aber er muß wohl nach Hause gegangen sein.«

Die letzte Information, die Barbara ihm gab und die der Detective äußerst aufschlußreich fand, war, daß Mr. Wells stets eine Uhr mit einem dunklen Lederarmband trug.

63

Alex Wright hatte am Donnerstag fast den ganzen Tag über Termine, daher ließ er sich morgens um Viertel vor neun von Jim Curley, seinem Chauffeur, abholen. Jim begrüßte seinen Boß stets fröhlich, dann überließ er ihm die Initiative und sprach nur, wenn er das Gefühl hatte, daß es erwünscht oder passend war.

Manchmal hatte Alex Wright offenbar Lust, sich zu unterhalten, und sie hechelten alles durch; vom Wetter über Politik bis zu bevorstehenden Festen und Jims Enkelkindern. An anderen Tagen begrüßte Mr. Alex ihn zwar freundlich, holte dann aber etwas aus seiner Aktenmappe oder las die *New York Times* und schwieg die meiste Zeit.

Jim nahm es, wie es kam. Seine Treue zu Alex Wright war unverbrüchlich, seit dieser es Jims Enkelin vor zwei Jahren ermöglicht hatte, nach Princeton zu gehen. Sie war ohne fremde Hilfe angenommen worden, doch selbst mit dem Stipendium und dem Darlehen, das ihr angeboten wurde, war es eine zu große finanzielle Belastung für die Familie.

Mr. Alex, selbst ein Princeton-Absolvent, hatte darauf bestanden, daß sie dort studierte. »Soll das ein Witz sein, Jim?« hatte er ungläubig gefragt. »Sheila kann Princeton keinen Korb geben. Die Summe, die nicht durch das Stipendium abgedeckt wird, übernehme ich. Sagen Sie ihr, sie soll mir bei den Footballspielen zuwinken.«

Als Jim Jr. vor fünfundzwanzig Jahren aufs College gegangen war, hatte es völlig anders ausgesehen, erinnerte sich Curley. Ich habe Mr. Alex' Vater damals um eine Gehaltserhöhung gebeten, und er sagte, ich könne mich glücklich schätzen, überhaupt einen Job zu haben.

Jim merkte am Morgen gleich, daß dies einer der ruhigeren Tage werden würde. Nachdem er »Guten Morgen, Jim« gesagt hatte, öffnete Alex Wright seine Aktenmappe und holte einen Stoß Unterlagen heraus, die er schweigend studierte, während Jim den Wagen auf dem Weg zur Wall Street durch den Verkehr auf dem East Side Drive lavierte. Doch auf der Höhe der Manhattan Bridge steckte er die Papiere wieder ein und knüpfte ein Gespräch an. »Ich könnte auf die Reise nächste Woche gut verzichten, Jim«, sagte Alex Wright.

»Wo genau werden Sie sich in Rußland aufhalten, Mr. Alex?«

»In St. Petersburg. Eine wunderbare Stadt. Die Eremitage ist herrlich. Das Problem ist nur, ich werde keine Zeit haben, mir etwas anzusehen. Ich kann mich glücklich schätzen, wenn ich die Zeit finde, die Planung für das Krankenhaus, das wir dort bauen, abzuschließen. Der Standort bereitet mir noch ein wenig Kopfzerbrechen.«

Ihre Ausfahrt näherte sich, deshalb konzentrierte Jim sich auf den Verkehr und wartete, bis er die Spur gewechselt hatte, bevor er fragte: »Sie können sich im Anschluß doch bestimmt ein paar Tage freinehmen?« Als er einen Blick in den Rückspiegel warf, sah er überrascht das warme Lächeln, das auf Alex Wrights Gesicht trat und ihn fast jungenhaft erscheinen ließ.

»Ich könnte schon, aber die Wahrheit ist, ich will nicht.«

Susan Chandler, dachte Jim. Bei Gott, ich glaube, er ist ernsthaft an ihr interessiert. Könnte keine bessere Wahl treffen, sagte er sich, und dabei habe ich sie nur einmal gesehen.

Jim glaubte fest an Liebe auf den ersten Blick, an den Moment, in dem der Blitz einschlägt. So war es ihm vor vierzig Jahren ergangen, als er sich mit einem Mädchen verabredet hatte, das er nicht kannte – mit Moira. Kaum hatte er ihr Gesicht gesehen, diese blauen Augen, da hatte sein Herz ihr gehört.

Das Autotelefon läutete. Wenn sein Boß im Wagen saß, nahm Jim nie den Hörer ab, es sei denn, er wurde dazu aufgefordert – fast alle Anrufe waren privat und für Mr. Alex. Er hörte, wie Alex Wrights anfänglich herzliche Stimme zurückhaltender wurde. »Oh, Dee, wie geht es Ihnen? Ich bin im Wagen unterwegs... Ja, ich kann die Anrufe von Zuhause umleiten... Sie haben diesen Fusel getrunken? Dann müssen Sie halbtot sein... Klar, aber meinen Sie, daß Sie es schaffen können?... Na schön, wenn Sie es sagen. Wir treffen uns um fünf im St. Regis. Der Immobilienmensch, mit dem ich gesprochen habe, hat Sie wohl angerufen... Gut. Ich versuche Susan zu erreichen, ob sie Lust hat, heute abend mitzukommen... Gut. Bis dann.«

Er legte auf, dann griff er erneut zum Hörer und wählte.

Jim hörte ihn nach Dr. Chandler fragen, dann sagte er mit leicht gereiztem Unterton: »Ich hatte gehofft, sie erreichen zu können, bevor sie ins Studio fährt. Bitte sorgen Sie dafür, daß sie die Nachricht erhält, sobald sie in die Praxis zurückkommt.«

Im Rückspiegel beobachtete Jim, wie Alex Wright auflegte und die Stirn runzelte. Wer zum Kuckuck ist Dee, fragte er sich, und was bedrückt den Boß?

Hätte er Alex Wrights Gedanken lesen können, dann hätte Jim verstanden, warum er ärgerlich war. Erstens hatte Susans Sekretärin seine Nachricht von heute früh nicht weitergeleitet, bevor Susan ins Studio gefahren war. Und zweitens hatte ihn ausgerechnet die Person erreicht, der er unbedingt aus dem Weg gehen wollte.

64

Als Susan im Studio eintraf, blieben ihr noch zehn Minuten. Wie gewohnt steckte sie den Kopf in Jed Geanys Büro und war auf seinen Spruch vorbereitet, daß sie irgendwann in naher Zukunft den Sendebeginn verpassen würde, gefolgt von ›Sag dann nicht, ich hätte dich nicht gewarnt‹.

Doch als er heute zu ihr aufblickte, war sein Gesicht ernst. »Ich habe allmählich den Verdacht, daß wir unsere Anrufer verhexen, Susan.«

»Was soll denn das heißen?« fragte sie.

»Du hast es noch nicht gehört? Tiffany, die Kellnerin aus diesem Restaurant in Yonkers, wurde gestern nacht, als sie ihren Arbeitsplatz verließ, erstochen.«

»Sie wurde *was*?« Susan war zumute, als ob man ihr einen Fausthieb versetzt hätte, als ob jemand in voller Fahrt mit ihr zusammengeprallt wäre. Sie hielt sich an Jeds Schreibtisch fest, um sich zu fangen.

»Ruhig, schön ruhig bleiben«, warnte er und stand auf. »In ein paar Minuten gehst du auf Sendung. Außerdem mußt du darauf gefaßt sein, daß ihretwegen viele Hörer anrufen werden.«

Tiffany, dachte Susan und erinnerte sich an ihr Telefongespräch gestern abend. Tiffany – die so darauf brannte, sich mit ihrem Freund zu versöhnen, so verletzt war, als seine Mutter anrief, um ihr zu sagen, sie solle nicht mehr über ihn sprechen. Don Richards und ich haben darüber geredet, wie einsam sie wirkte. O Gott, dachte Susan. Das arme Mädchen.

»Weißt du noch, als du sie daran hindern wolltest, den Namen des Lokals zu nennen, wo sie arbeitete?« fragte Jed. »Anscheinend ist irgendein Kerl dort aufgetaucht, um nach ihr zu suchen. Er hat sie angemacht und wurde sauer, als sie ihm eine Abfuhr erteilte. Eine ganz üble Nummer. Hat ein ellenlanges Vorstrafenregister.«

»Ist die Polizei sicher, daß er es getan hat?« fragte Susan wie betäubt.

»Wie ich höre, haben die Cops ihn festgenagelt«, erwiderte Jed. »Obgleich er noch kein Geständnis abgelegt hat oder so. Komm mit, wir müssen ins Studio. Ich hole dir einen Kaffee.«

Irgendwie gelang es Susan, die Sendung durchzustehen. Wie Jed prophezeit hatte, wurden sie mit Anrufen zu Tiffany bestürmt. Auf Susans Vorschlag hin rief Jed während einer Werbepause im ›Grotto‹ an, und sie sprach mit dem Eigentümer, Tony Sepeddi.

»Joey, unser Barkeeper, hat Tiffany gesagt, sie soll warten, er würde sie zu ihrem Wagen bringen«, erklärte Sepeddi mit vor Rührung heiserer Stimme. »Aber er hatte zu tun, und sie ist verschwunden. Als er merkte, daß sie weg war, lief er nach draußen, um nachzusehen, ob ihr auch nichts passiert wäre. Da entdeckte er einen Kerl, der in Richtung der Tankstelle neben uns davonrannte. Als man Tiffanys Leiche fand, war der Kerl verschwunden, aber Joey ist ziemlich sicher, daß es sich um den Typ handelte, der sie vorher an der Bar belästigt hatte.«

Haben sie den richtigen Mann erwischt? Das kann doch gar nicht sein, dachte Susan. Carolyn Wells hat mich angerufen, und wenige Stunden später wird sie überfahren; sie überlebt, aber wie. Hilda Johnson hat Stein und Bein geschworen, sie habe gesehen, wie ein Mann Carolyn auf die Fahrbahn stieß; wenige Stunden später wurde sie ermordet. Tiffany beobachtete einen Mann, der einen dieser Türkisringe kaufte, und rief an, um darüber zu sprechen. Und sie wurde erstochen. Zufall? Ich glaube nicht. Hat der Mann, den die Polizei festgenommen hat, Tiffany wirklich getötet? Und auch Hilda Johnson? Und hat er Carolyn Wells den Stoß gegeben?

Als die Sendung sich dem Ende näherte, sagte Susan zu ihren Hörern: »Ich danke Ihnen allen für Ihren Anruf. Ich denke, nach den beiden Gesprächen, die Tiffany mit mir führte, hatten wir alle das Gefühl, sie zu kennen. Ich weiß, daß viele von Ihnen das gleiche tiefe Bedauern angesichts ihres Todes empfinden wie ich. Hätte Tiffany nur die kurze Zeit abgewartet, bis der Barkeeper sie zu ihrem Wagen bringen konnte! Doch es gibt so viele ›hätte nur‹ in unserem Leben, und vielleicht können wir sogar daraus lernen. Wir wissen nicht, ob Tiffanys Mörder in das Lokal ging, weil sie uns gestern in der Sendung gesagt hat, wo sie arbeitet, aber wenn es so war, zeigt diese Tragödie wieder einmal, daß wir niemals leichtfertig unsere Privatadresse oder unseren Arbeitsplatz preisgeben sollten.«

Susan versagte die Stimme, als sie schloß: »Bitte schließen Sie alle Tiffany und ihre Angehörigen in Ihre Gebete ein. Unsere Sendezeit ist um. Ich bin morgen wieder für Sie da.«

Gleich danach verließ sie das Studio und fuhr in ihre Praxis. Sie mußte die Unterlagen zu ihrem Ein-Uhr-Patienten noch durchsehen, wollte aber auch noch ein paar Anrufe erledigen.

Janet berichtete ihr zerknirscht von Alex Wrights Anrufen. »Sie hatten gesagt, ich soll Nachrichten entgegennehmen, während Sie mit Dr. Hastings sprechen, und dann sind Sie so schnell verschwunden, daß ich vergessen habe, Ihnen zu sagen, Sie sollen ihn anrufen. Dann hat er eine zweite Nachricht hinterlassen.«

»Ich verstehe.« Die erste Nachricht lautete, sie solle Alex bitte noch vor der Sendung anrufen. Die zweite mußte Susan mehrmals lesen. Schwesterherz, dachte sie, ich liebe dich, aber es gibt Grenzen. Du bist also nicht nur am Samstag abend zu dem Essen eingeladen, du hast es auch geschafft, dich heute abend mit ihm zu verabreden.

Vor Janets Augen zerriß Susan beide Zettel und warf sie in den Papierkorb.

»Dr. Chandler, wenn Sie mit Mr. Wright sprechen, sagen Sie ihm bitte, wie leid es mir tut, daß ich Sie über seinen ersten Anruf nicht informiert habe. Er war richtig sauer auf mich.«

Susan merkte, wie gut es ihr tat zu wissen, daß Alex sich geärgert hatte, doch ihr war auch klar, daß sie auf keinen Fall mit Alex und Dee ausgehen würde. »Wenn er noch mal anruft, sage ich es ihm«, erwiderte sie betont neutral.

Sie sah auf ihre Uhr; es war halb eins. Also blieb ihr noch eine halbe Stunde bis zu ihrem Termin. Das heißt, ich kann zehn Minuten für Anrufe abzweigen, sagte sie sich.

Der erste Anruf galt der Polizei von Yonkers. Aus ihrer Zeit bei der Staatsanwaltschaft von Westchester County kannte sie dort mehrere Beamte. Sie erreichte einen von ihnen, Pete Sanchez, und erklärte ihm ihr Interesse am Mordfall Tiffany Smith.

»Pete, mir dreht sich das Herz im Leibe um bei dem Gedanken, daß sie tot ist, weil sie in der Sendung mit mir gesprochen hat.«

Von Sanchez erfuhr sie, daß die Polizei überzeugt war, ihren Mörder zu haben, und daß sie es nur für eine Frage von Stunden hielt, bis der Verdächtige, ein Sharkey Dion, gestand.

»Natürlich leugnet er, Susan«, sagte Pete. »Das tun sie alle. Und das weißt du auch. Hör zu, ein Bursche, der ins ›Grotto‹ kam, als dieser Abschaum hinausbefördert wurde, hat ihn sagen hören, er werde wiederkommen und sie sich vorknöpfen.«

»Das heißt trotzdem nicht, daß er sie umgebracht hat«, wandte Susan ein. »Habt ihr die Tatwaffe?«

Pete Sanchez seufzte. »Noch nicht.«

Sie erzählte ihm von den Türkisringen, aber er zeigte wenig Interesse. »Mhm. Gib mir deine Nummer; ich lasse es dich wissen, wenn Dion das Geständnis unterschreibt. Mach dich wegen dieser Sache nicht fertig. Der wahre Schuldige an dieser Tragödie ist das Bewährungssystem, das zuläßt, daß ein Typ mit einem Vorstrafenregister so lang wie mein Arm aus dem Knast kommt. Er hat ganze acht Jahre von fünfundzwanzig abgesessen. Rate mal, für welches Vergehen. Totschlag!«

Wenig überzeugt legte Susan den Hörer auf und saß eine Zeitlang tief in Gedanken versunken da. Das Bindeglied zwischen all diesen Fällen ist der Türkisring, dachte sie. Regina Clausen bekam einen und ist tot. Carolyn Wells hatte einen und wird vielleicht sterben. Tiffany hatte einen und ist tot. Pamela Hastings, eine kluge Frau, die sagt, sie habe die Gabe, in die Zukunft zu sehen, wollte Reginas Ring nicht berühren und hat Carolyn Wells gewarnt, ihr Ring könne der Anlaß zu ihrem Tod sein.

Tiffany hat mir gestern abend gesagt, ihr Ring sei unter Bergen von Hähnchenknochen und Pizza begraben, dachte Susan. Hört sich nach einem Abfalleimer an. Aber gleich *Berge*?

Ob sie eine Mülltonne meinte? fragte sie sich. Und wenn ja, welche andere Mülltonne als die auf dem Gelände des ›Grotto‹? Susans Gedanken überschlugen sich. Wie oft wurde die Mülltonne des ›Grotto‹ normalerweise geleert? Ob die Polizei sie beschlagnahmt hatte, um dort nach der Waffe zu suchen?

Sie schlug die Nummer des ›Grotto‹ nach und sprach kurz darauf mit Tony Sepeddi. »Hören Sie, Dr. Chandler, ich beantworte seit Mitternacht Fragen«, sagte er. »Die Mülltonne steht auf dem Parkplatz und wird jeden Morgen geleert. Allerdings hat die Polizei sie heute morgen beschlagnahmt. Vermutlich suchen sie die Tatwaffe. Noch irgendwelche Fragen? Ich bin fast schon selbst tot.«

Susan tätigte noch einen Anruf, bevor sie sich die Unterlagen zu ihrem Patienten vornahm. Sie sprach wieder mit Pete Sanchez und bat ihn, die Mülltonne nicht nur nach der Mordwaffe, sondern auch nach einem Türkisring mit der Inschrift ›Du gehörst mir‹ an der Innenseite durchforsten zu lassen.

65

Der Donnerstag war immer ein hektischer Tag für Dr. Donald Richards, und wie gewohnt hatte er früh angefangen. Sein erster Patient war ein Mann, der ein transnationales Unternehmen leitete; er kam jeden Donnerstag um acht, und um neun, um zehn und um elf folgten weitere regelmäßige Patienten. Ein Teil von ihnen war bestürzt, als sie erfuhren, daß Richards am Donnerstag der kommenden Woche nicht da sein würde, da er auf Werbetour für sein Buch ging.

Als Donald Richards um zwölf Uhr auf die schnelle zu Mittag aß, war er bereits müde, und natürlich hatte er wie üblich noch einen anstrengenden Nachmittag vor sich. Um ein Uhr war er mit Captain Shea im 19. Revier verabredet, um mit ihm über Justin Wells zu sprechen.

Während Rena eine Tasse mit Suppe vor ihn hinstellte, schaltete er den Fernseher ein, um die Lokalnachrichten zu hören. Der Aufmacher war der Mord an einer jungen Kellnerin in Yonkers, und es wurden Aufnahmen vom Tatort gezeigt.

»Dies ist der Parkplatz der Trattoria ›Grotto‹ in Yonkers, wo die fünfundzwanzig Jahre alte Tiffany Smith kurz nach Mitternacht erstochen wurde«, sagte der Nachrichtensprecher. »Sharkey Dion, ein auf Bewährung entlassener Mörder, den man aus dem Lokal gewiesen hatte, als er am Abend laut Augenzeugen Miss Smith belästigte, ist in Haft und wird vermutlich des Mordes angeklagt.«

»Doktor, ist das nicht die Frau, die neulich anrief, als Sie in der Sendung *Fragen Sie Dr. Susan* zu Gast waren?« fragte Rena schockiert.

»Ja, stimmt«, erwiderte Richards leise. Er sah auf seine Uhr. Susan war jetzt sicher auf dem Weg in ihre Praxis. Sie hatte bestimmt von Tiffany gehört und würde zweifellos erwarten, daß er sich meldete.

Ich rufe sie an, wenn ich vom Revier zurückkomme, entschied er und schob seinen Stuhl zurück. »Rena, die Suppe sieht köstlich aus, aber ich fürchte, ich habe im Moment keinen großen Hunger.« Sein Blick hing am Bildschirm, als die Kamera einen Schwenk zu einem knallroten hochhackigen Pump vollführte, der neben dem Tuch auf dem Boden lag, das die sterblichen Überreste von Tiffany Smith bedeckte.

Dieses erbarmungswürdige Mädchen, dachte er, als er den Apparat abschaltete. Susan wird außer sich sein. Zuerst Carolyn Wells, und jetzt Tiffany. Ich wette, sie gibt sich indirekt die Schuld am Unglück der beiden Frauen.

Es war schon fünf Minuten vor vier, als er mit Susan sprach. »Es tut mir so leid«, sagte er.

»Ich bin am Boden zerstört«, erwiderte Susan leise. »Und ich bete zu Gott, daß Sharkey Dion, falls er wirklich der Mörder ist, nicht in das Lokal gegangen ist, um Tiffany dort zu treffen, weil er sie in meiner Sendung gehört hat.«

»Nach dem, was vorhin in den Nachrichten gebracht wurde, hat die Polizei anscheinend wenig Zweifel, daß er der Täter ist«, sagte Richards. »Susan, ich glaube nicht, daß ein Mann wie Sharkey Dion sich eine Ratgebersendung anhören würde. Ich halte es für viel wahrscheinlicher, daß er zufällig in die Trattoria ging.«

»Falls er wirklich der Mörder ist«, wiederholte Susan matt. »Don, ich habe eine Frage, die Sie mir beantworten müssen. Glauben Sie, daß Justin Wells seine Frau vor den Transporter gestoßen hat?«

»Nein, das glaube ich nicht«, entgegnete Richards. »Ich halte es für viel wahrscheinlicher, daß es ein Unfall war. Captain Shea, bei dem ich heute war, habe ich das gleiche gesagt. Ja, ich habe ihn sogar gewarnt, daß jeder Psychiater, der Wells untersucht, vermutlich zu derselben Schlußfolgerung gelangen würde. Zugegeben, er ist manisch eifersüchtig auf seine Frau, aber zumindest teilweise ist seine Eifersucht auf die extreme Angst zurückzuführen, sie zu verlieren. Meiner Ansicht nach würde er ihr niemals absichtlich schaden wollen.«

»Dann glauben Sie, daß Hilda Johnson, die Zeugin, die sagte, Carolyn Wells sei gestoßen worden, unrecht hatte?« fragte Susan.

»Nicht unbedingt. Man kann die Möglichkeit nicht ausschließen, daß Justin Wells seiner Frau folgte, um zu sehen, was in dem Umschlag war, und vielleicht versehentlich schuld daran war, daß sie das Gleichgewicht verlor. Wie ich höre, war er extrem aufgebracht, als die Empfangsdame ihm erzählte, was seine Frau in Ihrer Sendung gesagt hatte. Und vergessen Sie eines nicht. Als Karen – oder Carolyn – Sie anrief, versprach sie Ihnen ein Foto des Mannes, den sie auf der Kreuzfahrt kennengelernt hatte. Ist nicht davon auszugehen, daß es in jenem Umschlag steckte?«

»Teilt Captain Shea Ihre Theorie?«

»Das ist schwer zu sagen. Ich habe ihn allerdings gewarnt – falls nämlich ein anderer Carolyn Wells einen Stoß versetzt haben sollte, ob nun versehentlich oder mit Absicht, und falls Justin Wells erfährt, wer es war, wird sein Zorn so groß sein, daß er zu allem fähig ist, selbst zu Mord.«

Im weiteren Verlauf des Gesprächs merkte Richards an Susans fast emotionsloser Stimme, wie zutiefst verstört sie durch die jüngsten Ereignisse war. »Hören Sie«, sagte er, »das war alles sehr schlimm für Sie. Glauben Sie mir, ich verstehe, wie Ihnen zumute ist. Unser gemeinsames Essen gestern abend war sehr schön. Ich wollte Sie eigentlich nur deshalb anrufen, um Ihnen das zu sagen. Warum gehen wir nicht auch heute irgendwo einen Happen essen? Wir suchen uns ein Restaurant in der Nähe Ihrer Wohnung. Ich hole Sie diesmal sogar ab.«

»Ich kann leider nicht«, erwiderte Susan. »Ich habe einiges zu erledigen, und ich weiß nicht, wie lange das dauern wird.«

Es war vier Uhr. Richards wußte, daß sein letzter Patient inzwischen im Empfangsbereich warten würde. »Ich bin ein guter Begleiter«, sagte er hastig. »Sagen Sie mir Bescheid, wenn ich helfen kann.«

Er runzelte die Stirn, als er den Hörer auflegte. Susan hatte sein Hilfsangebot höflich, aber entschieden zurückgewiesen. Was hatte sie vor? fragte er sich.

Auf diese Frage mußte er eine Antwort finden.

66

Jane Clausen war offensichtlich von der Wirkung der Chemotherapie erschöpft, brachte jedoch trotzdem ein mattes Lächeln zustande. »Ich bin bloß ein wenig entkräftet, Vera«, sagte sie.

Sie konnte sehen, daß ihre Haushälterin, die seit zwanzig Jahren bei ihr war, sich nur widerstrebend verabschiedete. »Keine Sorge. Mir geht's gut. Ich will mich nur ausruhen«, versicherte sie ihr.

»Ach, das hätte ich fast vergessen, Mrs. Clausen«, sagte Vera ängstlich. »Sie erhalten vielleicht einen Anruf von Dr. Chandler. Sie hat angerufen, als ich gerade aus dem Haus gehen wollte, und ich habe ihr gesagt, daß Sie hier im Krankenhaus sind. Sie hat eine nette Stimme.«

»Sie ist auch sehr nett.«

»Ich lasse Sie ungern allein.« Vera seufzte. »Ich wünschte, ich könnte mich einfach zu Ihnen setzen und Ihnen Gesellschaft leisten.«

Ich habe doch Gesellschaft, dachte Jane Clausen und sah zum Nachtschrank hinüber, wo das gerahmte Foto von Regina stand, das Vera auf ihre Bitte mitgebracht hatte. Auf dem Foto posierte Regina mit dem Kapitän der *Gabrielle*.

»In fünf Minuten bin ich eingeschlafen, Vera. Gehen Sie jetzt ruhig.«

»Dann gute Nacht, Mrs. Clausen«, sagte Vera und fügte mit belegter Stimme hinzu: »Und rufen Sie mich auf jeden Fall an, wenn Sie irgend etwas brauchen.«

Nachdem die Haushälterin gegangen war, nahm Jane Clausen das Foto in die Hand. *Heute war kein guter Tag, Regina*, dachte sie. *Mit mir geht's bergab, und das weiß ich. Und doch ist mir, als würde mich irgend etwas zwingen, durchzuhalten. Ich verstehe es nicht ganz, aber wir werden sehen, was passiert.*

Das Telefon läutete. Jane Clausen stellte das Bild hin und nahm ab. Sie ging davon aus, daß der Anrufer Douglas Layton wäre.

Statt dessen war es Susan Chandler, und erneut erinnerte ihre herzliche Stimme Jane Clausen an Regina. Unvermittelt gestand sie Susan, daß sie einen schwierigen Tag hinter sich habe. »Aber morgen müßte es viel leichter werden«, fügte sie hinzu, »und Doug Layton hat angedeutet, er hätte eine große Überraschung für mich. Ich freue mich schon darauf.«

Susan bekam mit, wie Mrs. Clausens Stimme vorübergehend munterer klang und dachte, daß sie ihr unmöglich sagen konnte, daß sie eine Überprüfung Laytons veranlaßt hatte, ohne es vorher mit ihr abzuklären.

Statt dessen sagte sie: »In den nächsten Tagen würde ich Sie gern mal besuchen – das heißt natürlich nur, wenn Sie Lust haben, mich zu sehen.«

»Reden wir morgen noch mal darüber«, schlug Jane Clausen vor. »Warten wir ab, wie die Dinge sich entwickeln. Im Augenblick lebe ich von einem Tag auf den anderen.« Dann fuhr sie zu ihrer eigenen Überraschung fort: »Meine Haushälterin hat mir gerade ein Foto von Regina gebracht. Manchmal macht es mich sehr traurig, mir Reginas Fotos anzusehen. Heute abend dagegen tröstet es mich. Ist das nicht komisch?« Entschuldigend fügte sie hinzu: »Dr. Chandler, ich merke schon, daß Sie eine hervorragende Psychologin sind. Es ist eigentlich gar nicht meine Gewohnheit, über meine Gefühle zu sprechen, aber mich Ihnen anzuvertrauen, fällt mir sehr leicht.«

»Das Bild eines Menschen bei sich zu haben, den man liebt, kann sehr tröstlich sein«, sagte Susan. »Sind Sie beide zusammen auf dem Foto?«

»Nein, es ist eines dieser Fotos, die immerzu auf Kreuzfahrtschiffen geschossen werden. Man stellt sie zur Ansicht aus, damit die Leute sie bestellen können. Dem Datum auf der Rückseite nach ist es nur zwei Tage vor Reginas Verschwinden auf der *Gabrielle* entstanden.«

Das Gespräch endete damit, daß Susan versprach, am folgenden Tag anzurufen. Dann, nachdem sie sich verabschiedet hatte und den Hörer auflegen wollte, hörte sie Jane Clausen merklich erfreut sagen: »Oh, Doug, wie nett von Ihnen, vorbeizuschauen.«

Seufzend legte Susan den Hörer auf die Gabel, dann beugte sie sich vor und rieb mit den Fingerspitzen ihre Schläfen. Es war sechs Uhr, und sie saß immer noch an ihrem Schreibtisch. Der ungeöffnete Behälter mit Suppe, der ihr Mittagessen hätte sein sollen, erinnerte sie an den Grund, warum sie beginnende Kopfschmerzen hatte.

In der Praxis war es still; Janet war schon vor langer Zeit gegangen. Manchmal stellte Susan sich vor, daß jeden Tag Schlag fünf im Kopf ihrer Sekretärin ein Feueralarm ertönte, danach zu schließen, wie sie aus der Praxis floh.

Das Böse ruht und rastet nicht, dachte sie, dann fragte sie sich, warum ihr ausgerechnet jetzt dieses Sprichwort einfiel. Das ist doch klar, entschied sie. Der Tag hatte mit einer bösen Tat begonnen – dem Mord an Tiffany.

Ich würde mein Leben darauf verwetten, daß Tiffany noch lebte, hätte sie mich nicht wegen des Türkisrings angerufen, dachte Susan. Sie stand auf und reckte sich müde. Jetzt habe ich Hunger. Vielleicht hätte ich mich doch mit Alex und Dee treffen sollen, dachte sie verdrossen. Dee wird mit Sicherheit nicht damit zufrieden sein, daß er ihr nur ein Glas Wein spendiert.

Alex hatte noch einmal angerufen. »Sie haben meine Nachrichten inzwischen erhalten?« fragte er. »Heute morgen hatte Ihre Sekretärin vergessen, Ihnen die erste zu geben.«

Sie war ein wenig zerknirscht, weil sie seine Anrufe nicht erwidert hatte. »Alex, vergeben Sie mir. Es war mal wieder so ein Tag«, sagte sie, dann entschuldigte sie sich, daß sie nicht mitkommen könne. »Ich wäre heute abend keine gute Gesellschaft«, erklärte sie. Das war leider nur allzu wahr.

Als sie aufbrach, merkte sie, daß bei Nedda noch Licht brannte. Sie hatte nicht vorgehabt, zu ihr zu gehen, blieb jedoch spontan stehen und versuchte die Tür zur Anwaltskanzlei zu öffnen. Gott sei Dank, diesmal war sie abgeschlossen.

Warum soll ich nicht kurz mit ihr reden? dachte sie und klopfte an die Glasscheibe. Fünf Minuten später knabberte sie Cracker mit Käse und trank mit Nedda ein Glas Chardonnay.

Sie setzte sie über die Ereignisse des Tages ins Bild, dann fügte sie hinzu: »Etwas ist mir gerade klargeworden. Es ist komisch, aber sowohl Mrs. Clausen als auch Dr. Richards haben mir gegenüber heute Fotos erwähnt, die auf Kreuzfahrtschiffen gemacht wurden. Mrs. Clausen hat eines von ihrer Tochter, das auf der *Gabrielle* entstanden ist, und Don Richards hat mich daran erinnert, daß Carolyn Wells mir am Montag, als sie in der Sendung anrief, versprochen hat, ein Bild zu schicken. Es zeigt den Mann, den sie auf einer Kreuzfahrt kennenlernte, den Mann, der wollte, daß sie in Algier das Schiff verläßt.«

»Worauf willst du hinaus, Susan?« fragte Nedda.

»Ich will auf folgendes hinaus – ich frage mich, ob die Firmen, die den Auftrag erhalten, auf den Kreuzfahrten zu fotografieren, die Negative in einem Archiv aufbewahren. Don Richards hat viel Zeit auf Kreuzfahrtschiffen verbracht. Vielleicht frage ich ihn danach.«

67

Pamela Hastings verbrachte den Donnerstag in ihrem Sprechzimmer an der Columbia Universität und holte die liegengebliebene Arbeit nach. Sie rief zweimal im Krankenhaus an und sprach mit einer Schwester, mit der sie sich angefreundet hatte. Von ihr hörte sie die vorsichtig optimistische Einschätzung, daß Carolyn Wells erneut Anzeichen dafür zeigte, daß sie aus dem Koma erwachen würde.

»Wenigstens erfahren wir dann, was wirklich passiert ist«, sagte Pamela.

»Nicht unbedingt«, warnte die Schwester. »Viele Patienten, die so eine Kopfverletzung erlitten haben, können sich an den Vorfall, der dazu führte, nicht mehr erinnern; auch wenn sonst keine großen Gedächtnislücken feststellbar sind.«

Am Nachmittag berichtete die Schwester, Carolyn habe erneut versucht, zu sprechen: »Nur das eine Wort, ›Win‹, oder ›Oh, Win‹. Aber vergessen Sie nicht, der Verstand stellt die seltsamsten Assoziationen her. Sie könnte auch mit einer Person reden, die sie als Kind gekannt hat.«

Nach dem zweiten Gespräch mit der Schwester war Pamela beklommen zumute, und sie fühlte sich schuldig. Justin ist überzeugt, daß Carolyn nach einer Person ruft, die ihr wichtig ist, und allmählich glaube auch ich, daß er recht hat, dachte sie. Aber als ich heute mit Dr. Chandler sprach, habe ich angedeutet, daß Justin ihr das alles angetan haben könnte. Was glaube ich denn jetzt wirklich? fragte sie sich kläglich.

Als sie schließlich ihr Sprechzimmer verließ und zum Krankenhaus fuhr, erkannte sie, warum es ihr heute abend widerstrebte, Carolyn zu besuchen – sie schämte sich bei der Aussicht, Justin unter die Augen treten zu müssen.

Justin saß im Wartezimmer der Intensivstation und wandte ihr den Rücken zu. Heute waren noch andere Leute da, die Eltern eines Jungen, der gestern eilig eingeliefert worden war, nachdem er sich beim Footballtraining verletzt hatte. Als Pamela stehenblieb, um sich nach ihm zu erkundigen, berichtete die Mutter des Jungen fröhlich, er sei außer Gefahr.

Außer Gefahr, dachte Pamela. Die Worte ließen sie frösteln. Ist Carolyn außer Gefahr? fragte sie sich. Wenn sie aus dem Koma erwacht und in ein reguläres Zimmer verlegt wird, bedeutet das, daß sie nicht mehr unter ständiger Beobachtung steht. Dann hätte Justin praktisch unbeschränkten Zutritt zu ihr. Angenommen, sie hat keine Erinnerung an den Unfall, und Justin war der Mann, der sie töten wollte?

Als sie den Raum durchquerte und auf Justin zuging, wurde sie von einem schwindelerregenden Ansturm von Gefühlen überwältigt. Sie empfand Mitleid mit diesem Mann, der Carolyn so sehr liebte, vielleicht zu sehr; aber auch Gewissensbisse, weil sie ihn verdächtigte, ihr all diese Verletzungen zugefügt zu haben, und die bleibende Furcht, daß er ihr immer noch etwas antun wollte.

Sie tippte ihn auf die Schulter, und er schaute zu ihr auf. »Ah, beste Freundin«, sagte er, »hat die Polizei sich schon bei dir gemeldet?«

Pamela ließ sich auf den Stuhl neben ihm fallen. »Ich weiß nicht, wovon du sprichst, Justin. Wieso sollte sich die Polizei bei mir melden?«

»Ich dachte, vielleicht hast du den sich häufenden Indizien noch etwas hinzuzufügen. Sie haben mich heute nachmittag wieder aufs Revier bestellt, um sich erklären zu lassen, warum ich am Montag nachmittag meinen Tweedmantel gegen einen Burberry vertauscht habe. Natürlich denken sie, daß ich Carolyn töten wollte. Hast du nicht noch irgendwas beizusteuern, um die Schlinge fester um meinen Hals zu ziehen, meine Liebe?«

Sie beschloß, nicht auf die Provokation einzugehen. »Justin, das führt doch zu nichts. Wie geht es Carolyn heute?«

»Ich habe kurz zu ihr reingeschaut, aber nur in Anwesenheit der Schwester. Demnächst beschuldigen sie mich noch, ich hätte versucht, den Stecker zu ziehen.« Er schlug die Hände vors Gesicht und schüttelte den Kopf. »O Gott, ich glaub das einfach nicht.«

Eine Schwester erschien in der Tür zum Wartezimmer. »Dr. Susan Chandler ist am Telefon«, sagte sie. »Sie möchte gern mit Ihnen sprechen, Mr. Wells. Sie können hier rangehen.« Sie zeigte auf den Apparat im Wartezimmer.

»Ich will nicht mit ihr sprechen«, fuhr er auf. »All das hat damit angefangen, daß Carolyn bei ihr angerufen hat.«

»Justin, bitte.« Pamela stand auf und ging zum Telefon hinüber. »Sie will doch nur helfen.« Sie nahm den Hörer und hielt ihn ihm hin.

Er starrte sie an, dann nahm er ihn. »Dr. Chandler«, sagte er, »warum verfolgen Sie mich? Soviel ich weiß, wäre meine Frau nie ins Krankenhaus gekommen, hätte sie nicht zur Post gehen wollen, um etwas an Sie zu schicken. Haben Sie nicht schon genug Schaden angerichtet? Bitte mischen Sie sich nicht mehr in unser Leben ein.«

Er wollte auflegen, hielt jedoch mitten in der Bewegung inne.

»Ich glaube nicht, daß Sie Ihre Frau vor den Transporter gestoßen haben!« Susans Stimme war so laut, daß Pamela sie von ihrem Platz aus hören konnte.

Justin Wells hielt den Hörer wieder an sein Ohr. »Und warum sagen Sie das?« fragte er.

»Weil ich mir sicher bin, daß ein anderer sie töten wollte, und ich glaube auch, daß diese Person Hilda Johnson umgebracht hat, eine Zeugin des Unfalls Ihrer Frau, und Tiffany Smith, eine junge Frau, die ebenfalls in meiner Sendung angerufen hatte«, erklärte Susan. »Wir müssen uns treffen. Bitte. Sie besitzen vielleicht etwas, das ich brauche.«

Als Justin Wells auflegte, sah er Pamela an. Jetzt spiegelte sich nur noch Erschöpfung in seinem Gesicht. »Es kann nur eine Falle sein, um ohne Durchsuchungsbefehl in der Wohnung herumzuschnüffeln, aber trotzdem werde ich mich dort um acht mit ihr treffen. Pam, sie hat mir gesagt, daß sie glaubt, Carolyn sei noch immer in Gefahr – aber von seiten des Typs, den sie auf dem Schiff kennengelernt hat, nicht durch mich.«

68

Als sie die Cocktailbar des St. Regis Hotels betraten, brauchte Alex Wright nicht erst die anerkennenden Blicke der Leute an den Tischen ringsum wahrzunehmen, um sich der Tatsache bewußt zu sein, daß Dee Chandler Harriman eine wunderschöne Frau war. Sie trug eine schwarze Seidenhose und Samtjacke; eine einreihige Perlenkette und Ohrringe aus Perlen und Diamanten waren ihr einziger Schmuck. Ihr Haar war zu einem scheinbar nachlässigen Knoten aufgesteckt, so daß einzelne Löckchen und Strähnen die porzellanweiße Haut ihres Gesichts umspielten. Geschickt aufgetragene Wimperntusche und Lidstrich hoben das leuchtende Blau ihrer Augen hervor.

Sobald sie Platz genommen hatten, konnte Alex sich entspannen. Als er vorhin mit Susan gesprochen hatte, war sie ihm wirklich sehr müde vorgekommen. Was blieb ihm übrig, als ihre Erklärung zu akzeptieren, daß sie an diesem Abend noch ein Projekt beenden müsse und deshalb nicht zu ihnen stoßen könne.

Als er sie drängte, es sich noch einmal zu überlegen, hatte sie hinzugefügt: »Alex, zusätzlich zu der Radiosendung, die ich werktags jeden Morgen mache, habe ich nachmittags noch ein volles Programm in meiner Privatpraxis, und die Sendung macht mir zwar großen Spaß, aber die Arbeit mit meinen Patienten ist das, was mir eigentlich am Herzen liegt. Mit der Sendung bleibt mir so kaum noch Zeit übrig.« Dann hatte sie ihm versichert, daß sie am Samstag abend keinen Rückzieher machen würde und daß sie sich auf ihre Verabredung freue.

Zumindest scheint es sie nicht zu ärgern, daß ich mich mit Dee treffe, dachte Alex, während er sich in der Bar umsah. Und sie weiß garantiert, daß nicht ich dieses kleine Rendezvous inszeniert habe. Als er sich zwang, sich auf Dee zu konzentrieren, erkannte er, wie wichtig ihm dieser letzte Punkt war.

Dee hatte von Kalifornien erzählt. »Es hat mir dort wirklich sehr gut gefallen«, sagte sie mit ihrer warmen, kehligen und äußerst verführerischen Stimme. »Aber ein New Yorker bleibt ein New Yorker bleibt ein New Yorker – irgendwann wollen die meisten von uns wieder nach Hause. Übrigens ist der Immobilienmakler, den Sie mir empfohlen haben, toll.«

»Haben Sie eine Wohnung gesehen, an der Sie interessiert sind?« fragte Alex.

»Nur eine. Das Schöne daran ist, daß die Leute bereit wären, sie für ein Jahr zu vermieten, mit der Option, sie später zu kaufen. Sie siedeln nach London über und wissen noch nicht recht, ob sie auf Dauer fortbleiben.«

»Wo liegt sie?«

»East Seventy-eighth, Ecke Fifth.«

Alex hob eine Augenbraue. »Sie werden sich Zucker oder Kaffee von mir borgen können. Ich wohne in der Seventy-eighth, zwischen Madison und Park.« Er lächelte. »Oder wußten Sie das bereits?«

Dee lachte, und ihre makellosen Zähne blitzten. »Seien Sie nicht so eingebildet«, erwiderte sie. »Fragen Sie den Makler, wie viele Wohnungen wir uns heute nachmittag angesehen haben. Aber ich muß Sie noch um einen Gefallen bitten und hoffe sehr, daß Sie nicht nein sagen. Würde es Ihnen etwas ausmachen, dort kurz noch vorbeizufahren, wenn wir aufbrechen, um sie sich mit mir zusammen anzusehen? Ich würde so gern Ihre Meinung hören!« Sie blickte ihn aus großen Augen an.

»Ich weiß nicht, warum Ihnen soviel daran liegt«, entgegnete Alex ruhig. »Aber einverstanden.«

Eine Lady, die weiß, was sie will, dachte er eine Stunde später, als er, nachdem er aufrichtig die Mietwohnung bewundert hatte, Dee sein eigenes Haus zeigte.

Im Salon schenkte sie den Porträts seiner Mutter und seines Vaters besondere Beachtung. »Hmmm, gelächelt haben sie – aber nicht gern, oder?« sagte sie.

Alex dachte über die Frage nach. »Mal überlegen ... Ich glaube mich zu erinnern, daß mein Vater einmal lächelte, als ich zehn war. Meine Mutter war nicht ganz so unbeschwert.«

»Soviel ich weiß, waren sie aber sehr menschenfreundlich«, sagte Dee. »Und wenn ich mir die beiden so ansehe, ist mir zumindest klar, woher Sie Ihr gutes Aussehen haben.«

»Ich denke, die angemessene Antwort darauf ist, daß Schmeichelei Ihnen alle Türen öffnet. Es wird spät. Haben Sie schon Pläne, wo Sie zu Abend essen?«

»Wenn Sie welche haben ...«

»Ich nicht. Ich finde es nur schade, daß Susan zu beschäftigt ist, um sich uns anzuschließen.« Mit Bedacht fügte er hinzu: »Aber ich sehe sie ja am Samstag, und sicherlich noch an vielen anderen Abenden. Jetzt bestelle ich uns erst mal irgendwo einen Tisch. Ich bin gleich wieder da.«

Dee lächelte, als sie ihre Puderdose herausholte und ihren Lippenstift nachzog. Ihr war der Seitenblick nicht entgangen, den Alex ihr zugeworfen hatte, als er das Zimmer verließ.

Er beginnt sich für mich zu interessieren, dachte sie, *sehr* zu interessieren. Sie blickte sich im Salon um. Ein wenig trostlos; ich könnte eine Menge aus diesem Haus machen.

69

Detective Pete Sanchez aus Yonkers machte sich langsam Sorgen, daß sie Sharkey Dion den Mord an Tiffany Smith nicht würden anhängen können. Es hatte wie ein glasklarer Fall ausgesehen, doch jetzt zeigte sich allmählich, daß ihre Anklage auf wackligen Beinen stand, wenn sie nicht das Messer fanden, mit dem Tiffany getötet worden war, und beweisen konnten, daß es Dion gehörte. Auch die Hoffnung, daß er zusammenbrach und gestand, schien sich nicht zu erfüllen.

Ein großes Problem war, daß Joey, der Barkeeper des ›Grotto‹, nicht hundertprozentig sicher sein konnte, ob es wirklich Sharkey war, den er hinter der Tankstelle hatte verschwinden sehn. Sollte der Fall jemals vor Gericht kommen, würde der Verteidiger beim jetzigen Stand seine Zeugenaussage in der Luft zerreißen. Pete sah das Szenarium bereits vor sich:

»Ist es nicht eher so, daß Mr. Dion Miss Smith schlicht und einfach um eine Verabredung bat? Ist das denn ein Verbrechen?«

Joey hatte geschildert, wie Dion Tiffany angemacht und ihre Hand gepackt hatte. Als sie ihn abschütteln wollte, habe er noch fester zugegriffen. »Sie hat aufgeschrien, und er wollte nicht loslassen, als sie sich loszureißen versuchte«, sagte er.

Sanchez schüttelte den Kopf. Eine Anklage wegen Belästigung hätte gute Aussichten auf Erfolg, nicht aber eine Anklage wegen Mord, dachte er. Gegenwärtig durchforstete eine ganze Mannschaft den Müllberg in der Tonne, die sie vom Parkplatz des ›Grotto› entfernt hatten. Er hielt sich die Daumen, daß sie dort die Mordwaffe finden würden.

Seine zweite große Hoffnung war, daß jemand bei der Hotline anriefe, die sie eingerichtet hatten, und zwar mit etwas Konkreterem als reinen Verdachtsmomenten. Der Eigentümer des ›Grotto‹ hatte eine Belohnung von zehntausend Dollar für Informationen ausgesetzt, die zur Überführung von Tiffany Smith' Mörder führten. Und für das Gesindel, das wußte er, mit dem Sharkey verkehrte, waren zehntausend Dollar dickes Geld. Die Hälfte von ihnen hingen an der Nadel. Die meisten dieser Penner würden ihre eigene Mutter für ein bißchen Stoff verkaufen, dachte Pete, ganz zu schweigen von zehntausend Dollar.

Um halb sieben erhielt er dicht hintereinander zwei wichtige Anrufe.

Der erste kam von einem Informanten, der sich Billy nannte. Heiser flüsternd berichtete er Pete, daß Sharkey nach dem Rausschmiß aus dem ›Grotto‹ in ein Lokal namens ›Lamps‹ gegangen war. Dort hatte er angeblich ein paar Schnäpse gekippt und dem Barkeeper und einem anderen Kerl gesagt, er wolle zurückgehen und es der Mieze, die ihn runtergeputzt hatte, heimzahlen.

Das ›Lamps‹, dachte Pete. Ein heruntergekommener Schuppen. Und nur fünf Minuten vom ›Grotto‹ entfernt. »Wann ist er dort weggegangen?« fuhr er Billy an.

»Um fünf vor zwölf. Er sagte, die Mieze habe um Mitternacht Schluß.«

»Gut gemacht, Billy«, meinte Pete fröhlich.

Wenig später rief der Leiter der Mannschaft an, die den Inhalt der Mülltonne durchforstete. »Pete, erinnerst du dich an den Türkisring, den wir suchen sollten? Wir haben ihn. Er steckte mitten in einem Klumpen Lasagne.«

Na und? dachte Pete. Es steht doch fest, daß Tiffany ihn nicht von Sharkey bekommen hat. Aber wenigstens kann ich Susan mitteilen, daß wir ihn gefunden haben.

70

Nachdem sie Justin Wells im Krankenhaus erreicht und sich in seiner Wohnung mit ihm verabredet hatte, holte Susan sich am Tresen eines Schnellimbisses in der Nähe ihrer Praxis einen Hamburger, Pommes frites und Kaffee. So esse ich am allerliebsten, dachte sie ironisch und erinnerte sich an die köstlichen Gerichte, die sie in letzter Zeit mit Alex Wright und Don Richards zu sich genommen hatte. Und ich wette zehn Dollar gegen einen Donut, daß Dee es schafft, sich heute abend von Alex zum Essen einladen zu lassen.

Sie nahm eine Fritte, tauchte sie in Ketchup und aß langsam. Es sättigt, dachte sie, und es vertreibt einen Teil der Bitterkeit darüber, daß meine große Schwester wieder mal hinter einem Mann her ist, der Interesse an mir gezeigt hat.

Es geht nicht darum, daß ich viel für Alex empfinde, überlegte sie, als sie von dem Hamburger abbiß. Dafür ist es noch viel zu früh. Nein, es geht um Fairneß und Loyalität und all die anderen altmodischen Tugenden, die in unserer Familie scheinbar aus der Mode gekommen sind. Nur zu deutlich spürte sie die Gekränktheit, die sie angesichts des Verhaltens ihrer Schwester empfand.

Als der Kloß in ihrem Hals immer größer wurde und sie wußte, daß ihr gleich Tränen in die Augen schießen würden, schüttelte sie den Kopf und dachte verächtlich: Jetzt komm schon, du Heulsuse, reiß dich zusammen.

Sie trank einen großen Schluck Kaffee, dann griff sie schnell zu ihrem Wasserglas. Es geht doch nichts über eine Verbrennung zweiten Grades, wenn man sich von Selbstmitleid kurieren will, dachte sie.

Im Grunde ist es nicht die Sache mit Dee, die mir zusetzt, sagte sie sich, während sie aufaß. Es ist Tiffany, dieses arme, traurige Mädchen. Sie sehnte sich danach, geliebt zu werden, und jetzt wird sie nie mehr die Chance dazu haben. Solange Pete Sanchez mir nicht ein unterschriebenes Geständnis von dem Kerl zeigt, den sie verhaftet haben, lasse ich mir nicht ausreden, daß ihr Tod etwas mit dem Türkisring zu tun hatte und nicht damit, daß ein Typ aus dem Restaurant hinausbefördert wurde, weil er sie angemacht hatte.

Du gehörst mir. Tiffany hatte ihr gesagt, diese Worte seien in ihren Ring eingraviert. Genauso wie in den Ring, den Jane Clausen unter Reginas Sachen gefunden hatte. Genauso wie in den Ring, den Carolyn Wells mir in Aussicht gestellt hatte, dachte Susan. Weder Captain Shea noch Pete Sanchez hatten Interesse an den Ringen gezeigt, aber die Morde, die mutmaßlichen Morde und die versuchten Morde hingen alle irgendwie mit jenen Ringen zusammen – und mit den Kreuzfahrten, auf die Regina und Carolyn gegangen waren. Davon war sie überzeugt.

Susan blickte auf ihre Uhr, dann ließ sie sich noch einmal Kaffee nachschenken und bat um die Rechnung. Justin Wells hatte sich bereit erklärt, sie um acht Uhr in seiner Wohnung an der Fifth Avenue zu empfangen. Ihr blieb gerade noch genug Zeit, um dorthin zu fahren.

Susan wußte nicht, was sie erwartet hatte, wie Wells aussehen würde. Pamela Hastings, Captain Shea und Don Richards hatten ihn alle als exzessiv eifersüchtig charaktisiert. Vermutlich dachte ich, er sähe irgendwie bedrohlich aus, ging es ihr durch den Kopf, als er die Tür zu seiner Wohnung öffnete und sie in die traurigen Augen eines attraktiven Mannes Anfang Vierzig blickte. Dunkelbraunes Haar, breite Schultern, athletische Figur – er sah ausgesprochen gut aus, entschied sie, während sie ihn studierte. Wenn Aussehen ein Kriterium wäre, dann war er der letzte, in dem man einen Mann mit unkontrollierten Eifersuchtsanfällen vermuten würde.

Aber gerade ich sollte wissen, daß das Äußere täuschen kann, dachte sie, während sie ihm die Hand schüttelte und sich vorstellte.

»Treten Sie ein, Dr. Chandler. Pam ist auch hier. Aber bevor wir weiterreden, möchte ich mich dafür entschuldigen, wie ich am Telefon mit Ihnen gesprochen habe.«

»Bitte Susan, nicht Dr. Chandler«, sagte sie. »Und Entschuldigungen sind überflüssig. Wie ich schon sagte, haben Sie völlig recht. Der Anruf Ihrer Frau in meiner Sendung ist der Grund, warum sie heute im Krankenhaus liegt.«

Dem Wohnzimmer war deutlich anzumerken, daß hier ein Architekt und eine Innenarchitektin logierten. Schmale, kannelierte Säulen trennten es von der Diele, und der Blick wurde von Deckenfriesen und einem kunstvoll gemeißelten Marmorkamin, dem glänzenden Parkettboden, auf dem ein erlesener Perserteppich lag, einladenden Sofas und Sesseln, antiken Tischen und Lampen angezogen.

Pamela Hastings begrüßte Susan herzlich. »Das ist sehr freundlich von Ihnen, Susan«, sagte sie. »Ich kann Ihnen gar nicht sagen, was Ihr Kommen für mich persönlich bedeutet.«

Sie hat das Gefühl, Justin Wells verraten zu haben, dachte Susan, während sie Pamela zuhörte. Sie lächelte sie aufmunternd an und sagte: »Also, ich weiß, wie müde Sie beide sein müssen, deshalb komme ich gleich zur Sache. Als Carolyn mich am Montag angerufen hat, versprach sie, zu mir in die Praxis zu kommen und einen Türkisring sowie ein Foto des Mannes mitzubringen, der ihn ihr geschenkt hatte. Wir wissen inzwischen, daß sie ihre Meinung geändert und sich überlegt haben könnte, mir diese Gegenstände mit der Post zu schicken. Meine Hoffnung ist, daß vielleicht noch andere Dinge da sind – Andenken oder was auch immer --, die sie von der Kreuzfahrt aufbewahrt hat und die uns einen Hinweis auf den geheimnisvollen Mann geben könnten, den sie erwähnte, den Mann, der sie überreden wollte, in Algier von Bord zu gehen. Sie erinnern sich doch noch, daß sie sagte, sie habe in dem Hotel angerufen, wo er eigentlich absteigen wollte, und dort wäre sein Name unbekannt gewesen.«

»Sie verstehen sicher, daß Carolyn und ich uns kaum über die Reise unterhalten haben«, sagte Justin ausdruckslos. »Es war eine furchtbare Zeit, und uns war beiden daran gelegen, die Trennung zu vergessen.«

»Justin, darum geht es ja gerade«, warf Pamela ein. »Carolyn hat dir den Türkisring nie gezeigt. Und selbstverständlich auch nicht das Foto dieses Mannes. Deshalb hofft Dr. Chandler, daß sie vielleicht noch andere Andenken aufbewahrt hat, die dir unbekannt sind.«

Wells' Gesicht rötete sich. »Doktor«, sagte er, »wie ich Ihnen bereits am Telefon gesagt habe, können Sie sich gern alles ansehen, wenn es uns hilft, die Person zu finden, die Carolyn das angetan hat.«

Susan hörte den drohenden Unterton in seiner Stimme. Dr. Richards hat recht, dachte Susan. Justin Wells wäre fähig, jeden zu töten, der seiner Frau Schaden zufügt.

»Also fangen wir an«, schlug sie vor.

Carolyn Wells hatte ein Arbeitszimmer in der Wohnung, einen großen Raum komplett mit einem geräumigen Schreibtisch, einem Sofa, Zeichenbrett und Aktenschrank eingerichtet. »Sie hat auch ein Büro im Design-Haus«, erklärte Wells, an Susan gewandt. »Aber eigentlich erledigt sie den größten Teil der kreativen Arbeit hier, und ihre Privatpost sowieso.«

Susan hörte die Anspannung in seiner Stimme. »Ist der Schreibtisch verschlossen?« fragte sie.

»Keine Ahnung. Der ist für mich tabu.« Justin Wells wandte sich ab, als werde er beim Anblick des Schreibtischs, an dem seine Frau gewöhnlich saß, von seinen Gefühlen überwältigt.

Pamela Hastings legte die Hand auf seinen Arm. »Justin, warum wartest du nicht im Wohnzimmer auf uns?« schlug sie vor. »Das brauchst du dir doch nicht anzutun.«

»Du hast recht.« Er ging zur Tür, doch dort drehte er sich noch einmal um. »Aber ich bestehe auf folgender Bedingung: Ich will Bescheid wissen, wenn ihr etwas findet, Gutes oder Schlechtes, das nützlich sein kann«, sagte er fast vorwurfsvoll. »Habe ich euer Wort darauf?«

Beide Frauen nickten. Als er verschwand, wandte Susan sich an Pamela Hastings. »Fangen wir an«, sagte sie.

Susan sah den Schreibtisch durch, während Pamela in den Aktenschränken kramte. Was würde ich empfinden, wenn das bei mir gemacht würde? fragte sich Susan. Mal abgesehen von den Unterlagen zu meinen Patienten, die dem Klientenschutz unterliegen – was wäre mir peinlich, wenn andere es sehen und vielleicht darüber reden würden?

Das ließ sich leicht beantworten: der Brief, den Jack ihr geschrieben hatte, nachdem er ihr gesagt hatte, daß er und Dee sich liebten. An einen Teil erinnerte sie sich noch: ›Mein größter Schmerz ist, daß ich dir weh getan habe. Aus freien Stücken hätte ich das nie getan.‹

Höchste Zeit, den Brief zu verbrennen, entschied Susan.

Sie merkte, daß sie sich wie eine Voyeurin vorkam, weil sie die persönlichen Unterlagen einer Frau durchsah, der sie nie begegnet war. Carolyn Wells hatte eine sentimentale Ader, stellte sie fest. In der untersten Schublade ihres Schreibtisches lagen Ordner, auf denen Namen standen: ›Mom‹; ›Justin‹; ›Pam‹.

Susan warf nur einen kurzen Blick hinein und sah, daß sie Dinge wie Geburtstagskarten, Briefe und Schnappschüsse enthielten. In dem Ordner mit der Aufschrift ›Mom‹ entdeckte sie eine Todesanzeige, die drei Jahre alt war. Als sie sie überflog, stellte sie fest, daß Carolyn ein Einzelkind gewesen war und daß ihre Mutter ihren Vater um zehn Jahre überlebt hatte.

Nur ein Jahr nach dem Tod ihrer Mutter hat sie sich von ihrem Mann getrennt und an der Kreuzfahrt teilgenommen, dachte Susan. Vermutlich war sie gefühlsmäßig angeschlagen und extrem anfällig für die Aufmerksamkeiten eines Menschen, dem sie offenbar etwas bedeutete.

Susan versuchte sich an den genauen Wortlaut der Bemerkung ihrer Mutter über die Begegnung mit Regina Clausen auf einer Aktionärsversammlung zu erinnern. Etwas in der Art, wie aufgeregt Regina bei der Aussicht gewesen war, auf eine Kreuzfahrt zu gehen, und daß Reginas Vater mit über Vierzig gestorben war, und davor hatte er mit Bedauern von den Ferienreisen gesprochen, die er nie gemacht hatte.

Zwei verletzliche Frauen, dachte Susan, als sie den letzten Ordner zuklappte. Soviel ist klar. Aber hier ist nichts Nützliches zu finden. Sie blickte auf und stellte fest, daß Pamela Hastings mit der Durchsicht der drei Fächer des Aktenschranks fast fertig war. »Wie steht's?« fragte sie.

Pamela zuckte die Schultern. »Nichts. Soweit ich sehe, hat Carolyn hier nur Unterlagen zu ihren letzten Aufträgen abgelegt: Briefe der Kunden, Aufnahmen der fertiggestellten Räume und so weiter.« Dann hielt sie inne. »Moment mal«, sagte sie. »Das könnte es sein.« Sie hielt einen Ordner mit der Aufschrift ›Seagodiva‹ in der Hand. »Das war das Kreuzfahrtschiff, auf dem Carolyn mitfuhr.«

Sie kam mit dem Ordner zum Schreibtisch und zog einen Stuhl heran. »Hoffen wir das Beste«, murmelte Susan, als sie sich den Ordner gemeinsam vornahmen.

Doch die Unterlagen gaben nichts her. Sie bestanden aus den Dingen, die man gewöhnlich als Andenken an eine Reise aufbewahrt – eine Übersicht der Reiseroute, die täglichen Bordmitteilungen der *Seagodiva*, in denen die Tagesaktivitäten aufgelistet waren, und Informationen über die nächsten Zielhäfen.

»Mumbai, das ist der neue oder, wenn man will, der alte Name von Bombay«, sagte Pamela. »Dort ist Carolyn an Bord gegangen. Oman, Haifa, Alexandria, Athen, Tanger, Lissabon – das waren ihre Zielhäfen.«

»In Algier wäre Carolyn beinahe mit dem geheimnisvollen Mann zusammengetroffen«, sagte Susan. »Sehen Sie sich das Datum an. Das Schiff sollte planmäßig am fünfzehnten Oktober in Tanger anlegen. Das ist nächste Woche genau zwei Jahre her.«

»Am zwanzigsten traf sie zu Hause ein«, bemerkte Pamela Hastings. »Das weiß ich noch, weil es der Geburtstag meines Mannes ist.«

Susan sah die Bordmitteilungen durch. In der letzten Mitteilung waren mögliche Ausflüge beschrieben. Die Überschrift lautete: DER BUNTE MARKT IM ALTEN ALGIER ...

Das ist eine Zeile aus einem Song ... Wie heißt er noch? Ja, aus ›Du gehörst mir‹, dachte sie. Dann bemerkte sie, daß eine dünne Bleistiftnotiz auf die letzte Seite gekritzelt war. Sie beugte sich hinunter, um sie zu entziffern. Die Notiz lautete: ›Win, Palace Hotel, 555-0634.‹

Sie zeigte Pamela das Blatt. »Ich glaube, wir können davon ausgehen, daß Win der Mann ist, mit dem sie sich traf«, sagte sie leise.

»Großer Gott, heißt das, sie ruft jetzt nach ihm?« fragte Pamela.

»Ich weiß es nicht. Wenn nur das Foto, das sie mir versprochen hatte, noch hier wäre«, sagte Susan. »Ich wette, sie hat es in diesem Ordner aufbewahrt.« Ihr Blick wanderte über den Schreibtisch, als werde das Foto sich dort plötzlich materialisieren. Dann entdeckte sie neben einer kleinen Schere einen Schnipsel hellblauer Pappe.

»Hat Carolyn eine Zugehfrau?« fragte sie.

»Ja, sie kommt montags und freitags von acht bis elf. Warum?«

»Weil Carolyn mich kurz vor zwölf angerufen hat. Beten Sie, daß ...« Susan beendete den Satz nicht und holte den Papierkorb unter dem Schreibtisch hervor. Sie schüttete den Inhalt auf den Teppich. Schnipsel aus blauer Pappe fielen heraus – und ein Foto mit schiefem Rand.

Susan hob es auf und betrachtete es. »Das ist Carolyn, mit dem Kapitän des Schiffes, nicht wahr?«

»Ja«, sagte Pamela, »aber warum hat sie es zerschnitten?«

»Vermutlich wollte Carolyn nur den Teil des Fotos schicken, auf dem der Mann zu sehen war, der ihr den Türkisring schenkte. Sie wollte nicht in die Sache verwickelt oder selbst erkannt werden.«

»Und jetzt ist der Teil verschwunden«, sagte Pamela.

»Er mag verschwunden sein.« Susan setzte die Schnipsel aus Pappe zusammen. »Aber schauen Sie her. Der Name der Londoner Firma, die für die Fotos zuständig war, ist hier aufgedruckt, und da steht eine Adresse, unter der man Abzüge nachbestellen kann.«

Sie schob den Stuhl zurück und stand auf. »Ich werde bei der Firma anrufen, und wenn sie das Negativ dieses Fotos noch haben, werde ich es bekommen. Pamela« – ihre Stimme hob sich vor Aufregung – »wissen Sie eigentlich, daß wir möglicherweise dicht davorstehen, die Identität eines Serienmörders aufzudecken?«

71

Nat Small war ein wenig überrascht, wie sehr ihm sein Freund und Kollege Abdul Parki fehlte. Noch vor drei Tagen, am Montag morgen, als Parki draußen vor seinem Laden den Gehsteig gefegt hatte, war er hinausgegangen, hatte seinen Namen gebrüllt und spaßeshalber vorgeschlagen, er solle doch mit dem Besen rüberkommen und auch den Gehsteig vor dem ›Dark Delights‹ auf Hochglanz bringen.

Parki hatte sein scheues kleines Lächeln aufgesetzt. »Nat, du weißt ja, ich tue dir gern jeden Gefallen, um den du mich bittest, aber ich glaube, um in deinem Geschäft sauberzumachen, braucht es mehr als mich und meinen Besen«, war seine Antwort gewesen. Sie hatten beide herzlich gelacht. Dann, am Dienstag, hatte er Parki wieder draußen gesehen; diesmal fegte er, weil irgendein dummer Junge überall Popcorn verstreut hatte. Danach war Schluß; Parki war ihm nie wieder begegnet. Es ärgerte Nat, daß sowohl die Polizei als auch die Medien Parkis Tod so wenig Beachtung schenkten. Sicher, der Mord war in den Lokalnachrichten erwähnt worden, und man hatte flüchtig den Laden gezeigt, aber am gleichen Tag war ein großer Mafiaboß verknackt worden, und das hatte Vorrang. Nein, Parki interessierte eigentlich niemanden besonders: ›Vermutlich ein Fall von Beschaffungskriminalität‹, so hieß es, und alle schienen es nur zu gern dabei belassen zu wollen.

Seitdem waren zwei Tage vergangen, und der Khyem Geschenkshop wirkte ganz und gar verlassen. Man könnte meinen, er sei seit Jahren geschlossen, sagte Nat sich. An der Tür hing sogar ein Schild mit der Aufschrift ZU VERMIETEN. Hoffentlich zieht dort keine Konkurrenz ein, dachte er. Die Geschäfte gehen schon schleppend genug.

Am Donnerstag schloß Nat sein Geschäft um neun Uhr. Bevor er ging, stellte er allerdings noch seine Auslage um. Als er durch das Schaufenster auf die Straße blickte, erinnerte er sich, wie am Dienstag gegen eins dieser aufgemotzte Kerl in sein Schaufenster gesehen und dann die Straße überquert hatte, um in Parkis Laden zu gehen. Vielleicht hätte er den Cops doch von ihm erzählen sollen, dachte Nat. Dann verscheuchte er diesen Gedanken sogleich wieder. Reine Zeitverschwendung, sagte er sich. Der Kerl war vermutlich wie ein Jojo in Parkis Laden rein- und wieder rausgehüpft. Diese Sorte stöberte lieber im Sortiment des ›Dark Delights‹ als im Khyem Geschenkshop. Für Parkis Zeug interessierten sich nur Touristen, und der Mann, den er gesehen hatte, sah beileibe nicht wie ein Tourist aus.

Nat grinste, als er an das seltsame Geschenk dachte, daß Parki ihm im letzten Jahr mitgebracht hatte – ein fetter kleiner Kerl mit dem Kopf eines Elefanten, der auf einem Thron saß.

»Du bist ein guter Freund, Nat«, hatte Parki in seinem eigentümlichen Singsang gesagt. »Das habe ich für dich geschnitzt. Dies ist Ganesh, der Gott mit dem Elefantenkopf. Es gibt eine alte Legende … Shiva, sein Vater, schnitt Ganesh versehentlich den Kopf ab, als er fünf Jahre alt war, und als seine Mutter verlangte, der Vater solle ihn wieder ansetzen, gab er dem Kind irrtümlich den Kopf eines Elefanten. Darauf protestierte die Mutter, ihr Sohn sei so häßlich, daß alle ihn verachten würden, doch der Vater sagte: ›Ich werde ihn zum Gott der Weisheit, des Wohlstands und des Glücks machen. Du wirst sehen, man wird ihn lieben.‹«

Nat wußte, daß es Parki viel Mühe gekostet hatte, die kleine Figur zu schnitzen. Und wie die meisten Dinge, die Parki selbst herstellte, war sie mit Türkissteinchen verziert.

Nat Small gab selten sentimentalen Anwandlungen nach, doch zu Ehren seines ermordeten Freundes ging er wieder in sein Lager, grub den Elefantengott aus und stellte ihn ins Schaufenster, und zwar so, daß der Rüssel zu Parkis Laden zeigte. Dort lasse ich ihn stehen, bis der Laden vermietet ist, beschloß er. Als eine Art Denkmal für den netten kleinen Kerl.

Während Nat Small abschloß und sich auf den Heimweg machte, war er ein wenig traurig, kam sich jedoch auch beinahe tugendhaft vor und ließ sich von dem Gedanken aufheitern, daß vielleicht eine Bäckerei in Parkis Ladenlokal einziehen würde. Das wäre nicht nur äußerst praktisch für ihn, sondern auch sehr gut fürs Geschäft.

72

Donald Richards hatte Rena, seiner Haushälterin, gesagt, daß er auswärts essen wolle, dann, da es ihm allein zu langweilig war, hatte er spontan Mark Greenberg, einen guten Freund und Psychiaterkollegen angerufen, bei dem er nach dem Tod seiner Frau eine Zeitlang professionellen Rat gesucht hatte. Zum Glück stand Greenberg zur Verfügung. »Betsy geht mit ihrer Mutter in die Oper«, sagte er. »Ich habe gekniffen.«

Sie trafen sich im Kennedy's an der West Fifty-seventh Street. Greenberg, vom Aussehen der typische Akademiker, Ende Vierzig, wartete, bis ihre Getränke kamen, dann sagte er: »Don, wir haben schon lange nicht mehr als Arzt und Patient miteinander geredet. Wie geht es dir?«

Richards lächelte. »Ich bin rastlos. Ich schätze, das ist ein gutes Zeichen.«

»Na ja, ich habe dein Buch gelesen. Es hat mir gefallen. Erzähl mir, warum du es geschrieben hast.«

»Das ist das zweite Mal in zwei Tagen, daß mir jemand diese Frage stellt«, entgegnete Richards. »Ganz einfach – das Thema hat mich interessiert. Ich hatte mal einen Patienten, dessen Frau verschwunden war. Er lag völlig am Boden. Dann, vor zwei Jahren, als ihre Leiche in ihrem Wagen gefunden wurde, konnte er endlich wieder etwas aus seinem Leben machen. Sie war von der Straße abgekommen und in einen See gestürzt. Ihr Tod war die Folge eines Unfalls. Die meisten in meinem Buch erwähnten Frauen sind Opfer eines Verbrechens. Ich habe das Buch geschrieben, um anderen Frauen die Gefahren vor Augen zu führen, denen sie ausgesetzt sein können, und um ihnen zu zeigen, wie man entsprechende Situationen meiden kann.«

»Eine Art Wiedergutmachung? Gibst du dir immer noch die Schuld an Kathys Tod?« fragte Greenberg leise.

»Ich möchte gern glauben, daß ich allmählich darüber hinwegkomme, aber manchmal macht es mir immer noch schwer zu schaffen. Mark, du hast es oft genug aus meinem Mund gehört. Kathy wollte nicht zu dem Shooting. Sie fühlte sich krank. Dann sagte sie zu mir: ›Ich weiß, was du sagen willst, Don. Es ist den anderen gegenüber nicht fair, im letzten Moment einen Rückzieher zu machen.‹ Ich saß ihr immer im Nacken wegen ihrer Angewohnheit, Vorhaben in letzter Minute abzusagen, vor allem wenn es um berufliche Termine ging. Tja, daß sie auf mich hörte, hat sie das Leben gekostet.«

Don Richards trank einen kräftigen Schluck.

»Aber Kathy hat dir nicht erzählt, daß sie vermutete, schwanger zu sein«, rief Greenberg ihm in Erinnerung. »Sonst hättest du ihr auf jeden Fall zugeredet, zu Hause zu bleiben, als sie dir sagte, ihr sei übel.«

»Nein, sie hat es mir nicht erzählt. Hinterher habe ich darüber nachgedacht, und mir fiel ein, daß sie seit sechs Wochen nicht ihre Periode gehabt hatte.« Don Richards zuckte die Schultern. »Es gibt immer noch schlimme Momente, aber es wird besser. Vielleicht bringt mich ja die Aussicht, bald vierzig zu werden, dazu, die Vergangenheit endlich loszulassen.«

»Hast du mal daran gedacht, eine Kreuzfahrt zu machen, wenn auch nur eine kurze? Ich finde, das wäre ein wichtiger Schritt für dich.«

»Das habe ich vor, und zwar schon sehr bald. Nächste

Woche beende ich in Miami die Werbetour für das Buch, und dann werde ich mal sehen, ob sich eine Kreuzfahrt anbietet, die in meinen Zeitplan paßt.«

»Das ist eine gute Neuigkeit«, sagte Greenberg. »Letzte Frage: Triffst du dich mit einer Frau?«

»Ich hatte gestern eine Verabredung. Susan Chandler, eine Psychologin. Sie hat täglich eine Sendung im Radio und eine Privatpraxis. Eine sehr attraktive und interessante Frau.«

»Dann hast du wohl vor, sie wiederzusehen?«

Don Richards lächelte. »Ich würde sagen, ich habe tatsächlich Pläne im Hinblick auf sie, Mark.«

Als Don Richards um zehn Uhr nach Hause kam, überlegte er, ob er Susan anrufen sollte, und entschied, daß es noch nicht zu spät war.

Sie war beim ersten Läuten am Apparat.

»Susan, heute nachmittag klangen Sie ziemlich niedergeschlagen. Wie geht es Ihnen jetzt?«

»Oh, besser, schätze ich«, erwiderte Susan. »Ich bin froh, daß Sie anrufen, Don. Ich wollte Sie etwas fragen.«

»Schießen Sie los.«

»Sie haben doch an vielen Kreuzfahrten teilgenommen, nicht wahr?«

Richards merkte, daß er den Hörer umklammerte. »Sowohl vor meiner Heirat als auch danach. Meine Frau und ich liebten die See.«

»Und Sie fuhren mehrmals mit der *Gabrielle*?«

»Ja.«

»Ich habe noch nie an einer Kreuzfahrt teilgenommen, also haben Sie Geduld mit mir. Ich gehe davon aus, daß es einen Fotodienst an Bord gibt und daß viele Bilder gemacht werden.«

»Oh, sicher. Damit wird viel Geld verdient.«

»Wissen Sie, ob Negative von früheren Kreuzfahrten archiviert werden?«

»Ich habe keine Ahnung.«

»Haben Sie zufällig irgendwelche Fotos, die auf der *Gabrielle* entstanden sein könnten? Ich möchte den Namen der Firma herausfinden, die auf der *Gabrielle* den Fotodienst betreibt oder früher betrieb.«

»Ich bin sicher, daß ich noch Bilder aus der Zeit habe, als Kathy und ich Kreuzfahrten unternahmen.«

»Könnten Sie für mich nachsehen? Dafür wäre ich Ihnen sehr dankbar. Ich könnte auch Mrs. Clausen fragen, aber ich möchte Sie ungern damit belasten.«

»Bleiben Sie dran.«

Donald Richards legte den Hörer hin und ging zu dem Schrank hinüber, in dem er Fotos und andere Erinnerungen an seine Ehe aufbewahrte. Er holte einen Karton aus dem obersten Regalfach, auf dem ›Urlaub‹ stand, und kehrte damit zum Telefon zurück.

»Haben Sie einen Moment Geduld«, sagte er zu Susan. »Wenn ich noch welche habe, dann müssen sie in dem Karton liegen, den ich gerade durchsehe. Ich bin nur froh, daß ich dabei mit Ihnen spreche. Es kann sehr deprimierend sein, in alten Erinnerungen zu wühlen.«

»Das habe ich in Justin Wells' Wohnung auch gerade getan«, erwiderte Susan.

»Sie waren bei Justin Wells?« Don Richards machte nicht den Versuch, seine Überraschung zu verbergen.

»Ja. Ich dachte, ich könnte ihm vielleicht helfen.«

Mehr will sie dazu nicht sagen, vermutete Richards. Er hatte gefunden, was er suchte, einen Stapel hellblauer Pappdeckel.

Er nahm den zuoberst liegenden Deckel und blickte auf ein Foto, auf dem Kathy und er an ihrem Tisch auf der *Gabrielle* saßen. Hinter ihnen sah man das große Panoramafenster, das den Sonnenuntergang über dem Ozean einrahmte.

Er löste das Foto von der Pappe und drehte es um. Auf der Rückseite standen Informationen zu Nachbestellungen. Mit fester Stimme las er sie Susan vor.

»Das ist ein echter Durchbruch«, sagte Susan. »Für die Fotos auf der *Gabrielle* und auf dem Schiff, mit dem Carolyn fuhr, war die gleiche Firma zuständig. Vielleicht kann ich einen Abzug des Fotos bekommen, das Carolyn Wells mir vermutlich mit der Post schicken wollte.«

»Sie meinen, das Foto des Mannes, der ihr den Türkisring schenkte?«

Susan gab keine direkte Antwort. »Ich sollte wohl nicht allzu optimistisch sein. Wahrscheinlich haben sie das Negativ gar nicht mehr.«

»Hören Sie, in der nächsten Woche bin ich unterwegs, auf der letzten Etappe der Werbetour für mein Buch«, sagte Don Richards. »Ich fahre am Montag, aber vorher würde ich Sie wirklich gern sehen. Wie wär's mit Brunch, Mittagessen oder Abendessen am Sonntag?«

Susan lachte. »Sagen wir Abendessen. Am Sonntag nachmittag habe ich schon was vor.«

Nachdem er wenig später aufgelegt hatte, saß Donald Richards noch lange Zeit da und sah sich die Fotos von den Reisen an, die er gemeinsam mit Kathy unternommen hatte. Plötzlich schien dieser Teil seines Lebens weit, weit weg.

Eine Veränderung war überfällig. Ihm war klar, daß er in einer Woche vielleicht allen Qualen der vergangenen vier Jahre ein Ende bereiten könnte.

73

Susan sah auf ihre Uhr. Es war nach zehn. Ein langer Tag lag hinter ihr – und leider würde es keine lange Nacht werden. In weniger als sechs Stunden mußte sie aufstehen und sich an die Strippe hängen.

Vier Uhr in New York war neun Uhr in London. Dann wollte sie bei Ocean Cruise Pictures Ltd. anrufen und sich nach der Bestellung von Fotos erkundigen, die während der Kreuzfahrten, an denen Regina Clausen und Carolyn Wells teilgenommen hatten, auf der *Gabrielle* und der *Seagodiva* gemacht worden waren.

Obgleich es schon spät war, wollte sie noch duschen und vielleicht einen Teil der erschöpfenden Auswirkungen des Tages von sich abspülen. Lange stand sie unter dem dampfenden Wasserstrahl und freute sich über die heißen Bäche, die über ihren Körper rannen. Dann trocknete sie sich kräftig ab, wickelte ein Frotteetuch um ihr feuchtes Haar und schlüpfte in ein Nachthemd und ihren Morgenmantel. Ihr war bedeutend wohler, als sie in die Küche ging, um sich eine Tasse heißen Kakao zu machen, den sie im Bett trinken wollte. Das ist definitiv meine letzte Tat am heutigen Tag, dachte sie, als sie den Wecker auf vier Uhr stellte.

Als der Wecker klingelte, stöhnte Susan auf, dann kämpfte sie sich wach. Wie es ihre Gewohnheit war, hatte sie vor dem Schlafengehen die Fenster geöffnet und die Heizung abgedreht, so daß man sich, wie Gran Susie zu sagen pflegte, vorkam wie in einer Kühlbox.

Sie setzte sich im Bett auf, wickelte sich fest in die Bettdecke ein und griff nach dem Telefon und nach Block und Stift. Mit wachsender Spannung gab sie die lange Folge von Zahlen ein, die sie mit dem Studio in London verbinden würden.

»Ocean Cruise Pictures Ltd. Guten Morgen. Womit kann ich Ihnen behilflich sein?«

Kurz darauf sprach sie mit der Abteilung für Nachbestellungen. »Wir könnten die gewünschten Fotos tatsächlich noch auf Lager haben, Madam. Die Fotos von den Weltumrundungen bewahren wir ein wenig länger auf als die übrigen.«

Doch als Susan erfuhr, wie viele Bilder man zwischen Mumbai und Athen auf der *Seagodiva* und zwischen Perth und Hongkong auf der *Gabrielle* gemacht hatte, war sie schockiert.

»Schauen Sie, beide Schiffe waren offenbar voll ausgebucht«, erklärte die Angestellte. »Von siebenhundert Menschen an Bord waren möglicherweise fünfhundert mit dem Partner unterwegs, womit immer noch viele alleinreisende Passagiere übrigbleiben, und wir versuchen, von jeder Person mehrere Fotos aufzunehmen. Unsere Fotografen sind vor Ort, wenn die Passagiere sich einschiffen. Viele wollen auch Schnappschüsse in den Zielhäfen und mit dem Kapitän auf Empfängen, an ihrem Tisch und bei allen größeren gesellschaftlichen Ereignissen, zum Beispiel dem Schwarzweiß-Kostümball. Sie sehen also, es gibt eine Fülle von Gelegenheiten, um Erinnerungsfotos zu machen.«

Hunderte von Bildern zu fünfundzwanzig Pfund das Stück, dachte Susan; das würde sie ein Vermögen kosten. »Warten Sie einen Moment«, sagte sie. »Auf dem Foto an Bord der *Seagodiva*, an dem ich interessiert bin, ist eine bestimmte Frau mit dem Kapitän abgelichtet. Könnten Sie nicht die Negative durchsehen und Abzüge aller Fotos einer einzelnen Frau mit dem Kapitän erstellen?«

»Auf dem Abschnitt Mumbia-Athen im Oktober vor zwei Jahren?«

»Genau.«

»Sie müßten natürlich im voraus bezahlen.«

»Natürlich.« Dad kann das Geld von seinem Büro aus für mich anweisen, dachte Susan. Ich werde es ihm später zurückgeben.

»Hören Sie«, sagte sie, »ich brauche die Fotos so schnell wie möglich. Wenn das Geld heute telegrafisch angewiesen wird, könnten Sie mir die Fotos dann mit Kurier bis heute abend schicken?«

»Auf jeden Fall bis morgen. Ihnen ist doch klar, daß wir hier von bis zu vierhundert Fotos sprechen?«

»Ja.«

»Wir können Ihnen bestimmt einen Mengenrabatt anbieten. Leider muß ich das vorher mit Mr. Mayhew abklären, und der kommt erst heute nachmittag.«

Susan unterbrach die Angestellte. »Dazu habe ich jetzt keine Zeit. Nennen Sie mir Ihre Bankverbindung. Das Geld wird spätestens um drei Uhr Ihrer Zeit dort eintreffen.«

»Oh, dann können wir den Auftrag leider nicht vor morgen erledigen. Aber Sie bekämen die Fotos am Montag.«

Damit mußte Susan sich zufriedengeben.

Es gelang ihr zwar, nach dem Anruf wieder einzuschlafen, aber nicht für lange. Um acht Uhr stand sie gestiefelt und gespornt da. Sie hatte hin und her überlegt, ob sie bis neun warten und ihren Vater im Büro anrufen sollte, befürchtete jedoch, daß er heute morgen erst später dorthin fahren würde. In der Hoffnung, ihn und nicht Binky zu erwischen, wählte sie schließlich die Nummer des Hauses in Bedford Hills.

Die neue Haushälterin meldete sich. Mr. und Mrs. Chandler seien übers Wochenende in ihrer New Yorker Wohnung, teilte sie Susan mit. »Sie sind gestern abend gefahren.«

Das muß eine Erleichterung für die Frau sein, dachte Susan. Binkys Unfähigkeit, ihr Personal zu halten, war berüchtigt.

Sie rief in der Wohnung an und stöhnte innerlich auf, als ihre Stiefmutter sich meldete. Heute morgen trällerte sie nicht. »Großer Gott, Susan, hätte das nicht warten können?« fragte sie übellaunig. »Dein Vater ist unter der Dusche. Ich sage ihm, er soll dich zurückrufen.«

»Bitte tu das«, entgegnete Susan knapp.

Eine Viertelstunde später erwiderte ihr Vater ihren Anruf. »Susan, Binky ist richtig zerknirscht. Sie war noch so müde, als sie ans Telefon gegangen ist, daß sie dich nicht mal gefragt hat, wie es dir geht.«

Oh, lieber Himmel, dachte Susan; Dad, bist du so unterbelichtet, daß du nicht erkennst, was sie mir damit klarmachen will, falls es mir entgangen sein sollte – daß ich sie unnötigerweise aufgeweckt habe. »Sag ihr, daß es mir nie besser ging«, erwiderte sie, »aber, Dad – ich meine Charles – ich wollte dich um einen Gefallen bitten.«

»Für mein Mädchen tue ich doch alles.«

»Großartig. Könntest du so schnell wie möglich fünftausenddreihundert Dollar telegrafisch nach London anweisen? Ich kann in deinem Büro anrufen und deiner Sekretärin die nötigen Informationen geben, wenn du willst, aber es muß schnell sein. Ich zahl's dir natürlich zurück. Ich muß das Geld erst von meinem Anlagenkonto transferieren. Das dauert ein paar Tage.«

»Kein Problem. Ich tu's gern, Schatz. Abr stimmt irgendwas nicht? Es hört sich an wie ein Notfall. Du bist doch nicht krank oder hast Ärger?«

Sehr nett, dachte Susan. Ganz wie ein richtiger Vater. »Nein, nichts dergleichen. Ich mache ein wenig unbezahlte Polizeiarbeit für eine Freundin. Wir müssen eine Person anhand von Kreuzfahrtfotos identifizieren.«

»Da bin ich erleichtert. Gib mir die Informationen; ich kümmere mich sofort darum. Weißt du, Susan, ich wünschte, du würdest mich öfter um meine Hilfe bitten. Das tut unwahrscheinlich gut. Ich sehe dich viel zu selten, und du fehlst mir.«

Susan wurde flüchtig von sehnsüchtigen Erinnerungen überwältigt, doch das legte sich schnell wieder, als sie Binkys Stimme im Hintergrund hörte.

Ihr Vater lachte nachsichtig. »Ich mache jetzt mal lieber Schluß, Schatz. Binky will ihren Schönheitsschlaf fortsetzen, also muß ich leise sein.«

74

Am Freitag morgen lehnte Chris Ryan sich auf seinem alten Drehstuhl zurück und ging die ersten Rückmeldungen durch, die er von seinen Quellen zu Douglas Layton erhalten hatte.

Die erste Information bestätigte Laytons Angaben: seine Universitätsausbildung entsprach genau dem, was er behauptete, also war er keiner von den Kerlen, die sagten, sie hätten an einem College studiert, das sie nur von Bildern kannten. Als nächstes jedoch stieß Chris auf einen Hinweis, daß mit Layton etwas nicht stimmte: Seit Abschluß seines Jurastudiums hatte er vier verschiedene Jobs gehabt, und obgleich er über sämtliche Voraussetzungen zu verfügen schien, um Teilhaber der jeweiligen Firmen zu werden, war es nie dazu gekommen.

Chris hob die Augenbrauen, als er die Angaben zu Laytons derzeitiger Situation las. Jetzt steht er eindeutig in den Startlöchern, dachte er. Der Posten eines Treuhänders der Clausen Stiftung hatte großes Potential und eröffnete die Aussicht auf einen sehr behaglichen Job, vor allem wenn der alte Hubert March, der ihn offenbar zu seinem Nachfolger heranzog, in den Ruhestand ging. Und nach Susans Worten schmeichelte er sich gezielt bei Mrs. Clausen ein, dachte Ryan.

Während er den Bericht durchlas, markierte er einige Punkte, die noch eingehender geklärt werden mußten. Ein wichtiger Punkt sprang besonders ins Auge: Für einen Mann, der dafür bezahlt wurde, bedeutende Summen zu verwalten und auszugeben, hatte Layton anscheinend sehr wenig eigenes Kapital. »Was ist da los?« murmelte Chris. Ein Typ Mitte dreißig, Single, ohne größere finanzielle Verpflichtungen, dachte er. Er hat bei guten Firmen für gutes Geld gearbeitet, und doch hat es den Anschein, als besitze er nichts. Sein Auto ist geleast; seine Wohnung ist gemietet. Die Summe auf dem Girokonto deckt nur die monatlichen Ausgaben. Angaben zu Sparkonten gibt es keine.

Also – was fängt Layton mit seinem Geld an? fragte er sich. Er könnte natürlich Drogen nehmen. Und wenn ja, findet er wie die meisten Süchtigen womöglich einen Weg, seine Sucht zu finanzieren, und da verläßt er sich vermutlich nicht nur auf sein Gehalt.

Chris lächelte grimmig. Er hatte definitiv genug in der Hand, um eingehendere Ermittlungen zu rechtfertigen. Genau diesen Moment liebte er, wenn er die Fährte aufnahm und mit der Jagd begann. Ich rufe sofort Susan an, entschied er. Sie will gern immer von Anfang an miteinbezogen werden. Und sie wird vermutlich eine gewisse Genugtuung empfinden, weil sie recht hatte – was Doug Layton betrifft, ist etwas faul im Staate Dänemark.

75

Als Susan in ihrem Büro eintraf, wartete auf dem Anrufbeantworter eine Nachricht von Pete Sanchez. Mit Genugtuung hörte sie, daß man den Ring gefunden hatte. Das könnte sehr wichtig sein, dachte sie und setzte in Gedanken einige Stücke des Puzzles zusammen. Die Ringe entpuppten sich letztlich vielleicht nicht als der Schlüssel zur Lösung der Verbrechen, aber offensichtlich waren sie das Bindeglied zwischen allen Opfern. Und wenn sie recht hatte, war der Grund für Tiffanys Tod nicht der Umstand, daß sie den Ring *besaß*, sondern die Befürchtung, sie könne den Mann identifizieren, der mehrere Exemplare in einem Andenkenladen im Village gekauft hatte.

Ich werde Pete meine Theorie erläutern, mal sehen, was sich ergibt, dachte sie und griff nach dem Telefon.

An Sanchez' Stimme erkannte sie, daß er bester Laune war. »Die Staatsanwaltschaft nimmt den Verdächtigen gerade in die Zange«, sagte er fröhlich. »Eine meiner Quellen hat uns Zeugen geliefert, die seine Drohungen gehört haben, was er mit Tiffany machen würde, und er hat sogar gesagt, daß er zum ›Grotto‹ gehen wolle, um es ihr heimzuzahlen. Sie werden ihn knacken. Wie dem auch sei, was war mit dem komischen Ring?«

Susan wählte ihre Worte sorgfältig. »Pete, ich kann mich auch irren, aber ich glaube, daß die Türkisringe ein wichtiges Element in diesem Fall sind. Einer wurde unter den Sachen einer Frau gefunden, die vor drei Jahren verschwand. Am Montag rief eine Frau in meiner Sendung an und versprach, mir einen anderen Ring dieser Art zu zeigen. Wir gehen davon aus, daß sie es sich anders überlegt hat und ihn mit der Post aufgeben wollte; auf dem Weg zur Post wurde sie von einem Transporter überfahren. Die Polizei ermittelt noch, aber es hat den Anschein, als hätte ihr jemand einen Stoß gegeben. Tiffany hatte versprochen, mir ihren Ring zu schicken, dann änderte sie ihre Meinung und beschloß, ihn aus privaten Gründen zu behalten, anschließend warf sie ihn weg. Aber das konnte ihr Mörder nicht wissen, und außerdem …«

Sanchez unterbrach sie. »Susan, der Kerl, der Tiffany umgebracht hat, ist in Haft. Ich verstehe nicht, was ein Türkisring mit diesem Fall zu tun haben soll. Wir haben erfahren, daß sie mit dir über ihren Ex-Freund, einen Typ namens Matt Bauer, gesprochen hat, und wir haben ihn überprüft. Am Mittwoch abend war er mit seinen Eltern in Babylon, dort haben sie seine Freundin besucht, um Pläne für die Hochzeit zu schmieden. Er ist mit seinen Leuten hingefahren und weit nach Mitternacht zurückgekommen. Also ist er sauber.«

»Pete, glaub mir. Dieser Ring könnte wichtig sein. Hast du ihn gerade da?«

»Er liegt vor mir.«

»Warte mal eine Sekunde.« Susan nahm ihre Schultertasche und holte aus ihrer Brieftasche den Ring hervor, den

Jane Clausen ihr gegeben hatte. »Pete, würdest du mir deinen Ring beschreiben?«

»Sicher. Türkissplitter in einer billigen Einfassung. Susan, diese Dinger gibt es wie Sand am Meer.«

»Ist innen eine Gravur angebracht?«

»Oh, ja. Allerdings schwer zu entziffern. Aha, da steht ›Du gehörst mir‹.«

Susan zog schnell die oberste Schublade an ihrem Schreibtisch auf und kramte nach ihrem Vergrößerungsglas. Sie hielt Reginas Clausens Ring ins Licht, um ihn eingehend zu studieren. »Pete, hast du ein Vergrößerungsglas?«

»Irgendwo müßte eins sein.«

»Hab' bitte Geduld mit mir. Ich möchte die Inschrift in den Ringen vergleichen. In dem, den ich in der Hand halte, steht ein breites großes D, das t ist schmal und ohne Querstrich, und an dem m ist ein großer Schnörkel.«

»Das D und das t sind gleich. An dem m ist aber kein Schnörkel«, berichtete Pete. »Susan, was soll das alles?«

»Pete, laß uns so vorgehen«, sagte Susan. »Bitte behandle den Ring als Beweismittel und laß von eurem Labor aus jeder Perspektive Vergößerungen davon anfertigen, die du mir bitte faxt. Und noch eins – ich möchte mit Matt Bauer reden. Gibst du mir seine Telefonnummer?«

»Susan, der Typ ist sauber.« Petes Stimme klang nachsichtig.

»Davon bin ich überzeugt. Komm schon, Pete. Ich hab' dir auch geholfen, als ich bei der Staatsanwaltschaft war.«

Kurze Zeit blieb es still, dann sagte Sanchez: »Hast du was zu schreiben? Hier ist die Nummer.« Nachdem Susan die Nummer noch einmal wiederholt hatte, erklärte er in strikt professionellem Ton: »Susan, ich bin überzeugt, daß wir den Mörder von Tiffany Smith haben, aber wenn du etwas Neues herausfindest, will ich es wissen.«

»Abgemacht«, versprach Susan.

Sie hatte kaum aufgelegt, als Janet ihr einen Anruf von Chris Ryan ankündigte, der ihr mitteilte, was er bisher über Douglas Layton erfahren hatte.

Er schloß seinen Bericht mit den Worten: »Susie, wir sind auf einer heißen Spur.«

O ja, und ob, dachte Susan, und zwar in mehr Richtungen, als du denkst. Sie bat Chris, sie auf dem laufenden zu halten, dann sagte sie Janet, sie solle auf ein Fax aus Yonkers achten.

76

Am Freitag morgen hatte es kurz den Anschein, als ob Carolyn Wells das Bewußtsein wiedererlangen würde. Ihr Verstand wurde zwar nicht aufnahmefähig, aber sie nahm einen Momenteindruck wahr. Carolyn hatte das Gefühl, zu treiben – als schwimme sie in einem dunklen, trüben Gewässer. Alles war undeutlich. Nicht einmal die Schmerzen – und es waren starke Schmerzen – konnte sie einordnen. Sie waren einfach da, in ihrem ganzen Körper.

Wo war Justin? fragte sie sich. Sie brauchte ihn. Was war mit ihr geschehen? Warum hatte sie all diese Schmerzen? Es war so schwer, sich zu erinnern. Er hatte sie angerufen ... Er war wütend auf sie ... Sie hatte über einen Mann gesprochen, den sie auf dem Schiff getroffen hatte ... Justin hatte sie deswegen angerufen ... Justin, sei nicht zornig. Ich liebe dich ... es hat nie einen anderen gegeben, rief sie, aber natürlich hörte sie niemand, so tief unter Wasser, wie sie dahintrieb.

Warum fühlte sie sich so krank? Wo war sie? Carolyn spürte, wie sie an die Oberfläche kam. »Justin«, flüsterte sie.

Sie merkte nicht, daß eine Schwester sich über ihr Bett beugte. Sie wollte Justin nur sagen, er solle nicht traurig sein, er solle nicht zornig auf sie sein. »Justin, bitte nicht!«

bat sie, dann tauchte sie wieder unter, fort von den Schmerzen und hinein in die wohltuenden dunklen Wellen.

Die Schwester, die den Auftrag erhalten hatte, alles, was Carolyn Wells sagte, weiterzugeben, rief Captain Tom Shea im 19. Revier an. Ihr Anruf wurde zu dem Zimmer durchgestellt, in dem der Captain noch einmal mit Justin Wells die Darstellung seiner Aktivitäten am Montag nachmittag durchging – wie er seine Frau angerufen und seinem Ärger über ihren Anruf in der Radiosendung Luft gemacht hatte; dann war er nach Hause gegangen, um mit ihr zu sprechen, und als er sie nicht antraf, hatte er einen anderen Mantel angezogen und war ins Büro zurückgekehrt. Er hatte sie während dieser Zeit nicht gesehen.

Shea hörte sich den Bericht der Schwester an, dann sagte er: »Mr. Wells, warum hören Sie sich das nicht selbst an?«

Justin Wells preßte den Mund zusammen, und sein Gesicht rötete sich, als die Schwester unsicher wiedergab, was Carolyn gemurmelt hatte.

»Danke«, sagte er leise; dann legte er den Hörer auf und erhob sich. »Verhaften Sie mich?« wollte er von Shea wissen.

»Noch nicht.«

»Sie finden mich dann im Krankenhaus. Wenn meine Frau aufwacht, wird sie mich dort brauchen. Ob sie sich an das, was mit ihr geschehen ist, erinnert oder nicht, eines kann ich Ihnen versprechen: ganz gleich wieviel Mühe Sie sich geben, eine Anklage gegen mich zu zimmern – Carolyn weiß, daß ich mich eher selbst umbringen würde, als ihr in irgendeiner Weise zu schaden.«

Shea wartete, bis Wells gegangen war, dann rief er den diensthabenden Sergeant an. »Schicken Sie eine Beamtin ins Lenox Hill Hospital«, befahl er. »Sagen Sie ihr, sie soll dafür sorgen, daß Justin Wells niemals allein mit seiner Frau im Zimmer ist.«

Danach saß er lange Zeit da, ging den Fall in Gedanken noch einmal durch und stöhnte bei der Aussicht einer neuerlichen Sitzung mit Oliver Baker, der angerufen hatte, um einen Termin zu vereinbaren. Aber Baker hatte sich letztlich als wichtiger Zeuge entpuppt, überlegte er. Er hatte gesehen, wie jemand Carolyn Wells den Umschlag weggenommen hatte; er war völlig sicher, daß er frankiert und an einen oder eine ›Dr. Sowieso‹ adressiert war; er war sicher, daß der Mann, der ihn genommen hatte, einen Burberry trug.

Vielleicht ist Baker noch etwas eingefallen, dachte Shea, und daher die Bitte um ein weiteres Gespräch. Seit er vor ein paar Stunden als einer von wenigen Trauergästen Hilda Johnsons Begräbnis beigewohnt hatte, lag ihm besonders daran, daß Justin Wells überführt wurde. Welchen Fremden, so folgerte er, hätte Hilda spätabends schon in ihre Wohnung gelassen – es sei denn, er gab sich als der Mann der Frau zu erkennen, deren ›Unfall‹ sie mitangesehen hatte.

Wells war schuldig – davon war Shea überzeugt. Und es machte ihn zornig, daß Hildas Mörder gerade als freier Mann diesen Raum verlassen hatte.

77

Es wäre zu umständlich gewesen und hätte zuviel Anlaß zu Kommentaren gegeben, den Termin am Morgen abzusagen, zumal er in paar Tagen wegfuhr, daher konnte er nur einen kleinen Teil von Susans Radiosendung hören. Wie erwartet, wollten die Hörer immer noch über Tiffanys Tod reden:

»Dr. Susan, meine Freundin und ich hatten gehofft, daß sie wieder mit Matt zusammenkommt. Man merkte, daß sie ihn wirklich mochte ...«

»Dr. Susan, glauben Sie, Matt hat ihr das angetan? Ich meine, vielleicht haben sie sich getroffen und hatten Streit oder so ...?«

»Dr. Susan, ich wohne in Yonkers, und der Typ, den sie wegen des Mordes an Tiffany verhören, ist wirklich übel. Er hat wegen Totschlags gesessen. Hier glauben alle, daß er sie getötet hat …«

»Dr. Susan, trug Tiffany den Türkisring, als sie ermordet wurde?«

Diese letzte Frage war interessant und beunruhigte ihn. Hatte sie den Ring getragen? Er glaubte es nicht, wünschte jetzt jedoch, er hätte darauf geachtet.

Susan hatte auf die Fragen genau so reagiert, wie er gedacht hatte: daß Matt, soweit sie wußte, kein Verdächtiger war; daß sie in den Medien nichts von dem Ring gehört oder gesehen hatte; daß man stets von einer Unschuldsvermutung ausgehen müsse, selbst in Fällen, in denen ein Verdächtiger schon früher wegen eines Verbrechens verurteilt worden war.

Er wußte, was das zu bedeuten hatte. Susan glaubte nicht an die Theorie der Polizei über Tiffanys Mörder. Sie war zu clever, um ihren Tod nicht in einen Zusammenhang mit den anderen zu bringen. Der Verstand eines Staatsanwalts kommt nie zur Ruhe, dachte er verbissen.

Und meiner auch nicht, fügte er selbstgefällig in Gedanken hinzu. Er machte sich keine Sorgen. Der Zeitrahmen für die Eliminierung Susans war bereits ausgearbeitet. Jetzt brauchte er nur noch die Einzelheiten zu planen.

Im Geheimfach seines Aktenkoffers steckten die Türkisringe, die er aus Parkis Laden mitgenommen hatte – drei Stück, plus der Ring, den Carolyn Wells an Susan hatte schicken wollen. Er brauchte natürlich nur einen. Die anderen würde er in den Ozean werfen, wenn er mit der letzten einsamen Lady fertig war. Nur zu gern würde er einen an Susan Chandlers Finger stecken, nachdem er sie getötet hatte, aber das würde zu viele Fragen aufwerfen. Nein, das konnte er nicht riskieren, aber vielleicht würde er ihn ihr nur einen Augenblick lang anstecken, um sich die Genugtuung zu verschaffen, daß sie ganz ihm gehörte.

78

»Hier ist Dr. Susan Chandler – ich verabschiede mich bis Montag.«

Das rote Sendelämpchen über der Tür des Studios erlosch, als Susan in den Kontrollraum blickte, wo Jed seinen Kopfhörer abnahm. »Wie ist es gelaufen?« fragte sie gespannt.

»Gut. Viel Hörerbeteiligung. Du bist immer gut – das weißt du auch –, aber heute fand ich dich besonders prima. Hat jemand was gesagt, das dir zu denken gibt?«

Susan sammelte ihre Notizen ein. »Nein. Ich bin wohl nur furchtbar mitgenommen.«

Jeds Stimme wurde weicher. »Die letzten Tage waren hart, ich weiß. Aber jetzt geht es wieder aufwärts. Hey! Du bist heute zwanzig Minuten vor Sendebeginn ins Studio gekommen, und außerdem hast du ein Wochenende vor dir!«

Susan verzog das Gesicht. »Wie nett«, sagte sie, während sie ihren Stuhl zurückschob und aufstand. »Bis Montag dann.«

Janet reichte Susan die Faxe aus Yonkers, als sie zur Tür hereinkam. »Detective Sanchez hat angerufen und gefragt, ob sie klar zu erkennen sind«, sagte sie. »Er ist komisch. Er hat gesagt, sie sollen ihn über alles, was Sie rauskriegen, auf dem laufenden halten, sonst würde er das nächstemal nicht die Lasagne von den Beweismitteln abwaschen, bevor er sie fotografieren läßt.«

»Das werde ich tun. Danke, Janet. Ach, und bestellen Sie bitte das übliche Gourmet-Menü für mich. Die sollen sich beeilen. Mrs. Price wird in zwanzig Minuten hier sein.«

»Ich habe Ihr Mittagessen schon bestellt, Doktor.« In Janets Stimme lag ein gewisser Vorwurf.

Heute scheine ich jedem auf die Zehen zu treten, dachte Susan, als sie in ihr Sprechzimmer ging. Zuerst Binky, jetzt

Janet. Wer ist der nächste? fragte sie sich. Sie setzte sich an ihren Schreibtisch, breitete die Faxe der vergrößerten Fotos aus und verglich sie mit dem Ring, den Jane Clausen ihr gegeben hatte.

Der Fotograf hatte sich offenbar besondere Mühe gegeben; es waren ihm einige ausgezeichnete Aufnahmen von der Gravur des Rings gelungen. Wie Susan erwartet hatte, bestand große Ähnlichkeit zwischen dem Ring auf den Fotos und dem Ring, der Regina gehört hatte.

Ich habe recht, dachte sie. Die Ringe sind der Dreh- und Angelpunkt. Der Ring, den Mrs. Clausen mir gegeben hat, muß einfach von demselben Mann hergestellt worden sein wie Tiffanys Ring, was bedeutet, daß er fast sicher in dem Andenkenladen im Village gekauft wurde, von dem Tiffany mir erzählt hat. Ich würde mein Leben darauf verwetten, daß Tiffany ermordet wurde, weil sie in der Sendung mit mir gesprochen hat und weil der Mann, den sie gesehen hat, fürchtete, sie könne ihn identifizieren.

Janet kam ins Sprechzimmer, in der Hand das Paket vom Imbiß. Sie stellte es auf Susans Schreibtisch … dann, als Susan den Türkisring hinlegte, nahm Janet ihn auf und musterte ihn. »Hübscher Spruch«, sagte sie, als sie blinzelnd die Inschrift las. »Meine Mutter liebt alte Schlager, und ›Du gehörst mir‹ ist einer ihrer Lieblingssongs.«

Mit leiser, nur leicht wackliger Stimme sang sie: »›Am Saum des Nils die Pyramiden / und in den Tropen geht die Sonne auf …‹« Sie hielt inne und summte ein paar Takte. »Dann kommt noch was über einen Marktplatz ›des alten Algier‹, und dann ›Fotos und ein Souvenir‹. Ich weiß nicht mehr, wie's weitergeht, aber es ist wirklich ein hübscher Song.«

»Ja«, bestätigte Susan geistesabwesend. Der Text des Songs ging ihr durch den Kopf, fast wie ein Wecksignal, das sie nicht abschalten konnte. Was hat das zu bedeuten? fragte sie sich. Sie nahm den Ring wieder an sich und steckte ihn in ihre Brieftasche.

Es war zehn Minuten vor eins. Sie sollte sich auf ihre nächste Sitzung vorbereiten, wollte jedoch nicht bis zwei Uhr warten, um Matt Bauer zu erreichen, Tiffanys ehemaligen Freund und der einzige, der ihr eventuell sagen konnte, wo der Andenkenladen war.

Bauers Mutter meldete sich. »Dr. Chandler, mein Sohn ist in der Arbeit. Wir haben bereits mit der Polizei gesprochen. Ich bedaure Tiffanys Tod außerordentlich, aber das hat nichts mit meinem Sohn zu tun. Er ist nur wenige Male mit ihr ausgegangen. Sie war einfach nicht sein Typ. Freundinnen von mir haben mir von Tiffanys Anrufen bei Ihnen erzählt, und ich muß Ihnen sagen, daß sie Matt äußerst peinlich waren. Ich habe mit Tiffany gestern telefoniert und ihr von seiner bevorstehenden Heirat berichtet. Am Mittwoch abend haben wir bei der Familie seiner Verlobten gegessen – nette, kultivierte Leute. Ich wage mir nicht vozustellen, was sie denken, wenn Matthews Name in der Öffentlichkeit mit diesem Fall in Verbindung gebracht wird. Also, ich …«

Susan unterbrach ihren Redefluß. »Mrs. Bauer, das beste Mittel, um Matthews Namen aus dieser Sache herauszuhalten, wäre, ihn zu einem inoffiziellen Gespräch mit mir zu überreden. Also, wo kann ich ihn erreichen?«

Widerstrebend berichtete Matts Mutter ihr, daß er bei der Metropolitan Life Insurance Company in Midtown-Manhattan arbeitete und gab ihr seine Büronummer. Susan rief dort an, erfuhr jedoch, daß Bauer unterwegs wäre und nicht vor drei zurückerwartet würde. Sie hinterließ eine Nachricht, daß er sie dringend anrufen solle.

Während sie ihre Suppe aus dem Pappbehälter löffelte, rief Pete Sanchez an. »Susan, nur um dich auf den neuesten Stand zu bringen, allmählich kommt Bewegung in den Fall. Dieser Kerl hat es nicht bei der Ankündigung belassen, er wolle zum ›Grotto‹ zurückgehen, um es Tiffany heimzuzahlen, jetzt gibt er zu, daß er auf dem Parkplatz des Restaurants war. Er behauptet allerdings, er habe es mit der Angst zu tun bekommen, weil dort ein anderer Typ herumlungerte.«

»Vielleicht hat er die Wahrheit gesagt«, gab Susan zu bedenken.

»Ach komm, Susan. Du warst bei der Staatsanwaltschaft. Diese Burschen haben immer denselben Spruch auf Lager: ›Ich schwöre es, Euer Ehren. Der Täter war ein anderer!‹ Susan, was kann einen noch wundern, wenn man es mit diesen üblen Typen zu tun hat?«

79

Bis Freitag nachmittag hatte Chris Ryan sowohl konkrete Fakten als auch eine Fülle von Gerüchten über Douglas Layton zusammengetragen.

Zu den Fakten gehörte, daß er ein besessener Spieler war, nahezu berüchtigt in Atlantic City. Es war allgemein bekannt, daß er bei mindestens einem halben Dutzend Gelegenheiten viel Geld verloren hatte. Was erklärt, warum er ein Habenichts ist, dachte Chris.

Ein Gerücht lautete, daß mehrere Kreuzfahrtgesellschaften Layton den Zutritt zu ihren Schiffen untersagt hatten, weil er angeblich an den Spieltischen betrog. Ein anderes Gerücht behauptete, in zwei Investmentfirmen habe man ihm nach Beschwerden, er lege häufig ein verächtliches Verhalten gegenüber den weiblichen Mitarbeiterinnen an den Tag, die Kündigung nahegelegt.

Um zehn vor fünf verarbeitete Chris Ryan gerade noch die gesammelten Informationen, als Susan anrief. »Ich habe interessantes Material zu Layton reinbekommen«, teilte er ihr mit. »Nicht unbedingt strafrechtlich relevante, aber interessante Dinge.«

»Ich bin schon sehr gespannt«, sagte Susan, »aber zuerst habe ich noch eine Frage an dich. Gibt es eine Möglichkeit, eine Liste sämtlicher Sexshops in Greenwich Village zu bekommen?«

»Willst du mich verkohlen?« erwiderte Chris. »In der Branche annonciert doch keiner in den Gelben Seiten.«

»Das merke ich allmählich auch. Und wie steht's mit Andenkenläden?«

»Sieh unter jedem Eintrag von ›Antiquitäten‹ bis ›Ramsch‹ nach.«

Susan lachte. »Du bist mir ja 'ne schöne Hilfe. Und jetzt erzähl mir, was du über Douglas Layton herausgefunden hast.«

80

Für Oliver Baker war es eine aufregende Woche gewesen. Sein kurzer Auftritt im Fernsehen am Montag nachmittag hatte sein Leben verändert. Plötzlich war er eine kleine Berühmtheit geworden. Seine Kunden wollten alle mit ihm über den Unfall sprechen. Die Frau, die in der nahegelegenen chemischen Reinigung arbeitete, veranstaltete einen Wirbel, als sei er ein Star. Sogar der versteinerte Wall Street-Makler, der ihn noch nie beachtet hatte, nickte ihm zu.

Zu Hause war Oliver für Betty und die Mädchen der Held des Tages. Selbst Bettys Schwester, die stets aufstöhnte oder das Gesicht verzog, wenn er seine Meinung zu irgend etwas sagte, rief an, um von ihm persönlich zu hören, wie es war, als Zeuge auf dem Polizeirevier auszusagen. Natürlich beließ sie es nicht dabei. Statt dessen verbreitete sie sich über den Zufall, daß eine andere Zeugin, die alte Dame, die behauptet hatte, es sei kein Unfall gewesen, ermordet worden war. Und sie schloß mit der Warnung: »Paß nur auf, daß dir so was nicht auch passiert.« Er hatte selbstverständlich keine Angst, ihm war nur ein wenig unwohl.

Oliver genoß seinen Kontakt zur Polizei, und Captain Shea gefiel ihm ganz besonders. Er gehörte zu den Autoritätsfiguren, die Oliver das Gefühl gaben, sicher und beschützt zu sein. Besonders angenehm fand er es, wenn er im Büro des Captains saß und Shea förmlich an seinen Lippen hing.

Am Freitag berichtete die *Post* auf Seite sechs, daß der Architekt Justin Wells zum Unfall seiner Frau vernommen würde. Neben dem Artikel war ein Foto abgedruckt, wie er das Krankenhaus verließ.

Oliver ließ die *Post* den ganzen Morgen über aufgeschlagen auf seinem Schreibtisch liegen. Dann, um kurz vor zwölf, hatte er Captain Shea angerufen, um ihm zu sagen, er würde gern nach der Arbeit mit ihm sprechen.

Das war der Grund, warum Oliver Baker am Freitag nachmittag um halb sechs wieder in Captain Sheas Büro saß, in der Hand das Bild aus der Zeitung. Während er das Gefühl auskostete, an den Schalthebeln der Macht zu sitzen, erklärte er, warum er um ein erneutes Gespräch gebeten habe. »Captain, je öfter ich mir das Bild dieses Mannes anschaue, um so sicherer bin ich, daß er es war, der den Umschlag nahm, als er – so dachte ich zu dem Zeitpunkt jedenfalls – die Frau schützen wollte, die von dem Transporter überfahren wurde.«

Oliver blickte lächelnd in Sheas verständnisvolle Augen. »Captain, vielleicht war mein Schock doch größer, als ich dachte«, sagte er. »Meinen Sie, deshalb habe ich sein Gesicht zuerst verdrängt?«

81

Matt Bauer mochte seinen Job bei Met Life. Er hatte vor, eines Tages eines der Büros der leitenden Angestellten zu beziehen, und mit diesem Ziel vor Augen verkaufte er fleißig Versicherungspolicen an kleine Firmen – sein Spezialgebiet. Im Alter von fünfundzwanzig Jahren begann seine Strategie bereits Früchte zu tragen. Er sollte den Management-Kurs besuchen, und seit kurzem war er mit der Nichte seines Chefs, Debbie, verlobt, die ideale Frau, um ihn auf seinem Weg an die Spitze zu begleiten. Noch besser war, daß er sie aufrichtig liebte.

Deshalb war er auch sichtlich verstört, als er sich um halb sechs in einem Coffeeshop an der Grand Central Station mit Susan traf.

Susan fand den ernsten jungen Mann mit den klaren Gesichtszügen auf Anhieb sympathisch und verstand seine Lage. Sie glaubte ihm, als er sagte, das mit Tiffany tue ihm sehr, sehr leid, und zeigte Verständnis, als er ihr erklärte, warum er nicht in eine Mordermittlung hineingezogen werden wollte.

»Dr. Chandler«, sagte er, »ich bin nur ein paarmal mit Tiffany ausgegangen. Genaugenommen dreimal, wenn mich nicht alles täuscht. Wir lernten uns kennen, als ich einmal im ›Grotto‹ zu Abend aß; ich lud sie ein, mit mir wegzugehen, und sie sagte, ich solle sie zu der Hochzeit einer Freundin begleiten.«

»Sie wollten nicht mitgehen?« riet Susan.

»Eigentlich nicht. Tiffany war nett, aber ich merkte gleich, daß es nicht richtig zwischen uns funkte, wenn Sie wissen, was ich meine, und ich merkte auch, daß sie eine feste Beziehung wollte, nicht nur hin und wieder eine Verabredung.«

Susan, die sich an Tiffanys eifrige, hoffnungsvolle Stimme erinnerte, nickte zustimmend.

Die Kellnerin goß ihnen Kaffee ein, und Matt Bauer trank einen Schluck, bevor er fortfuhr. »Auf der Hochzeit ihrer Freundin erwähnte ich zufällig einen Film, den ich mir ansehen wollte. Er hatte einen Preis in Cannes gewonnen, und die Zeitungen hatten darüber berichtet. Tiffany sagte, sie sei auch sehr gespannt auf den Film.«

»Also haben Sie sie natürlich ins Kino eingeladen?«

Matt nickte. »Ja. Er lief in einem kleinen Kino drüben im Village. Ich merkte schnell, daß Tiffany ihn schrecklich fand, obwohl sie so tat, als finde sie ihn gut. Nach der Vorstellung gingen wir essen. Ich fragte sie, ob sie Sushi möge, und sie sagte, sie sei verrückt danach. Dr. Chandler, sie wurde fast grün im Gesicht, als das Essen kam. Sie hatte mich gebeten, für sie zu bestellen, und ich dachte, sie wüßte, daß Sushi roher Fisch ist. Danach gingen wir nur ein bißchen spazieren und sahen uns Schaufenster an. Ich kannte mich im Village nicht aus, und sie auch nicht.«

»Und dann sind Sie in den Andenkenladen gegangen?« fragte Susan. Hoffentlich weiß er noch, wo er ist, betete sie.

»Ja. Tiffany blieb stehen, als ihr Blick auf etwas im Schaufenster fiel. Sie sagte, es wäre ein netter Tag, sie wolle ein Andenken daran, deshalb sind wir reingegangen.«

»War das in Ihrem Sinne?« fragte Susan.

Er zuckte die Schultern. »Eigentlich nicht.«

»Was wissen Sie noch von dem Laden, Matt?« Susan hielt inne.« »Oder ist Ihnen Matthew lieber?«

Er lächelte. »Meine Mutter sagt Matthew. Für alle übrigen heiße ich Matt.«

»Na schön, Matt, was wissen Sie noch von dem Laden?«

Er dachte kurz nach. »Er war mit billigen Souvenirs vollgestopft, aber trotzdem gemütlich, wenn Sie verstehen, was ich meine. Der Eigentümer – oder Angestellte, was auch immer – stammte aus Indien, und witzigerweise hatte er neben den üblichen Freiheitsstatuen, T-Shirts und ›I Love New York‹-Buttons ein ganzes Sortiment aus Messingaffen, Elefanten, Tadsch Mahals und Hindu-Gottheiten da – solche Sachen.«

Susan öffnete ihre Handtasche und holte den Türkisring heraus, den sie von Regina Clausen bekommen hatte. Sie hielt ihn Matt Bauer hin. »Erkennen Sie den wieder?«

Er betrachtete den Ring eingehend, nahm ihn jedoch nicht. »Steht an der Innenseite ›Du gehörst mir‹?«

»Ja.«

»Dann würde ich sagen, es ist der Ring, den ich Tiffany geschenkt habe, oder er sieht zumindest genauso aus.«

Und genauso wie Carolyns Ring vermutlich, dachte Susan. »Tiffany hat mir erzählt, Sie hätten den Ring gekauft, weil ein Mann kurz vorher einen erstanden hatte, und der Verkäufer Ihnen erzählte, er habe bereits mehrere gekauft. Erinnern Sie sich noch daran?«

»Ich erinnere mich, aber ich habe den Typ nicht gesehen«, sagte Matt. »Soweit ich noch weiß, war der Laden sehr klein, und ein bemalter Wandschirm aus Holz versperrte mir die Sicht auf den Tresen. Außerdem las ich gerade etwas über eine kleine Figur – sie hatte den Kopf eines Elefanten und den Körper eines Mannes und sollte laut Anhänger den Gott der Weisheit, des Wohlstands und des Glücks darstellen. Ich fand, die Figur wäre ein hübsches Andenken, aber als ich mich umdrehte und sie Tiffany zeigen wollte, sprach sie mit dem Verkäufer am Tresen. Sie hielt den Türkisring in der Hand, und er erzählte ihr, daß der Kunde, der gerade gegangen sei, schon mehrere gekauft habe. Ich zeigte ihr den Elefantengott, aber Tiffany war nicht interessiert – sie wollte den Ring.«

Bauer lächelte. »Sie war witzig. Als ich ihr den Elefantengott zeigte und ihr die Geschichte vorlas, sagte sie, er ähnele zu vielen ihrer Kunden im ›Grotto‹, deshalb glaube sie nicht, daß er ihr Wohlstand bringen werde. Also stellte ich ihn wieder an seinen Platz und kaufte den Ring.«

Matts Lächeln verschwand, und er schüttelte den Kopf. »Er kostete nur zehn Dollar, aber man hätte meinen können, ich hätte ihr einen Verlobungsring geschenkt. Später, auf dem Weg zur U-Bahn, hielt sie die ganze Zeit meine Hand und sang ›Du gehörst mir‹.«

»Wie oft haben Sie sie danach noch getroffen?«

»Nur noch einmal. Sie rief immer wieder bei mir an, und wenn sie den Anrufbeantworter erwischte, sang sie ein paar Takte des Songs. Schließlich lud ich sie in eine Kneipe ein und sagte ihr, mit dem Ring habe es nicht so viel auf sich; es habe zwar Spaß gemacht, mit ihr auszugehen, aber ich fände, wir sollten es dabei belassen.«

Er trank seinen Kaffee aus und schaute auf seine Uhr. »Dr. Chandler, es tut mir leid, aber ich muß in ein paar Minuten wirklich gehen. Um halb sieben treffe ich mich mit Debbie, meiner Verlobten.« Er winkte dem Kellner.

»Das geht auf meine Rechnung«, sagte Susan. Sie hatte bisher bewußt nicht nach dem Standort des Ladens gefragt, weil sie immer noch hoffte, Matt könne den Kunden, der den Ring gekauft hatte, kurz gesehen haben. Vielleicht würde ihm dann im Laufe ihres Gesprächs über die Ereignisse im Laden auch dessen Standort wieder gegenwärtig.

Als sie ihn schließlich doch danach fragte, konnte er nur folgendes sagen: der Film, den sie sich angesehen hatten, war in einem Kino nicht weit vom Washington Square gezeigt worden, das Sushi-Lokal lag vier Blocks von dort entfernt, und sie waren in der Nähe der U-Bahnstation West Fourth und Sixth Avenue gewesen, als sie den Andenkenladen entdeckten.

Susan hatte eine letzte Frage, die hoffentlich etwas nützen würde. »Matt, Tiffany hat etwas von einem Sexshop erwähnt, der dem Andenkenladen gegenüber lag. Erinnern Sie sich noch daran?«

Er schüttelte den Kopf und stand auf. »Nein, leider nicht. Wissen Sie, Dr. Chandler, ich wünschte, ich könnte mehr für Sie tun.« Er hielt inne. »Trotz dieser abgebrühten Fassade war Tiffany ein liebes Mädchen. Jedesmal, wenn ich an ihre Bemerkung über die Kunden im ›Grotto‹ und den Elefantengott denke, muß ich lachen. Hoffentlich finden sie den Kerl, der ihr das angetan hat. Auf Wiedersehen.«

Susan bezahlte, nahm ihre Schultertasche und fuhr mit dem Taxi nach Downtown zur Ecke West Fourth Street und Sixth Avenue. Auf dem Weg schaute sie in ihrem Plan von Greenwich Village nach. Obgleich sie schon einige Jahre dort lebte, war die Gegend immer noch ein wenig verwirrend für sie. Sie hatte vor, von der U-Bahnstation aus die verwinkelten Straßen des Village abzugehen, bis sie einen Andenkenladen fand, in dem es indische Götter gab und der einem Sexshop gegenüber lag. Es klang ziemlich einfach; wieviele solcher Läden konnte es schon geben?

Ich könnte Chris Ryan um Hilfe bitten, dachte sie, aber so groß ist das Village auch wieder nicht, und ich sollte zumindest den Versuch machen, es allein zu schaffen. Wenn sie den Laden fand, so hatte sie beschlossen, würde sie hineingehen und mit dem indischen Verkäufer ins Gespräch kommen. Später dann, sobald sie das Kreuzfahrtfoto hatte, auf dem der Mann abgebildet war, der Carolyn Wells den Türkisring gegeben hatte, konnte sie den Verkäufer fragen, ob er ihn wiedererkennen würde.

Sie war noch nicht am Ziel, aber sie kam dem Killer näher. Das konnte sie spüren.

82

Carolyn fühlte erneut die Schmerzen und hatte große Angst. Sie wußte nicht, wo sie war, und als sie zu sprechen versuchte, gehorchten ihr Zunge und Lippen nicht. Sie wollte die Hand heben, aber die ließ sich nicht bewegen.

So gern hätte sie Justin gesagt, wie leid es ihr tat. Aber wo war er? Warum kam er nicht zu ihr?

Sie spürte, wie im Dunkeln etwas auf sie zuschnellte. Es würde ihr weh tun! Wo war Justin? Er würde ihr helfen.

Endlich konnte sie die Lippen bewegen; endlich hörte sie die Worte aus ihrer Kehle aufsteigen: »Nein ... bitte ... nein! Justin!« Und dann hatte es sie eingeholt, und sie spürte, wie sie wieder versank, wie ihr Verstand sich vor den furchtbaren Schmerzen zurückzog.

Hätte sie das Bewußtsein wiedererlangt, dann hätte sie Justins gequälten Aufschrei gehört, als die Monitore panisch piepsten und Code 9 aktivierten, aber sie hörte es nicht.

Und sie sah auch nicht das Verdammungsurteil in der Miene der Polizeibeamtin, die Justin über das Bett hinweg vorwurfsvoll fixierte.

83

Am Freitag abend kam Alex Wright erst gegen sieben Uhr nach Hause. Er war den ganzen Tag im Büro geblieben und hatte sich sogar das Mittagessen bringen lassen, was er eigentlich sehr ungern tat, um seine Reise in der nächsten Woche vorzubereiten.

Nach dem arbeitsintensiven Tag freute er sich auf den vor ihm liegenden ruhigen Abend und ging direkt in sein Ankleidezimmer, wo er eine bequeme Hose und einen Pullover anzog. Wie so oft beglückwünschte er sich im stillen, daß er endlich das Problem des knappen Stauraums gelöst hatte.

Vor ein paar Jahren war sein Ankleidezimmer von einem angrenzenden Schlafzimmer abgezweigt worden und bot jetzt genug Platz für seine umfangreiche Garderobe. Eine Vorrichtung, die ihm besonders gefiel, war das Tischregal, auf dem stets ein reisefertiger Koffer lag. An der Wand darüber hing zur Erinnerung eine Liste der Dinge, die er für das jeweilige Klima und die jeweiligen Veranstaltungen brauchen würde.

Der Koffer war bereits halbvoll mit Kleidungsstücken, die nach einer Reise gleich gewaschen, gereinigt oder gebügelt und wieder hineingelegt wurden: Unterwäsche, Socken, Taschentücher, Schlafanzüge, ein Morgenmantel, Smokinghemden.

Für ausgedehntere Reisen, wie zum Beispiel die bevorstehende Reise nach Rußland, packte Alex lieber selbst. Wenn er aus irgendeinem Grund zu beschäftigt war, kümmerte sich Jim Curley darum. Sie mokierten sich immer noch darüber, daß Marguerite einmal, als sie mit dieser Aufgabe betraut worden war, vergessen hatte, ein feines Hemd einzupacken, was Alex erst entdeckte, als er sich zu einem offiziellen Dinner in London ankleiden wollte.

Als Alex seine bloßen Füße in bequeme alte Slipper schob, lächelte er bei dem Gedanken daran, was Jim zu diesem Vorfall bemerkt hatte: »Ihr seliger Vater hätte sie bedenkenlos aus dem Haus gejagt.«

Bevor er das Ankleidezimmer verließ, warf Alex noch einen Blick auf die Liste und dachte, daß es im Oktober in Rußland gewöhnlich schon bitterkalt war und es deshalb wohl klüger wäre, seinen dicken Mantel mitzunehmen.

Er ging nach unten, goß sich einen Scotch ein, und während er trank und das Eis in dem Glas schwenkte, stellte er fest, daß er nervös war. Ihm machte zu schaffen, wie kühl Susan gestern am Telefon mit ihm gesprochen hatte, als sie seine Einladung ausschlug, mit ihm und Dee etwas trinken zu gehen.

Wie würde es morgen abend in der Bibliothek sein, wenn Dee an seiner einen und Susan an seiner anderen Seite saß? fragte er sich. Es könnte unangenehm werden.

Dann lächelte er. Ich habe eine Idee, dachte er. Ich werde Binky und Charles auch einladen. Es gibt vier Tische zu je zehn Gästen. Ich setze Dee mit Binky und Charles an einen anderen Tisch, entschied er. Damit sollte Susan eigentlich alles klar sein. »Und Dee auch«, sagte er laut.

84

Die Namen der Straßen, die sie abgeklappert hatte, gingen ihr durch den Kopf wie eine Litanei: Christopher, Grove, Barrow, Commerce, Morton. Anders als der streng geometrische Plan, nach dem die Straßen in Uptown Manhattan angelegt waren, folgten die Straßen des Village ihrem eigenen unregelmäßigen Muster. Schließlich gab Susan auf, kaufte die *Post* und ging ins ›Tutta Pasta‹ in der Carmine Street, um ein spätes Abendessen zu sich zu nehmen.

Sie aß warmes, in Olivenöl getunktes Brot und trank einen Chianti, während sie die Zeitung las. Auf Seite drei entdeckte sie ein Foto von Tiffany, dem Jahrbuch ihrer Abschlußklasse entnommen, und einen Artikel über die Ermittlungen in dem Mordfall. In Kürze würde es zur Anklageerhebung kommen, stand dort.

Dann, auf Seite sechs, stieß sie zu ihrem Erstaunen auf das Foto von Justin Wells und den Bericht, daß er zu den Umständen des Unfalls seiner Frau vernommen würde.

Ich werde niemanden davon überzeugen können, daß ein Zusammenhang zwischen den beiden Fällen besteht, wenn ich nicht diesen Andenkenladen finde und mit dem Verkäufer spreche, dachte sie. Und ihm, so Gott will, das Foto von der Kreuzfahrt zeige, das am Montag eintreffen soll. Heute abend habe ich den Laden zwar noch nicht gefunden, sagte sie sich, aber morgen früh ziehe ich wieder los.

Um zehn kam sie nach Hause und ließ müde ihre Schultertasche auf den Tisch in der Diele fallen. Warum schleppe ich eigentlich immer soviel Zeug mit mir herum? fragte sie sich, als sie ihre Schultern kreisen ließ. Die Tasche ist so schwer, als läge eine Leiche darin.

»Nein, was für ein erfreulicher Gedanke«, sagte sie laut, als ihr Tiffanys Bild vor Augen trat. Sie sah genauso aus, wie ich sie mir vorgestellt hatte, dachte Susan traurig. Zuviel Lidstrich, das Haar blondgefärbt und zu stark toupiert, aber trotzdem hübsch und frech.

Widerstrebend ging sie zu ihrem Anrufbeantworter; das Lämpchen blinkte. Um neun hatte Alex Wright angerufen: »Ich wollte nur kurz Hallo sagen. Ich freue mich auf morgen abend. Falls wir im Laufe des Tages nichts voneinander hören, hole ich Sie um halb sieben ab.«

Er läßt mich wissen, daß er heute abend zu Hause ist, dachte Susan. Das ist gut.

Der nächste Anruf stammte von ihrer Mutter. »Es ist halb zehn. Ich versuch's später noch mal, Liebes.«

Vermutlich genau dann, wenn ich unter die Dusche gehe, dachte Susan und beschloß, den Anruf sofort zu erwidern.

Sie hörte der Stimme ihrer Mutter an, daß etwas nicht stimmte. »Susan, wußtest du, daß Dee nicht nur vorhat, wieder nach New York zu ziehen, sondern daß sie bereits eine Wohnung gemietet hat?«

»Nein«, sagte Susan. Nach einer kleinen Pause fügte sie hinzu: »Kommt das nicht ein bißchen plötzlich?«

»Ja. Sie war ja immer schon rastlos, aber ich muß sagen, es hat mich richtig verletzt, daß sie heute die Trophäe mitgenommen hat, um den Mietvertrag zu unterschreiben.«

»Sie hat Binky mitgenommen? Warum denn das?«

»›Um die Meinung einer Frau einzuholen‹, hat sie gesagt. Also habe ich ihr in Erinnerung gerufen, daß ich nicht blind bin und mir die Wohnung auch gern angesehen hätte, aber Dee meinte, es habe noch einen anderen Interessenten gegeben und sie habe schnell zugreifen müssen.«

»Vielleicht war es ja so«, gab Susan zu bedenken. »Mom, bitte laß dich von so was nicht unterkriegen. Es lohnt sich nicht. Du weißt genau, daß es dir gefallen wird, Dee wieder hier in New York zu haben.«

»Ja, sicher«, gab ihre Mutter ein wenig besänftigt zu. »Aber ich mache mir Sorgen … Na, du weißt ja, worüber wir neulich geredet haben.«

Gott, gib mir Kraft, dachte Susan. »Mom, wenn du Alex Wright meinst – ich war genau einmal mit ihm verabredet. Und ich würde nicht sagen, daß wir eine enge Beziehung haben.«

»Ich weiß. Trotzdem finde ich diesen überstürzten Umzug nach New York eigenartig, selbst für Dee. Und noch was, Susan: Wenn du Geld brauchst, solltest du nicht zu deinem Vater gehen. Ich weiß, wie weh er dir getan hat. Ich habe auch Geld auf der Bank.«

»Was soll das denn?« fragte Susan.

»Hast du Charley-Charles nicht gebeten, Geld nach London zu kabeln?«

»Wie hast du das erfahren?«

»Von deinem Vater ganz bestimmt nicht. Dee hat es mir gesagt.«

Und sie hat es zweifellos von Binky gehört, dachte Susan. Es ist zwar nicht wichtig, aber sehr lästig! »Mom, ich bin nicht in Geldverlegenheiten. Ich wollte nur heute etwas bestellen, das sofort geliefert werden soll, und hatte nicht die Zeit, vorher Geld auf mein Girokonto zu transferieren, deshalb habe ich Dad gefragt. Ich werde ihm nächste Woche alles zurückzahlen.«

»Warum solltest du? Er schwimmt in Geld, und er schickt Dee auf eine Kreuzfahrt. Sei nicht so stolz, Susan. Nimm das Geld, es steht dir zu.«

Gerade hast du noch gesagt, ich soll kein Geld von ihm nehmen, dachte Susan. »Mom, ich bin gerade erst nach Hause gekommen – und bin todmüde. Ich rufe dich morgen oder am Sonntag an. Irgendwelche Pläne fürs Wochenende?«

»Eine Verabredung mit einem Unbekannten, Gott steh mir bei. Helen Evans hat sie arrangiert. Ich hätte nie gedacht, daß ich mich in meinem Alter noch auf so etwas freuen würde.«

Susan lächelte, als sie die Vorfreude in der Stimme ihrer Mutter hörte. »Eine gute Neuigkeit«, sagte sie herzlich. »Viel Spaß.«

Heute abend steht keine Dusche auf dem Programm, dachte sie, als sie auflegte. Nach diesem Tag brauche ich ein langes, heißes Bad. Jeder Zentimeter von mir, seelisch und körperlich, ist unruhig, traurig, gereizt und tut weh.

Vierzig Minuten später öffnete sie das Fenster, ihre letzte Aufgabe, bevor sie ins Bett ging. Als sie zur Straße hinunterschaute, war dort bis auf einen einsamen Spaziergänger, dessen Umrisse sie kaum erkennen konnte, niemand zu sehen.

Zu einem Marathonlauf würde er sich nicht eignen, dachte sie. Wenn er sich noch langsamer bewegt, kann er gleich rückwärts gehen.

85

Trotz – oder vielleicht auch wegen – ihrer Erschöpfung schlief Susan nicht gut. Dreimal wachte sie in der Nacht auf und horchte auf jedes Geräusch, das darauf hinzudeuten schien, daß jemand in ihrer Wohnung war. Beim ersten Mal dachte sie, die Wohnungstür hätte sich geöffnet. Der Eindruck war so stark, daß sie aufstand und zur Tür lief, nur um festzustellen, daß sie fest zugesperrt war. Anschließend überprüfte sie die Schlösser an den Fenstern in Wohnzimmer, Arbeitszimmer und Küche, obgleich sie sich dumm dabei vorkam.

Sie kehrte ins Schlafzimmer zurück, doch das Gefühl, daß etwas nicht stimmte, ließ sie nicht los. Trotzdem war sie entschlossen, die Fenster im Schlafzimmer offenstehen zu lassen. Ich bin im dritten Stock, sagte sie sich streng. Es ist höchst unwahrscheinlich, daß jemand am Haus hochklettert, es sei denn, Spiderman ist zufällig in der Gegend.

Die Temperatur war deutlich gefallen, seit sie ins Bett gegangen war, und es war eiskalt im Zimmer. Sie zog die Decke bis zum Hals hoch und erinnerte sich an den unheimlichen Traum, der sie schließlich aufgeweckt hatte. Tiffany war durch eine Tür auf einen kaum beleuchteten Platz gelaufen. Sie hatte den Türkisring bei sich und warf ihn in die Luft. Dann erschien eine Hand aus dem Schatten und packte den Ring, während Tiffany rief: »Nein! Nicht wegnehmen! Ich will ihn behalten. Vielleicht ruft Matt mich an.« Dann weiteten sich ihre Augen vor Entsetzen und sie schrie.

Susan fröstelte. Und jetzt ist Tiffany tot, weil sie mich angerufen hat, dachte sie. O Gott, es tut mir so leid.

Plötzlich rappelte das Rollo durch einen scharfen Windstoß. Ach, das hat mich erschreckt, dachte sie und spielte kurz mit dem Gedanken, aufzustehen und das Fenster zu schließen. Statt dessen wickelte sie die Decke fester um sich und war in wenigen Minuten eingeschlafen.

Als Susan das zweite Mal aufwachte, fuhr sie im Bett hoch, überzeugt davon, daß jemand am Fenster gewesen war. Reiß dich zusammen, dachte sie, während sie sich wieder hinlegte und sich die Decke fast bis über den Kopf zog.

Zum dritten Mal wachte sie um sechs Uhr auf. Obgleich sie geschlafen hatte, war ihr Verstand aktiv geblieben, und ihr ging auf, daß sie irgendwann unbewußt an die Passagierliste der *Seagodiva* gedacht hatte. Sie war ihr bei der Durchsicht von Carolyn Wells' Unterlagen aufgefallen, und Justin Wells hatte ihr erlaubt, sie mitzunehmen.

Jetzt fiel ihr wieder ein, daß Carolyn den Namen ›Win‹ auf eine der täglichen Bordmitteilungen des Schiffs geschrieben hatte. Win war fast sicher der Mann, mit dem sie sich in Algier hatte treffen wollen, dachte Susan. Ich hätte mir die Passagierliste gleich ansehen sollen. Wir wissen, daß der Mann Passagier auf dem Schiff war, also muß sein Name auf der Liste stehen.

Da sie hellwach war und keine Hoffnung hatte, wieder einschlafen zu können, entschied sie, daß Kaffee ihr helfen würde, einen klaren Kopf zu bekommen. Nachdem sie eine Kanne gekocht hatte, nahm sie eine Tasse mit ins Bett, stopfte sich die Kissen in den Rücken und nahm sich die Liste vor. ›Win‹ muß eine Abkürzung sein, dachte sie. Als sie die Namen der Passagiere durchging, hielt sie Ausschau nach einem Winston oder Winthrop, aber es war niemand mit einem solchen Namen aufgeführt.

Es könnte ein Kosename sein, überlegte sie. Auch bestimmte Nachnamen von Passagieren kamen eventuell in Frage, darunter Winne und Winfrey. Aber Winne und Winfrey waren beide mit ihren Gattinnen an Bord gegangen.

Die Initialen der zweiten Vornamen waren bei sehr wenigen Passagiere angegeben; also würde ihr die Liste keine große Hilfe sein, wenn der Mann, den Carolyn kennengelernt hatte, nach seinem zweiten Vornamen Win genannt wurde.

Sie bemerkte, daß die Namen im Fall von Ehepaaren in alphabetischer Reihenfolge aufgeführt waren, das hieß, daß Mrs. Alice Jones vor Mr. Robert Jones kam und so weiter. Susan strich alle Ehepaare aus und kreuzte die Namen von Männern an, denen nicht der Name einer Frau voranging oder folgte. Der erste Name eines alleinreisenden Mannes war Mr. Owen Adams.

Interessant, dachte sie, als sie die Liste durchgesehen hatte; von sechshundert Menschen an Bord waren hundertfünfundzwanzig alleinreisende Frauen, aber nur sechzehn alleinreisende Männer. Das verringerte die Auswahl enorm.

Dann kam ihr ein anderer Gedanke: Ob die Passagierliste der *Gabrielle* noch unter Regina Clausens Sachen war? Und wenn ja, war es möglich, daß einer der sechzehn Männer von der *Seagodiva* auch dort zu den Passagieren gehört hatte?

Susan schlug die Bettdecke zurück und stieg unter die Dusche. Auch falls Mrs. Clausen keine Lust hat, mich zu sehen, werde ich sie nach der Passagierliste der *Gabrielle* fragen, beschloß sie; und wenn eine solche Liste mit Reginas Sachen zurückgeschickt wurde, werde ich sie bitten, sie mir durch ihre Haushälterin aushändigen zu lassen.

86

Federn im Wind, Federn im Wind. Er fühlte, wie sie sich verteilten, tanzten, ihn neckten. Jetzt wußte er sicher, daß er sie niemals alle würde zurückholen können. Fragen Sie Dr. Susan, wenn Sie mir nicht glauben, dachte er zornig. Er wünschte, es gäbe eine Möglichkeit, seinen Plan zu beschleunigen, aber es war zu spät. Die einzelnen Schritte waren festgelegt, und jetzt war nichts mehr zu ändern. Er mußte planmäßig abreisen, aber dann würde er zurückkommen und sie ausschalten.

Gestern abend, als er an Susans Haus vorbeiging, war sie zufällig ans Fenster getreten. Er wußte, daß sie ihn nicht deutlich gesehen haben konnte, aber ihm war auch klar, daß er nicht noch einmal ein solches Risiko eingehen durfte.

Bei seiner Rückkehr nach New York würde er einen Weg finden, sich um sie zu kümmern. Er würde ihr nicht folgen und sie auf die Fahrbahn stoßen, so wie Carolyn Wells. Das hatte sich als eine wenig erfolgreiche Methode erwiesen, da Carolyn zwar im Koma lag und offenbar geringe Aussichten auf Genesung hatte, jedoch immer noch lebte; und solange sie lebte, war sie eine Bedrohung. Nein, er würde Susan allein auflauern, so wie Tiffany – so wäre es am besten.

Obgleich es auch noch einen anderen Weg geben könnte, dachte er plötzlich.

Heute nachmittag würde er als Bote verkleidet ihr Bürohaus ausspionieren, die Sicherheitsvorkehrungen am Eingang und den Lageplan der Etage, in der ihre Praxis lag, studieren. Es war Samstag, also würden nicht viele Menschen da sein. Weniger neugierige Augen, die ihn beobachten konnten.

Die Vorstellung, Susan in ihrer Praxis zu töten, war ungemein befriedigend. Er hatte beschlossen, sie mit der gleichen Todesart zu beehren wie Veronica, Regina, Constance und Monica – mit derselben Todesart, die auf sein letztes Opfer wartete, eine Frau auf einer Reise, um den ›Dschungel‹ zu sehen, der ›von Regen glänzt‹.

Er würde sie überwältigen, fesseln und knebeln, und dann, während sie von Angst gepeinigt zusah, langsam die große Plastikhülle entrollen und sie qualvoll Zentimeter für Zentimeter damit bedecken. War sie erst von Kopf bis Fuß eingewickelt, würde er die Hülle versiegeln. Natürlich würde noch ein Rest Sauerstoff vorhanden sein – gerade genug, um sie ein paar Minuten kämpfen zu sehen. Dann, wenn er sich überzeugt hatte, daß die Plastikhülle an ihrem Gesicht klebte und ihr Mund und Nase verschloß, konnte er gehen.

Allerdings würde er Susans Leiche nicht loswerden können, so wie die der anderen. Die anderen waren entweder im Sand vergraben oder lagen mit Steinen beschwert in schlammigem Wasser versenkt. Aber er konnte sich damit trösten, daß nach ihrem Tod das nächste und letzte Opfer das Begräbnisritual ihrer Schwestern im Tod teilen würde.

87

Um neun Uhr verließ Susan ihre Wohnung und ging direkt zur Seventh Avenue. Von dort erkundete sie die Blocks, die sich westlich zum Hudson River hinzogen, fing mit der Houston Street und St. Luke's Place an und nahm sich dann die Clarkson und Morton Street vor. Sie beschloß, in westlicher Richtung bis zur Greenwich Street zu gehen, die parallel zu den Hauptstraßen verlief, bevor sie sie sich nach Norden wandte und dann in Richtung Osten zur Sixth Avenue zurückging. Dort würde sie kehrtmachen und auf der nächsten Straße wieder nach Westen wandern.

Die meisten dieser Straßen waren Wohnstraßen, obgleich sie dort mehrere Andenkenläden fand. In keinem sah sie allerdings Gegenstände im indischen Stil. Sie überlegte, ob sie nicht in einem der Läden fragen sollte, ob man den von ihr gesuchten Laden vielleicht kannte, entschied sich jedoch dagegen. Wenn sie den Laden schließlich fand, sollte der indische Verkäufer nicht vorgewarnt sein.

Um zwölf rief sie über ihr Handy Jane Clausen im Memorial Sloan-Kettering Hospital an. Zu ihrer Überraschung stimmte Mrs. Clausen sofort zu, als sie bat, sie besuchen zu dürfen. Sie schien sich über das Angebot sogar zu freuen. »Wenn Sie heute nachmittag frei sind, wäre es sehr schön, wenn Sie kommen, Susan«, sagte sie.

»Um vier bin ich da«, versprach Susan.

Sie hatte vorgehabt, irgendwo zu Mittag zu essen, entschied jedoch, sich nur eine Brezel und eine Cola bei einem Straßenhändler zu kaufen und im Washington Square Park Rast zu machen. Obgleich sie einen Teil des Inhalts ihrer Schultertasche aussortiert hatte, kam sie ihr mit der Zeit immer schwerer vor, und ihre Füße waren müde.

Zu Beginn des Tages war es bedeckt und kühl gewesen, doch am frühen Nachmittag kam die Sonne heraus, und auf den zuvor fast verlassenen Straßen wimmelte es jetzt von Menschen. Der Anblick all dieser Leute – von Village-Bewohnern bis zu gaffenden Touristen – machte den Spaziergang angenehmer. Susan liebte Greenwich Village. Es gibt keinen vergleichbaren Ort, dachte sie. Gran Susie hatte Glück, hier aufzuwachsen.

War es solch ein Tag gewesen, als Tiffany und Matt vor einem Jahr hier spazierengegangen waren? fragte sie sich. Sie beschloß, ihre Suche unmittelbar nördlich von der Sixth Avenue fortzusetzen und bog in die MacDougal Street ein. Während sie vom Washington Square in Richtung Downtown ging, dachte sie an ihr Gespräch mit Matt Bauer zurück. Sie lächelte bei der Erinnerung an den Elefantengott, den Tiffany mit ihren Kunden im ›Grotto‹ verglichen hatte.

Der Elefantengott.

Susan blieb so plötzlich stehen, daß ein Junge von hinten gegen sie stieß. »Pardon«, murmelte er.

Susan antwortete nicht. Sie starrte in das Schaufenster des Ladens, vor dem sie stand. Schnell warf sie einen Blick auf den Eingang, über dem ein ovales Schild mit der Aufschrift DARK DELIGHTS hing.

Wieder betrachtete sie die Auslage. Ein roter Straps war über einen Stapel Videokassetten mit kruden Titeln in schreienden Farben drapiert. Eine Auswahl anderer angeblich erotischer Spielzeuge war ringsum verteilt, aber Susan achtete nicht darauf. Ihr Blick hing an einem Gegenstand in der Mitte des Schaufensters: ein mit Türkisen eingelegter Elefantengott, dessen Rüssel erhoben war.

Sie fuhr herum. Auf der Straßenseite gegenüber hing ein ZU VERMIETEN-Schild im Schaufenster des Khyem Geschenkshops.

O nein! dachte sie und schlängelte sich durch den Verkehr zur anderen Seite der schmalen Straße. Sie blieb an der Tür des Ladens stehen und spähte hinein. Obgleich der Laden noch voll eingerichtet schien, wirkte das Innere verlassen. Dem Eingang gegenüber waren ein Tresen und die Kasse zu sehen. Links erkannte sie einen großen bemalten Wandschirm, der als Raumteiler diente. Das muß der Wandschirm sein, den Matt beschrieben hat, dachte sie, hinter dem er und Tiffany standen, als der Mann den Türkisring kaufte.

Aber wo war der Eigentümer oder Angestellte, der an jenem Tag bedient hatte? fragte sie sich.

Dann fiel ihr plötzlich ein, daß es eine Person gab, die das vielleicht wußte. Sie ging schnell über die Straße zu dem Sexshop. Die Tür stand offen, und es herrschte reger Betrieb. Ein Mann bezahlte gerade an der Kasse, und hinter ihm warteten zwei vernachlässigte Halbwüchsige mit langen, strähnigen Haaren.

Als der Mann fertig war, kam er heraus und musterte sie; doch als Susan seinen Blick streng erwiderte, wandte er den Kopf ab. Wenig später erschienen auch die beiden Jungen und senkten schuldbewußt die Köpfe, als sie an ihr vorbeigingen. Eindeutig Minderjährige, die diesen Müll gar nicht kaufen dürfen, dachte die frühere Staatsanwältin in ihr.

Da sie keine anderen Kunden mehr sah, ging sie hinein. Es war nur ein Verkäufer im Laden, ein dünner, unansehnlicher Mann, der so wie seine Umgebung ein wenig heruntergekommen wirkte.

Er beäugte sie nervös, als sie sich dem Tresen näherte, und ihr wurde klar, daß er eine Zivilbeamtin in ihr vermutete, die ihm Ärger machen würde, weil er an Minderjährige verkauft hatte.

Er ist in der Defensive, dachte sie. Schade, daß ich diesen Vorteil kaputtmachen muß. Sie zeigte auf den Khyem Geschenkshop. »Wann hat dieser Laden zugemacht?« fragte sie.

Sofort veränderte sich seine Haltung. Die Nervosität fiel von dem Mann ab, und um seine Lippen spielte flüchtig ein überlegenes Lächeln.

»Lady, wissen Sie nicht, was passiert ist? Abdul Parki, der Mann, dem der Laden gehörte, wurde am Dienstag nachmittag ermordet.«

»*Ermordet!*« Susan machte keinen Versuch, ihre Bestürzung zu verbergen. Wieder einer, dachte sie – wieder einer. Tiffany hat in meiner Sendung von dem Ladeninhaber gesprochen.

»Haben Sie Parki gekannt?« fragte der Mann. »Er war ein netter kleiner Kerl.«

Sie schüttelte den Kopf, während sie um Fassung rang. »Eine Freundin hat mir seinen Laden empfohlen«, sagte sie vorsichtig. »Jemand hat ihr einen Türkisring geschenkt, den er hergestellt hat. Den hier.« Sie öffnete ihre Tasche und brachte den Ring zum Vorschein, den sie von Jane Clausen hatte.

Der Mann warf einen Blick auf den Ring und schaute dann sie an. »Ja, das ist einer von Parkis Ringen, stimmt. Er war vernarrt in Türkise. Oh, übrigens, ich bin Nat Small. Mir gehört dieser Laden hier.«

»Susan Chandler.« Susan schüttelte ihm die Hand. »Anscheinend war er ein guter Freund von Ihnen. Wie ist es passiert?«

»Erstochen. Die Cops glauben, daß es ein Junkie war, obwohl nichts mitgenommen wurde. Er war wirklich ein netter kleiner Kerl. Und wissen Sie was, er lag fast einen Tag da drinnen, bevor sie ihn herausholten. Ich habe selbst die Cops verständigt, als er den Laden am Mittwoch nicht geöffnet hat.«

Susan sah die aufrichtige Trauer, die sich in Nat Smalls Miene spiegelte. »Auch meine Freundin meinte, er wäre ein sehr netter Mann«, sagte sie. »Gab es irgendwelche Zeugen?«

»Keiner hat was gesehen.« Small schüttelte den Kopf und wandte den Kopf ab.

Er verschweigt etwas, dachte Susan. Ich muß ihn dazu bringen, offen mit mir zu sprechen. »Die junge Frau, die mir von Parki erzählt hat, wurde übrigens Mittwoch nacht erstochen«, sagte sie leise. »Ich glaube, daß der Mann, der sowohl sie als auch Parki umgebracht hat, ein Kunde war, der in den vergangenen drei, vier Jahren mehrere dieser Türkisringe bei ihm gekauft hat.«

Nat Smalls fahles Gesicht wurde noch grauer, als er Susan ansah. »Parki hat mir von dem Typ erzählt. Er sagte, er habe gewirkt wie ein echter Gentleman.«

»Hat er ihn beschrieben?«

Small schüttelte den Kopf. »Nein, das nicht.«

Susan setzte alles auf eine Karte. »Ich glaube, Sie wissen etwas, das Sie mir nicht sagen wollen, Nat.«

»Da täuschen Sie sich.« Sein Blick ging zur Tür. »Hören Sie, ich unterhalte mich ja gerne mit Ihnen, aber Sie verscheuchen meine Kundschaft. Da draußen drückt sich ein Typ herum, der nicht reinkommt, solange Sie hier sind.«

Susan blickte dem kleinen Mann offen in die Augen. »Nat, Tiffany Smith war fünfundzwanzig Jahre alt. Sie wurde erstochen, als sie am Mittwoch abend von der Arbeit kam. Ich moderiere eine Radiosendung, in der sie vorher angerufen und von einem Andenkenladen im Village erzählt hatte, wo ihr Freund ihr einen Türkisring kaufte, in den der Spruch ›Du gehörst mir‹ eingraviert war. Sie hat den Laden beschrieben, und sie erwähnte einen Mann, einen Inder, wie sie dachte. Sie sagte, während sie und ihr Freund in dem Laden waren, habe ein Mann – ein anderer Kunde – einen Türkisring wie den ihren gekauft. Und ich bin überzeugt, daß sie deshalb sterben mußte – weil sie sagte, was sie gesehen hatte. Ich versichere Ihnen, Parki ist ebenfalls tot, weil er diesen Mann hätte identifizieren können. Nat, ich spüre, daß Sie etwas wissen. Sie müssen es mir sagen, bevor noch jemand umkommt.«

Wieder blickte Nat Small nervös zur Tür, als habe er Angst. »Ich will nicht in die Sache verwickelt werden«, sagte er leise.

»Nat, wenn Sie etwas wissen, sind Sie bereits verwickelt. Bitte sagen Sie es mir. Was ist passiert?«

Jetzt flüsterte er beinahe. »Am Dienstag kurz vor eins trieb sich hier ein Typ herum und sah in mein Schaufenster – so wie der Typ da draußen es jetzt macht. Ich dachte, er will sich irgendwas aussuchen, um es zu kaufen, und traut sich vielleicht nicht – er war sehr gut angezogen –, aber dann überquerte er die Straße und ging in Parkis Laden. Danach kam ein Kunde rein, und ich habe nicht mehr darauf geachtet.«

»Haben Sie das der Polizei gesagt?«

»Genau das habe ich nicht getan. Die Polizei hätte mir Verbrecherfotos gezeigt, oder ich hätte ihn einem Polizeizeichner beschreiben müssen, aber das wäre sinnlos gewesen. Er war nicht der Typ, den man in der Verbrecherkartei findet, und ich hab' kein Talent, anderen zu sagen, was sie zeichnen sollen. Ich hab' den Typ von der Seite angeschaut. Er wirkte vornehm – war so Ende dreißig... Trug eine Mütze, Regenmantel und eine Sonnenbrille, aber ich hab' ihn trotzdem deutlich im Profil gesehen.«

»Glauben Sie, daß Sie ihn wiedererkennen würden?«

»Lady, in meiner Branche muß ich Leute wiedererkennen können. Wenn ich mich nicht erinnere, wie die Zivilcops aussehen, könnte ich eingelocht werden, und wenn ich nicht in der Lage wäre, Junkies von normalen Leuten zu unterscheiden, würde ich umgebracht. Hören Sie, jetzt müssen Sie aber verschwinden. Sie sind schlecht fürs Geschäft. Hier kommt keiner rein, um was zu kaufen, solange eine vornehme Lady da steht.«

»Na schön, ich gehe. Aber Nat, sagen Sie mir eins – würden Sie diesen Mann wiedererkennen, wenn ich Ihnen ein Foto von ihm zeige?«

»Ja, das würde ich. Also, gehen Sie jetzt?«

»Sofort. Ach, und noch eins, Nat... Reden Sie nicht darüber – mit niemanden. Zu Ihrem eigenen Schutz.«

»Soll das ein Witz sein? Natürlich nicht. Ich versprech's. Und jetzt verduften Sie und lassen Sie mich Geld verdienen, ja?«

88

Als Douglas Layton um halb vier Jane Clausens Krankenzimmer betrat, sah er sie auf einem Stuhl sitzen. Sie trug einen hellblauen Kaschmirmorgenmantel und hatte sich in eine Decke gewickelt.

»Douglas«, sagte sie müde, »haben Sie mir meine Überraschung mitgebracht? Die ganze Zeit schon überlege ich, was es sein könnte.«

»Schließen Sie die Augen, Mrs. Clausen.«

Ihr unwilliges Lächeln verriet ihre Gereiztheit, doch sie gehorchte. »Ich bin doch kein Kind«, murmelte sie.

Er hatte sie eigentlich auf die Stirn küssen wollen, ließ es jedoch bleiben. Das wäre ein Fehler, dachte er. Sei nicht dumm, übertreib nicht.

»Hoffentlich sind Sie zufrieden«, sagte er, während er die gerahmte Zeichnung so hielt, daß sie die Plakette mit Reginas Namen sehen konnte.

Jane Clausen schlug die Augen auf. Sie betrachtete das Bild lange. Nur eine Träne in ihrem linken Augenwinkel zeigte, wie bewegt sie war. »Wie wunderschön«, sagte sie. »Ich kann mir kein schöneres Vermächtnis für Regina vorstellen. Wann habt Ihr diese Idee, das Waisenhaus nach ihr zu benennen, denn ausgeheckt?«

»Die Verwaltung des Waisenhauses hat uns gebeten, es nach Regina benennen zu dürfen. Wir werden es anläßlich der Einweihung des neuen Flügels, bei der ich nächste Woche anwesend bin, bekanntgeben. Eigentlich wollten wir warten und es Ihnen zusammen mit den Fotos von der Zeremonie zeigen, aber ich dachte, es würde Sie gerade jetzt aufmuntern.«

»Sie meinen, Sie wollten, daß ich es sehe, bevor ich sterbe«, stellte Jane Clausen sachlich fest.

»Nein, das habe ich nicht gemeint, Mrs. Clausen.«

»Doug, machen Sie kein so schuldbewußtes Gesicht. Ich werde sterben. Wir beide wissen das. Und dieses Bild hier macht mich sehr glücklich.« Sie lächelte traurig. »Wissen Sie, was mich sonst noch tröstet?«

Er wußte, daß es eine rhetorische Frage war, und hielt den Atem an in der Hoffnung, daß sie über seine Einfühlsamkeit und sein Engagement für die Stiftung sprechen würde.

»Daß das Geld, das Regina geerbt hätte, dazu benutzt wird, um anderen zu helfen. In gewisser Weise ist es so, als würde sie in den Menschen weiterleben, deren Schicksal wir durch diese Stiftung erleichtern können.«

»Ich kann Ihnen versprechen, Mrs. Clausen, daß jeder Cent, den wir in Reginas Namen ausgeben, nutzbringend verwendet wird.«

»Davon bin ich überzeugt.« Sie hielt inne, dann sah sie Douglas Layton an, der nervös neben ihr stand. »Douglas, ich fürchte, Hubert wird allmählich reichlich zerstreut. Ich glaube, es muß sich etwas verändern«, sagte sie.

Layton wartete. Um dies zu hören, war er gekommen.

Es klopfte leise an der Tür. Susan Chandler sah herein. »Oh, Mrs. Clausen, ich wußte nicht, daß Sie Besuch haben. Ich bleibe solange im Wartezimmer.«

»Kommt nicht in Frage. Bitte, treten Sie näher, Susan. Sie erinnern sich noch an Douglas Layton? Er war am Montag in Ihrer Praxis.«

Susan dachte an das, was Chris Ryan ihr über Layton mitgeteilt hatte. »Ja, ich erinnere mich«, sagte sie kühl. »Wie geht es Ihnen, Mr. Layton?«

»Sehr gut, Doktor Chandler.« Sie weiß etwas, dachte Layton. Lieber bleibe ich hier. Dann wird sie es nicht wagen, in meiner Anwesenheit etwas gegen mich zu sagen.

Er lächelte Susan an. »Ich muß mich bei Ihnen entschuldigen«, sagte er. »Neulich in Ihrer Praxis habe ich Reißaus genommen, als hätte es Feueralarm gegeben, aber eine ältere Klientin kam aus Connecticut, und ich hatte den Termin zunächst übersehen.«

Er ist aalglatt, dachte Susan, als sie auf dem Stuhl Platz nahm, den er für sie heranzog. Sie hatte gehofft, er würde gehen, doch er holte noch einen anderen Stuhl und bekundete damit die Absicht, seinen Besuch auszudehnen.

»Douglas, ich will Sie nicht aufhalten«, sagte Jane Clausen zu ihm. »Ich muß kurz mit Susan sprechen, und dann sollte ich mich ein wenig ausruhen.«

»Oh, natürlich.« Er sprang mit beflissener Miene auf.

Ein vornehmer Typ Ende dreißig, dachte Susan – die Beschreibung des Mannes fiel ihr ein, den Nat Small an dem Tag, an dem Abdul Parki ermordet worden war, draußen vor seinem Laden gesehen hatte. Andererseits paßte sie auf Dutzende anderer Männer. Nur weil er seine Darstellung eines Gesprächs mit Regina Clausen revidiert hat, muß er sie noch längst nicht getötet haben. Sie schüttelte den Kopf, weil sie so voreilige Schlüsse zog.

Es klopfte noch einmal an die Tür, und eine Schwester streckte den Kopf ins Zimmer. »Mrs. Clausen, der Arzt will Sie in ein paar Minuten untersuchen.«

»Du meine Güte. Susan, ich fürchte, ich habe Sie ganz umsonst herbestellt. Rufen Sie mich morgen früh an?«

»Natürlich.«

»Bevor Sie gehen, müssen Sie sich noch schnell Dougs Überraschung ansehen. Ich habe Ihnen davon erzählt.« Sie zeigte auf die gerahmte Skizze. »Dies ist ein Waisenhaus in Guatemala, das nächste Woche nach Regina benannt werden soll.«

Susan sah es sich genau an. »Wie schön«, sagte sie aufrichtig. »Solche Einrichtungen werden wohl in vielen Ländern dringend gebraucht, und ganz besonders in Zentralamerika.«

»Sie haben völlig recht«, warf Layton ein. »Und die Clausen Stiftung hilft bei der Finanzierung.«

Als Susan aufstand, bemerkte sie einen hellblauen Pappdeckel auf dem Nachtschrank am Bett – die gleiche hellblaue Pappe wie die Schnipsel, die sie in Carolyn Wells' Papierkorb gefunden hatte. Sie ging hin und nahm ihn hoch. Wie sie erwartet hatte, war das Deckblatt mit dem Logo von Ocean Cruise Pictures geschmückt. Ein wenig verlegen sah sie Mrs. Clausen an. »Darf ich?«

»Selbstverständlich. Das war vermutlich das letzte Foto, das von Regina gemacht wurde.«

Es war nicht zu verkennen, daß die Frau auf dem Foto Jane Clausens Tochter war. Die gleichen Augen und die gleiche gerade Nase; selbst der Haaransatz war ähnlich. Regina stand neben dem Kapitän der *Gabrielle*. Das obligatorische Kreuzfahrtfoto, dachte Susan, aber die Aufnahme ist sehr gut gelungen. Als sie für die Radiosendung zu Regina Clausen recherchiert hatte, waren ihr viele Fotos aus Zeitungen vorgelegt worden, aber keines hatte ihr so geschmeichelt wie dieses.

»Regina war sehr attraktiv, Mrs. Clausen«, sagte sie leise.

»Ja, das war sie. Von dem Datum auf dem Deckel weiß ich, daß das Foto zwei Tage vor ihrem Verschwinden gemacht wurde«, entgegnete Jane Clausen. »Sie sieht sehr glücklich aus. Das hat mich einerseits getröstet, andererseits aber auch traurig gemacht. Ich frage mich, ob ihr Glück etwas damit zu tun hatte, das sie dem Mann vertraute, der für ihr Verschwinden verantwortlich war.«

»Solche Gedanken sollten Sie verdrängen«, murmelte Doug.

»Tut mir leid, daß ich unterbrechen muß.« Der Arzt stand in der Tür. Offenbar wollte er, daß sie gingen.

Susan konnte nicht mehr warten, bis Layton sich verabschiedet hatte. »Mrs. Clausen«, sagte sie hastig, »wissen Sie noch, ob eine Passagierliste des Kreuzfahrtschiffs unter den Sachen war, die man in Reginas Suite gefunden hat?«

»Ich glaube, sie steckte zusammen mit anderem Informationsmaterial über die Kreuzfahrt in einem Umschlag. Warum, Susan?«

»Wenn ich darf, würde ich sie mir gern ein paar Tage ausleihen. Könnte ich sie morgen abholen?«

»Nein, wenn es wichtig ist, holen Sie sie lieber gleich. Ich habe darauf bestanden, daß Vera sich ein paar Tage freinimmt und ihre Tochter besucht, und sie will morgen in aller Frühe losfahren.«

»Ich würde sie sehr gern sofort holen, wenn es Sie wirklich nicht stört«, sagte Susan.

»Überhaupt nicht. Doctor Markey, entschuldigen Sie, wenn ich Sie aufhalte«, sagte Jane Clausen energisch. »Douglas, reichen Sie mir bitte meine Handtasche. Sie liegt in der Schublade des Nachtschranks.«

Sie holte ihre Brieftasche heraus und entnahm ihr eine Karte. Nachdem sie etwas darauf notiert hatte, gab sie sie Susan.

»Ich weiß, daß Vera noch da ist, und ich rufe sie an, um ihr zu sagen, daß Sie kommen, aber nehmen Sie die Karte trotzdem für alle Fälle mit. Meine Adresse steht drauf. Wir reden morgen«, sagte sie.

Douglas Layton ging mit Susan hinaus. Sie fuhren gemeinsam im Aufzug nach unten und traten auf die Straße. »Ich würde Sie gern begleiten«, schlug er vor. »Vera kennt mich sehr gut.«

»Nein, warum denn. Da ist ein Taxi, das nehme ich.«

Wie gewohnt herrschte dichter Verkehr, und es war fünf Uhr, bevor sie das Gebäude am Beekman Place erreichte. Da sie sich beeilen mußte, um rechtzeitig nach Hause zu kommen und sich für den Abend umzuziehen, versuchte sie den Taxifahrer zu überreden, auf sie zu warten. Leider vergeblich.

Sie war froh, daß Jane Clausen die Haushälterin angerufen hatte. »Das sind alles Reginas Sachen«, erklärte die Frau, als sie Susan ins Gästezimmer führte. »Auch die Möbel stammen aus ihrer Wohnung. Mrs. Clausen sitzt manchmal allein hier. Es bricht einem das Herz, wenn man sie so sieht.«

Ein wunderschönes Zimmer, dachte Susan. Elegant, und doch gemütlich und einladend. Räume sagen viel über die Menschen aus, die sie einrichten.

Vera zog die oberste Schublade an einem antiken Schreibtisch auf und holte einen braunen Umschlag heraus. »Hier sind alle Papiere, die man in Reginas Suite gefunden hat.«

In dem Umschlag steckten Erinnerungsstücke, wie auch Carolyn Wells sie von ihrer Kreuzfahrt mitgebracht hatte. Außer der Passagierliste enthielt er Bordmitteilungen mit Informationen zu den kommenden Zielhäfen und eine Auswahl von Ansichtskarten aus den Hafenstädten, die sie angelaufen hatten. Regina hat sie vermutlich als Andenken an die Orte gekauft, die sie sich angesehen hat, dachte Susan. Hätte sie die Karten verschicken wollen, dann hätte sie es wohl vor der Ankunft in Hongkong getan.

Sie steckte die Passagierliste in ihre Schultertasche, dann beschloß sie, schnell die Ansichtskarten und die Bordmitteilungen zu überfliegen. Sie sah die Karten durch und hielt inne, als sie eine Ansicht von Bali entdeckte, auf der ein Straßencafé zu sehen war. Ein Tisch mit Blick auf den Ozean war ordentlich mit Kugelschreiber umkringelt.

Ob sie dort gesessen hat? fragte sich Susan. Und wenn ja, warum fand sie es so besonders? Sie sah die Mitteilungsblätter durch, bis sie das über Bali entdeckte.

»Ich werde auch diese Karte und diesen Newsletter mitnehmen«, sagte sie zu Vera. »Mrs. Clausen wird bestimmt nichts dagegen haben. Ich spreche morgen mit ihr und sage ihr, daß sie bei mir sind.«

Es war zwanzig nach fünf, als sie endlich ein Taxi bekam, und zehn vor sechs, als sie die Tür zu ihrer Wohnung aufschloß. Noch ganze vierzig Minuten, um mich auf den großen Abend vorzubereiten, dachte sie, und ich habe mich noch nicht mal entschieden, was ich anziehen will.

89

Pamela Hastings saß im Warteraum der Intensivstation im Lenox Hill Hospital und versuchte den schluchzenden Justin Wells zu trösten. »Ich dachte, ich hätte sie verloren«, klagte er mit versagender Stimme. »Ich dachte, ich hätte sie verloren.«

»Carolyn ist eine Kämpfernatur – sie wird durchkommen«, versicherte Pamela ihm. »Justin, ein Dr. Donald Richards hat im Krankenhaus angerufen, um sich nach Carolyn und nach dir zu erkundigen. Er hat seine Nummer hinterlassen. Ist er nicht der Psychiater, zu dem du eine Zeitlang gegangen bist, als Carolyn und du Probleme miteinander hattet?«

»Der Psychiater, zu dem ich eigentlich gehen sollte«, sagte Wells. »Ich war nur einmal da.«

»Die Nachricht lautet, daß er dir gern seine Hilfe anbieten würde.« Sie hielt inne, besorgt, wie er reagieren würde. »Justin, darf ich ihn anrufen? Ich glaube, du mußt mit jemandem reden.« Sie spürte, wie er sich versteifte.

»Pam, du denkst immer noch, daß ich Carolyn das angetan habe, nicht wahr?«

»Nein«, entgegnete sie fest. »Ich sage dir ganz offen, was ich denke. Ich glaube, daß Carolyn es schaffen wird, aber ich weiß auch, daß wir noch nicht aus dem Schneider sind. Wenn sie – was Gott verhüten möge – es nicht schafft, wirst du dringend Hilfe brauchen. Bitte, laß mich ihn anrufen.«

Justin nickte langsam. »Na schön.«

Als sie kurz darauf ins Wartezimmer zurückkam, lächelte Pamela. »Er ist auf dem Weg hierher, Justin«, sagte sie. »Was er sagt, klingt wirklich sehr nett. Laß dir von ihm helfen.«

90

»Ich glaube, ich habe ein kniffliges Problem gelöst, Jim«, sagte Alex Wright fröhlich.

Jim Curley hatte gemerkt, daß sein Boß in ausgezeichneter Stimmung war. Er sieht blendend aus, dachte er, als er einen Blick in den Rückspiegel warf. Viel besser noch, er sieht glücklich aus.

Sie waren auf dem Weg zur Downing Street, um Susan Chandler zu dem Dinner in der Zentralbibliothek an der Fifth Avenue abzuholen. Alex hatte darauf bestanden, früh loszufahren, für den Fall, daß sie im Verkehr steckenblieben. Statt dessen waren auf der Seventh Avenue weniger Autos als sonst unterwegs, so daß sie schnell vorwärtskamen. Das muß das Gesetz der Unwahrscheinlichkeit sein, dachte Jim. »Was für ein Problem haben Sie gelöst, Mr. Alex?«

»Ich habe Dr. Chandlers Vater und Stiefmutter zu dem Dinner eingeladen und konnte sie so bitten, beim St. Regis vorbeizufahren und Dr. Chandlers Schwester abzuholen. Es wäre ziemlich peinlich geworden, wenn ich mit einer Dame an je einem Arm dort erschienen wäre.«

»Oh, Sie würden spielend damit fertig, Mr. Alex.«

»Die Frage ist nicht, ob ich damit fertigwerden kann, Jim. Die Frage ist, will ich damit fertigwerden? Und die Antwort lautet – nein.«

Mit anderen Worten, dachte Jim, er will Susan, nicht Dee. Er hatte beide Frauen kennengelernt und pflichtete seinem Boß bei. Keine Frage, Dee sah atemberaubend aus. Das war ihm natürlich neulich abends aufgefallen, als er sie chauffiert hatte. Sie schien auch nett zu sein. Aber Susan, ihre Schwester, hatte etwas, das Jim faszinierte. Sie wirkte natürlicher, wie ein Mensch, den man zu sich nach Hause einladen würde, ohne sich entschuldigen zu müssen, weil es keine von den feinen Adressen war, dachte er.

Um fünf nach sechs standen sie vor dem Brownstone-Haus, in dem Susan wohnte. »Jim, wie schaffen Sie es nur, immer einen Parkplatz zu finden?« fragte Alex Wright.

»Ich führe ein anständiges Leben, Mr. Alex. Soll ich das Radio anmachen?«

»Nein, ich gehe selbst nach oben.«

»Sie sind zu früh dran.«

»Das geht schon in Ordnung. Ich setze mich in den Salon und drehe Däumchen.«

»Sie sind aber früh dran«, sagte Susan durch die Gegensprechanlage. Ihre Stimme klang bestürzt.

»Ich werde Sie nicht stören, das verspreche ich«, erwiderte Alex. »Aber ich warte so ungern im Wagen. Da komme ich mir vor wie ein Taxifahrer.«

Susan lachte. »Na schön, kommen Sie rauf. Sie können sich den Rest der Sechs-Uhr-Nachrichten ansehen.«

Ausgerechnet heute, dachte sie. Ihr Haar war noch mit einem Handtuch umwickelt. Eine schwarze Smokingjacke mit passendem langem, schmalgeschnittenem Rock hing über der Badewanne, um die letzten Knitterfalten wegzudämpfen. Sie hatte den flauschigen weißen Bademantel an, in dem sie sich immer wie der Osterhase vorkam.

Alex lachte, als sie die Tür öffnete. »Sie sehen aus wie eine Zehnjährige«, sagte er. »Wollen Sie Doktor mit mir spielen?«

Sie schnitt eine Grimasse. »Benehmen Sie sich und schalten Sie die Nachrichten ein.«

Sie schloß die Schlafzimmertür hinter sich, setzte sich an die Frisierkommode und holte den Fön heraus. Ich wäre geliefert, wenn ich mir nicht selbst die Haare machen könnte, dachte sie. Obwohl mein Haar nie so gut aussieht wie das von Dee. »Du meine Güte, bin ich spät dran«, murmelte sie, als sie den Fön auf die höchste Stufe stellte.

Eine Viertelstunde später, um genau sechs Uhr achtundzwanzig, blickte sie in den Spiegel. Ihr Haar sah gut aus, das zusätzliche Make-up kaschierte die Spuren des Schlafmangels, die sie im Gesicht bemerkt hatte, und fast alle Falten an ihrem Rock waren geglättet, also schien alles in bester Ordnung zu sein. Und doch kam ihr irgend etwas schief vor. War sie zu beunruhigt, zu gehetzt gewesen, oder was sonst? fragte sie sich, als sie ihre Abendtasche nahm.

Sie fand Alex im Arbeitszimmer, wo er wie angewiesen fernsah. Lächelnd sah er sie an. »Sie sind wunderschön«, sagte er.

»Danke sehr.«

»Ich habe mir die Nachrichten angeschaut, also werde ich Ihnen im Wagen alles erzählen, was heute in New York passiert ist.«

»Ich kann's kaum erwarten.«

Sie sieht toll aus, dachte Jim Curley, als er ihr die Autotür aufhielt. Richtig toll. Während der Fahrt nach Uptown zur Bibliothek blickte er zwar aufmerksam auf den Verkehr, hörte jedoch dem Gespräch auf dem Rücksitz zu.

»Susan, ich wollte noch eines klarstellen«, sagte Alex Wright. »Ich hatte eigentlich nicht vor, Ihre Schwester zu dem Dinner einzuladen.«

»Bitte machen Sie sich deswegen keine Gedanken. Dee ist meine Schwester, und ich liebe sie.«

»Davon bin ich überzeugt. Für Binky haben Sie nicht soviel übrig, und vielleicht war es ein Fehler, aber ich habe sie und Ihren Vater auch eingeladen.«

O Mann, dachte Jim.

»Das wußte ich nicht«, entgegnete Susan ein wenig unwillig.

»Susan, Sie müssen verstehen, daß ich heute abend nur mit Ihnen zusammensein wollte. Dee einzuladen war nicht meine Absicht, und als es sich ergeben hatte, dachte ich, daß ich ein Zeichen setze, wenn ich Ihren Vater und Binky in die Einladung mit einschließe und sie bitte, Dee abzuholen.«

Gute Erklärung, dachte Jim. Jetzt komm schon, Susan. Gib dem Mann eine Chance.

Er hörte sie lachen. »Alex, bitte, ich glaube, ich bin etwas durcheinander. Ich wollte nicht so gereizt antworten. Sie müssen mir verzeihen. Ich habe eine scheußliche Woche hinter mir.«

»Erzählen Sie mir davon.«

»Nicht jetzt, aber danke für Ihr Interesse.«

Es wird alles gut, dachte Jim und seufzte erleichtert.

»Susan, ich spreche nicht oft über diese Dinge, aber ich kann Ihnen nachfühlen, wie Sie Binky gegenüber empfinden. Ich hatte auch eine Stiefmutter, obwohl mein Fall etwas anders gelagert war. Mein Vater heiratete wieder, nachdem meine Mutter gestorben war. Sie hieß Gerie.«

Er spricht so gut wie nie von ihr, dachte Jim. Tatsächlich, Susan gegenüber öffnet er sich.

»Wie war Ihr Verhältnis zu Gerie?« fragte Susan.

Frag ihn lieber nicht, dachte Jim.

91

Obschon sie etliche Male in der riesigen Zweigstelle der New York Public Library an der Fifth Avenue gewesen war, konnte Susan Chandler sich nicht erinnern, schon einmal die McGraw-Rotunde gesehen zu haben, in der die Party stattfand – ein prachtvoller Saal. Mit seinen hochaufragenden Steinmauern und lebensgroßen Wandgemälden gab er ihr das Gefühl, in ein anderes Jahrhundert zurückversetzt worden zu sein.

Trotz der eleganten Umgebung und trotz des Umstands, daß sie Alex Wrights Gesellschaft genoß, stellte Susan nach einer Stunde fest, daß sie unkonzentriert war und sich nicht entspannen konnte. Ich sollte den sehr angenehmen Abend genießen, dachte sie, und statt dessen bin ich in Gedanken bei einem äußerst fragwürdigen Mann, der einen Sexshop hat und der den Mörder von Regina Clausen, Hilda Johnson, Tiffany Smith und Abdul Parki identifizieren könnte, den Mann, der versucht hat, Carolyn Wells zu töten.

Vier dieser Namen waren allein in der vergangenen Woche zu der Liste hinzugekommen.

Gab es noch andere?

Würde es noch andere geben?

Warum war sie so sicher, daß die Antwort darauf ja lautete?

Vielleicht hätte ich doch lieber bei der Staatsanwaltschaft bleiben sollen, dachte sie, als sie einen Schluck Wein trank und nur mit halbem Ohr den Worten von Gordon Mayberry lauschte, einem älteren Gentleman, der ihr unbedingt nahebringen wollte, wie großzügig die Wright Stiftung sich gegenüber der New York Public Library zeigte.

Gleich bei ihrer Ankunft hatte Alex sie demonstrativ einer Reihe vermutlich wichtiger Leute vorgestellt. Sie wußte nicht recht, ob sie amüsiert sein oder sich geschmeichelt fühlen sollte, da er auf diese Weise offenbar klarstellen wollte, daß sie seine heutige Partnerin war.

Dee, ihr Vater und Binky trafen wenige Minuten nach Alex und ihr ein. Dee, in einer exquisiten weißen Abendrobe, umarmte sie liebevoll. »Susie, hast du gehört, daß ich mit Sack und Pack zurückkomme? Wir werden öfter mal miteinander ausgehen. Du hast mir gefehlt.«

Ich glaube, sie meint es wirklich ernst, dachte Susan. Gerade deshalb ist es so unfair, was sie mit Alex abzieht.

»Haben Sie das Buch gesehen, das Alex heute abend überreicht wird?« fragte Gordon Mayberry.

»Nein, noch nicht«, erwiderte Susan und konzentrierte sich mühsam.

»Eine limitierte Ausgabe natürlich. Alle Gäste erhalten ein Exemplar, aber vielleicht möchten Sie schon vor dem

Essen einen Blick darauf werfen. Es wird Ihnen einen Eindruck davon vermitteln, wieviel Gutes die Wright Stiftung in den sechzehn Jahren ihres Bestehens getan hat.« Er zeigte auf einen beleuchteten Stand in der Nähe des Eingangs der Rotunde. »Es liegt da drüben.«

Das Buch war in der Mitte aufgeschlagen, doch Susan blätterte zum Anfang zurück. Auf dem Schutzumschlag waren Fotos von Alex' Vater und Mutter, Alexander und Virginia Wright, abgedruckt. Kein sehr fröhliches Paar, dachte sie, als sie ihre ernsten Gesichter betrachtete. Sie warf einen Blick auf das Inhaltsverzeichnis. Die ersten Seiten enthielten einen kurzen Abriß der Geschichte der Alexander and Virginia Wright Stiftung; der Rest des Buchs war in Abschnitte nach den jeweiligen Projekten unterteilt: Krankenhäuser, Bibliotheken, Waisenhäuser, Forschungseinrichtungen …

Sie blätterte erst aufs Geratewohl, dann fiel ihr Jane Clausen ein, und sie schlug den Abschnitt über Waisenhäuser auf. Plötzlich hielt sie inne und betrachtete das Foto eines Waisenhauses in Mittelamerika. Es muß eine typische Bauart für diesen Zweck geben, dachte sie. Und eine typische Art der Landschaftsgestaltung.

»Wirklich faszinierend, nicht wahr?«

Alex stand neben ihr.

»Sehr beeindruckend, möchte ich sagen.«

»Falls Sie sich losreißen können, es wird gleich serviert.«

Trotz der Eleganz des Dinners war Susan bald wieder in ihre Gedanken versunken, so daß sie kaum wahrnahm, was sie aß. Ihre dunklen Vorahnungen waren so stark, als hätten sie körperliche Gestalt angenommen. Nat Small, der Besitzer des Sexshops – sie konnte nicht aufhören, an ihn zu denken. Angenommen, dem Killer fiel ein, daß Nat ihn draußen vor dem Schaufenster beobachtet haben könnte? Er würde Nat sicher auch beseitigen, dachte Susan. Carolyn Wells erholt sich vielleicht nie mehr, oder wenn doch, erinnert sie sich wahrscheinlich nicht mehr an das Vorgefallene. Das heißt, Nat ist vielleicht der einzige, der den Mann identifizieren kann, der Parki und die anderen ermordet hat und Carolyn Wells ermorden wollte.

Als sie merkte, daß Alex sie etwas fragte, riß sie sich kurze Zeit zusammen. »O nein, alles in Ordnung. Und das Essen schmeckt köstlich«, sagte sie. »Ich hab' nur keinen großen Hunger.«

Ich müßte die Fotos von Carolyns Kreuzfahrt am Montag erhalten, dachte sie. Aber was werde ich zu sehen bekommen? Als Carolyn in der Sendung angerufen und das Foto erwähnt hatte, sagte sie, der Mann, der sie nach Algier eingeladen habe, sei nur im Hintergrund zu sehen. Und Reginas Kreuzfahrt? Vielleicht gibt es andere, klarere Fotos von der Reise, auf denen er abgebildet wurde. Ich hätte sie gleich mitbestellen sollen, übelegte sie und verwünschte sich, weil sie nicht eher daran gedacht hatte. Ich muß sie haben, ehe es zu spät ist – bevor noch jemand getötet wird.

Die Buchpräsentation fand nach dem Hauptgang statt. Die Bibliotheksleiterin sprach über die Großzügigkeit der Wright Stiftung und über die Spende, mit der seltene Bücher angeschafft und erhalten werden sollten. Sie sprach auch über die ›Bescheidenheit und das Engagement‹ von Alexander Carter Wright, der sein Leben ›auf so selbstlose Weise‹ der Stiftung widme und jede persönliche Anerkennung ablehne.

»Sehen Sie, was für ein netter Kerl ich bin«, flüsterte Alex ihr zu, als er aufstand, um das Buch entgegenzunehmen.

Alex war ein guter Redner, er war locker, gewandt und ließ Humor aufblitzen. Als er sich wieder setzte, sagte Susan leise: »Alex, stört es Sie, wenn ich während des Desserts den Platz mit Dee tausche?«

»Susan, bedrückt Sie irgendwas?«

»Nein, gar nichts. Nur der liebe Familienfrieden und so. Ich sehe von weitem, daß Dee unglücklich ist, weil Gordon Mayberry pausenlos auf sie einredet. Wenn ich sie rette, habe ich vielleicht was gut bei ihr.« Sie lachte. »Und ich muß auch kurz mit Dad reden.«

Alex' amüsiertes Lachen folgte ihr, als sie zum Nachbartisch ging und Dee bat, den Platz mit ihr zu tauschen. Es gibt noch einen Grund, warum ich das tue, gestand sie sich ein – wenn ich mit Alex eine Beziehung anfange, will ich hundertprozentig sicher sein, daß Dee nicht dazwischenkommt. Gibt es erneut Konkurrenz, dann mache ich der Sache ein Ende, bevor sie richtig begonnen hat. Ich will nicht noch mal dasselbe erleben wie mit Jack.

Sie wartete, bis Mayberry auf Binky einzureden begann, bevor sie sich an ihren Vater wandte. »Dad – ich meine Charles – das klingt vielleicht verrückt, aber du mußt Montag früh noch mal fünfzehntausend Dollar an das Fotostudio in London überweisen.«

Er sah sie an, und auf seinem Gesicht spiegelten sich Überraschung und Sorge. »Geht in Ordnung, Schatz, aber hast du irgendwelchen Ärger? Ganz gleich, was es ist, ich kann dir helfen.«

Geht in Ordnung. Ich kann dir helfen.

Dad will mir damit sagen, daß er trotz Binky und ihrer offensichtlichen Abneigung gegen mich immer für mich dasein wird, dachte Susan. Das darf ich nie vergessen. »Ich gebe dir mein Wort, daß ich keinen Ärger habe, aber ich muß dich trotzdem bitten, es für dich zu behalten«, sagte sie zu ihm. »Ich helfe jemandem.«

Ich weiß, daß Nat Small in Gefahr sein könnte, dachte sie. Und er ist vielleicht nicht der einzige. Es könnte noch eine weitere Frau dazu ausersehen sein, einen dieser Türkisringe mit der Gravur ›Du gehörst mir‹ zu bekommen.

Warum gingen ihr immer wieder die Zeilen des Songs durch den Kopf? fragte sie sich. Jetzt hörte sie ›*... und in den Tropen geht die Sonne auf*‹.

Natürlich! Diese Worte hatten auf der Bordmitteilung der *Gabrielle* gestanden, die ihr heute unter Regina Clausens Sachen aufgefallen war.

Am Montag bekomme ich die Fotos von der *Seagodiva*, dachte Susan. Ich werde Nedda fragen, ob ich den langen Konferenztisch in ihrem Büro benutzen kann, um sie darauf auszubreiten. Das heißt, bis Montag abend müßte ich Carolyns Foto gefunden haben. Wenn das Studio bis Dienstag nachmittag Abzüge der Fotos von der *Gabrielle* anfertigen kann, bekomme ich sie am Mittwoch. Ich werde sie so lange wie nötig durchsehen, und wenn ich die ganze Nacht aufbleiben muß.

Binky war es endlich gelungen, Gordon Mayberry abzuschütteln. »Worüber redet ihr zwei?« wollte sie wissen, als sie sich wieder Susan und Charles zuwandte.

Susan fing das verschwörerische Augenzwinkern ihres Vaters auf, als er sagte: »Susan hat mir gerade erzählt, daß sie sich für Kunstsammlungen interessiert, meine Liebe.«

92

Am Sonntag traf Pamela Hastings um zwölf Uhr mittags im Lenox Hill Hospital ein und begab sich durch die ihr inzwischen vertrauten Korridore zum Wartezimmer der Intensivstation. Wie erwartet war Justin Wells schon da. Er sah zerzaust, unrasiert und verschlafen aus.

»Du bist gestern nacht überhaupt nicht nach Hause gefahren«, sagte sie vorwurfsvoll.

Er blickte mit verquollenen Augen zu ihr auf. »Ich konnte nicht. Sie haben mir zwar gesagt, ihr Zustand sei stabil, aber ich möchte sie trotzdem nicht längere Zeit allein lassen. Hier herrscht die Meinung, daß Carolyn am Freitag fast aus dem Koma erwacht wäre, aber dann habe sie sich daran erinnert, was passiert ist, und Panik und Angst hätten sie wieder bewußtlos werden lassen. Jedenfalls war sie lange genug bei Bewußtsein, um zu sagen: ›Nein … bitte … nein! Justin.‹«

»Du weißt, daß das nicht notwendigerweise heißen muß ›Bitte stoß mich nicht vor ein Auto, Justin‹«, wandte sie ein, als sie sich neben ihn setzte.

»Sag das mal den Cops. Und den Ärzten und Schwestern hier. Ich versichere dir, beim kleinsten Versuch, mich Carolyn zu nähern, tun sie alle so, als wollte ich gleich den Stecker ziehen.«

Pam bemerkte, wie er krampfhaft die Hände öffnete und schloß. Er steht am Rand eines Zusammenbruchs, dachte sie. »Hast du gestern abend wenigstens mit Dr. Richards gegessen?« fragte sie.

»Ja. Wir waren in der Cafeteria.«

»Und wie war's?«

»Es hat geholfen. Und jetzt weiß ich natürlich, daß ich vor zwei Jahren bei der Stange hätte bleiben sollen. Kennst du dieses alte Gedicht, Pam?«

»Welches?«

»Als er den Nagel suchte, ging der Schuh verloren, als er den Schuh suchte, ging das Pferd verloren, und als er das Pferd suchte, ging der Reiter verloren. Oder so ähnlich.«

»Justin, du redest wirres Zeug.«

»Nein. Hätte ich mich behandeln lassen, dann hätte ich nicht so überreagiert, als ich hörte, daß Carolyn während der Radiosendung angerufen hatte, um von dem Kerl auf der Kreuzfahrt zu erzählen. Hätte ich sie mit meinem Anruf nicht durcheinandergebracht, dann hätte sie ihre Verabredung mit Dr. Chandler vielleicht eingehalten. Das heißt, sie wäre vor dem Haus in ein Taxi gestiegen und nicht zu Fuß zur Post gegangen.«

»Justin, hör auf damit! Du machst dich verrückt mit diesem ›hätte‹.« Sie nahm seine Hand. »Justin, ganz bestimmt hast du diese schreckliche Sache nicht zu verantworten. Hör auf, dir die Schuld zu geben.«

»Genau das hat Don Richards mir auch gesagt: ›Hören Sie auf!‹« Tränen schossen ihm in die Augen, und er schluchzte unterdrückt.

Pamela legte den Arm um ihn und strich ihm das Haar aus der Stirn. »Du mußt mal hier raus. Wenn wir hier weiter so sitzen, fangen die Leute noch an, über uns zu reden«, sagte sie sanft.

»Und George fällt dann auch noch über mich her. Wann kommt er nach Hause?«

»Heute abend. Und jetzt möchte ich, daß du heimfährst. Geh ins Bett, schlaf mindestens fünf Stunden, dann dusche richtig, rasier dich, zieh dir frische Klamotten an und komm zurück. Wenn Carolyn aufwacht, wird sie dich brauchen. Und sieht sie dich so wie jetzt, bucht sie sofort eine neue Kreuzfahrt.«

Pamela hielt den Atem an und hoffte, daß sie nicht zu weit gegangen war, aber schließlich wurde sie durch ein leises Lachen belohnt. »Beste Freundin, du bist ein Schatz.«

Sie begleitete ihn zum Aufzug. Auf dem Weg dorthin schauten sie noch einmal nach Carolyn. Die Polizeibeamtin folgte ihnen.

Justin nahm die Hand seiner Frau, küßte ihre Handfläche und schloß ihre Finger um seinen Kuß. Er sprach kein Wort.

Als die Aufzugtüren sich hinter ihm geschlossen hatten, kehrte Pamela zum Wartezimmer zurück, wurde jedoch von der Schwester am Empfang aufgehalten. »Sie hat wieder gesprochen, gerade eben, als Sie gegangen waren.«

»Was hat sie gesagt?« fragte Pamela und fürchtete sich fast vor der Antwort.

»Das gleiche. Sie sagte ›Win, oh, Win‹.«

»Tun Sie mir einen Gefallen und sagen Sie es nicht Mr. Wells.«

»In Ordnung. Wenn er fragt, sage ich nur, sie hätte versucht zu sprechen, und das wäre ein gutes Zeichen.«

Pamela ging am Wartezimmer vorbei zum Münztelefon. Bevor sie zum Krankenhaus gefahren war, hatte Susan Chandler sie angerufen und erklärt, sie versuche dem Namen Win durch die Passagierliste der *Seagodiva* auf die Spur zu kommen. »Sagen Sie den Schwestern, sie sollen aufmerksam zuhören, wenn Carolyn den Namen wieder sagt. Vielleicht fügt sie noch etwas hinzu. Win muß ein Kosename oder eine Abkürzung eines Namens wie Winston oder Winthrop sein.«

Susan war nicht zu Hause, daher hinterließ Pamela Hastings eine Nachricht auf ihrem Anrufbeantworter. »Carolyn versucht wieder zu sprechen. Aber sie hat nur das Übliche gesagt – ›Win, oh, Win‹.«

93

»Sonntag morgens besuchten Regina und ich oft die Messe in St. Thomas und gingen dann hinterher essen«, sagte Jane Clausen zu Susan. »Die Musik dort ist wundervoll. Ich habe es über ein Jahr lang nicht geschafft, wieder hinzugehen, nachdem ich sie verloren hatte.«

»Ich komme gerade von der Zehn-Uhr-Messe in St. Pat«, berichtete Susan. »Auch dort gibt's herrliche Musik.« Sie war direkt von der Kathedrale aus zum Krankenhaus gegangen. Erneut war es ein wunderschöner Herbsttag, und sie hatte sich gefragt, wo Tiffany Smith wohl am vergangenen Sonntag gewesen war. Hatte sie irgendeine Vorahnung gehabt, daß es ihr letzter Sonntag sein könnte, daß ihr Leben in nur wenigen Tagen beendet sein würde? Natürlich nicht, dachte Susan und versuchte kopfschüttelnd, die makabre Stimmung abzustreifen.

Jane Clausen wußte genau, daß ihr nur noch sehr wenig Zeit blieb. Susan hatte den Eindruck, als beziehe sich alles, was sie sagte, auf dieses unvermeidliche Schicksal. Heute saß sie im Bett und hatte sich einen Schal um die Schultern gelegt. Ihr Gesicht war nicht mehr so blaß, aber Susan war sicher, daß die Röte ihrer Wangen fiebrig war.

»Es ist sehr lieb von Ihnen, heute noch mal vorbeizukommen«, sagte Mrs. Clausen. »Die Sonntage im Krankenhaus vergehen sehr langsam. Außerdem hatte ich gestern keine Gelegenheit, unter vier Augen mit Ihnen zu sprechen, und daran liegt mir sehr viel. Douglas Layton war sehr aufmerksam, sehr freundlich zu mir. Ich habe Ihnen ja gesagt, daß ich ihn meiner Ansicht nach neulich falsch eingeschätzt habe, daß meine Zweifel an ihm unbegründet waren. Andererseits, wenn ich den Schritt tue, der mir vorschwebt – das heißt, wenn ich den derzeitigen Präsidenten der Stiftung bitte, in Pension zu gehen und Douglas an seine Stelle treten zu lassen –, räume ich ihm große Macht über eine beträchtliche Geldsumme ein.«

Tun Sie das nicht! dachte Susan.

Jane Clausen fuhr fort: »Mir ist bewußt, daß ich im Augenblick besonders empfänglich für Zeichen der Anteilnahme, der Zuneigung oder Rücksichtnahme bin – mit welchem Begriff man Mitleid auch sonst bezeichnen mag.«

Sie hielt inne, griff nach dem Wasserglas, das an ihrem Bett stand, und trank einen Schluck. »Deshalb wollte ich Sie bitten, Douglas Layton gründlich überprüfen zu lassen, bevor ich diese wichtige Entscheidung fälle. Ich weiß, es ist eine Belastung, und dabei kennen wir uns erst seit einer Woche. Aber trotz der kurzen Zeit betrachte ich Sie als verläßliche Freundin. Sie haben bestimmte Gaben, wissen Sie. Und das ist vermutlich der Grund, warum Sie in ihrem Beruf so gut und so erfolgreich sind.«

»Bitte, ich tue gern für Sie, was ich kann. Und danke für Ihre freundlichen Worte.« Susan überlegte, daß es nicht der richtige Zeitpunkt war, um Jane Clausen zu sagen, daß Layton bereits überprüft wurde und daß schon nach den ersten Informationen ein schlechtes Licht auf ihn gefallen war. Sie drückte sich behutsam aus. »Ich halte es generell für klug, Vorsicht walten zu lassen, bevor man einschneidende Veränderungen veranlaßt, Mrs. Clausen. Ich verspreche Ihnen, daß ich mich darum kümmern werde.«

»Danke. Das ist eine große Erleichterung für mich.«

Susan schien es, als würden Jane Clausens Augen mit jedem Tag größer. Heute morgen glänzten sie, und doch strahlte sie Gelassenheit aus. Noch vor ein paar Tagen sah sie so traurig aus, dachte Susan, doch jetzt wirkt sie anders, als wüßte sie, was kommt, und habe es akzeptiert. Susan suchte kurz nach den geeigneten Worten, um ihr ihre nächste Bitte vorzutragen, dachte dann jedoch, daß sie sich die Erklärungen besser für später aufhob. »Mrs. Clausen, ich habe meinen Fotoapparat mitgebracht. Würde es Sie stören, wenn ich ein paar Aufnahmen von der Skizze des Waisenhauses mache?«

Jane Clausen hatte den Schal enger um ihre Schultern gezogen. Sie zupfte ihn zurecht, bevor sie antwortete: »Sie haben einen Grund für diese Bitte, Susan. Worum geht es?«

»Kann ich es Ihnen morgen sagen?«

»Ich würde es lieber gleich wissen, aber ich kann auch warten; so bleibt mir für morgen die Freude auf einen weiteren Besuch von Ihnen. Aber Susan, bevor Sie gehen, sagen Sie, haben Sie noch mal von der jungen Frau gehört, die am Montag in ihrer Sendung angerufen hat? Die Frau mit dem Türkisring?«

Susan antwortete vorsichtig. »Sie meinen ›Karen‹? Ja und nein. Ihr wirklicher Name lautet Carolyn Wells. Wenige Stunden nach dem Anruf wurde sie schwer verletzt, und ich konnte nicht mehr mit ihr sprechen, weil sie im Koma liegt.«

»Wie furchtbar.«

»Sie ruft immerzu nach einem Win. Ich glaube, es könnte der Name des Mannes sein, den sie auf dem Kreuzfahrtschiff kennenlernte, konnte es aber noch nicht bestätigen. Mrs. Clausen, hat Regina Sie jemals von der *Gabrielle* aus angerufen?«

»Mehrmals.«

»Hat Sie mal von einem Mann namens Win geredet?«

»Nein, sie hat keinen der Mitreisenden mit Namen erwähnt.«

Susan hörte an Mrs. Clausens Stimme, wie erschöpft sie war. »Ich mache jetzt die Fotos und dann gehe ich«, sagte sie. »In ein paar Minuten bin ich weg. Ich merke, daß Sie Ruhe brauchen.«

Jane Clausen schloß die Augen. »Die Medikamente machen mich furchtbar schläfrig.«

Die Skizze stand dem Bett gegenüber auf der Kommode. Susan schoß mit Blitzlicht vier Polaroid-Fotos, dann sah sie zu, wie sie nacheinander entwickelt wurden. Zufrieden mit dem Ergebnis steckte sie die Kamera in ihre Tasche und ging leise zur Tür.

»Auf Wiedersehen, Susan«, murmelte Jane Clausen. »Wissen Sie, gerade haben Sie mich an etwas sehr Angenehmes erinnert. Auf meinem Einführungsball war einer meiner Begleiter ein anziehender junger Mann namens Owen. Ich habe seit Jahren nicht mehr an ihn gedacht, aber damals war ich heftig in ihn verliebt. Aber das ist natürlich schon sehr, sehr lange her.«

Owen, dachte Susan. O mein Gott, das meint Carolyn also. Nicht ›Oh, Win‹, sondern *Owen*.

Ihr fiel ein, daß auf der Passagierliste der *Seagodiva* ein Owen Adams stand. Der erste alleinreisende Mann, auf den sie gestoßen war.

Zwanzig Minuten später stürzte Susan in ihre Wohnung, rannte zu ihrem Schreibtisch und griff nach der Passagierliste der *Gabrielle*. Hoffentlich ist er aufgeführt, dachte sie, hoffentlich.

Es war kein ›Owen Adams‹ vermerkt, wie sie sofort feststellte, aber der Mann, den sie suchte, konnte ja auch gut unter einem Falschnamen reisen, daher ging sie die Liste weiter durch.

Sie war fast am Ende der Seite angelang, als sie ihn fand. Einer der wenigen Passagiere, dessen zweiter Vorname auf der Liste erschien, war Henry Owen Young. Da muß es einen Zusammenhang geben, dachte sie.

94

Alex Wright rief um zehn, elf und zwölf bei Susan zu Hause an, bevor er sie endlich um eins erreichte. »Ich hab's schon mal versucht, aber Sie waren ausgegangen«, sagte er.

»Sie hätten eine Nachricht hinterlassen können.«

»Ich rede nicht gern mit Maschinen. Eigentlich wollte ich Sie fragen, ob ich Sie zum Brunch einladen darf.«

»Danke, aber ich hätte es ohnehin nicht geschafft«, erklärte Susan. »Ich habe eine Freundin im Krankenhaus besucht. Apropos, gibt es so etwas wie Standardmodelle von Waisenhäusern in Mittelamerika, Alex?«

»Standardmodelle? Ich weiß nicht recht, was Sie meinen, aber ich glaube nicht. Wenn Sie sich auf das Erscheinungsbild beziehen, gibt es, wie im Falle von Krankenhäusern und Schulen, natürlich bestimmte Merkmale, die solche Institutionen immer aufweisen. Warum?«

»Weil ich Ihnen ein paar Fotos zeigen muß. Wann reisen Sie morgen ab?«

»Leider sehr früh. Deshalb wollte ich Sie ja heute noch sehen. Wie wär's mit Abendessen?«

»Tut mir leid, ich habe schon was vor.«

»Na schön, für Sie unterziehe ich mich der beschwerlichen Fahrt in die Innenstadt. Sind Sie eine Weile zu Hause?«

»Den ganzen Nachmittag.«

»Ich bin schon auf dem Weg.«

Ich weiß, daß ich recht habe, dachte Susan, als sie den Hörer auflegte. Die beiden Gebäude sind nicht nur ähnlich – sie sind identisch. Aber so kann ich mir absolute Gewißheit verschaffen. Das Buch über die Wright Stiftung lag auf ihrem Schreibtisch, und die Abbildung des Waisenhauses in Guatemala war aufgeschlagen. Aber es ist immerhin eine Skizze, kein Foto, sagte sie sich. Vielleicht entdeckt Alex ja unterschiedliche Merkmale, die mir entgangen sind.

Als Alex die Fotos studierte, entdeckte er tatsächlich etwas, das sie übersehen hatte, aber anstatt das eine Gebäude von dem anderen zu unterscheiden, bestätigte es nur den Verdacht, daß es sich um ein und dasselbe Waisenhaus handelte. Auf der Skizze von Mrs. Clausen hatte der Künstler ein kleines Tier auf die Eingangstür gemalt. »Sehen Sie sich das an«, sagte Alex. »Das ist eine Antilope. Jetzt schauen Sie sich das Foto in dem Buch an. Da ist sie auch. Die Antilope ist unserem Familienwappen entnommen. Wir lassen sie an jedem Gebäude anbringen, das wir finanzieren.«

Sie saßen nebeneinander am Schreibtisch in Susans Arbeitszimmer.

»Dann wird es gar keine Plakette mit Regina Clausens Namen geben!« rief Susan.

»Die Zeichnung der Plakette ist definitiv gefälscht, Susan. Ich vermute, jemand steckt sich das Geld ein, das angeblich zur Finanzierung dieses Gebäudes verwendet wurde.«

»Ich mußte Gewißheit haben.« Susan dachte an Jane Clausen, wie enttäuscht und traurig sie sein würde, wenn sie erfuhr, daß Douglas Layton sie nach Strich und Faden betrog.

»Susan, Sie sehen sehr mitgenommen aus«, sagte Alex.

»Das bin ich auch, aber nicht aus persönlicher Betroffenheit.« Sie versuchte zu lächeln. »Wie wär's mit einer frischen Tasse Kaffe? Ich weiß nicht, wie Ihnen zumute ist, aber ich brauche eine.«

»Ja, danke. Ich möchte ohnehin sehen, wie gut Sie Kaffee kochen. Das könnte sehr wichtig sein.«

Susan klappte das Buch der Wright Stiftung zu. »Morgen zeige ich Mrs. Clausen das Foto. Sie muß so schnell wie möglich Bescheid wissen.« Sie blickte auf ihren Schreibtisch und dachte plötzlich, wie unordentlich er Alex vorkommen mußte.

»Normalerweise bin ich nicht so schlampig«, erklärte sie. »Ich habe an ein paar Projekten gearbeitet, und die Papiere haben sich einfach angesammelt.«

Alex nahm die Broschüre mit der Passagierliste der *Seagodiva* und öffnete sie. »Haben Sie an dieser Kreuzfahrt teilgenommen?«

»Nein. Ich habe nie eine Kreuzfahrt gemacht.« Sie hoffte, daß Alex keine weiteren Fragen stellen würde. Eigentlich wollte sie nicht darüber sprechen, was sie tat, mit niemandem, nicht einmal mit ihm.

»Ich auch nicht«, sagte er, als er die Broschüre wieder auf den Tisch legte. »Ich werde schnell seekrank.«

Beim Kaffee erzählte er ihr, daß Binky angerufen habe, um ihn zum Brunch einzuladen. »Ich habe sie gefragt, ob Sie auch kommen, und als sie nein sagte, lehnte ich ab.«

»Ich fürchte, Binky mag mich nicht besonders«, sagte Susan. »Und vermutlich kann man ihr keinen Vorwurf daraus machen. Ich habe Dad praktisch auf Knien angefleht, sie nicht zu heiraten.«

»Auf welchem Knie?« fragte Alex.

»Wie bitte?« Susan starrte ihn an, dann bemerkte sie das amüsierte Funkeln in seinen Augen.

»Ich frage, weil ich meinen Vater auf dem rechten Knie angefleht habe, Gerie nicht zu heiraten. Leider hat es auch nichts genützt, und Gerie haßte mich aus demselben Grund, aus dem Binky Sie nicht ausstehen kann.«

Er stand auf. »Ich muß jetzt gehen. Leider habe ich zu Hause auch einen unordentlichen Schreibtisch, der noch aufgeräumt werden muß.« An der Tür drehte er sich zu ihr um. »Susan, ich werde eine Woche oder zehn Tage fortbleiben«, sagte er. »Nehmen Sie sich in dieser Zeit soviel vor, wie Sie wollen, aber halten Sie danach ein wenig Zeit für mich frei. Abgemacht?«

Als sie die Tür hinter ihm schloß, läutete das Telefon. Es war Dee, die anrief, um sich zu verabschieden. »Ich fliege morgen nach Costa Rica. Dort gehe ich an Bord«, sagte sie. »Zunächst geht's bis Callao. War es gestern abend nicht lustig?«

»Es war großartig.«

»Ich habe bei Alex angerufen, um mich zu bedanken, aber er ist ausgegangen.«

Susan hörte die Frage in der Stimme ihrer Schwester, sie hatte jedoch nicht die Absicht, ihr von Alex' Besuch zu erzählen. »Vielleicht erreichst du ihn ja später noch. Ich wünsche dir eine tolle Zeit, Dee.«

Sie legte auf und merkte zu ihrem Ärger, daß sie das Zusammsein mit Alex nicht richtig genießen konnte, weil sie immer noch befürchtete, es könnte sich zwischen ihm und Dee etwas entwickeln. Vor allem, wenn Dee ihm weiterhin nachlief. Und Susan hatte nicht vor, sich noch einmal den Kummer anzutun, einen Mann an ihre Schwester zu verlieren.

95

Don Richards war den ganzen Tag rastlos gewesen. Sonntag früh war er im Central Park gejoggt, dann war er nach Hause gegangen und hatte sich ein Käseomelett zubereitet. Dabei war ihm eingefallen, daß er während seiner Ehe sonntag vormittags regelmäßig gekocht hatte. Diese Angewohnheit hatte er längst aufgegeben. Jetzt machte er sich kaum noch die Mühe, für sich etwas auf den Tisch zu bringen. Während er aß, las er in der *Times*, doch schließlich, nachdem er sich eine zweite Tasse Kaffee eingegossen hatte, gestand er sich ein, daß er sich nicht konzentrieren konnte, legte die Zeitung weg und trat ans Fenster.

Es war elf Uhr. Von seiner Wohnung blickte man auf den Park, und er konnte sehen, daß der klare, sonnige Tag bereits eine große Schar New Yorker ins Freie gelockt hatte. Unten trabten Dutzende von Joggern vorbei und tollkühne Kids auf Inline-Skates sausten zwischen den Spaziergängern hindurch. Es waren viele Paare und Familien unterwegs. Richards beobachtete eine ältere Frau, die sich auf eine Bank setzte und das Gesicht direkt in die Sonne hielt.

Er wandte sich vom Fenster ab und ging ins Schlafzimmer, um für die Reise zu packen, die er morgen antreten sollte. Diese Aussicht verstimmte ihn, aber es war ja fast vorüber. Nur noch eine Woche Reklame für sein Buch, dann hätte er Zeit für sich. Das Reisebüro hatte eine Liste von Kreuzfahrtschiffen, die in seinen Zeitplan paßten, mit noch freien Erster-Klasse-Kabinen gefaxt.

Er ging wieder zu seinem Schreibtisch, um sie sich anzusehen.

Um zwei Uhr war er in Tuxedo Park. Als seine Mutter vom Mittagessen mit einer Freundin im Club zurückkam, saß er auf den Stufen zu ihrer Veranda. »Don, mein Lieber, warum hast du mir nicht gesagt, daß du kommst?« fragte sie gespielt ärgerlich.

»Als ich in den Wagen gestiegen bin, wußte ich noch nicht, wohin ich fahren würde. Du siehst sehr gut aus, Mutter.«

»Du auch. Ich mag es, wenn du Pullover trägst. Dann siehst du jünger aus.« Sie sah den Koffer neben ihm stehen. »Willst du hier einziehen, Schatz?«

Er lächelte. »Nein, ich wollte dich nur bitten, das hier oben auf den Speicher zu stellen.«

Kathys Fotos, dachte sie. »Es ist noch jede Menge Platz auf dem Speicher für einen Koffer – oder sonst irgendwelche Dinge«, sagte Elizabeth Richards.

»Du willst mich nicht fragen, was drin ist?«

»Wenn du willst, daß ich es weiß, wirst du es mir schon sagen. Ich vermute, es hat etwas mit Kathy zu tun.«

»Ich habe alles, was ich noch von Kathy besitze, aus der Wohnung entfernt, Mutter. Schockiert dich das?«

»Don, ich denke, bis jetzt hast du diese Erinnerungen gebraucht. Aber nun spüre ich, daß du deinem Leben eine neue Richtung zu geben versuchst, und du weißt, Kathy kann kein Teil davon sein. Die meisten Menschen denken, wenn sie vierzig werden, lange und ernst über Vergangenheit und Zukunft nach. Übrigens weiß ich, daß du einen Schlüssel zu meinem Haus hast. Warum bist du nicht einfach reingegangen?«

»Ich habe gesehen, daß dein Auto nicht da war, und plötzlich wollte ich nicht ein leeres Haus betreten.« Er stand auf und reckte sich. »Ich trinke eine Tasse Tee mit dir, dann bin ich weg. Heute abend habe ich eine Verabredung. Das zweite Mal in einer Woche mit derselben Person. Wie findest du das?«

Punkt sieben Uhr rief er Susan vom Foyer ihres Hauses aus an. »Es wird anscheinend zur Gewohnheit, daß ich mich entschuldigen muß, weil ich mich verspätet habe«, sagte sie, als sie ihn in die Wohnung einließ. »Mein Produzent schimpft schon die ganze Woche mit mir, weil ich erst kurz vor Sendebeginn im Studio erscheine. Und ein paarmal bin ich in dieser Woche kaum fünf Minuten vor dem Patienten in der Praxis eingetrudelt – dabei wissen Sie ja so gut wie ich, daß man die Leute in der Therapie nicht warten läßt. Und heute abend … Ich will ganz ehrlich sein – vor ein paar Stunden habe ich mich nur eben hingelegt und bin gerade erst aufgewacht. Ich war fest eingeschlafen.«

»Dann hatten Sie den Schlaf vermutlich sehr nötig«, erwiderte er.

»Ich gebe Ihnen ein Glas Wein, wenn Sie mir eine Viertelstunde geben, um mich anzuziehen«, bot Susan ihm an.

»Abgemacht.«

Ungeniert sah er sich in der Wohnung um. »Sie haben es sehr hübsch hier, Dr. Chandler«, sagte er. »Eine meiner Patientinnen ist Immobilienmaklerin. Sie sagt, daß man beim Betreten eines Hauses auf Anhieb die Vibrationen der Menschen empfängt, die es bewohnen.«

»Das glaube ich gern«, sagte Susan. »Ich weiß nicht, welche Art von Vibrationen diese Wohnung aussendet, aber ich fühle mich hier sehr wohl. Jetzt hole ich Ihnen mal Ihr Glas Wein, und Sie können sich umsehen, während ich mich schnell fertigmache.«

Don kam mit ihr in die Küche. »Bitte machen Sie sich nicht besonders fein. Wie Sie sehen, habe ich auch darauf verzichtet. Heute nachmittag war ich kurz bei meiner Mutter, und sie hat gesagt, ich sähe im Pullover gut aus, deshalb habe ich nur eben eine Jacke übergezogen.«

Don Richards ist irgendwie seltsam, dachte Susan, als sie den Kragen ihrer blauen Bluse zurechtzupfte und nach der Jacke mit Fischgrätenmuster griff. Ich weiß nicht, woran es liegt, aber er hat etwas an sich, das ich nicht verstehe.

Sie trat vom Schlafzimmer in die Diele und wollte gerade sagen »Ich bin soweit«, als sie Donald Richards an ihrem Schreibtisch stehen sah. Er studierte die Passagierlisten der beiden Kreuzfahrtschiffe.

Offenbar hatte er sie gehört, denn er hob den Kopf. »Irgendein besonderer Grund, warum Sie die hier sammeln?« fragte er leise.

Sie antwortete nicht sofort, und er legte sie aus der Hand. »Pardon, wenn ich Ihr Angebot, mich umzusehen, falsch aufgefaßt habe. Ein wunderschöner Schreibtisch aus dem neunzehnten Jahrhundert – ich wollte ihn mir näher anschauen. Die Passagierlisten schienen nicht vertraulich zu sein.«

»Sie sagten doch, Sie seien Passagier auf der *Gabrielle* gewesen, nicht wahr?

»Ja, viele Male. Sie ist ein großartiges Schiff.« Er kam zu ihr hinüber. »Sie sehen sehr gut aus, und ich habe großen Hunger. Fahren wir.«

Sie aßen in einem intimen Fischrestaurant in der Thompson Street. »Es gehört dem Vater eines meiner Klienten«, erklärte er. »Er gibt mir Rabatt.«

»Selbst ohne den Rabatt würde sich die Investition lohnen«, sagte Susan später zu ihm, als der Kellner ihre Teller wegbrachte. »Die Scholle war fantastisch.«

»Der Lachs auch.« Er hielt inne und trank einen Schluck Wein. »Susan, ich muß Sie etwas fragen. Ich war gestern und heute nachmittag im Krankenhaus, um mit Justin Wells zu sprechen. Er sagt, Sie hätten sich ebenfalls mit ihm getroffen.«

»Richtig.«

»Mehr wollen Sie darüber nicht sagen?«

»Ich denke, mehr *sollte* ich dazu nicht sagen, außer daß ich fest glaube, daß das Unglück, das seiner Frau zugestoßen ist, kein Unfall war, und daß er unschuldig ist.«

»Das war ein großer Trost für ihn in einer Zeit, in der er dringend Zuspruch braucht.«

»Da bin ich froh. Ich mag ihn.«

»Ich auch, aber wie ich schon neulich sagte, hoffe ich, daß er die Therapie bei mir wieder aufnimmt – oder bei einem Kollegen –, wenn seine Frau aus dem Gröbsten heraus ist. Übrigens hat man mir im Krankenhaus mitgeteilt, daß sie Anzeichen der Besserung zeigt. Im Augenblick lädt Justin sich noch viel zuviel eingebildete Schuld an dem Unfall auf, als daß er damit fertigwerden könnte. Ich weiß, wie die Schuldschraube funktioniert. Er denkt, wenn er seine Frau nicht angerufen und nervös gemacht hätte, dann hätte sie den Termin bei Ihnen eingehalten und ein Taxi genommen, anstatt zu Fuß zur Post zu gehen und vor einen Transporter zu laufen.«

Richards zuckte die Schultern. »Aber ich wäre längst arbeitslos, wenn nicht so viele Menschen von Schuldgefühlen geplagt würden. Die ich übrigens sehr gut nachfühlen kann. Oh, da kommt der Kaffee.«

Der Kellner stellte die Tassen vor sie hin.

Susan trank einen Schluck, dann fragte sie unverblümt: »Plagen Sie auch Schuldgefühle, Don?«

»Bis vor kurzem. Jetzt bin ich, glaube ich, allmählich über den Berg. Aber neulich abends haben Sie etwas gesagt, das mir naheging. Sie erzählten, nach der Scheidung Ihrer Eltern hätten Sie das Gefühl gehabt, daß alle in verschiedene Rettungsboote stiegen. Warum?«

»Hey, analysieren Sie mich doch nicht«, protestierte Susan.

»Ich frage als Freund.«

»Dann antworte ich Ihnen. Es ist das Übliche, wenn es zu einer Scheidung kommt: Loyalitätskonflikte. Meiner Mutter brach das Herz, und mein Vater verkündete überall, er sei noch nie so glücklich gewesen. Dadurch wurden all die Jahre in Frage gestellt, in denen ich offenbar fälschlicherweise den Eindruck gehabt hatte, daß wir eine glückliche Familie wären.«

»Und Ihre Schwester? Stehen Sie ihr nahe? Sie brauchen mir gar nicht zu antworten – Sie sollten Ihr Gesicht sehen.«

Susan hörte sich sagen: »Vor sieben Jahren, als ich mich verloben wollte, ist Dee auf der Bildfläche erschienen. Raten Sie mal, wer den Prinzen bekommen hat und die Braut war?«

»Ihre Schwester.«

»Genau. Dann kam Jack bei einem Skiunfall ums Leben, und jetzt ist sie dabei, einen anderen Mann zu umgarnen, mit dem ich ausgehe. Nett, nicht wahr?«

»Lieben Sie Jack immer noch?«

»Ich glaube, man hört nie auf, einen Menschen zu lieben, der einem viel bedeutet hat. Ich glaube auch nicht, daß man einen Teil seiner Vergangenheit auslöschen sollte, weil das ohnehin nicht geht. Der Kernpunkt ist, wie ich immer wieder meiner Mutter predige, den Schmerz loszulassen und ein neues Leben anzufangen.«

»Haben Sie das getan?«

»Ja, ich glaube schon.«

»Sind Sie an diesem neuen Mann interessiert?«

»Es ist noch viel zu früh, um das zu sagen. Und können wir jetzt bitte über das Wetter sprechen, oder noch besser, erzählen Sie mir, warum Sie sich so für die Passagierlisten interessiert haben?«

Die verständnisvolle Wärme verschwand aus Don Richards' Augen. »Nur wenn Sie mir sagen, warum Sie einige Namen gestrichen und zwei eingekreist haben: Owen Adams und Henry Owen Young.«

»Owen ist einer meiner Lieblingsnamen«, sagte Susan. »Es wird spät, Don. Sie reisen morgen früh ab, und ich habe einen sehr langen Tag vor mir.«

Sie dachte daran, daß sie um acht Uhr bei Chris Ryan anrufen wollte, und an das Paket mit den Fotos, das sie nachmittags aus London erhalten würde.

»Vielleicht werde ich sogar bis um neun in der Praxis festsitzen.«

96

Montags ging Chris Ryan gern früh ins Büro. Die Sonntage gehörten der Familie, und normalerweise kamen mindestens zwei seiner sechs Kinder mit Familienanhang zu Besuch zu ihm und seiner Frau und blieben bis zum Abendessen.

Sowohl er als auch seine Frau freuten sich darüber, daß ihre Enkel gern zu ihnen kamen, aber manchmal, wenn sie schließlich todmüde ins Bett fielen, erinnerte Chris sich zu seiner Erleichterung daran, daß die Leute, über die er am folgenden Tag Ermittlungen anstellen würde, nicht darüber stritten, wer auf dem großen Rad fahren durfte oder wer zuerst ein Schimpfwort benutzt hatte.

Der gestrige Sonntag im Familienkreis war besonders anstrengend gewesen, und daher schloß Chris die Tür zu seinem Büro bereits um acht Uhr zwanzig auf. Er überprüfte seinen Anrufbeantworter und fand mehrere Nachrichten vor, mit denen er sich sofort befassen mußte. Die erste stammte vom Samstag, von einem seiner Informanten in Atlantic City, und eröffnete interessante Dinge über Douglas Layton. Die zweite – von Susan Chandler – war heute morgen eingegangen. »Chris, hier ist Susan; ruf mich bitte gleich an.« Mehr sagte sie nicht.

Sie meldete sich beim ersten Läuten. »Chris, ich habe etwas herausgefunden. Du mußt zwei Leute für mich überprüfen. Einer war vor drei Jahren Passagier auf einem Kreuzfahrtschiff, der *Gabrielle;* der zweite war vor zwei Jahren auf einem anderen Kreuzfahrtschiff, der *Seagodiva.* Und – ich glaube nicht, daß es zwei verschiedene Personen sind. Ich denke, es könnte ein und derselbe Mann sein, und wenn ich recht behalte, haben wir es mit einem Serienmörder zu tun.«

Chris kramte in seiner Brusttasche nach seinem Stift und nahm einen Zettel zur Hand. »Gib mir die Namen und Daten.« Dann sagte er nachdenklich: »Jedesmal Mitte Oktober. Gewähren Kreuzfahrtschiffe dann einen Preisnachlaß?«

»Über die Daten habe ich schon die ganze Zeit nachgedacht, Chris«, sagte Susan. »Wenn Mitte Oktober der Teil eines Musters ist, dann könnte jetzt irgendwo eine Frau in furchtbarer Gefahr schweben.«

»Ich halte Rücksprache mit Quantico. Meine Kumpel beim FBI können blitzschnell reagieren. Ach, Susan, wie sich herausstellt, könnte dein Freund Doug Layton großen Ärger bekommen. Er hat letzte Woche in großem Stil an den Spieltischen von Atlantic City verloren.«

»Du weißt, daß er nicht mein Freund ist, und was meinst du mit ›in großem Stil‹?«

»Wie wär's mit vierhunderttausend Dollar? Hoffentlich hat er eine reiche Tante.«

»Das Problem ist, daß er glaubt, eine zu haben.« Die Summe von vierhunderttausend Dollar erschreckte sie.

Ein Mann, der so hohe Spielschulden aufhäufen konnte, mußte in ernsten Schwierigkeiten stecken. Er könnte verzweifelt und gefährlich reagieren. »Danke, Chris«, sagte Susan. »Du hörst von mir.«

Sie legte auf und sah auf ihre Uhr. Es blieb noch genug Zeit, um kurz Mrs. Clausen zu besuchen, bevor sie ins Studio fuhr.

Sie muß auf der Stelle über Layton Bescheid wissen, dachte Susan. Wenn er Spielern soviel Geld schuldet, wird er sofort bezahlen müssen, und zu diesem Zweck wird er das Geld der Clausen Stiftung brauchen.

97

Jane Clausen wußte, daß etwas Schlimmes passiert war, als Susan anrief und bat, sie umgehend besuchen zu dürfen. Sie hatte auch die Anspannung in Douglas Laytons Stimme gehört, als er ein paar Minuten später anrief, um ihr zu sagen, er werde auf dem Weg zum Flughafen bei ihr vorbeikommen. Er sagte, sie müsse noch eine Anweisung für das Waisenhaus unterschreiben.

»Sie werden sich schon bis neun Uhr gedulden müssen«, sagte sie bestimmt.

»Mrs. Clausen, ich fürchte, dann werde ich meinen Flug verpassen.«

»Und ich fürchte, das hätten Sie früher bedenken sollen, Douglas. Susan Chandler kommt in wenigen Minuten zu mir.« Sie hielt inne, dann fügte sie kühl hinzu: »Gestern hat Susan Polaroid-Fotos von der Skizze des Waisenhauses gemacht. Sie wollte mir nicht sagen, wozu sie sie brauchte, aber ich habe den Eindruck, daß sie es jetzt gleich mit mir besprechen will. Hoffentlich gibt es keine Probleme mit dem Gebäude, Douglas.«

»Selbstverständlich nicht, Mrs. Layton. Vielleicht kann ich vorläufig noch auf die Unterschrift verzichten.«

»Um neun kann ich Sie empfangen, Douglas, und ich rechne dann mit Ihnen.«

»Ja, ja, vielen Dank, Mrs. Clausen.«

Als Susan eintraf, sagte Jane Clausen sofort: »Sie brauchen sich keine Sorgen zu machen, wie ich auf irgend etwas, das Sie mir sagen möchten, reagieren werde, Susan. Ich bin zu der Überzeugung gelangt, daß Douglas Layton mich betrügt oder es zumindest versucht. Aber ich hätte gern einen Beweis dafür in Händen.«

Susan zeigte ihr das Buch über die Wright Stiftung, und anschließend rief Jane Clausen bei Hubert March an, der noch zu Hause war. »Hubert, fahren Sie ins Büro, trommeln Sie Ihre Rechnungsprüfer zusammen und sorgen Sie dafür, daß Douglas Layton an keines unserer Bankkonten und an keines unserer Anlagendepots herankommt. Und zwar auf der Stelle!«

Sie legte auf und betrachtete das Foto des Waisenhauses in dem Buch, das auf ihrem Schoß lag. »Alles ist identisch, bis auf den Namen auf der Plakette«, bemerkte sie.

»Es tut mir leid«, sagte Susan leise.

»Es braucht Ihnen nicht leid zu tun. Selbst als Douglas so beflissen tat, wollte das Unbehagen, das ich in seiner Gegenwart empfand, nicht verschwinden.«

Sie klappte das Buch zu und blickte auf den Umschlag; dann lachte sie leise. »Gerie muß sich im Grab umdrehen«, sagte sie. »Sie wollte, daß die Stiftung nach ihr und Alexander benannt wird. Ihr richtiger Name lautete Virginia Marie, daher ›Gerie‹, wie sie von jedermann genannt wurde. Die dumme Person hatte vergessen, daß Alexanders erste Frau ebenfalls Virginia hieß. Und wie ich sehe, hat der junge Alex das Foto seiner Mutter auf alle Publikationen der Wright Stiftung setzen lassen.«

»Bravo!« sagte Susan. Sie lachten beide.

98

Douglas Layton wußte jetzt, wie sich ein Tier fühlte, das in der Falle saß. Er hatte Jane Clausen von einer Telefonzelle in einem Hotel in der Nähe des Flughafens aus angerufen und damit gerechnet, sofort zu ihr zu gehen und sich die nötige Unterschrift holen zu können.

Du Idiot, sagte er sich. Du hast dich verraten. Sie mag im Sterben liegen, aber clever ist sie trotzdem. Jetzt holt sie Hubert an die Strippe und sagt ihm, er solle sich mit den Banken in Kontakt setzen. Wenn das geschieht, bist du erledigt – die Leute, mit denen du es zu tun hast, werden keine Ausreden akzeptieren.

Er mußte das Geld um jeden Preis haben. Ihm war eiskalt bei der Vorstellung, was mit ihm geschehen würde, wenn er die Schulden beim Casino nicht beglich. Hätte er neulich nur nicht geglaubt, eine Glückssträhne zu haben. Er hatte vorgehabt, das Geld, das er durch Jane Clausens Unterschrift erhalten hatte, auf ein separates Reisekonto einzuzahlen. Aber dann war er ins Casino gegangen, weil ihm danach war. Und eine Zeitlang war auch alles nach Wunsch verlaufen. Plötzlich hatte er fast achthunderttausend Dollar besessen, doch dann hatte er alles verloren und noch mehrere hunderttausend Dollar Schulden gemacht.

Man hatte ihm bis morgen Zeit gegeben, um das Geld aufzutreiben, aber er wußte, wenn er bis morgen wartete, könnte es zu spät sein. Bis dahin würde Susan Chandler zweifellos mehr über ihn wissen und damit auf jeden Fall zu Mrs. Clausen gehen. Vielleicht würden sie sogar die Polizei verständigen. Susan Chandler war das Problem. Sie war es, die den Stein überhaupt ins Rollen gebracht hatte.

Er stand vor dem Telefon und versuchte zu entscheiden, was er tun sollte. Seine Handflächen waren feucht. Er sah, daß die Frau am Telefon nebenan ihn neugierig anstarrte.

Eines konnte er noch versuchen, was vielleicht funktionieren würde. Aber ›vielleicht‹ reichte nicht. Es mußte funktionieren. Wie lautete Hubert Marchs Privatnummer?

Er erwischte Hubert gerade, als er zum Büro fahren wollte. Huberts erste Worte »Douglas, was soll das alles?« bestätigten seinen Verdacht, daß Mrs. Clausen ihn angerufen hatte.

»Ich bin bei Mrs. Clausen«, sagte Doug. »Leider fürchte ich, daß sie allmählich den Bezug zur Realität verliert. Sie denkt, sie könnte vorhin bei dir angerufen haben, und will sich für alles, was sie gesagt hat, entschuldigen.«

Hubert Marchs erleichtertes Lachen war Musik in Douglas Laytons Ohren. »Bei mir braucht Sie sich nicht zu entschuldigen, aber ich hoffe, sie hat sich bei dir entschuldigt, mein Junge.«

99

Jim Curley fuhr Alex Wright zum Kennedy Airport und stellte seine Taschen in die Warteschlange an der Bordsteinkante. »Furchtbar hektisch hier um diese Zeit, Mr. Alex«, sagte er und warf einen nervösen Blick auf die Polizeibeamtin, die Strafmandate an Autofahrer verteilte, die zu lange anhielten.

»Was haben Sie um neun Uhr früh an einem Montag morgen erwartet, Jim?« fragte Alex Wright. »Steigen Sie wieder ein und fahren Sie los, bevor ich noch Strafe zahlen muß und aufgehalten werde. Und erinnern Sie sich, was ich Ihnen aufgetragen habe!«

»Natürlich, Mr. Alex. Ich soll Dr. Chandler anrufen und ihr sagen, daß ich zu ihrer Verfügung stehe.«

»Genau«, sagte Alex aufmunternd. »Und ...?«

»Und sie wird mir vermutlich die – wie haben Sie es genannt, Sir? – die ›angemessene Abfuhr‹ erteilen, daß sie keinen Wagen brauche und so weiter. Das ist mein Stichwort, um zu sagen, ›Mr. Alex bittet Sie, meine Dienste anzunehmen, aber nur unter einer Bedingung: Dr. Chandler darf keinen männlichen Begleiter mitbringen.‹«

Alex Wright lachte und schlug seinem Chauffeur auf die Schulter. »Ich weiß, daß ich mich auf Sie verlassen kann, Jim. Und jetzt verschwinden Sie von hier. Der Polizistin juckt es in den Fingern, und sie kommt schon auf uns zu.«

100

Als Susan ihre Radiosendung beendet hatte und zur Praxis fuhr, blieben ihr ausnahmsweise ganze eineinhalb Stunden Zeit bis zu ihrem ersten Termin um zwei Uhr. Diese zusätzliche Zeitspanne war ein ungewohnter Luxus.

Sie nutzte sie, um die Unterlagen zu studieren, die sie im Verlauf der vergangenen Woche zusammengestellt hatte. Dazu gehörten Regina Clausens Souvenirs von der Kreuzfahrt auf der *Gabrielle*, Carolyn Wells' Andenken von der *Seagodiva*, und die Fotos von Tiffanys Türkisring, die Pete Sanchez ihr geschickt hatte.

Allerdings – solange sie das Material auch studierte, es offenbarte ihr nichts Neues.

Schließlich hörte sie sich Ausschnitte von drei Sendungen der vergangenen Woche an: den Anruf von Carolyn Wells am Montag und die Anrufe Tiffany Smith' von Dienstag und Mittwoch. Sie lauschte aufmerksam – Carolyn, so aufgeregt und ängstlich, in die Sache verwickelt zu werden; Tiffany, am Mittwoch so reuevoll, weil sie am Dienstag den Wert des Türkisrings geschmälert hatte.

Doch auch Susans aufmerksames Zuhören erwies sich als fruchtlos – es ergab sich nichts Neues.

Sie hatte Janet gebeten, mit der Bestellung des Mittagessens bis nach eins zu warten. Um halb zwei kam Janet mit der gewohnten Lunchtüte herein. Sie summte »Du gehörst mir.«

»Dr. Chandler«, sagte sie, als sie die Tüte auf Susans Schreibtisch stellte, »dieser Song ist mir das ganze Wochenende über nicht aus dem Kopf gegangen. Ich kann ihn einfach nicht loswerden. Es hat mich völlig verrückt gemacht, weil ich mich nicht mehr an den Text erinnern konnte. Ich hab' sogar meine Mutter angerufen, und sie hat ihn mir vorgesungen. Es ist wirklich ein schöner Song.«

»Ja, stimmt«, sagte Susan zerstreut, während sie die Papiertüte öffnete und die Suppe des Tages herausholte. Es war Kichererbsensuppe, die sie nicht ausstehen konnte, und Janet wußte das ganz genau.

Sie heiratet im nächsten Monat und geht nach Michigan, rief Susan sich in Erinnerung. Sag nichts. Auch das geht vorüber.

»›*Am Saum des Nils die Pyramiden ... und in den Tropen geht die Sonne auf ...*‹«

Unaufgefordert gab Janet den Text von ›Du gehörst mir‹ zum besten.

»›*Der bunte Markt im alten Algier ...*‹«

Plötzlich vergaß Susan ihren Ärger über die Suppe. »Warten Sie mal eben, Janet«, sagte sie.

Janet wirkte verlegen. »Tut mir leid, wenn mein Gesang Sie stört, Doktor.«

»Nein, nein, es stört mich überhaupt nicht«, sagte Susan. »Aber als ich Ihnen zugehört habe, ist mir gerade etwas zu dem Song eingefallen.«

Susan dachte an die Bordmitteilungen der *Gabrielle*, in denen von Bali als einer tropischen Insel die Rede war, und an die Ansichtskarte mit einem balinesischen Restaurant, auf der ein Kreis um einen der Tische auf der Veranda gemalt war.

Das Puzzle setzte sich allmählich zusammen. Die einzelnen Teile waren da, Susan hatte nur noch nicht herausgefunden, wer sie manipuliert hatte.

›Win‹ – oder Owen – wollte Carolyn Wells Algier zeigen, dachte sie. ›*Der bunte Markt im alten Algier.*‹

»Janet, könnten Sie bitte den Rest des Textes singen? Jetzt«, sagte Susan.

»Wie Sie wollen, Doktor. Ich bin keine große Sängerin. Mal sehen. Oh, ja, ich hab's. ›*Ein Flugzeug, silbern überm blauen Meer …*‹«

Vor drei Jahren war Regina nach einem Aufenthalt auf Bali verschwunden, dachte Susan. Vor zwei Jahren hätte Carolyn in Algier an der Reihe sein können – und vielleicht war ja eine andere an ihre Stelle getreten. Im vergangenen Jahr hatte er womöglich eine Frau in einem Flugzeug getroffen anstatt auf einem Kreuzfahrtschiff. Und davor? Noch mal zurück: Hat er vor vier Jahren in Ägypten eine Frau kennengelernt? Das würde in das Muster passen, dachte sie.

»›*Und der Dschungel, der von Regen glänzt*‹«, sang Janet.

Das könnte die Textzeile für das Opfer in diesem Jahr sein, überlegte Susan. Eine Neue. Eine Frau, die keine Ahnung hat, daß ein Todesurteil über sie gefällt wurde.

»›*Doch vergiß nicht, wo auch immer du bist …*‹« Janet sang den Song offenbar gern. Ihre Stimme wurde weicher, fügte eine wehmütige Note hinzu, als sie schloß: »›*… du gehörst mir.*‹«

Sobald Janet ihr Sprechzimmer verlassen hatte, rief Susan bei Chris Ryan an. »Chris, würdest du noch eine andere Person für mich überprüfen? Ich muß wissen, ob es irgendwelche Meldungen zu einer Frau gibt – vermutlich einer Touristin –, die vor vier Jahren Mitte Oktober verschwand.«

»Das dürfte nicht weiter schwierig sein«, versicherte Ryan. »Ich wollte dich auch gerade anrufen. Es geht um die Namen, die du mir heute morgen genannt hast. Die Passagiere auf den beiden Kreuzfahrtschiffen.«

»Was ist mit Ihnen?« fragte Susan.

»Diese Typen existieren nicht. Die Pässe waren gefälscht.«

Ich wußte es! dachte Susan. Ich wußte es!

Um zehn vor fünf an diesem Nachmittag erhielt Susan einen dringenden Anruf von Chris Ryan. Susan brach eine ihrer ehernen Regeln und ließ ihren Patienten allein, um den Anruf entgegenzunehmen. »Du hast auf die richtigen Knöpfe gedrückt, Susan«, sagte Ryan. »Vor vier Jahren verschwand eine neununddreißig Jahre alte Witwe aus Birmingham, Alabama, während sie in Ägypten war. Sie war auf einer Kreuzfahrt im Mittleren Osten unterwegs. Offenbar nahm sie an einem geplanten Ausflug nicht teil, sondern ging allein weg. Ihre Leiche wurde nie gefunden, und man ging davon aus, daß sie angesichts der politischen Unruhen in Ägypten einem Anschlag einer der zahlreichen Terroristengruppen zum Opfer fiel, die den Sturz der Regierung auf ihre Fahnen geschrieben haben.«

»Ich bin ziemlich sicher, daß das nichts mit ihrem Tod zu tun hat, Chris«, erwiderte Susan.

Wenig später, als sie ihren Patienten zur Tür begleitete, wurde ein dickes Paket abgeliefert. Der Absender war Ocean Cruise Pictures Ltd. in London.

»Ich öffne es, Doktor«, erbot sich Janet.

»Nicht nötig«, sagte Susan. »Lassen Sie nur. Ich hole es mir später ab.«

Sie hatte noch mehrere Termine und würde sich erst gegen sieben von ihrem letzten Patienten verabschieden können. Dann hätte sie endlich Zeit, sich die Fotos anzuschauen, die möglicherweise das Gesicht des Mannes offenbaren würden, der Regina Clausen und so viele andere Menschen getötet hatte.

Sie brannte darauf, sich die Fotos sofort anzusehen. Die Identität dieses Killers mußte aufgedeckt werden, bevor ihm noch eine weitere Frau zum Opfer fiel.

Ein weiterer Grund, ihn umgehend zu finden, war Susan besonders wichtig: Sie wollte der sterbenden Jane Clausen sagen können, daß der Mann, der ihr ihre Tochter genommen hatte, nie wieder einer Mutter so weh tun würde.

101

Donald Richards traf am Montag morgen planmäßig im Flughafen von West Palm Beach ein. Dort wurde er von einer Abordnung seines Verlegers abgeholt und zu Liberty's in Boca Raton gefahren, wo er um halb elf sein Buch signieren sollte. Als er ankam, war er freudig überrascht von der Menschenschlange, die schon auf ihn wartete.

»Wir haben noch vierzig telefonische Bestellungen hereinbekommen«, sagte der Buchhändler zu ihm. »Ich hoffe, Sie schreiben eine Fortsetzung zu *Verschwundene Frauen*.«

Weitere verschwundene Frauen? Ich glaube nicht, sagte Richards sich, als er an dem bereitstehenden Tisch Platz nahm, zu seinem Füllfederhalter griff und zu signieren begann. Er wußte, was heute geschehen würde, und ebenso wußte er, was er zu tun hatte; eine heftige innere Unruhe erfüllte ihn, am liebsten wäre er aufgesprungen und hinausgelaufen.

Eine Stunde und achtzig signierte Bücher später war er auf dem Weg nach Miami, wo um zwei Uhr die nächste Signierstunde angesetzt war.

»Tut mir leid, ich signiere nur – keine persönlichen Widmungen«, sagte er zu dem Eigentümer des Buchladens. »Es ist etwas dazwischengekommen. Ich muß Punkt halb drei aufbrechen.«

Kurz nach drei saß er wieder im Wagen.

»Nächster Halt Fontainebleau«, sagte der Fahrer aufgeräumt.

»Irrtum. Nächster Halt der Flughafen«, beschied Don ihn. Um vier Uhr ging ein Flugzeug nach New York. Und er hatte die feste Absicht, an Bord zu sein.

102

Am Montag morgen war Dee in Costa Rica eingetroffen und vom Flughafen direkt zum Hafen gefahren, wo ihr Kreuzfahrtschiff, die *Valerie*, gerade angelegt hatte.

Am Montag nachmittag beteiligte sie sich lustlos an der Besichtigungstour, zu der sie angemeldet war. Als sie spontan beschlossen hatte, an dieser Kreuzfahrt teilzunehmen, war ihr das zunächst als eine tolle Idee vorgekommen. ›Die große Flucht‹, hatte ihr Vater es genannt. Jetzt war sie nicht mehr so sicher. Außerdem wußte sie jetzt, da sie hier war, nicht mehr recht, wovor sie eigentlich hatte fliehen wollen.

Sie kehrte zur *Valerie* zurück, durchnäßt von einem Wolkenbruch im Regenwald und voller Bedauern, daß sie die Reise nicht abgesagt hatte. Ja, ihre Suite auf dem Sonnendeck war wunderschön und hatte eine eigene Veranda; sie wußte auch bereits, daß recht nette Mitreisende mit von der Partie waren. Und doch fühlte sie sich rastlos, sogar bedrückt – sie spürte, daß es einfach nicht der richtige Zeitpunkt war, um New York zu verlassen.

Der nächste Halt der Kreuzfahrt war für morgen angesetzt, die zu Panama gehörenden San Blas Inseln. Das Schiff würde gegen Mittag anlegen. Vielleicht war es möglich, dort ein Flugzeug zu nehmen und nach New York zurückzufliegen, dachte sie. Sie konnte immer noch sagen, daß sie gesundheitliche Probleme hätte.

Als sie auf das Sonnendeck trat, war Dee fest entschlossen, am nächsten Tag nach Hause zu fliegen. In New York hatte sie noch so vieles zu erledigen.

Während sie zu ihrer Suite ging, hielt die Zimmerstewardeß sie auf. »Für Sie ist gerade ein herrlicher Blumenstrauß gebracht worden«, sagte sie. »Ich habe ihn auf die Kommode gestellt.«

Dee vergaß, daß sie naß war, und eilte in ihre Kabine. Dort fand sie eine Vase mit zwei Dutzend blaßgoldener Rosen. Sie las schnell die Karte. Sie war mit ›Raten Sie‹ unterschrieben.

Dee nahm die Karte fest in die Hand. Sie brauchte nicht zu raten. Sie *wußte*, wer sie geschickt hatte.

Beim Essen am Samstag abend, als sie mit Susan den Platz getauscht hatte, war Alex Wright sehr nett zu ihr gewesen: »Ich bin froh, daß Susan vorgeschlagen hat, daß Sie neben mir sitzen sollen. Ich kann es nicht ertragen, wenn eine schöne Frau nicht glücklich ist. Da bin ich meinem Vater wohl ähnlicher, als ich gedacht hatte. Meine Stiefmutter war so schön wie Sie, und auch eine einsame Witwe, als mein Vater ihr auf einem Kreuzfahrtschiff begegnete. Er löste das Problem ihrer Einsamkeit, indem er sie heiratete.«

Dee erinnerte sich, daß sie scherzhaft erwidert hatte, es sei ein wenig extrem, eine Frau zu heiraten, nur um sie von ihrer Einsamkeit zu kurieren, und daraufhin hatte Alex ihre Hand genommen und gesagt: »Mag sein, aber nicht so extrem wie andere Lösungen.«

Es ist das gleiche wie mit Jack, dachte sie, als sie den Duft der Rosen einsog. Ich wollte Susan damals nicht verletzen, und ich will sie auch jetzt nicht verletzen. Aber ich glaube nicht, daß Alex ihr schon soviel bedeutet. Sie kennt ihn ja kaum. Sie wird es sicher verstehen.

Dee duschte, wusch sich die Haare und zog sich zum Abendessen um. Und dabei stellte sie sich vor, wie schön es sein würde, wenn Alex, statt nach Rußland zu fahren, hier bei ihr auf dem Schiff wäre.

103

»Danke, Dr. Chandler. Wir sehen uns nächste Woche.«

Um zehn vor sieben begleitete Susan ihre letzte Patientin für heute, Anne Ketler, zur Tür. Als sie an Janets Schreibtisch vorüberkam, sah Susan, daß das Paket geöffnet und die Fotos auf der Schreibunterlage gestapelt waren. *Du hast Ohren zu hören, aber du hörst nicht*, dachte sie.

Sie öffnete die äußere Tür der Praxis für Mrs. Ketler und stellte fest, daß Janet nicht abgeschlossen hatte. Janet ist wirklich ein netter Mensch, dachte sie wieder einmal, und in mancherlei Hinsicht eine gute Sekretärin, aber sie ist nachlässig. Und nervig. Gut, daß sie im nächsten Monat geht; ich würde sie nur ungern entlassen.

»Es ist sehr dunkel hier draußen«, sagte Mrs. Ketler, als sie in den Korridor trat.

Susan blickte über ihre Schulter. Nur wenige Lampen erhellten den Korridor, so daß viele dunkle Schatteninseln übrigblieben. »Sie haben völlig recht«, sagte sie zu Mrs. Ketler. »Hier, nehmen Sie meinen Arm. Ich bringe Sie zum Aufzug.« Obgleich Mrs. Ketler, eine Frau in den Siebzigern, noch sehr rüstig war, neigte sie zu Ängstlichkeit. Sie war vor einem Jahr zu Susan gekommen, um die Depression zu überwinden, unter der sie litt, seit sie ihr Haus verkauft und in eine Seniorenwohnung mit Betreuung gezogen war.

Susan wartete, bis der Aufzug kam, und drückte für Anne Ketler auf den Knopf für das Foyer, bevor sie schnell zu ihrer Praxis zurückging. Vor Neddas Kanzlei blieb sie stehen und probierte die Tür. Sie war verschlossen.

Zumindest das hat sich verbessert, dachte sie. Letztlich hatte sie sich doch dagegen entschieden, Nedda zu bitten, heute abend ihren Konferenzraum benutzen zu dürfen. Da sie nur etwa vierhundert Fotos durchsehen mußte, würde sie ihn nicht brauchen.

Morgen abend, wenn sie Tausende von Fotos von der *Gabrielle* sortieren mußte, würde es anders aussehen. Neddas langer, breiter Tisch wäre ideal, um sie auszubreiten und in Gruppen zu unterteilen. Ich werde Chris Ryan bitten, mir zu helfen, entschied sie. Er hat ein gutes, geübtes Auge.

Vielleicht wird dieser ›Owen‹ auf mehr als einem Foto zu sehen sein, dachte Susan. Das würde mir die Sache sehr erleichtern.

Als sie den Empfangsbereich betrat, nahm sie den Fotostapel von Janets Schreibtisch und übersah dabei die Notiz, die Janet unter das Telefon geschoben hatte. Sie ging in ihr Sprechzimmer und spürte, wie still es im Gebäude war. Ihr Herzschlag beschleunigte sich bei dem Gedanken, daß sie endlich das Bild des Mannes zu sehen bekommen würde, der für diese Mordserie verantwortlich war. Warum bin ich so nervös? fragte sie sich, als sie am Besenschrank vorbeikam. Die Tür stand einen Spalt auf, aber da sie beide Hände voll hatte, blieb sie nicht stehen, um ihn zu schließen.

Als sie die Fotos auf ihren Schreibtisch legte, stieß sie versehentlich gegen die schöne Waterford-Vase, die Alex Wright ihr geschenkt hatte. Die Vase zerbrach auf dem Boden in tausend Stücke. Wie schade, dachte sie, während sie die Glassplitter aufsammelte und in den Papierkorb warf.

Kein Wunder, daß ich so nervös bin, nach allem, was geschehen ist, dachte sie und legte Anne Ketlers Akte in die unterste Schublade ihres Schreibtischs. Die vergangene Woche war ein Alptraum gewesen. Sie schloß die Schublade ab und steckte den Schlüssel in ihre Jackentasche. Ich befestige ihn später am Schüsselring, entschied sie: Erst mal will ich mir jetzt die Fotos ansehen.

Wie er wohl aussehen mag? fragte sie sich. Ihr war bewußt, daß es wenig wahrscheinlich war, daß sie ihn kannte. Hoffentlich ist das Foto scharf genug, um der Polizei eine Handhabe zu geben, dachte sie.

Eine Stunde später hockte sie immer noch über den Fotos und suchte nach dem Bild mit Carolyn Wells. Es muß doch dabei sein, dachte Susan. Sie sagten, sie würden mir jedes Foto einer Frau mit dem Kapitän schicken, das sie haben.

Immer wieder sah sie sich den zerknüllten Teil des Bildes an, der in Carolyns Papierkorb gelegen hatte, während sie in dem Stapel der vor ihr liegenden Fotos nach dem Gegenstück suchte. Aber wie oft sie die Fotos auch durchging, sie konnte es nicht finden. Das betreffende Foto war einfach nicht dabei.

»Wo in Gottes Namen kann es sein?« fragte sie laut. Ärger und Enttäuschung wallten in ihr auf. »Warum fehlt ausgerechnet dieses eine Foto?«

»Weil ich es habe, Susan«, ließ sich eine ihr bekannte Stimme vernehmen.

Susan fuhr herum, und in diesem Augenblick traf sie ein Briefbeschwerer seitlich am Kopf.

104

So wie geplant würde er an Susan Chandler die gleiche Prozedur vollziehen wie an all den anderen. Er würde ihr die Arme an die Seiten binden, ihre Beine fesseln und sie verschnüren, so daß sie beim Aufwachen, wenn sie begriff, was geschehen war, ein wenig kämpfen konnte – gerade genug, um ihr Hoffnung zu geben, aber zu wenig, um sie zu retten.

Während er das Seil um ihren schlaffen Körper wickelte, würde er ihr erklären, warum es geschah. Er hatte es den anderen erklärt, und obgleich Susans Tod nicht zu seinem ursprünglichen Plan gehörte, sondern eher eine Frage der Notwendigkeit war, hatte sie es dennoch verdient, zu wissen, daß sie zu einem Teil des Rituals geworden war, das er sich auferlegt hatte, um die Vergehen seiner Stiefmutter zu sühnen.

Wäre es seine Absicht gewesen, hätte er sie mit dem Briefbeschwerer töten können, aber so hart hatte er nicht zugeschlagen. Der Schlag hatte sie lediglich betäubt, und sie regte sich schon wieder. Sicherlich war sie jetzt klar genug, um zu verstehen, was er ihr zu sagen hatte.

»Du mußt eins begreifen, Susan«, begann er in vernünftigem Tonfall, »ich hätte dir nie etwas getan, wenn du nicht so ungeschickt gewesen wärst, dich einzumischen. Ja, ich mag dich sogar. Ganz im Ernst. Du bist eine interessante Frau, und sehr gescheit obendrein. Aber andererseits war das dein Verderben, nicht wahr? Vielleicht bist du klüger, als dir guttut.«

Er schlang das Seil um ihre Arme und hob sacht ihren Körper an. Sie lag neben ihrem Schreibtisch auf dem Boden; er hatte ein Kissen gefunden und legte es ihr unter den Kopf. Das Deckenlicht hatte er abgedämpft. Er mochte weiches Licht und nahm wenn möglich Kerzen. Das war hier allerdings nicht möglich.

»Warum mußtest du in deiner Sendung über Regina Clausen sprechen, Susan? Du hättest die Finger davon lassen sollen. Sie ist seit drei Jahren tot. Ihre Leiche liegt am Grund der Kowloon Bay, weißt du. Hast du die Kowloon Bay schon mal gesehen? Es hat ihr dort gefallen. Ein sehr malerischer Fleck. Hunderte von kleinen Hausbooten mit Familien, die dort leben, ohne zu wissen, daß eine einsame Dame unter ihnen liegt.«

Er schlang das Seil kreuz und quer um ihren Oberkörper. »Hongkong ist Reginas letzte Ruhestätte, aber verliebt in mich hat sie sich in Bali. Für eine solch kluge Frau war es bemerkenswert einfach, sie zu überreden, das Schiff zu verlassen. Aber so kommt es, wenn man einsam ist. Man will sich verlieben, also will man unbedingt glauben, daß der andere sich für einen interessiert.«

Er fesselte Susans Beine. Schöne Beine, dachte er. Obgleich sie einen Hosenanzug trug, spürte er, wie wohlgeformt sie waren, als er sie anhob und das Seil um sie schlang. »Mein Vater ließ sich ebenso leicht täuschen, Susan. Ist das nicht komisch? Sowohl er als auch meine Mutter waren verbissen und humorlos, aber sie fehlte ihm, als sie starb. Mein Vater war reich, aber meine Mutter besaß ein eigenes Vermögen. In ihrem Testament vermachte sie alles ihm, nahm jedoch an, er würde es eines Tages mir überschreiben. Sie war kein warmherziger, zärtlicher oder großzügiger Mensch, aber auf ihre Art hatte sie etwas für mich übrig. Sie sagte mir, ich solle wie mein Vater werden – viel Geld verdienen, strebsam sein, Geschäftssinn entwickeln.«

Er zurrte das Seil fester, als er beabsichtigt hatte, weil er sich jetzt an die endlosen Vorträge erinnerte. »Folgendes sagte mir meine Mutter immer wieder, Susan. Sie sagte: ›Alex, eines Tages wirst du ein sehr vermögender Mann sein. Du mußt lernen, das Geld zusammenzuhalten. Du wirst eines Tages Kinder haben. Ziehe sie richtig auf. Du darfst sie nicht verweichlichen.‹«

Er kniete neben Susan und beugte sich über sie. Trotz des Zorns, der aus seinen Worten sprach, blieb seine Stimme ruhig und gelassen, als unterhielte er sich mit ihr. »Ich bekam weniger Taschengeld als alle anderen an der Schule, und deshalb konnte ich nie mit der Clique herumziehen. Aus diesem Grund wurde ich ein Einzelgänger; ich lernte, mich allein zu unterhalten. Das Theater war ein Teil davon. In Schulaufführungen nahm ich jede Rolle an, die ich kriegen konnte. Im dritten Stock unseres Hauses befand sich sogar ein voll ausgestattetes Miniaturtheater, das einzige größere Geschenk, das ich jemals bekam, obgleich es nicht von meinen Eltern war, sondern von einem Freund der Familie, der ein Vermögen gemacht hatte, nachdem mein Vater ihm einen Börsentip gegeben hatte. Er sagte zu mir, ich könne mir wünschen, was ich wolle, und das war meine Wahl. Ich spielte ganze Stücke allein, übernahm alle Rollen. Bald war ich sehr gut, vielleicht sogar gut genug, um als professioneller Schauspieler mein Geld zu verdienen. Ich lernte, zu der Person zu werden, die ich sein wollte, und ich brachte mir bei, so auszusehen und zu sprechen wie die Personen, die ich erfand.«

Susan hörte zwar undeutlich eine ihr bekannte Stimme über sich, doch hatte sie rasende Kopfschmerzen und wagte es nicht, die Augen zu öffnen. Was geschieht mit mir? dachte sie. Alex Wright war hier, aber wer hat mich niedergeschlagen? Sie hatte den Mann nur kurz gesehen, bevor sie ohnmächtig wurde. Er hatte ungepflegtes, ziemlich langes Haar und trug eine Mütze und einen schäbigen schwarzen Anzug.

Warte, dachte sie und konzentrierte sich. Die Stimme ist die von Alex; das heißt, er ist noch hier. Also warum half Alex ihr nicht, anstatt nur zu ihr zu sprechen, fragte sie sich, als die lähmende Wirkung des Schlages allmählich abebbte.

Dann begriff sie, was sie hörte, und schlug die Augen auf. Sein Gesicht war nur wenige Zentimeter von ihrem entfernt. Seine Augen glitzerten, glänzten in dem Wahnsinn, den sie in den Augen von Patienten in geschlossenen Anstalten gesehen hatte. Er ist wahnsinnig! dachte sie. Jetzt konnte sie erkennen, daß es Alex war, der eine Perücke trug! Alex, der diese schäbigen Kleider trug! Alex, dessen Augen sich wie scharfe Türkissplitter tief in sie bohrten.

»Ich habe dein Leichenhemd bei mir, Susan«, flüsterte er. »Auch wenn du nicht zu den einsamen Ladys gehörtest, wollte ich, daß du es bekommst. Es ist genauso wie das der anderen.«

Er stand auf, und sie konnte sehen, daß er eine lange Plastikhülle in der Hand hielt, so wie man sie benutzte, um teure Kleider zu schonen. O Gott! dachte sie. Er wird mich ersticken!

»Ich werde es ganz langsam machen, Susan«, sagte er. »Das ist mein schönster Moment. Ich will dein Gesicht sehen. Ich will, daß du dich auf den Augenblick vorbereitest, wenn dir die Luft ausgeht und der Endkampf beginnt. Deshalb mache ich es ganz langsam und werde dich nicht zu fest einwickeln. Auf diese Weise dauert es länger, bis du tot bist, mindestens ein paar Minuten.«

Er kniete vor ihr nieder, hob ihre Füße an und schob die Plastikhülle unter sie. Ihre Füße und Beine steckten schon in der Hülle. Sie versuchte zu strampeln, doch er beugte sich über sie und starrte in ihre Augen, während er die Hülle über ihre Hüfte und ihre Taille zog. Ihre Gegenwehr nützte nichts, sie hielt ihn nicht einmal auf, als er ihren Oberkörper einhüllte. Schließlich, als er zu ihrem Hals gelangt war, hielt er inne.

»Siehst du, kurz nach dem Tod meiner Mutter ging mein Vater auf eine Kreuzfahrt«, erklärte er. »Dort traf er Virginia Marie Owen, eine einsame Witwe, oder das behauptete sie jedenfalls. Sie war sehr mädchenhaft, überhaupt nicht so wie meine Mutter. Sich selbst nannte sie ›Gerie‹. Sie war fünfunddreißig Jahre jünger als mein Vater und sehr attraktiv. Er erzählte mir, daß sie ihm gern ins Ohr sang, wenn sie tanzten. Ihr Lieblingssong war ›Du gehörst mir‹. Weißt du, wie sie ihre Flitterwochen verbrachten? Sie folgten dem Text des Songs, angefangen in Ägypten.«

Susan beobachtete Alex' Gesicht. Er war jetzt offenbar in seine Geschichte vertieft. Doch die ganze Zeit über spielte er mit der Plastikhülle, und Susan wußte, daß er sie ihr jeden Augenblick über den Kopf ziehen würde. Sie dachte daran, laut zu schreien, aber wer konnte sie schon hören? Ihre Chance, zu entkommen, war gleich null, sie war allein mit ihm in einem verlassenen Gebäude. Selbst Nedda war heute abend ungewohnt früh nach Hause gegangen.

»Mein Vater war klug genug, einen Ehevertrag mit Gerie abzuschließen, aber sie haßte mich so sehr, daß sie es sich zur Aufgabe machte, ihn dazu zu überreden, lieber eine Stiftung zu gründen, als mir das Geld zu hinterlassen. Ich sollte mein Leben der Stiftung widmen. Meinem Vater erklärte sie, daß ich ein großzügiges Gehalt dafür bekommen würde, daß ich sein Geld verteilte. *Mein Geld.* Sie sagte ihm auch, daß unser Familienname auf diese Weise unsterblich sein würde. Er wehrte sich eine Zeitlang, doch schließlich gab er nach. Meine eigene Nachlässigkeit gab den Ausschlag – Gerie fand eine kindliche Wunschliste all der

Dinge, die ich mir kaufen wollte, sobald ich die Verfügung über das Geld hätte, und händigte sie meinem Vater aus. Ich haßte sie dafür und schwor mir, es ihr heimzuzahlen. Doch dann starb sie kurz nach meinem Vater, und ich hatte nicht mehr die Gelegenheit dazu. Kannst du dir vorstellen, wie frustrierend das war? Sie so leidenschaftlich zu hassen und dann um die Genugtuung gebracht zu werden, sie zu töten?«

Susan forschte in seinem Gesicht, als er über ihr kniete. In seinen Augen lag ein abwesender Ausdruck. Er ist eindeutig wahnsinnig, dachte sie. Er ist wahnsinnig, und er wird mich töten. So wie er all die anderen getötet hat!

105

Um acht Uhr an jenem Abend saß Doug an einem Blackjack-Tisch in einem der weniger angesagten Casinos von Atlantic City. Durch einige rasche Manipulationen hatte er sich das nötige Geld beschaffen können, um die Schulden zu begleichen, die er während seiner letzten Tour angehäuft hatte. Trotzdem war er von seinem Lieblingscasino abgewiesen worden. Für viele in Atlantic City galt Layton allmählich als zwielichtige Gestalt.

Die Männer, denen er das Geld zurückzahlen mußte, wollten jedoch feiern und hatten ihn zum Mittagessen eingeladen. In gewisser Weise war Doug über den Gang der Ereignisse erleichtert. Früher oder später hätten die Rechnungsprüfer ja doch gemerkt, daß er der Clausen Stiftung Geld stahl, und es bestand immer noch die Gefahr, daß Jane Clausen sich mit Hubert March kurzschloß; vielleicht überredete sie ihn sogar, die Polizei einzuschalten. Er war vorgewarnt und wollte mit der halben Million Dollar, die er heute in die Finger bekommen hatte, das Land verlassen, ehe es zu spät war. Sogar einen Flug nach St. Thomas hatte er schon reserviert. Von dort aus könnte er zu einer der Inseln weiterreisen, die kein Auslieferungsabkommen mit den Vereinigten Staaten hatten. So hatte es sein Vater gemacht – und er war nie gefaßt worden.

Eine halbe Million würde ihm einen guten Start in ein neues Leben ermöglichen. Layton wußte das und war entschlossen, dem Land mit dieser Summe in der Tasche den Rücken zu kehren.

»Du kannst nicht von hier fortgehen, ohne wenigstens noch einmal dein Glück zu versuchen«, sagte einer seiner neuen Freunde zu ihm.

Doug Layton dachte über die Herausforderung nach und hatte das Gefühl, daß er Glück haben würde. »Na ja, vielleicht eine Partie Blackjack«, willigte er ein.

Es war erst neun Uhr, als er das Casino verließ. Ohne seine Umgebung wahrzunehmen, ging er zum Strand. Es gab jetzt keine Möglichkeit mehr, an das Geld zu kommen, das er brauchte, das Geld, das er den Kerlen schuldete, die ihn erneut ausgenommen hatten, als sein Glück sich wendete. Für ihn war alles zu Ende. Er wußte, was folgen würde: ein Prozeß wegen Unterschlagung. Gefängnis. Oder Schlimmeres.

Er zog sein Jackett aus und legte seine Uhr und seine Brieftasche darauf. Er hatte mal so etwas gelesen, und es erschien ihm logisch.

Vor sich hörte er das Tosen der Brandung. Ein steifer, kalter Wind blies über den Ozean, und es herrschte hoher Wellengang. Er fröstelte und fragte sich, wie lange es dauerte, bis man ertrank. Besser, es nicht zu wissen. Das gehörte wohl zu den Dingen, die einem erst klar wurden, wenn man sie tat, wie so vieles im Leben. Vorsichtig stieg er ins Wasser, dann machte er den nächsten, einen größeren Schritt.

Es ist alles nur Susan Chandlers Schuld, dachte er, als das eiskalte Wasser an seinen Fußknöcheln leckte. Hätte sie sich da rausgehalten, hätte es niemand erfahren, und ich wäre Vorsitzender der Stiftung geworden ...

Er hielt den Atem an, weil ihn so fror, und ging weiter, bis seine Füße keinen Grund mehr berührten. Eine hohe Welle erfaßte ihn, dann noch eine, dann keuchte er, in einer Welt der Kälte und Dunkelheit gefangen, von den Wellen hin und her geschleudert. Doch er versuchte nicht, zu kämpfen.

Stumm verfluchte er Susan Chandler. *Hoffentlich verreckt sie.* Das war Douglas Laytons letzter bewußter Gedanke.

106

Don Richards erwischte das Flugzeug zum La Guardia Airport nur wenige Minuten vor dem Abflug. Es war kein direkter Flug. Er verwünschte den Aufenthalt in Atlanta, aber daran ließ sich nichts ändern. Sobald die Maschine abgehoben hatte und er das Telefon benutzen durfte, rief er in Susan Chandlers Praxis an.

»Tut mir leid, Dr. Richards, aber sie hat eine Patientin da und darf nicht gestört werden«, teilte ihm ihre Sekretärin mit. »Ich nehme gern eine Nachricht entgegen und lasse sie ihr da. Ich weiß allerdings, daß nachher noch eine Patientin kommt, also kann sie vielleicht nicht ...«

»Wie lange wird Dr. Chandler im Hause sein?« fragte Don ungeduldig.

»Sir, sie hat bis sieben Uhr Patienten; vorhin hat sie erwähnt, daß sie danach noch Papierkram erledigen will.«

»Dann notieren Sie bitte diese Nachricht, genau wie ich sie diktiere: ›Don Richards muß Sie wegen Owen sprechen. Sein Flugzeug landet gegen acht Uhr. Er holt Sie in Ihrer Praxis ab. Warten Sie dort auf ihn.‹«

»Ich lege sie auf meinen Schreibtisch. Da sieht sie den Zettel auf jeden Fall, Sir«, sagte die Sekretärin frostig.

Und Susan hätte sie dort auch gefunden, wenn das Telefon nicht verschoben gewesen wäre.

Die Flugbegleiterin bot Getränke und Snacks an. »Nur Kaffee, bitte«, sagte Don Richards. Er wußte, daß er einen klaren Kopf behalten mußte. Später werden Susan und ich etwas trinken und zu Abend essen, dachte Don. Ich erzähle ihr, was sie wohl schon weiß – daß der Mann, über den die arme Carolyn etwas sagen will, Owen heißt, nicht Win. Seit er den Namen Owen auf beiden Passagierlisten in Susans Wohnung markiert gesehen hatte, ging ihm das im Kopf herum, und er hielt es für die wahrscheinlichste Erklärung.

Er würde Susan auch sagen – und das war der Grund, warum er so unbedingt nach New York zurückkehren wollte –, daß ›Owen‹, wer er auch immer in Wahrheit sein mochte, sehr wahrscheinlich der Killer war. Und wenn Don richtig vermutete, befand Susan sich in allerhöchster Gefahr.

Ich war in Susans Sendung zu Gast, als Carolyn und Tiffany anriefen, dachte Don, während er in den dunkler werdenden Himmel starrte. Carolyn wurde um ein Haar bei einem Unfall getötet. Tiffany wurde erstochen. Der Killer wird nichts unversucht lassen, um sein Geheimnis zu schützen, was immer es sein mag.

In der Sendung habe ich zu Susan gesagt, mein Ziel sei es, Frauen Hilfe zur Selbsthilfe zu leisten, damit sie Warnsignale wahrnehmen können. Ich war vier Jahre wütend auf mich, weil ich mir die Schuld an Kathys Tod gab. Jetzt weiß ich, daß ich unrecht hatte. Eine Rückschau zu halten ist ja schön und gut, aber wenn wir unsere letzten gemeinsamen Minuten noch einmal durchleben könnten, würde ich Kathy trotzdem nicht sagen, sie solle zu Hause bleiben.

Die Wolken trieben am Flugzeug vorbei wie Wellen, die seitlich gegen ein Schiff schlagen. Don dachte an die beiden Kreuzfahrten, an denen er in den vergangenen zwei Jahren hatte teilnehmen wollen. Kurze Fahrten in die Karibik. Beide Male war er im ersten Hafen von Bord gegangen. Er sah immer wieder Kathys Gesicht im Wasser vor sich. Jetzt wußte er, daß so etwas nicht mehr passieren würde.

Die Angst nagte an ihm. Susan darf diesen Weg nicht mehr allein gehen, sagte er sich. Es war zu gefährlich. Viel gefährlicher, als sie wußte.

Das Flugzeug sollte um Viertel vor acht landen. »Haben Sie Geduld und entspannen Sie sich«, verkündete der Flugkapitän. »Heute abend herrscht viel Betrieb, alle Landebahnen sind derzeit besetzt.«

Es war bereits zehn nach acht, als Don aus dem Flugzeug steigen konnte. Er lief zu einem Telefon und rief in Susans Praxis an. Niemand meldete sich, und er legte auf, ohne eine Nachricht zu hinterlassen.

Vielleicht hat sie doch eher Schluß gemacht und ist nach Hause gegangen, dachte er. Aber auch bei ihr zu Hause meldete sich niemand, nur der Anrufbeantworter sprang an.

Vielleicht sollte ich es noch mal in der Praxis versuchen, dachte er. Womöglich ist sie nur kurz nach draußen gegangen. Aber wieder meldete sich niemand; diesmal jedoch beschloß er, eine Nachricht auf das Band zu sprechen. »Susan«, sagte er, »ich komme in Ihrer Praxis vorbei. Ich hoffe, Sie haben die Nachricht erhalten, die ich bei Ihrer Sekretärin hinterlassen habe, und sind noch da. Mit etwas Glück bin ich in einer halben Stunde bei Ihnen.«

107

»Susan, du kannst sicher verstehen, warum ich so zornig bin. Gerie hatte dafür gesorgt, daß ich der Stiftung vorstand. Jeden Tag mußte ich Schecks unterschreiben, um Geld zu verschenken, das eigentlich mir gehörte. Kannst du dir das vorstellen? Als die Stiftung vor sechzehn Jahren gegründet wurde, war sie hundert Millionen Dollar schwer. Inzwischen verfügt sie über eine Milliarde, und das ist vor allem mein Verdienst. Aber einerlei, wieviel Geld in den Tresoren liegt, ich beziehe weiterhin mein armseliges Gehalt.«

Ich muß erreichen, daß er weiterredet, sagte Susan sich. Wann kommen die Leute von der Reinigungsfirma? Dann fiel ihr zu ihrer Bestürzung ein, daß die Mülleimer geleert worden waren, als Mrs. Ketler um sechs kam. Also waren sie längst fort.

Er liebkoste jetzt ihren Hals. »Ich glaube wirklich, ich hätte glücklich mit dir werden können, Susan«, fuhr er fort. »Wenn ich dich geheiratet hätte… Vielleicht wäre es mir dann gelungen, die Vergangenheit hinter mir zu lassen. Aber das hätte natürlich nicht funktioniert, nicht wahr? Bei dem Essen hast du Dee zu mir an den Tisch geschickt. Du hast es getan, weil du nicht bei mir sein wolltest, nicht wahr? Es stimmt doch – das war der Grund.«

Ich weiß, daß ich mich am Samstag abend nicht wohl gefühlt habe, dachte Susan. Und warum? Doch wohl wegen Nat Small, wegen dem, was er mir über Abdul Parki erzählt hatte.

Nat Small. Er war ein Zeuge. Würde Alex ihn auch töten?

»Alex«, sagte sie sanft. »Es wird dir nichts nützen, mich zu töten. Morgen werden noch Hunderte weiterer Fotos an meine Praxis geliefert. Du wirst sie nicht vernichten können. Die Polizei wird sie Stück für Stück unter die Lupe nehmen. Sie werden die Leute im Hintergrund überprüfen.«

»Federn im Wind«, murmelte Alex verächtlich.

Vielleicht kann ich zu ihm durchkommen, dachte Susan. »Irgend jemand wird dich erkennen, Alex. Du gehst nicht auf große Partys, und doch hast du an jenem ersten Abend, als ich mit dir essen ging, gesagt, du wärst Regina bei einem Essen von Futures Industry begegnet. Das war eine Großveranstaltung, Alex. Irgendwas hatte mich an dem Abend an dir stutzig gemacht.«

»Federn im Wind«, wiederholte er. »Aber du warst es, Susan, die sie verstreut hat. Ich weiß, ich kann nicht mehr lange so weitermachen, aber ich werde meine Mission erfüllen, ehe man mich aufhält. Erinnerst du dich an das Lied ... ›Und der Dschungel, der von Regen glänzt.‹ Weißt du, wer heute im Dschungel war? Dee. Sie nahm an einem Ausflug in den Regenwald Costa Ricas teil. Das paßt gut genug. Morgen wird man um dich trauern, wenn man deine Leiche entdeckt. Aber das wird nicht vor neun Uhr geschehen. Zu dieser Zeit werden Dee und ich in Panama zusammen frühstücken. Ihr Schiff legt um acht an, und ich werde sie dort überraschen und zusteigen. Ich habe einen Türkisring für sie. In den sie sehr viel hineindeuten wird.« Er hielt inne. »Wenn ich recht überlege, Susan, warst du mir im Grunde eine große Hilfe. Du hast mir meine letzte einsame Lady beschafft. Dee ist ideal für diese Rolle.«

Langsam, ganz langsam zog er die Hülle höher. Sie bedeckte ihr Kinn. »Alex, du brauchst Hilfe, du brauchst dringend Hilfe.« Susan versuchte ihre Verzweiflung zu überspielen. »Deine Glückssträhne ist zu Ende. Du kannst dich noch retten, wenn du jetzt aufhörst.«

»Aber ich will nicht aufhören, Susan«, sagte er sachlich. Als das Telefon läutete, sprang er auf. Sie hörten beide gespannt zu, als Don Richrads sagte, er sei auf dem Weg zur Praxis.

Bitte, lieber Gott, laß ihn bald hier sein, dachte Susan.

»Es ist Zeit«, sagte Alex Wright gelassen. Mit einer plötzlichen Handbewegung zog er die Plastikhülle über ihren Kopf und versiegelte sie. Dann schob er sie unter den Schreibtisch.

Er stand auf und begutachtete sein Werk. »Du wirst lange tot sein, bevor Richards hier eintrifft«, sagte er mit der beiläufigen Gewißheit eines erfahrenen Profis. »Es wird höchstens zehn Minuten dauern.« Er hielt inne, um die Wirkung seiner Worte zu steigern. »So lange hat Regina noch gelebt.«

108

»Hören Sie, Mister, ich hab' die Verkehrsstaus nicht erfunden«, sagte der Taxifahrer zu Don Richards. »Im Midtown Tunnel geht überhaupt nichts mehr. Sonst noch was Neues?«

»Sie haben vorhin mit der Zentrale gesprochen. Hätte man Sie nicht vorwarnen können? Wäre doch möglich gewesen, dem Stau auszuweichen!«

»Mister, irgendein Kerl hat einen Auffahrunfall. Dreißig Sekunden später ist der Stau da.«

Es nützt auch nichts, mit ihm zu streiten, sagte Don sich, dadurch komme ich nicht schneller vorwärts. Aber es ist so wahnsinnig frustrierend, hier festzusitzen, und überall wird gehupt.

Susan, dachte er, deine Sekretärin muß dir die Nachricht hinterlassen haben. Als du hörtest, daß ich wegen Owen anrufe, hast du bestimmt beschlossen, auf mich zu warten. Also warum meldest du dich nicht? »Bitte, Susan«, flüsterte er. »Warte auf mich. Dir darf nichts passiert sein.«

109

Die wenige Luft in der Hülle war fast verbraucht. Susan spürte, daß sie benommen wurde. Atme kurz und flach, sagte sie sich. Verbrauche nicht den ganzen Sauerstoff.

Luft. Luft, schrie ihre Lunge.

Die Erinnerung an einen der ersten Fälle, den sie als Assistentin des Staatsanwalts übernommen hatte, blitzte plötzlich in ihrem Kopf auf. Es ging um eine Frau, die man mit einer Plastiktüte über dem Kopf aufgefunden hatte. Ich war es, die sagte, es könne kein Selbstmord gewesen sein, und ich hatte recht. Die Frau hatte ihre Kinder zu sehr geliebt, um sie aus freien Stücken allein zu lassen.

Ich kann nicht atmen. Ich kann nicht atmen. Die Schmerzen in ihrer Brust wuchsen.

Nicht ohnmächtig werden, sagte sie sich entschlossen.

Die Frau mit der Plastiktüte über dem Kopf hatte ein rosiges Gesicht gehabt, als man sie fand. Das kommt von dem Kohlenmonoxyd, das dich tötet, hatte der Gerichtsmediziner erklärt.

Ich kann nicht atmen. Ich will schlafen. Sie spürte, wie ihr Wille nachließ, als sei er bereit, den Kampf aufzugeben.

Dee. Alex würde sie morgen treffen. Sie sollte sein letztes Opfer sein.

Ich werde einschlafen, dachte Susan. Ich kann nicht dagegen an.

Ich will nicht sterben. Und ich will nicht, daß Dee stirbt. Ihr Verstand kämpfte weiter, kämpfte, um ohne Luft zu überleben.

Sie war unter dem Schreibtisch eingekeilt. Mit einem jähen Ruck stieß sie sich an der Vorderseite ab und schaffte es, sich ein paar Zentimeter nach vorn zu schieben. Jetzt spürte sie den Papierkorb an ihrer rechten Seite.

Der Papierkorb! Das Glas der zerbrochenen Vase lag darin!

Keuchend warf Susan sich auf die Seite, spürte, wie der Papierkorb umfiel und hörte, wie sie sich die Glassplitter auf dem Boden verteilten. Als sie den Kopf drehte, rollte der Papierkorb weg, und sie versank in Dunkelheit.

Mit letzter Kraft drehte sie den Kopf hin und her. Ein jäher, scharfer Schmerz durchzuckte sie, als das zackige Glas, das unter ihr lag, die dicke Plastikhülle zerschnitt.

Blut lief über ihre Schulter, aber sie spürte, daß die Plastikhülle nachgab. Keuchend wälzte sie sich hin und her, hin und her. Blut strömte aus vielen Schnitten, aber sie spürte auch den ersten schwachen Hauch belebender Luft.

Dort, auf dem Boden in ihrem Sprechzimmer, fand Don Richards sie eine halbe Stunde später. Sie war kaum bei Bewußtsein; ihre Schläfe war blau; ihr Haar blutverklebt; ihr Rücken blutete stark; ihre Arme und Beine waren geschwollen und mit Blutergüssen übersät von dem Kampf mit dem Seil, mit dem Alex sie gefesselt hatte. Glassplitter waren überall rings um sie verstreut.

Aber sie lebte! Sie lebte!

110

Alex Wright wartete am Anlegesteg, als die *Valerie* am Dienstag morgen in San Blas einlief. Es war acht Uhr. Er hatte New York noch gestern abend verlassen, von Susan Chandlers Praxis aus war er direkt zum Flughafen gefahren. Ob Don Richards, der sie angerufen hatte, um sie zu bitten, auf ihn zu warten, wohl schließlich aufgegeben hatte? Alex hatte das Licht gelöscht, bevor er ging, also mußte Richards angenommen haben, daß sie einfach nicht mehr da war. Höchstwahrscheinlich würde ihre Sekretärin in etwa einer Stunde ihre Leiche finden.

Viele der Passagiere der *Valerie* standen an Deck. An Bord eines Schiffes zu sein, wenn es in den Hafen einfuhr, hatte etwas Magisches, dachte er. Obgleich es vielleicht nur ein Symbol war, denn jeder Hafen bedeutete auch das Ende einer Reise.

Dies würde Dees letzte Reise sein. Sie war seine letzte einsame Lady. Und dann würde er sich auf den Weg nach

Rußland machen. Dort hielte er sich auf, wenn man ihn von dem tragischen Tod der beiden Schwestern benachrichtigte, die am Samstag abend seine Gäste gewesen waren. Susan hatte gesagt, man könne ihn bestimmt auf einem der Fotos von Reginas Kreuzfahrt erkennen. Mag sein, dachte er. Aber auf jener Kreuzfahrt hatte er völlig anders ausgesehen. Ob jemand in der Lage wäre, ihn definitiv zu identifizieren? Ich glaube nicht, dachte er zuversichtlich.

Er sah Dee an Deck. Sie lächelte und winkte ihm zu. Oder zeigte sie etwa auf ihn?

Plötzlich merkte er, daß zwei Männer neben ihm standen und ihn einrahmten. Dann hörte er eine leise, tiefe Stimme: »Sie sind verhaftet, Mr. Wright. Bitte kommen Sie mit, ohne Aufsehen zu erregen.«

Alex Wright unterdrückte seine Überraschung und wandte sich um. Mit einem Hauch Ironie dachte er, daß dies wohl das Ende *seiner* Reise war.

Don Richards wartete im Foyer des Krankenhauses, während Susan Jane Clausen besuchte. Heute morgen ruhte sie im Bett, unter ihrem Kopf lag ein einzelnes Kissen. Die Hände hatte sie auf der Bettdecke gefaltet.

Trotz des Halbdunkels, das im Zimmer herrschte, bemerkte sie sofort den Bluterguß an Susans Schläfe. »Was ist passiert, Susan?« fragte sie.

»Ach, nichts. Nur eine schlimme Beule.« Susan spürte, wie ihr die Tränen kamen, als sie sich bückte, um Jane Clausen auf die Wange zu küssen.

»Wie sehr Sie mir ans Herz gewachsen sind«, sagte Jane Clausen. »Susan, ich glaube, morgen werde ich nicht hier sein, aber gestern habe ich wenigstens die Angelegenheit der Stiftung geklärt. Gute, zuverlässige Leute werden sich für mich darum kümmern. Sie haben das mit Douglas gehört?«

»Ja. Mir war nicht klar, ob Sie es wissen.«

»Es tut mir so leid für ihn. Er hätte so vieles erreichen können. Und ich mache mir Sorgen um seine Mutter; er ist ihr einziger Sohn.«

»Mrs. Clausen, es fällt mir schwer, Ihnen das zu sagen, aber ich glaube, Sie sollten es wissen. Der Mann, der Regina und mindestens fünf weitere Menschen tötete, wurde verhaftet. Seine Schuld ist zweifelsfrei erwiesen. Und daß Sie zu mir gekommen sind, um mit mir zu reden, hat eine entscheidende Rolle bei der Aufklärung der Verbrechen gespielt.«

Sie sah das Zittern, das durch den Körper der Sterbenden ging. »Wie froh ich darüber bin. Hat er von Regina gesprochen? Ich meine, ich frage mich – ob sie sehr große Angst ausgestanden hat?«

Regina hatte bestimmt furchtbare Angst, dachte Susan. Mir ging es jedenfalls so. »Ich hoffe nicht«, sagte sie.

Jane Clausen sah zu ihr auf. »Susan, für mich zählt jetzt nur noch, daß ich bald bei ihr sein werde. Auf Wiedersehen, meine Liebe, und Dank für all Ihre Freundlichkeit.«

Als Susan im Aufzug hinunterfuhr, dachte sie an die Ereignisse der vergangenen Woche zurück. Konnte es wirklich erst so kurze Zeit her sein? War es wirklich erst vor neun Tagen, daß ich Jane Clausen zum ersten Mal begegnet bin? Ja, das Geheimnis um Regina Clausens Verschwinden war gelüftet worden, aber bis dahin hatten drei weitere Menschen sterben müssen, und eine vierte Person war schwer verletzt worden.

Sie dachte an Carolyn Wells und ihren Mann Justin. Heute morgen hatte sie mit ihm gesprochen – Carolyn war aus dem Koma erwacht, und die Ärzte prophezeiten ihr jetzt eine völlige, wenn auch langwierige Genesung. Susan hatte sich bei ihm entschuldigen wollen; schließlich wären all diese furchtbaren Dinge weder Carolyn noch ihm widerfahren, hätte sie nicht Regina Clausens Verschwinden zum Thema ihrer Sendung gemacht. Justin hatte jedoch darauf bestanden, daß trotz der Qualen der vergangenen Woche alles einem bestimmten Zweck gedient habe. Er hatte vor, sich von Dr. Richards behandeln zu lassen, und hoffte, daß die Angst, die Anlaß zu Carolyns Heimlichtuerei gewesen war, aufhören würde, sobald er seine extreme Eifersucht in den Griff bekommen hatte. »Außerdem«, hatte Justin lachend hinzugefügt, »hätte ich um keinen Preis der Welt den Anblick missen mögen, wie Captain Shea sich vor Verlegenheit wand, als er sich bei mir entschuldigte. Er dachte wirklich, ich sei der Killer.«

Zumindest werden er und Carolyn wieder leben, dachte Susan. Nicht jedoch die arme Tiffany Smith, und auch nicht die beiden anderen Menschen, die hatten sterben müssen – Hilda Johnson und Abdul Parki. Sie nahm sich vor, im Laufe der Woche zu Nat Small in der MacDougal Street zu gehen, um ihn wissen zu lassen, daß der Mörder seines Freundes gefaßt worden war.

Es hatte alles so harmlos angefangen. Susan hatte nur darüber sprechen wollen, wie einsame, arglose Frauen trotz aller Intelligenz und scheinbaren Erfahrung von selbstsüchtigen Männern zu fragwürdigen und manchmal tödlichen Beziehungen verleitet werden konnten. Es war ein zugkräftiges Thema, das für einige lebhafte Sendungen gesorgt hatte. Und für drei Morde, dachte sie. Dann fragte sie sich: Werde ich Angst haben, in Zukunft solche Hintergrundsendungen zu machen? Hoffentlich nicht. Schließlich war ein Serienmörder aufgespürt worden; wer weiß, wen er sonst noch getötet hätte – außer mir und Dee.

Und noch etwas Gutes war daraus entstanden. Sie hatte Jane Clausen kennengelernt und ihr ein wenig Beistand leisten können. Und sie war Don Richards begegnet. Er war ein ungewöhnlicher Mensch, dachte sie – ein Psychiater, der sich selbst die Hilfe verwehrt hatte, die er anderen täglich anbot, und der doch letztlich die Kraft aufgebracht hatte, sich seinen Dämonen zu stellen.

Ich hätte verbluten können, wenn ich die ganze Nacht dort liegengeblieben wäre, dachte sie und zuckte zusammen, als die Wunden an ihren Schultern und ihrem Rücken schmerzten. Nachdem Don zu ihrer Praxis gekommen war und die Tür verschlossen vorgefunden hatte, war er, von plötzlicher Sorge getrieben, zu dem Wachmann im Foyer gelaufen. Gemeinsam mit ihm hatte er die Tür geöffnet und die Praxis durchsucht. Ich war noch nie im Leben so froh, einen Menschen zu sehen, dachte sie. Als er die Plastikhülle aufriß und mich hochhob – wie schön war es, diese Zärtlichkeit und Erleichterung in seinem Gesicht zu lesen.

Susan trat aus dem Aufzug, und Don Richards stand auf, um ihr entgegenzugehen. Sie sahen einander an – dann lächelte Susan, und er legte den Arm um sie. Eine Geste, die sie beide als das Natürlichste von der Welt empfanden.